Gabi Weise

Roman

Wolkentango

Roman

Gabi Weise

Impressum:

© 2020 Gabi Weise, überarbeitete Neuauflage der Ebook Ausgabe von 2014

Cover: Beate Geng

Lektorat: Kathrin Andreas

Kelebek Verlag Inh. Maria Schenk Franzensbaderstr. 6

86529 Schrobenhausen   www.kelebek-verlag.de

ISBN 9783947083374
Druck und Vertrieb BoD

Bibliografische Information der Deutschen Nationalbibliothek.
Die Deutsche Nationalbibliothek verzeichnet diese Publikation in der Deutschen
Nationalbibliografie; detaillierte bibliografische Daten sind im Internet über
http://dnb.d-nb.de abrufbar.

1

Unter Ninas Stiefeln knirschte festgebackener Schnee, der den gesamten Gehweg überzog. Trotzig hatte sich der Winter erst wenige Tage zuvor kurz aufgebäumt und mit dichtem Schneegestöber gezeigt, dass er doch noch Herr seiner Jahreszeit war. Damit hatte niemand mehr gerechnet, zumal bis dahin bloß ein paar magere Flöckchen vom Himmel gepurzelt waren. Sie zog ihre Wollmütze weiter hinunter. Der eisige Wind biss ihr in die Wangen, da musste sie ihre Ohren nicht auch noch hergeben. Wäre es allerdings nach ihr gegangen, hätte ihr der Wind lieber mitten durch das Hirn pusten und das, was sie gerade gehört hatte, gleich wieder mitnehmen können. Da war sie nichts ahnend hierhergefahren und dann das!

Plötzlich, als hätte jemand einen Schalter hinter ihrer Stirn umgelegt, schweiften ihre Gedanken ab. Ein wunderbarer Mechanismus, wenn ihr alles zu viel wurde. Ihr Blick fiel ins Leere und sie musste daran denken, dass es einfach egal war, ob nun eine Menge Schnee fiel oder sich der Winter kaum blicken ließ, die meisten ärgerten sich über das eine wie das andere. Offenbar konnte die vierte Jahreszeit machen, was sie wollte, aber recht machen konnte sie es niemandem. Ein Lächeln umspielte ihre Lippen, das hinter dem roten, um den Hals geschlungenen Schal kaum zu sehen war. Ihre müden Augen erreichte es nicht.

Dieser Winter war ganz klar die Zeit des Argwohns. Wie konnten diese unverfrorenen Regentropfen nur so gemein sein, blass und nicht alpinweiß vom Himmel zu fallen?

Warum, sinnierte sie, konnte sie sich eigentlich nicht mit solch simplen Befindlichkeiten beschäftigen? Damit konnte sie umgehen, ohne das Gefühl zu haben, dass ihr jemand ein Messer in den Rücken gerammt hätte. Sie seufzte und schob sich eine Strähne ihres dunkelbraunen Haares unter die Mütze. Letztlich konnte sie heilfroh sein, dass sie nicht vor einer Woche bei Dr. Wassmann gewesen war, wie es seine Sprechstundenhilfe ursprünglich vorgeschlagen hatte. Gab es so etwas wie Vorsehung? Sie glaubte nicht daran. Tatsache war aber, dass sie es rundweg abgelehnt und auf einen späteren Termin bestanden hatte. Ansonsten wäre der Untersuchungstermin vor ihrer Geburtstagsfeier gewesen. Und so viel stand fest: Die hätte sie sich nach der Diagnose, die ihr der Internist gerade vor die Füße geworfen hatte, gründlich verdorben.

Sie raffte den Kragen ihres schwarzen Daunenmantels fester um den Hals, wodurch sie sich ungewollt den Wollschal derart stramm an die Kehle presste, dass ihr kurz die Luft wegblieb. Obwohl sie laut aufkeuchte, blieb sie noch in Gedanken versunken. Viel wichtiger war für sie, dass heute zwei Tage nach ihrer großen Geburtstagsparty war. Es war ihr fünfzigster Geburtstag gewesen. Sie hatten alle so unbeschwert getanzt.

Mittlerweile pfiff der Wind scharf durch die abgemagerten Äste der Bäume. Nina griff mit beiden Händen an ihre Mütze und zog sie sich fast bis zum Kinn. So wie es aussah, musste sie sich mit ihren fünfzig Lenzen noch auf einiges gefasst machen, wenn schon eine Routineuntersuchung ihrer Blutwerte in einer eigentümlichen Krankheit gipfelte.

Ach so, und sie solle ja keinen Schreck bekommen, eine Einladung zur Mammografie habe sie auch bald im Briefkasten, hatte der Arzt zum Abschied gemeint. Gab es extra. Ab fünfzig. Was sich auf den ersten Blick nach einem Bonus anhörte, der in jungen Jahren schwer zu bekommen war, war in Wahrheit ein signalrotes Blitzlichtgewitter mit der Aufschrift ‚alt'. Nina wüsste nicht, dass sie danach gerufen hätte. Und schon gar nicht nach irgendeiner Krankheit, die es nach einem halben Jahrhundert auf diesem Erdball umsonst dazugab.

Eingemummelt in ihren leicht taillierten Daunenmantel, schlich sie mit hängenden Schultern wie ein abgespecktes Michelinmännchen zu ihrem Auto. Geistesabwesend starrte sie auf den zu ihrer Rechten aufgehäuften Schnee. Sie nahm ausschließlich das helle Glitzern ins Visier. Sollten ihr doch die vergrauten Brocken gestohlen bleiben.

Wie hieß das Lied doch gleich? Ach ja, ‚Schneeflöckchen, Weißröckchen‘. Damit hatte sie als Kind mit der Nase an der Fensterscheibe immer die ersten Schneeflocken herbeigesungen. Jedenfalls war sie damals felsenfest davon überzeugt gewesen, dass die ersten nur deshalb wie weiße Sterne aus den Wolken herausgetanzt waren, weil sie in ihrem warmen Kinderzimmer voller Sehnsucht nach draußen gesungen hatte. Bei der Erinnerung an diese Zeit konnte sie den Duft von frisch gefallenem Schnee förmlich riechen. Wie herrlich wäre es, wenn sie sich eine Zeit lang wieder so unbeschwert fühlen könnte.

Ein Schatten legte sich auf ihr Gesicht. Es war aber auch eine Zeit gewesen, in der sie schon einmal von einer schrecklichen Katastrophe niedergeschmettert worden war. Aber damals war sie ein Kind gewesen und war beschützt worden. Heute sah das anders aus. Sie musste selbst sehen, wie sie klarkam. Diese Eingebung holte sie wieder in die Wirklichkeit zurück und sie nahm langsam anschwellend, als würde jemand mit einem Lautstärkeregler den Ton lauter drehen, das lärmende Rauschen der stark befahrenen Straße in Charlottenburg wahr.

Mechanisch überprüfte sie mit beiden Händen ihre Wollmütze und sagte halblaut zu sich selbst: „Na prima, einfach klasse, toll! Autoimmunwasauchimmer. Mein Körper frisst meine Schilddrüse auf. Der sagt einfach ‚Ich will dich nicht, hau ab.‘ Super, einfach super!“ Es war ihr egal, ob irgendjemand hörte, dass sie wie eine Geistesgestörte vor sich hinbrabbelte.

Dr. Wassmann hatte ja gemeint, dass alles nicht so furchtbar sei, man müsse es nur kontrollieren. Irgendwie reichte ihr das nicht. Und dass sie keine Ahnung davon hatte, war das Schlimmste an allem.

Sie musste unbedingt nach Hause und Nachforschungen anstellen, sonst würde sie noch wahnsinnig werden. Sie spürte, dass ihre Beine, schwer wie Blei, einen Schritt vor den anderen taten. Die Erschöpfung hatte sie eingeholt. Ein Gedanke tauchte wie aus dem Nichts auf: Ihr Körper rächte sich dafür, dass sie zu viele Jahre rücksichtslos mit ihm umgegangen war. Stress prallt an mir ab, dachte sie immer. Das kann ich alles aushalten. Was mich nicht umbringt, das ... Ach, verdammt noch mal, so dermaßen blöd konnte doch keiner sein! Oder doch?

Die Fahrzeuge fuhren hintereinander aufgereiht an ihr vorbei. Gleich wäre sie selbst mittendrin, würde sich einreihen und in demselben Tempo voranfahren.

Gedankenverloren hielt sie nach ihrem roten Golf Ausschau, den sie zwischen den anderen Wagen am dicht beparkten Fahrbahnrand abgestellt hatte. Reicht es denn nicht, ständig einen Sender im Ohr zu haben, grübelte sie weiter. Mal leiser, mal in den höchsten Tönen kreischend. Oft rauschte es auch nur. Einfach so. Ob sich da ihre unbändige Sehnsucht nach tiefem Meeresrauschen Gehör verschaffte? Das Meer, dachte sie verträumt.

Verdammt, was sollte dieses Durcheinander?

Hatte der Wahnsinn bereits seine Hände nach ihr ausgestreckt? Sie war nahe dran, sich mit der flachen Hand gegen die Stirn zu schlagen, konnte sich aber gerade noch zurückhalten. Wollte sie nicht noch vor ein paar Sekunden weiße Flocken im Gesicht haben? Und jetzt war es lieber Salzwasser auf der Haut? Sie massierte sich die Stirn. Tränen machten sich daran, ihr den Blick zu verschleiern. Nicht, dass die einfach angekrochen gekommen wären, hinuntergekullert und fertig. Nein, die hockten verbissen auf ihren Augen, wie festgeklebt. Halb blind setzte sie sich in den alten Wagen und machte sich auf den Weg nach Hause.

Wenn sie auch nur den Hauch einer Ahnung gehabt hätte, was noch alles auf sie zukommen würde, sie hätte sich auf der Stelle in einem Erdloch verkrochen. Ob nun mit Schnee darüber oder ohne.

2

Als Nina erschöpft zu Hause ankam und sich durch die Wohnungstür schob, hatte sich der Abend schon dunkel über der Stadt ausgebreitet. „Mann Mama, endlich bist du da! Was gibt's denn zu essen?", wurde sie von ihrer Tochter begrüßt.

„Nichts, gar nichts. Mach dir irgendwas", erwiderte Nina leise und sparte sich den gern nachgeschobenen Hinweis ‚Mama und Mann in einem Atemzug geht gar nicht'. Und je nachdem, in welcher Gemütslage die beiden waren, grinsten sie darüber oder waren noch wütender auf den anderen.

Das Gesicht der Vierzehnjährigen verzog sich zu einer Grimasse, als müssten ihr gleich Rosinenbomber ein Stück Brot vom Himmel vor die Füße werfen, damit das arme Ding nicht verhungern musste.

Während Jule angewidert ihren Kopf schüttelte, wogten ihre langen blonden Haare bis weit über ihre Schultern. „Du hast wieder eine Laune", brummte sie, stakste mit ihren langen Beinen in ihr Zimmer und schlug krachend die Tür zu.

Sofort schoss Nina das Blut durch die Adern. Ihre Wangen färbten sich dunkelrot wie ein explodiertes Signalfeuer. Sie wollte ihrer Tochter schon hinterherlaufen und sie anbrüllen. Aber halt! Wie oft hatte sie das in den letzten Monaten getan? Viel zu oft. Sie ließ es einfach bleiben. Kraftlos strich sie sich eine Strähne ihres schulterlangen tiefbraunen Haares aus der Stirn. Sie musste sich in Zukunft schonen. Dieser ewige Ärger mit Jule war Gift für sie. Es deprimierte sie, dass ihr das nicht schon früher aufgegangen war. Jetzt war es zu spät.

Gerade wollte sie ins gemeinsam mit ihrem Mann Rolf genutzte Arbeitszimmer an den Schreibtisch, um sich im Internet über diese vermaledeite Krankheit schlauzumachen, als er zur Tür hereinschneite.

„Alles klar?", wollte Rolf, für den es eine reine Floskel war, gar nicht wissen. Im Vorübergehen zog er Schuhe und Mantel aus und gab ihr einen flüchtigen Kuss, für den er sich, einen Kopf größer als Nina, zu ihr hinunterbeugte. Sie brauchte gar nicht hinzusehen, denn sie wusste, was jetzt kam: Er ließ sich auf die Wohnzimmercouch plumpsen und starrte kurz in die Luft, als würde er angestrengt über etwas nachdenken. Im nächsten Augenblick griff er nach der Fernbedienung und ließ den Fernseher aufflimmern, der bereit war, nutzloses Geplapper von sich zu geben.

Sie sah, wie er sich mit ernster Miene daranmachte, die wichtigen Nachrichten aus aller Welt im Videotext zu lesen. Allein diese Brabbelei aus den im gesamten Zimmer verteilten Boxen machte sie aggressiv. Das war auch kein schwacher Klang, den sie einfach ignorieren konnte, sondern bassdröhnender Kinosound, der sich durch ihre Gehörgänge bohrte. Nach außen hin blieb sie die Ruhe selbst. Nur wer sie gut kannte und einen Blick in ihre dunklen Augen riskierte, konnte die Zerrissenheit zwischen Traurigkeit, Wut und dem unbändigen Willen, sich von alldem nichts anmerken zu lassen, dahinter erkennen.

Aus dem Augenwinkel bemerkte sie, dass er sich zerstreut durch den an den Seiten stark ergrauten Blondschopf strich. Sie überlegte kurz, ob sie ihm von der Schreckensnachricht berichten sollte. Resigniert schüttelte sie den Kopf. Jetzt nicht. Schon gar nicht, bevor er nicht sein tägliches Ritual beendet hatte. Erst mussten die Textseiten durchpflügt werden. Dann wurde ausgiebig ausgeruht. Soll er doch seinen langweiligen Gewohnheiten nachgehen. Der merkt ohnehin nicht, wie es um mich steht. Will er auch gar nicht, dachte sie mit zusammengepressten Lippen.

„Was gibt's denn zu essen?", fragte Rolf mit starrem Blick auf den Bildschirm.

Ohne zu antworten, ging sie ins Arbeitszimmer der Vier-Zimmer-Wohnung und schaltete ihren Laptop an. Wenn er es wagte, sie zu stören, würde sie ausrasten! Sie surfte durch die Seiten und erfuhr dabei, dass diese Autoimmunthyreoiditis auch als Hashimoto-

Thyreoiditis bezeichnet wurde. Insider nannten sie Hashi, was Nina etwas absonderlich vorkam. Aus irgendeinem Grund mussten die Leute komplizierten Dingen immer irgendwelche Abkürzungen aufdrücken. Wahrscheinlich wollten sie sich als echte Kenner präsentieren. Wer lässig Hashi sagte, der wusste Bescheid, ach was, der war ein Allwissender auf dem Gebiet. Ständig lief das so ab, nachdem sich jeder über alles informieren konnte und nicht einmal kapierte, dass er nur die Hälfte von alldem verstand, was er da las. Wie sollte man auch merken, was man überhaupt nicht begriff?

Also, was sie herausfand, hörte sich von Riesendrama bis ‚geht schon so' an. Mit Letzterem konnte sie sich durchaus anfreunden. Auslöser war unter anderem Stress, was ihr ohnehin schon klar war.

Vollkommen durcheinander fuhr sie den Rechner herunter. Jäh zuckte sie zusammen! Wie ein riesiger Schatten stand Rolf im Türrahmen. Schnell heftete Nina ihren Blick auf den gerade dunkel gewordenen Bildschirm, um sich wieder zu fangen. Sie hätte Rolf sonst mit einem Blick angeblitzt, der es in sich gehabt hätte. Was sollte das auch? Erst war der Kerl generell nirgendwo zu sehen, wenn sie ihn dringend brauchte. So wie vorhin, als sie vom Arzt gekommen war. Und jetzt, wo sie nur noch in Ruhe gelassen werden wollte, kam er, ohne irgendein Geräusch zu machen, so mir nichts, dir nichts angeschlichen. Tief durchatmen, Nina, sagte sie sich, und heute keinen Streit riskieren. Nicht mit Jule. Nicht mit Rolf.

„Wollen wir uns was zusammen kochen? Jule hat auch Hunger", lächelte er seine Frau sichtlich abgekämpft an.

„Warum nicht", erwiderte sie lahm.

Er bedachte sie mit einem langen Blick: „Du siehst ganz schön fertig aus. Leg dich doch ruhig ein bisschen hin. Jule und ich machen das schon. Du musst nur sagen, was du gern haben möchtest."

Er hatte doch tatsächlich bemerkt, dass es ihr nicht gut ging. Was für ein Durchbruch!

Und da passierte genau das, was sie sich gefälligst auf die rote Liste ihrer ureigensten Unarten dick und fett schreiben konnte: Anstatt sich aufs Ohr zu legen und die beiden machen zu lassen, erklärte sie freimütig, ganz drüsendöselige Küchenminna: „Lass mal, ich komm schon." Nina schlich hinter Rolf her.

Wenigstens bemerkte sie in einem Anflug von Selbsterkenntnis, wie blöd sie war.

3

Die in die eingelassene Gipsdecke integrierten Spots tauchten das weiträumige Büro von Prelight Solutions in warmes Licht. Nina ließ ihren Blick über den zweiten, noch unbesetzten Arbeitsplatz wandern, vor dem ein ergonomisch geschwungener Stuhl auf ihre Kollegin wartete. Der Computer summte hoch, piepste und war startbereit. Allerdings schien sich ihr Kopf in selbigen gesetzt zu haben, mit dem Gerät grimmig in Konkurrenz zu treten, und brummte in ihren Ohren lauter als der PC.

Hoffentlich hört das bald auf, bettelte sie stumm. Der Arbeitstag hatte doch gerade erst angefangen und sie musste unbedingt für ihren Boss Klasen wichtige Unterlagen vorbereiten. Ohne die könnte er sonst gleich die für heute angesetzte Besprechung sausen lassen.

Pit Klasen hatte gestern gemeinsam mit ihr die letzten Änderungen vorgenommen, damit er heute die Kunden über die speziell für sie konzipierte Lösung bestens informieren konnte. Dabei handelte es sich um ein ausgetüfteltes Lichtkonzept für einen gigantischen Bürokomplex in Berlin-Mitte. Ein Riesenauftrag für eine Riesensumme.

Sie rief das Angebot auf. Das Auftragsvolumen von 800.000 Euro konnte sich sehen lassen. Umso wichtiger war die fehlerfreie Ausarbeitung.

Doch es war nicht das erste Mal gewesen, dass sie Klasen, ein paar Zentimeter kleiner als sie, aber mit seinen fünfunddreißig Jahren deutlich jünger, auf eine vergessene Position aufmerksam gemacht hatte. Der hatte zwar die Materialkosten der Elektrik, aber nicht die Arbeitsstunden für deren Einbau berücksichtigt.

Wäre es ihr nicht aufgefallen, wären sie nachher in Erklärungsnot geraten oder hätten eine gehörige Umsatzeinbuße hinnehmen müssen.

Der Laserdrucker spuckte auf Ninas Befehl ein Probeexemplar des zig Seiten umfassenden Vorschlags mit elegantem ‚Zipzipzip' aus.

Obwohl der Drucker kaum leiser hätte sein können, bohrte dieses Summen in ihrem unausgeschlafenen Brummschädel herum. Ungefähr so, als montierte ihr einer der Installateure von Prelight Solutions eine Lampe direkt an ihre Stirn.

Kein Wunder, sie hatte sich in der letzten Nacht wieder herumgewälzt wie ein Schnitzel in der Panade. Das ging nun schon seit vier Jahren so, dass ihr bereits die kleinste Grübelei den Schlaf raubte. Doch meistens hatte sie es geschafft, wieder einzuschlafen. Aber seit einem Jahr war daran kaum noch zu denken. Kräftezehrend schlichen die Gedanken durch ihre Nächte und zerrissen sie in tausend Splitter. So wie heute Nacht. Doch diesmal war es kein klitzekleines Problemchen, das sie beschäftigt hatte, sondern ein ausgewachsenes. Diese Autoimmun-sache rumorte in ihr herum, ließ keinen klaren Gedanken zu. Im Gegenteil, es kam ihr so vor, als hätte sich alles zu einem Wollknäuel verwurstelt.

„Hi, Nina", rief ihr eine betont hochtönende Mädchenstimme zu, die zu ihrer zwei Jahre älteren Kollegin Sabine gehörte. Mit hörbarem Ächzen ließ sie sich auf ihren Drehstuhl fallen und japste nach Luft. Kein Wunder, sie hatte sich nur mit Mühe und Not in die viel zu enge Jeans gezwängt. Dabei hatte sie sich einen aufgeklebten Fingernagel abge-brochen. Verärgert starrte sie auf ihre Hände. Sie hatte es geahnt! Bis sie das heute Abend wieder in Ordnung bringen könnte, würde sie wie unter Zwang dauernd auf den demolierten Nagel gucken. Am besten, sie lenkte sich erst einmal ab.

„War das gestern wieder eine Nacht", begann sie mit der Einleitung und machte eine kurze Pause, in der sie sich überlegte, ob sie sich die Blöße geben sollte, den Knopf ihrer Hose zu öffnen oder lieber nicht. Der presste sich in ihren Bauch wie der Daumen einer Riesenpranke, dass an ein entspanntes Atmen nicht zu denken war. Aber nicht nur, dass es irgendeiner hätte bemerken können, wenn er offenstand, es könnte auch einen weiteren Plastiknagel kosten. So stand sie vor der alles entscheidenden Frage, ob sie Sauerstoff benötigte für die zig Rechnungen, die sie schreiben musste. Die Entscheidung fiel in einer Hundertstel-sekunde für die Optik.

„Es war richtig toll gestern", setzte sie noch einmal an. Dabei sah sie, wie ihre Kollegin weiter auf den Bildschirm starrte und zog einen Flunsch, weil die sich nicht für ihre aufregenden Nachtstorys begeisterte. Die war einfach öde und bloß neidisch auf sie, weil sie etwas erlebte und Nina nicht. Obwohl Sabine zugeben musste, dass sie manchmal eifersüchtig auf sie war. Nina hatte volles dunkles Haar in echt, passend zur Augenfarbe. Dagegen verblassten Sabines blaue Augen allmählich zu einem Gewässer unter grauem Himmel. Dafür hatte sie eindeutig weniger Pfunde auf den Rippen als Nina, wie sie mit Genugtuung feststellte. Bei dem Gedanken streckte sie sich gleich noch ein bisschen schlanker. Trotzdem, ihre Kollegin hatte ihre Rundungen dafür genau an den richtigen Stellen verteilt. Es war so ungerecht, waberte es durch Sabines Gedankenwelt, die einen hatten es einfach und die anderen mussten sich dafür abstrampeln. Wobei sich das Ergebnis ihrer intensiven Bemühungen absolut sehen lassen konnte, versicherte sie sich und setzte demonstrativ ihr allerbestes Gewinner-grinsen auf. Sie war felsenfest davon überzeugt: Während sich Nina immer in ihrer Ehe langweilen musste, gab es bei ihr endlose Partys. Die Männer rissen sich förmlich um sie. So war das!

Und schon deshalb wollte sie unbedingt, dass Nina von ihrer gestrigen Fetentour erfuhr. „Michaela und ich waren gestern im ,Vierwald'. Da war was los", fuhr sie kurzatmig, aber in ihrer unverfälschten tieferen Frauenstimme fort.

Nina schaute gebannt auf die Mattscheibe und ärgerte sich über das Programm, das ihr die Zahlenauflistung unsortiert, anstatt akkurat untereinander, anzeigte.

„Du musst unbedingt mal mitkommen. Da laufen richtig heiße Typen rum. Nur die berufliche Oberklasse, Akademiker und Manager", fügte

Sabine hinzu, warf den Kopf zurück und ließ ihre wilde Lockenmähne durch die Luft flattern.

„Hm", machte Nina und klickte sich durch das Menü zur Formatierung.

„Ich weiß eigentlich gar nicht, warum die Typen immer mich angraben, Michaela ist doch auch total nett", erzählte sie unbeirrt weiter.

Nina veränderte das Format und lächelte, als sie sah, wie die Zahlen jetzt eins zu eins untereinanderstanden. Na also, geht doch, freute sie sich.

Sabine startete ihren PC, zupfte ihre eng taillierte Bluse zurecht und überprüfte zufrieden ihren einladenden Ausschnitt. „Die wollten alle immer nur mit mir tanzen. Wenn ich die ganzen Cocktails getrunken hätte, die mir angeboten worden sind, hätte ich mich für heute krankmelden müssen."

Zufrieden lächelte Nina ihren Monitor an und speicherte das überarbeitete Angebot ab.

„Wie, du bist krank?", fragte Nina ihre Kollegin, die sie verdutzt und mit halb offenem Mund anstarrte.

„Krank, wieso krank?", wollte sie von Nina wissen.

„Na, hast du doch eben gesagt. Du musst dich krankmelden oder so."

„Nina, hörst du mir überhaupt noch zu?"

Wenn du es genau wissen willst, interessieren mich deine Applaus-Geschichten nicht die Bohne, hätte sie ehrlich antworten müssen, erwiderte aber: „Hast also einen schönen Abend gehabt, ja?" Sie hätte sich das ‚Ja' mit hochgezogenem Fragezeichen doch einfach schenken können, aber nein.

„Wenn du's wirklich wissen willst." Sabine verzichtete auf eine Pause, die ein ‚Nein' von Nina hätte nach sich ziehen können. Ungerührt plapperte sie von den vielen studierten Männern mit all ihren super-bezahlten Jobs, die nur darauf warteten, sie für sich zu gewinnen, ach, was sagte sie da, vor den Traualtar zu führen. Aber Sabine würde eisern bleiben. So schnell bekam sie keiner mehr herum.

Nina kannte das Spiel. Sie sollte jetzt gefälligst Beifall bekunden. Aber sie hatte heute absolut keine Lust dazu. Zugegeben, Sabine war attraktiv mit ihren von blassrot auf hellblond gefärbten Haaren. Als Bonbon hatte sie die Haare zu einer dauergewellten Lockenpracht frisiert, die Fotos aus den Achtzigern glatt zum Schweigen brachte. Und über die gesellschaftlich zum Allerheiligsten erklärte Ziellinie war sie auch mit einem anständigen Ergebnis gehuscht: fettlos schlank. Nina war heilfroh, dass sie nicht in ihrer Haut steckte. Bei dem bloßen Gedanken daran schüttelte es sie. Ewig auf jung machen zu müssen, mit fiepsiger Teenie-Tonlage, was sich zeitweise wie Flipper in seinen besten Zeiten anhörte. Dann kaum etwas zu futtern im Magen und immer musste sie zugucken, wie die anderen genüsslich Leckereien in sich hineinschaufelten. Und schließlich ständig auf sexy gestylt und, was Nina nicht einmal im Entferntesten erahnen konnte, mit der Angst im Nacken, dass sich kein attraktiver Mann mehr in sie verlieben könnte. Nein, Sabines Probleme hätte sie niemals haben wollen. Schließlich hatte sie ja ihre eigenen. Wobei, wenn sie es recht bedachte, Sabines bestimmt leichter zu lösen waren.

Traurig lächelte sie ihrer Kollegin zu und hoffte inständig, dass ihr das als Bestätigung reichte und sie nicht weiter auf einen enthusiastischen Aufschrei hoffte. Sabine fing das Lächeln ihrer Kollegin dankbar auf. Niemals hätte sie Nina davon erzählt, wie enttäuscht sie gestern gewesen war. Danebengestanden und zugesehen hatte sie, wie sich die gut aussehenden Männer ihrer Altersgruppe ausschließlich um die mindestens zehn Jahre jüngeren Damen geschart hatten.

Diese vertrackten Kerle hatten sie einfach links liegengelassen! Verehrer waren schon da gewesen, aber ausnahmslos die, die am Ende mit der Chipstüte auf dem Fettbauch und der Bierpulle am Schlund rülpsend auf ihrer Designercouch herumlümmeln würden. Wofür trainierte sie eigentlich dreimal die Woche im teuren Fitnesscenter? Verdammt!

4

Das gemütliche Wohnzimmer ihrer Wohnung wurde von zwei Stehlampen sanft beleuchtet. Nina hockte stocksteif auf dem Ledersofa. Nur ihre Lippen kneteten sich fortwährend gegenseitig in alle Richtungen. Obwohl sie Rolf nahezu alles anvertraute, verschlug es ihr die Sprache, wollte sie ihm doch von dieser Autoimmundingsda berichten. Ein flaues Gefühl machte sich in ihrer Magengegend breit. Wie würde er diese schlechte Nachricht aufnehmen? Er saß ihr gegenüber auf der Längsseite der weinroten Eckcouch, während sie auf der kurzen regungslos verharrte und nicht wusste, wie sie anfangen sollte. „Ich war doch beim Arzt", begann sie und holte tief Luft. „Der hat etwas festgestellt." Kam ihr die eigene Stimme nur so mäuschenleise vor oder war sie wirklich kaum zu hören?

Aufmerksam sah er seiner Frau direkt in die Augen. Sie hatte den Eindruck, als hätten sich seine dunkelblauen Augen etwas vergrößert. Machte er sich etwa Sorgen um sie? „Ich habe eine Autoimmunthyreoiditis", sagte sie.

Pause. Eine lange Sekunde verstrich wortlos.

„Was hat das zu bedeuten?", fragte er und beugte sich zu ihr vor.

„Mein Körper ist dabei, meine Schilddrüse zu zerstören. Der meint, sie wäre ein Fremdkörper und hätte nichts in ihm zu suchen", erklärte sie flapsig. Tränen stiegen ihr in die Augen.

„Davon habe ich noch nie etwas gehört", sagte er. „Was es alles für Krankheiten gibt." Nachdenklich strich er sich mit Daumen und Zeigefinger über das Kinn.

Einigermaßen gefasst starrte sie ihm in die Augen und was sie da sah, verwunderte sie. Sein Blick war klar wie immer, ohne jede Gefühlsregung. Sie verharrte noch einen Augenblick in der Erwartung, er könnte traurig werden und ihm würden vielleicht Tränen vor lauter Sorge in die Augen treten. Nichts dergleichen. Sein Blick blieb klar wie ein Bergsee im Frühling. Enttäuscht heftete sie ihren Blick auf den Fernseher und wartete darauf, dass er zur Fernbedienung griff und wie üblich herum-zappte. Die neuesten Nachrichten waren eh bedeutender als sie! Aber er blieb ruhig sitzen. Sie fragte sich, ob es ihr nicht sogar lieber gewesen wäre, er hätte das getan, damit sie nicht herumrätseln müsste, was er fühlte, sondern es unmissverständlich vor Augen geführt bekommen hätte.

„Sollst du jetzt Medikamente bekommen?"

„Ich weiß nicht. Der Internist meinte, ich solle in sechs Monaten zur erneuten Blutkontrolle kommen. Der Schilddrüsenwert wäre wohl nicht so hoch, dass er gleich zu einem Ersatzhormon greifen müsste. Aber ich bin ein bisschen durcheinander."

„Das glaube ich gern." Er stand auf, setzte sich neben sie und legte seinen Arm um ihre Schultern.

Aber sie wollte nichts lieber, als dass er sich wieder dorthin zurückverpflanzte, wo er hergekommen war. Sie fand, sein unbeteiligter Gesichtsausdruck und seine körperliche Nähe passten nicht zueinander.

„Und zu einem Spezialisten sollst du auch nicht?", fragte er.

Sie rückte eine Handbreit von ihm ab. „Hat er nicht gesagt."

„Und was sagt das Internet? Du hast doch sicher schon recherchiert?"

„Es liest sich alles von Finalzerstörung bis ‚Kann man mit leben'. Offen gesagt, kann ich mit alldem gar nichts anfangen."

„Lass uns gleich mal zusammen reinschauen, vielleicht finden wir gemeinsam eine Seite, die dir weiterhelfen kann." Er nahm sie bei der Hand und führte sie in das angrenzende Arbeitszimmer, in dem jeder von ihnen einen kleinen Schreibtisch stehen hatte, auf dem jeweils ein Laptop verharrte. Nachdem er ihren Bürostuhl an seinen Schreibtisch gerollt hatte und der PC hochgefahren war, saßen die beiden nebeneinander und durchsuchten das Web nach Informationen.

„Schau mal, hier gibt es ein Forum. Telefonnummern findest du hier auch. Ich finde, du solltest jemanden anrufen, der sich mit der Krankheit auskennt und dir vielleicht ein paar Informationen liefern kann", forderte er Nina ruhig auf, die sich gleich eine Frau Fischer mit dazugehöriger Bremer Rufnummer auf einem kleinen Zettel notierte.

Sie merkte, dass sie gestern wohl zu nervös im Web unterwegs gewesen war, zusammen mit Rolf entdeckte sie mehr und fühlte sich gleich viel entspannter.

„Es ist schon nach neun. Ich werde sie morgen anrufen. Hier steht, dass sie eine Selbsthilfegruppe leitet. Vielleicht kann sie mir etwas mehr darüber sagen." Sie vermied es, weder die Krankheit zu benennen noch als solche zu bezeichnen.

5

Schwer wie von Eisen ummantelt, trugen Ninas Beine sie in die Küche, wo sie mit lahmen Händen das Kaffeewasser für Rolf und sich in die Maschine goss. An der geöffneten Kaffeebox erschnüffelte sie den leckeren Kaffeeduft. Wenn der doch einmal so schmecken würde, wie er riecht, dachte sie sehnsüchtig. Rolf stand immer eine halbe Stunde nach ihr auf. So kamen sie sich im Bad nicht ins Gehege. Mit dem würzigen Duft in der Nase schüttete sie ein paar Löffel des feinen Pulvers in den Filter und schaltete das Gerät an.

Sie tapste ins Badezimmer und hob den Blick in den Spiegel. Was sich ihr da präsentierte, war nicht etwa ein zerknittertes Gesicht, sondern die dicksten Augenlider, die sie je bei einem Menschen gesehen hatte. Zugegeben, außer Rolf und Jule bekam sie morgens niemand zu Gesicht. Aber beim Anblick der beiden konnte sie erkennen, dass die zwei von gesundem Schlaf erholt aufgewacht waren und sie wieder einmal hundsmiserabel geschlafen hatte.

Glücklicherweise verflüchtigten sich die verquollenen Polster über ihren Pupillen im Laufe des Tages. Sie erinnerte sich, dass sie heute Nacht aufgewacht war und Rolfs glasklaren Blick vor sich gesehen hatte. Seine Nichtreaktion. Sie wusste nicht, wie sie seine Ungerührtheit einstufen sollte. Natürlich, er hatte vor vier Jahren ohne Murren Probleme gelöst, obwohl er sie sich nicht allein eingebrockt hatte. Aber als seine Mutter an Krebs erkrankt war, hatte er auch geheult wie ein Schlosshund. Wenn ihn etwas erschütterte, war er durchaus in der Lage, Gefühle zu zeigen. Und wie!

Nur bei ihr nicht! Plötzlich schwammen Tränen vor ihren Augen. Bevor sie sich zusammenreißen konnte, flossen sie ihr heiß über die Wangen. Sie schluchzte auf, was sie sich im nächsten Moment rasch wieder verbiss. Sie wollte nicht, dass Rolf oder Jule etwas von ihrem Schmerz mitbekamen. Überhaupt Jule. Sollte sie ihre Tochter einweihen?

Besser nicht. Sie sollte sich keine Sorgen machen. Oder hatte sie einfach nur Angst, dass Jule ihr genauso unbeteiligt gegenübertrat wie Rolf? Das hätte Nina nicht verkraftet. Obwohl ihre Gedanken wild durcheinanderwirbelten, stellte sie sich brav unter die Dusche. Schließlich musste sie ihren Job bei Prelight pünktlich um acht Uhr dreißig beginnen.

Plötzlich klopfte es energisch an der Badezimmertür. Erschrocken fuhr sie zusammen.

„Wie lange brauchst du noch?", rief Jule durch die Tür.

„Bis du gefrühstückt und deine Schulbrote fertig hast, bin ich wieder raus", gab Nina brüsk zurück. Verflucht noch mal, sie war von einer Sekunde auf die andere immer gleich auf hundertachtzig. Könnte sie das doch bloß abstellen. Wenn sie jetzt noch daran dachte, dass Jule einen Teufel tun würde, sich Brote für die Schulpausen zu schmieren und zu frühstücken, fingen ihre Wangen gleich wieder Feuer. Das war das morgendliche Thema Nummer eins zwischen den beiden.

Nina atmete tief ein und wieder aus. Nette Strategie. Na ja, und ein wenig half es ja auch. Sie drehte das Duschwasser auf und spürte den angenehm warmen Wasserstrahl auf der Haut. Bereits im nächsten Augenblick runzelte sie jedoch die Stirn, wenn sie daran dachte, mit wie viel Theater Jule nachher überhaupt ein paar Bissen Toast hinunterschlingen und Nina ihr im Eiltempo noch ein paar Schulbrote zurechtmachen würde. Sie fand, ihre Tochter verhielt sich, als wäre sie noch immer nicht so weit, um die Finger an einer Hand abzuzählen. Sie hasste diese Morgen.

Irgendwann kommt der Tag, nahm sie sich vor, da lasse ich sie ohne schlechtes Gewissen weder mit Frühstück noch mit Proviant zur Schule watscheln. Jule war langsam alt genug, sich um sich selbst zu kümmern!

6

Das wie aus einem monströsen Marmorstein gemeißelte Gebäude mit seiner Vielzahl an in der Sonne blitzenden Fenstern verfehlte nicht seine Wirkung an Seriosität und Geld. Obwohl es lediglich mit dünnen Marmorplatten verkleidet war und sich darunter nichts als grauer Beton verbarg, wer hier einquartiert war, hatte es geschafft.

Mittendrin, in der dritten Etage, saß Nina vor ihrem PC. Unter ihrer Nasenspitze wurde es feucht. Nicht schon wieder eine Erkältung! Das hätte ihr gerade noch gefehlt. Diese verfluchte Klimaanlage raubte ihr, seit sie vor fünf Jahren bei Prelight angefangen hatte, den letzten Nerv. Andauernd war sie verschnupft. Schön, dass das Gebäude beinahe nur aus Fenstern bestand, aber die garnierten nicht nur die Fassade, sie waren auch nichts anderes als reine Deko. Geöffnet werden konnten sie nicht.

Sie sah hinüber zu Sabine, die eilfertig auf ihrer Tastatur herumtippte, und meinte: „Es ist schrecklich, dass man hier ständig eine Erkältung bekommt."

Sabine nickte ihr zu. „Alle paar Wochen geht das so!"

Da hatte sie recht. „Es ist ja schon einige Jahre her. Aber als ich mit Rolf zusammengearbeitet habe, war ich nie krank. Nicht ein einziges Mal", erklärte Nina.

„Hattet ihr ein gemeinsames Büro?"

„Rolf hatte gerade sein Studium als Architekt beendet. Er stand ganz am Anfang. Und wir haben unser Büro einfach im Wohnzimmer unserer damaligen Zwei-Zimmer-Wohnung eingerichtet." Eine wunderschöne Zeit! Sie hatten zusammen an Rolfs ersten Projekten gearbeitet.

„Das stelle ich mir toll vor! Wie lange ist das denn genau her?"

„Beinahe sechzehn Jahre. Eine kleine Ewigkeit." Sie lächelte, als sie daran dachte, wie unabhängig sie damals gewesen waren. Wenig Geld, feste Ziele und so unendlich frei.

Sabine kratzte sich nachdenklich das Kinn. „Und du hast sein Sekretariat geschmissen?"

Nina lachte. „Ja, auch. Aber nicht nur. Bevor sich Rolf ans Zeichnen und Berechnen gemacht hat, haben wir immer zu zweit an dem ersten Entwurf eines Hauses gebastelt. Dabei hat unser Fokus immer auf der Grundidee und somit dem gesamten Erscheinungsbild gelegen. Für Rolf ist es eine ungeheure Bereicherung gewesen, dass ich völlig unge-bremst von irgendwelchen festen Baustilen Ideen eingebracht habe. Auf die wäre er, blockiert durch sein immenses Fachwissen, von allein nicht gekommen."

„Das stelle ich mir richtig romantisch vor."

Ja, das war es auch. Mehr noch. „Du musst dir vorstellen, dass ich sozusagen fantasievoll habe spielen dürfen. Mit Stilen und Ideen. Ich konnte durcheinanderwürfeln, was und so viel ich wollte. Und er hat dann unsere gemeinsamen Einfälle zu neuartigen und wunderschönen Häusern verbunden. Am Ende haben die Anwesen dann seinen ganz persönlichen Ausdruck, seinen eigenen Stil, widergespiegelt."

Nina starrte versonnen in die Luft. „Er hat gezeichnet und berechnet wie ein Wilder und ich habe alles schriftlich dokumentiert. Spezialisiert auf Einfamilienhäuser und kleinere Immobilien zum Vermieten, hat er auch schon mal einen Auftrag für eine Villa in Grunewald an Land gezogen. Das war immer sein Traum. Unendlich vielschichtige Häuser wollte er bauen. Hat ja auch eine Zeit lang geklappt. Aber dann war eben alles anders gekommen. Vorbei."

„Warum denn nur?", forschte Sabine nach.

Nina freute sich, dass ihre Kollegin gespannt nachfragte und entgegnete: „Rolf hat ein lukratives Angebot von einer der größten Architektenfirmen Berlins, Hallmann und Winter GmbH, bekommen. Sie haben ihm so viel Geld geboten, dass er einfach nicht ablehnen konnte. Und nach einigen Jahren hat er sich gelangweilt, wurde unruhig, Geld hin, Geld her. Und im Ergebnis hat er mit Harald und Jens, beides

Architekten, eine eigene Firma gegründet." Hier brach sie ab. Sie hätte sich damals nicht im Traum vorstellen können, wie es damit ausgehen sollte. Die Erinnerung daran versetzte ihr heute noch einen Stich. Aber eines wollte sie unbedingt noch loswerden: „Die Zeit in unserer kleinen Wohnung war die beste meines Lebens."

„Das glaub ich dir gern. Aber ein bisschen mehr Geld ist doch auch nicht verkehrt."

Da mochte Sabine recht haben. Verkehrt war es nicht, aber eben nicht alles. Jedenfalls hatte Nina damals keinerlei Probleme mit der ewigen Schnieferei gehabt wie hier. Sie kramte verärgert in ihrer großen Ledertasche nach einem Taschentuch. Sie musste sich beeilen, sonst tropfte gleich noch etwas auf die Tastatur.

Während sie mit dem Papiertuch an ihrer Nase herumhantierte, schob sich das Bild wieder in ihre Erinnerung: Ein winziger Balkon, auf dem man gerade mal zwei Stühle deponieren konnte, grenzte direkt an die Wohnung. Dort hatten sie sich frische Luft um die Nasen wehen lassen, wann immer sie Lust hatten.

Einfach großartig!

Schwamm drüber. Vorbei ist eben vorbei. Basta!

Aber sie spürte genau im selben Augenblick, dass eben nichts ‚basta' war. Trotzdem schob sie den Gedanken gewaltsam beiseite. Sie lebte in der Gegenwart und nicht in der Vergangenheit. Sie merkte, wie sich ihre Nase bereits wieder auffüllte. Wenn das keine hübsche Ablenkung von ihren anheimelnden Gedanken war! Schnieftuch oder nicht? Was für eine ungeheuer wichtige Frage! Sie schaute durch die blitzblank geputzten Fenster auf den blauen Himmel. Nur noch wenige Wochen bis zum Frühling, ihre liebste Jahreszeit. Jedes Mal war es so, als würde eine Reset-Taste gedrückt und alles stand auf Anfang.

Zerstreut schniefte sie ins nächste Tuch. Ihre Müdigkeit wollte einfach nicht verschwinden, obwohl sie bereits zwei Tassen starken Kaffee in sich hineingeschüttet hatte. Auf den Bildschirm starrend, hörte sie

Sabine fröhlich vor sich hin summen. Offenbar war der gestrige Abend besser gelaufen als der vorangegangene, sonst hätte sie dem Versuch nie und nimmer widerstehen können, Nina irgendwelche Märchen durchs Trommelfell zu tröten. Aber sie sollte nicht so ungerecht sein. Sabine hatte ihr gerade nicht nur zugehört, sondern ihre Geschichte aus einer längst vergangenen Zeit sogar nachgespürt. Und das war sehr wohltuend.

Mit einem Mal fuhr Nina auf ihrem Stuhl herum! Das Licht über ihr flackerte. Zwar ganz leicht, aber doch sichtbar. „Irgendetwas stimmt nicht mit dem Licht, oder?", fragte Nina ihre Kollegin.

„Welches Licht?" Sabines Augen klebten förmlich an ihrem Bildschirm.

„Mensch, guck doch mal nach oben!"

Sabine tat wie ihr geheißen. „Da oben stecken unsere billigsten Energiesparer, Nina, was soll schon damit sein?"

„Jetzt ist es weg."

„Was?"

„Das Flimmern."

„Ich habe nichts bemerkt."

Jetzt war ja auch nichts mehr zu sehen. Angestrengt starrte Nina zu den Deckenleuchten, bis das helle Licht in ihre Augen stach. Sie senkte den Kopf und ein Schwindel erfasste sie, als würde sie jemand auf ihrem Stuhl hin und her drehen. Sie sog die ohnehin schon verbrauchte Büroluft tief ein, in der Hoffnung, wieder klar sehen zu können.

„Guten Morgen", grüßte Pit Klasen betont freundlich und zwinkerte Nina zu. Mit kurzen Schritten lief er direkt zu Sabine.

Nina hatte ihn erst bemerkt, als er schon im Büro stand. Was war nur mit ihr los? Sie starrte auf einen Punkt ihres Bildschirms. Allmählich sah sie wieder schärfer. Auch der Schwindel verabschiedete sich langsam.

„Frau Wittler, rufen Sie doch bitte die Rechnung an Weissen und Lambert auf", fuhr Klasen Sabine an.

Nicht schon wieder, schoss es Nina durch den Kopf. Eigentlich wollte sie sich ein Glas Mineralwasser holen, damit sie nicht noch einmal Karussell fuhr. Vermutlich hatte sie einfach zu wenig getrunken, erklärte sie sich ihren eigentümlichen Zustand. Aber wenn Klasen schon wieder dabei war, Sabine eins auf den Deckel zu geben, musste sie hierbleiben. Sie wollte ihr wenigstens beistehen, wenn sie es schon nicht verhindern konnte. Während Sabine in die Tasten schlug, um das Dokument aufzurufen, drehte sich Klasen zu Nina herum und verzog gereizt das Gesicht. Bei Sabine auf dem Bildschirm erschien alles Mögliche, aber nicht die gesuchte Rechnung an Weissen und Lambert. Da ging es um satte 150.000 Euro. Und wenn da etwas schiefgegangen sein sollte, wollte sie nicht in Sabines Schuhen stecken. Andererseits waren Fehler menschlich. Das sollte gerade Klasen wissen, der selbst genug davon machte und nicht einmal die kleinste Zahlenreihe in seinem Schädel addieren konnte.

Mit lautem Stöhnen ging er auf Nina zu. Wieder zwinkerte er. Diesmal nicht freundlich, sondern verschwörerisch.

Andauernd ließ er unterschwellig anklingen, dass er Sabine nicht leiden konnte.

Verstohlen nahm er Nina ins Visier. Er seufzte kaum hörbar und bedauerte, dass sie nicht ein paar Jahre jünger war. Dann hätte er sie angeflirtet, was das Zeug hält. Er sah, wie sie sich das volle dunkle Haar aus der Stirn strich und bewunderte ihre asketische Nase, die ihrem Äußeren etwas Südländisches verlieh.

,Klack, klick, klick' klapperte es hektisch hinter ihm aus Sabines Richtung, was ihn nicht daran hinderte, Nina unbemerkt weiter zu beobachten. Ihre schlanke, aber ausnehmend kurvige Erscheinung traf ihn nicht zum ersten Mal mitten ins Hormonzentrum. Er stellte sich vor, wie sie wohl vor zwanzig Jahren ausgesehen haben mochte. Nicht, dass sie heute nicht mehr attraktiv war, das nicht, aber die Zahl fünfzig war für ihn bereits ein Liebeskiller.

Was ein Glück für Nina, die absolut keine Ahnung von Klasens amourösen Fantasien hatte. Sie hatte für Pit Klasen ungefähr so viel übrig wie für Wolfilein, dem hysterisch kläffenden Flohtransporter auf vier Pfoten. Der sprang ihrer betagten Nachbarin, Frau Kornstein, um die Beine und zwickte ihr in die Wade, wann immer ihm danach war. Den musste Nina auch irgendwie aushalten. Aber bloß von Weitem.

„Ich hab sie", rief Sabine aufgelöst.

„Das ist einfach phänomenal, Frau Wittler, wirklich, einfach fantastisch", tönte Klasen in übertrieben begeistertem Ton und wedelte mit den Papieren in seiner Hand vor Sabines Nase herum. Er räusperte sich theatralisch: „Wir sind doch alle bemüht, so viel Umsatz wie möglich zu machen, Frau Wittler?"

„Selbstverständlich." Sabine nickte ihm eifrig zu.

„Sehen Sie, aber doch nicht um jeden Preis, oder?"

„Wie meinen Sie das?"

Nina verstand nicht, warum er nicht, wie sonst auch, zwar mit sarkastischem Unterton, einfach zur Sache kam und ihrer Kollegin den vermeintlichen Schnitzer unter die Nase rieb sowie Weissen und Lambert eine korrigierte Rechnung bezahlen ließ. Sie spürte, wie ihr Blut zu brodeln begann. Es war einfach unnötig, Sabine wie einen Fisch an der Angel zappeln zu lassen.

„Wissen Sie, wie peinlich das ist, dem Kunden 5.000 Euro zu viel in Rechnung zu stellen? Können Sie sich das vielleicht ausmalen?" Klasens Stimme wurde lauter.

Zitternd fasste Sabine nach den Papierbögen in Klasens Händen, doch er zog sie weg. „Bitte, zeigen Sie mir doch, was ich falsch gemacht habe", flehte Sabine kleinlaut.

Sabine tat Nina unendlich leid. Das hatte sie nicht verdient. Schließlich war sie zuverlässig. Und selbst wenn mal etwas verkehrt lief, lag das nicht zwingend an Sabine.

Dauernd kam es vor, dass die Technik falsche Artikelnummern oder Bezeichnungen herausgab, die in keinem Zusammenhang standen.

„Ich bin es leid, Frau Wittler, absolut leid, dass hier andauernd etwas schiefgeht", brüllte Klasen plötzlich auf.

Was war bloß in ihn gefahren? Unwirsch wurde er hin und wieder, was fies genug war, aber dass er derart ausrastete, kam das erste Mal vor.

Nina schoss das Blut bis unter die Schädeldecke. Der Vesuv kurz vor dem Ausbruch konnte unmöglich heißer sein. „Herr Klasen", begann Nina, „wäre es Ihnen möglich, die Angelegenheit in Ruhe zu klären? Sie sehen doch, dass Frau Wittler völlig fertig ist?"

Verdutzt drehte er sich zu Nina. „Frau Landauer, mit Ihnen hat das doch gar nichts zu tun. Ich bin mit Ihrer Arbeit sehr zufrieden, aber Ihre Kollegin ..." Weiter kam er nicht.

„Diese bescheuerte Schleimtour können Sie sich ein für alle Mal sparen, Herr Klasen", legte sie los. Die feurige Lava spuckte unaufhaltsam aus dem Vulkan. „Mir fällt es seit Jahr und Tag auf die Nerven, wie Sie jedes Mal auf Frau Wittler herumhacken." Sie hörte ihre eigenen Worte wie die einer Fremden.

„Aber ...", stammelte Klasen verunsichert.

„Erstens, Herr Klasen, sind Fehler menschlich. Das müssten Sie wohl am besten wissen." Nina stand auf und lief auf ihn zu. Es gab kein Zurück mehr. Wenige Zentimeter vor ihm blieb sie stehen. „Zweitens wissen Sie vermutlich nicht einmal, wer das verbaselt hat." Ihre Hände fuchtelten wild um sich, als würde sie Beethovens Neunte dirigieren. Mit Verve.

„Warum mischen Sie sich eigentlich ein?" Klasen hatte seine Stimme wiedergefunden, stand dennoch bedröppelt vor ihr wie Wolfilein nach einem kräftigen Regenguss.

„Und drittens: Ich kündige!"

„Das kann man doch alles in Ruhe klären", stammelte Klasen, der zwar der Vorgesetzte der beiden Frauen war, aber auch ein Untergebener der Geschäftsleitung.

Von dort gäbe es auf jeden Fall Klärungsbedarf wegen einer fristlosen Kündigung und dann würde er sein unangemessenes Verhalten rechtfertigen müssen.

„Nina, lass nur ...", versuchte Sabine ihre Kollegin zu beschwichtigen. Einerseits freute sie sich darüber, dass Nina für sie in die Bresche sprang, andererseits wollte sie einen Konflikt dieser Tragweite verhindern.

Nina wischte Sabines Bedenken mit der Hand zur Seite, als würde sie ein paar lästige Papierschnipsel vom Tisch fegen. „Seit fünf Jahren, Herr Klasen, sehe ich mir Ihr Verhalten an. Sie sind sicher kein Unmensch, bei Weitem nicht, aber Sie bieten auch alles andere als eine einzige Qualität, um als Vorgesetzter zu fungieren." Sie wollte auf gar keinen Fall zurück. Sie wollte weg hier und genau in diesem Augenblick wurde ihr klar, wie lange dieser Wunsch in ihr bereits arbeitete. Deshalb setzte sie unmissverständlich nach: „Ich sag's mal, wie es ist: Menschlich gesehen stehen Sie eindeutig auf der Passivseite der Bilanz, Herr Klasen, nur eben nicht als Eigenkapital der Firma." Sie machte auf dem Absatz kehrt, schnappte sich ihre Ledertasche und lief mit festen Schritten davon.

„Das hat Konsequenzen für Sie", rief Klasen ihr hilflos nach, als hätte sie nicht bereits den Endpunkt gesetzt, sondern als hielte er alle Entscheidungsmacht weiterhin in seinen Händen. Wenn ihn das ein bisschen größer machte, wollte Nina ihm die paar Zentimeter ruhig lassen.

Erst jetzt merkte sie, wie sehr sie die Tatsache behindert hatte, dass Rolf die Familie mit seinem Konkurs vor vier Jahren in Schwierigkeiten gebracht hatte. Aber jetzt war es gut. Sie fühlte sich befreit, als würde sie fliegen. Bloß weg hier. Im Vorbeigehen riss sie ihren Wintermantel vom Haken der an der Wand festgetackerten Garderobenleiste. Das ging hier alles schon so lange schief, dass sie eigentlich schon selbst ganz schräg durch die Gegend laufen müsste. Dann hätte jeder auf den ersten Blick sehen können, wie sehr sie sich über Jahre hinweg verbogen hatte. Scheißjob! Scheißleben! Wütend lief sie mit weit ausholenden Schritten nach draußen. Vor der Tür ließ sie die kühle Luft in ihre Lungen strömen, als wäre es das Köstlichste, was sie je geschmeckt hatte. Sie spürte, dass ihr Herz wie ein Pferd galoppierte. Trotzdem besetzte ein zufriedenes Lächeln ihr Gesicht. Hätte sie sich genau in diesem Moment im Spiegel betrachtet, sie hätte gesehen, was sie fühlte:

Frieden, unendlichen Frieden, trotz aller Aufregung.

Sie stieg in ihren Wagen und fuhr mit ruhiger Hand davon. Die Straßen waren an diesem Vormittag belebt, dennoch kam sie zügig voran. Was wohl Rolf dazu sagen würde? Und Jule? Sein viel zu ruhiger Blick schob sich wieder in ihre Gedanken. Gefühllos, ohne jede Reaktion. Obwohl sie ihm eine alles andere als gute Nachricht präsentiert hatte. Plötzlich machten sich schon wieder Tränen auf, ihr die Sicht zu vernebeln. Sie versuchte, sie wegzublinzeln. Aber es half nicht. Sie hielt mit dem Fahrzeug am Straßenrand, zupfte ein Tempo aus ihrer Handtasche und tupfte sich die Tränen von der Wange.

Bestimmt reagierte sie überempfindlich, was Rolfs Reaktion anging. Dennoch konnte sie seine ungerührte Miene nicht vergessen. Dabei sollte sie doch verdammt noch mal froh sein, dass Rolf und Jule gesund waren. Sie liebte die beiden über alles. Ihr Herz füllte sich mit einem Mal voller Liebe und sie spürte eine sanfte Woge durch ihren Körper strömen. Trotzdem schluchzte sie. Krieg dich wieder ein, befahl sie sich und versuchte, sich damit wieder in den Griff zu bekommen. Heulte sie jetzt allein wegen Rolf oder tat es ihr etwa leid, dass sie Hals über Kopf gekündigt hatte?

Sie schüttelte den Kopf und lächelte. Nein, das war das einzig Richtige, das sie seit Jahren getan hatte. Trotz allem.

7

Die Wohnungstür fiel leise ins Schloss, während sie ihren warmen
Wintermantel an die Garderobe hängte. Ein eisiger Schauer durch-
flutete ihren Körper. So kalt war es doch gar nicht, als dass sie hätte
frieren müssen. Sie braute sich einen starken Kaffee und ließ sich auf
das Wohnzimmersofa fallen. Ob sie zu hart mit Klasen ins Gericht
gegangen war?

Zweifel und ein schlechtes Gewissen durchzogen ihre Gedanken wie
graue Wölkchen, die zwar düster den Himmel entlangstreiften, aber
keinen Regen zustande brachten. Leider standen die kleinen Wolken
häufig dem Sonnenlicht länger im Weg als die massigen Regenwolken.
Die brachten zwar einen mächtigen Guss hervor, verschwanden aber
gleich darauf auf Nimmerwiedersehen. Sie hielt die heiße Kaffeetasse
mit den Händen umschlossen und spürte, wie ihre Handflächen warm
wurden.

Nina hatte Klasen mitten in die Weichteile getreten und beleidigt, wie
sie das noch nie zuvor einem fremden Menschen gegenüber getan
hatte. Gegenüber Rolf oder auch im Freundeskreis, einer eng abge-
steckten Privatsphäre, konnten Diskussionen bisweilen überkochen. Da
nahm sie kein Blatt vor den Mund. Meist wurde offene Kritik am Ende
zur konstruktiven. Aber hier lag der Fall anders. Ihre Worte waren
weitaus härter gewesen, als er jemals mit Sabine umgesprungen war,
und sie hatte ihm keine Gelegenheit mehr gegeben, sich mit ihr
auseinanderzusetzen. Allerdings war seine anzügliche Art ihrer Kollegin
gegenüber mindestens genauso verletzend wie Ninas Ausbruch. Das lag
hauptsächlich daran, dass Sabine sich ihm gegenüber als Vorgesetzten
nicht hatte zur Wehr setzen können, wie sie es einem Freund oder
Bekannten gegenüber getan hätte. Nina schmunzelte bei der Vorstellung, was Sabine mit ihm angestellt hätte, wäre er nicht ihr Boss,
sondern nur ein x-beliebiger Pit Klasen, ein Mensch auf Augenhöhe.

Der hätte sich warm anziehen können. Sie hätte ihn wortreich und lautstark, ach was, ohrenbetäubend, zusammengestaucht und dann links liegen gelassen und nie wieder ein Wort mit ihm gewechselt. Dem hätte das Trommelfell gebrannt. So aber musste sie sich einer übergestülpten Hierarchie unterwerfen. Nicht etwa erworben durch herausragende Fähigkeiten, sondern allein durch Krönung. Einer Macht, die bei Prelight eindeutig der falschen Person in die Hände gelegt worden war: Klasen. Und wenn sie Klasens Macht plus seine Art plus seine Worte addierte, hatte das in der Summe mindestens so viel Schlagkraft wie Ninas Wuttirade, wenn nicht sogar mehr.

Nachdem ihr das klar war, lehnte sie sich entspannt zurück und nippte an ihrem heißen Kaffee. Der aromatische Duft beruhigte sie. Wollte sie nicht Frau Fischer wegen ihrer Autodingsda anrufen? Oder sollte sie besser Rolf sofort Bescheid sagen, dass die Familie vorerst auf ihr Gehalt verzichten musste? Damit wird sie ihm auf jeden Fall Sorgenfurchen auf die Stirn graben. Was soll's, den Ärger konnte sie auch nachher haben. Julchen würde auch bald auf der Matte stehen und als Erstes wissen wollen, warum ihre nervende Mutter um diese Zeit schon zu Hause war. Sie sollte die Zeit bis dahin für sich nutzen und vielleicht mit einer ihrer Freundinnen über die ganze Situation sprechen.

Dabei kam ihr sofort Chrissie in den Sinn. Aber schon im nächsten Augenblick verspürte sie keine Lust mehr, sie anzurufen. Eigenartig, sie war über Jahrzehnte hinweg ihre engste Vertraute. Und Zeit dürfte sie auch haben. Als Hausfrau und Mutter konnte sie sich die ehrenamtliche Arbeit für die Schule weitestgehend einteilen. Nina fiel ein, dass sie an den Nachmittagen selten gute Karten hatte, ein Gespräch mit ihr zu führen. Da war sie damit beschäftigt, ihre beiden Söhne zu Bestnoten anzutreiben. Für die drei täglich der ultimative Härtetest. Und den gewannen regelmäßig die Jungs. Sollte Jule doch mal bei ihr ein paar Wochen leben und sich das antun! Sie würde mit Sicherheit nicht mehr so auf Nina herumhacken, als wäre das ihr auserwählter Lieblingssport.

Nein, Chrissie konnte warten. Lieber wollte sie versuchen, Frau Fischer zu erreichen. Sie spazierte mit dem Telefon in der Hand ins Arbeitszimmer, kramte den Zettel mit der Nummer heraus und rief die ihr unbekannte Frau an, die sich am anderen Ende mit wacher Stimme meldete.

„Mein Name ist Landauer. Ich habe Ihre Rufnummer aus dem Forum für Autoimmunthyreoiditis. Dort steht, Sie leiten eine Selbsthilfegruppe." Das Wort ‚Thyreoiditis' kam Nina sehr holprig über die Lippen, was daran lag, dass ihr dieses Wort vorher nie untergekommen war.

„Das stimmt. Aber ich sehe gerade auf meinem Display, dass Sie aus Berlin anrufen. Wir treffen uns einmal im Monat in Bremen. Das ist sicherlich zu weit für Sie", bemerkte Frau Fischer.

„Darum geht es mir gar nicht. Ich hätte gern ein paar Informationen über Autoimmunthyreo... , ach, ich hab noch Schwierigkeiten, dieses Wort auszusprechen."

Frau Fischer lachte am anderen Ende. „Das geht uns allen so. Wir nennen uns Betroffene deshalb meist Hashis. Hashimoto hat ja als Erster veröffentlicht, dass sich das körpereigene Immunsystem gegen ein Organ richten kann. Deshalb wird Ihnen der Begriff Hashimoto-Thyreoiditis öfter begegnen als Autoimmunthyreoiditis."

Nina durchzuckte wieder der Gedanke, dass die Bezeichnung ‚Hashi' ihr einfach zu salopp daherkam. Wollten die Betroffenen mit dieser lapidaren Form nun allumfassendes Wissen zeigen oder aber die Krankheit verniedlichen? Vielleicht wollten sie dem Gewehr auch bloß die Munition nehmen, beschloss sie.

„Was mich am meisten durcheinanderbringt, ist die Tatsache, dass die Berichte aus dem Internet unterschiedliche Aussagen treffen. Einmal kann man damit gut leben, wenn man Schilddrüsenhormone einnimmt, dann kann es wieder sein, dass noch mehrere Autoimmunkrankheiten dazukommen, bis hin zum qualvollen Exitus", sagte Nina.

„Wenn Sie so wollen, ist das ja auch so. Das haben Sie schließlich bei jeder Krankheit. Sie können nie genau wissen, was Sie erwartet", entgegnete Frau Fischer sanft.

Aber zu anderen Krankheiten sagt kein Mensch Krebsi, Bruchi, Lungi oder sonst irgendwelche Kosenamen, sinnierte Nina.

„Im Allgemeinen", fuhr Frau Fischer fort, „ist diese Krankheit gut behandelbar. Tatsächlich habe ich in meiner Gruppe die Erfahrung gemacht, dass noch andere Autoimmunerkrankungen hinzukommen. Ich habe beispielsweise starkes Rheuma."

„Ich habe von einem Fall gelesen, in dem der Betroffene einen langen und heftigen Leidensweg hinter sich bringen musste, bis er endlich erlöst war", berichtete Nina.

„Dann waren sicher die inneren Organe betroffen und die Erkrankung hat einen besonders schrecklichen Verlauf genommen. Glauben Sie mir, den meisten von uns geht es den Umständen entsprechend gut. Wie hoch ist denn Ihr TSH-Wert?"

„Der Hormonwert liegt bei 4,6. Ist also nur leicht drüber."

„Leicht drüber, wenn man bei einer Unterfunktion mit einem Grenzwert von 4,2 oder 4,5 ausgeht. Richtig ist aber nach heutigen Erkenntnissen ein Grenzwert von 2,5. Liegen Sie darüber, befinden Sie sich bereits in einer Unterfunktion."

„Das begreife ich nicht. Mir liegen doch ganz aktuelle Blutwerte vor."

„Das ist dem Umstand geschuldet, dass sich nicht so viele Ärzte mit dieser Krankheit beschäftigen. Sind Sie bei einem Hormonspezialisten, also einem Endokrinologen, oder bei einem Internisten in Behandlung?"

„Bei einem Internisten."

„Das hört sich vielleicht überheblich an, ist aber leider die Wahrheit: Die nicht auf diese Krankheit spezialisierten Ärzte haben meist nicht mehr als ein Grundwissen, was die hormonelle Situation des Körpers anbelangt, während ein Endokrinologe darauf spezialisiert ist und sich viel eingehender damit beschäftigt. Außerdem kann es sein, dass man einen TSH-Wert über 2,5 hat und keine Beschwerden vorliegen. Dann muss man auch nichts machen. Aber wenn zusätzlich eine Hashimoto-Erkrankung nachweislich aufgrund zu hoher Antikörper im Blut vorliegt, muss gehandelt werden. Was haben Sie denn für Beschwerden?"

Das war eine gute Frage.

„Laut meinem behandelnden Arzt sind Schwindel und Kopfschmerzen keine auf die Krankheit bezogenen Symptome. Er will meine Blutwerte in ein paar Monaten kontrollieren", meinte Nina.

„Was?", rief Frau Fischer aufgebracht durchs Telefon. „Natürlich sind das Symptome! Was meinen Sie, was noch alles dazugehört? Das geht über Gedächtnisschwäche und hoher Reizbarkeit bis hin zu Depressionen und Angstzuständen. Bitte besorgen Sie sich rasch den Ratgeber ‚Leben mit Hashimoto-Thyreoiditis'. Und suchen Sie unbedingt einen Endokrinologen auf."

Nina war es, als hielte sie einen Schlüssel in der Hand, den sie im Schloss einer riesigen Tür umdrehte. Das durfte doch nicht wahr sein! Sie befand sich am Beginn des dritten Jahrtausends. Ihr war klar, dass die Menschheit unendlich vieles nicht wusste. Aber dass Ärzte, die es besser wissen müssten, beinahe so ahnungslos waren wie sie, hätte sie nie für möglich gehalten!

„Frau Fischer, ich möchte mich ganz herzlich bei Ihnen bedanken. Hätte der Zufall mich nicht zu Ihnen geführt, wäre ich immer noch dumm wie die Nacht finster. Ich dachte immer, alles, was ich so in den letzten Jahren an Stimmungsschwankungen und Kopfschmerzen hatte, sind die Wechseljahre."

„Das denken leider viele. Um das auszuschließen, sollten Sie sich vom Gynäkologen Ihre Hormonwerte bestimmen lassen. Übrigens: Ich halte nicht so viel von Zufällen", meinte sie lachend.

Nachdem Nina aufgelegt hatte, wählte sie aufgewühlt nun doch die Nummer ihrer Freundin Chrissie. Sie musste jetzt unbedingt mit ihr reden, bevor sie sich daran begab, einen Endokrinologen ausfindig zu machen. Chrissie würde ihr bestimmt zuhören und dabei nicht gleich in Sorge um sie versinken. Es war wichtig für Nina, niemanden mit ihrem Kummer zu behelligen, solange sie nicht selbst stabil damit umgehen konnte. Und ihre Freundin war hart im Nehmen. Außerdem kannte sie sie von all ihren Freunden am längsten. Mit ihr hatte sie ihr Abi gemacht, war mit ihr vor über dreißig Jahren um die Häuser gezogen.

Sie dachte für einen Augenblick an Chrissies Eltern, die besonders liebevoll zu Nina gewesen waren. Sicher auch deshalb, weil sie ihre eigenen Eltern mit sechs Jahren bei einem Autounfall verloren hatte.

Der Italiener ‚Alfredo‘ war bei seinen Gästen nicht nur deshalb beliebt, weil das Essen vorzüglich schmeckte, sondern auch, weil das Restaurant sehr geräumig war. Zugleich wurde jeder Tisch, umschlossen von liebevoll verputzten Kalkwänden, zu einem verschwiegenen Plätzchen.

Das ist meine Chrissie, dachte Nina, die ihrer Freundin mit einem Sahne-Eisbecher gegenübersaß. Sie war zuverlässig und, wenn es darauf ankam, bereit, alles stehen und liegen zu lassen und sich Ninas Problemberg anzutun. Sie wusste zwar nicht, wann sie das letzte Mal den Rat ihrer Freundin benötigt hatte, aber heute war sie für sie da, was sie für einen Augenblick fröhlich stimmte. Und mit Sicherheit würde sie heute nicht mit den Zensuren ihrer Kinder aufwarten oder ihr mit neuen Diäten kommen, die sie regelmäßig wie neu entdeckte, heilige Artefakte feierte.

„Das ist wie Pacman. Der frisst die ganzen Plätzchen auf. Und wenn er alle vertilgt hat, ist er der große Gewinner, aber das Spiel ist erst mal zu Ende. Wenn ich allerdings Pech habe, macht der woanders einfach weiter", erläuterte Nina ihrer Freundin die Krankheit.

Mit mattem Lächeln fuhr sie fort: „Aber ich gehe mal davon aus, dass Pacman von dieser Plätzchenration gründlich die Schnauze voll hat und sich bis zum Ende seiner Tage mit anderen bunten Keksen, irgendwelchen Bakterien und Viren, beschäftigt, die von draußen auf ihn einströmen."

Chrissie, deren Pagenschnitt knallrot aufleuchtete, seufzte auf, was Nina als Beileidsbekundung deutete. „Das tut mir echt leid. Aber weißt du was? Das wird schon nicht so schlimm werden", sagte sie mit aufmunterndem Lächeln auf den Lippen. Und mit einer wegwerfenden Handbewegung meinte sie: „Du hast einen wundervollen Mann und eine Tochter, die super in der Schule ist. Was willst du mehr? Wenn ich da an Alex und Tom denke!" Ein gestresstes Stöhnen drang über ihre

Lippen, bevor sie fortfuhr: „Also eigentlich kann ich mich nicht beklagen, aber trotzdem. Mit den beiden wird es immer schwieriger. Deshalb bin ich auch hierher geflüchtet. Das ist allemal besser, als sich zu Hause herumzuärgern." Chrissie begann, in ihrem dressinglosen und somit von jedweder durchtriebenen Kalorie befreiten Salat herumzustochern.

Nina starrte ihre Freundin ungläubig an.

Was dann kam, war eine Aufzählung von ‚alles nur Einsen und Zweien' ihrer Filiusse. Aber die Vier in Mathe, die Alex ihr präsentiert hatte, war eine reine Zumutung. Was bildete sich der Mathelehrer eigentlich ein? Der könne sich vorher schon mal warmlaufen, wenn sie das nächste Mal bei ihm auftauchen würde.

„Ich meine, da reden die Politiker immer davon, alle Schüler mitnehmen zu wollen, und setzen den Kindern solche Nieten vor. Wenn der es nicht schafft, Mathe für Alex interessant zu machen, kann doch mein Junge nichts dafür."

Als sie dann noch von gebratenem Tofu zu schwärmen begann, dabei aber immer wieder einen lüsternen Blick auf das Schnitzel am Nebentisch warf, schaltete Nina ab.

Ein klarer Blick dunkelblauer Augen schlich sich in ihr Gedächtnis. Rolf. Und jetzt auch noch Chrissie. Bedeutete sie eigentlich niemandem etwas? Sie könnte hier tot umfallen und keine Sau würde es bemerken! Nur ein ‚Achjottenee' hätten sie vielleicht für sie übrig, sonst nichts. Sie schob ihren halb vollen Eisbecher zur Seite, was ihre beste Freundin mit Genugtuung quittierte.

Rackerte die sich doch wie jedes Jahr ab, ihre Bikinifigur von vor zwanzig Jahren für zwei Wochen Fuerteventura zurückzuerobern.

Leider aussichtslos. Genauso wie all die Jahre zuvor.

Frustriert starrte Chrissie vor sich hin, derweil sich ihr Mund zu einem dünnen Strich verzog und ihre Miene einen verbiesterten Ausdruck annahm.

„Ich hab keinen Job mehr", unterbrach Nina sie leise.

„Ach je, wie ist das denn passiert? Wo ihr doch jeden Cent braucht, seit Rolf seine Firma in den Sand gesetzt hat." Chrissies Gesicht hellte sich schlagartig auf.

„Vielleicht erinnerst du dich, dass es nicht Rolf allein war. Er hatte schließlich noch zwei Partner an seiner Seite. Aber die alte Geschichte will ich jetzt nicht aufwärmen."

Chrissie unternahm nicht einmal den Versuch, ein gelangweiltes Gähnen zu unterdrücken. Irrte sich Nina oder scherte sich ihre Freundin keinen Deut um ihr Leben und ihre Nöte? Während sie ihr von der Kündigung und den Gründen dafür berichtete, beobachtete sie Chrissie etwas genauer. Sie war nicht allein desinteressiert, sondern vielmehr genervt.

Nachdem Nina mit ihren Ausführungen geendet hatte, sah sich Chrissie ihrerseits angefeuert, den Ausgleich fürs Zuhören einzufordern und ihr die exklusiven Hobbys ihrer Kinder, Eishockey und Drachenfliegen, unter die Nase zu reiben. Sie flocht dabei immer wieder ein, wie wenige Eltern ihren Kindern das bieten konnten, was natürlich Missgunst bei den Klassenkameraden hervorrief, zumal Tom und Alex jetzt auch noch Privatstunden auf dem Tennisplatz genossen.

Das erste Mal, seit sie Chrissie kannte, begriff Nina, dass sie ihr all die prima Dinge aus ihrem Leben nicht etwa erzählte, weil sie selbst darüber glücklich war, sondern damit anderen, auch Nina, vor Neid die Augen aus dem Kopf fallen sollten.

Bekümmert senkte sie den Blick.

Hatte sie das all die Jahre nicht kapiert? Sie lehnte sich in ihrem Korbsessel zurück, griff nach ihrem in der Zwischenzeit kalt gewordenen Kaffee und starrte in die Tasse, als fände sie dort die Antworten auf all ihre Fragen. Sie hoffte, dass ihre Gesprächspartnerin ihren Vortrag bald beendet haben würde, damit sie sich von ihr mit Bussi links und Bussi rechts verabschieden konnte.

Später, irgendwann einmal, wollte sie sich mit ihren Gedanken zu Chrissie eingehender beschäftigen. Jetzt galt es jedoch, ihre eigenen Probleme zu lösen. Sie musste unbedingt mit Rolf über die Tatsache sprechen, dass sie nicht mehr bei Prelight Solutions arbeitete. Ihr Blick fiel auf den Eisbecher, in dem das restliche Eis zu einem hässlichen Brei zerschmolzen war.

9

Zerstreut griff sie nach der Fernbedienung. Sie hätte Conny oder Michi anrufen können, seit Jahren gute Freundinnen, aber momentan hatte sie kein Verlangen danach. Wer wusste schon, ob eine der beiden Zeit hätte, sich ihr Gejammer anzuhören. Außerdem hatte sie nicht grundlos Chrissie ins Vertrauen ziehen wollen. Sie dachte immer, ihre langjährige Freundin wäre ihre stärkste Verbündete gewesen.

Womöglich war Nina in ihrer vertrackten Situation zu streng mit ihr. Vielleicht sah sie selbst alles im Augenblick ein bisschen zu eng. Egal, wie viel sie darüber nachgrübelte, sie würde jetzt zu keinem Ergebnis kommen. Sie sollte sich besser selbst erst einmal gründlich sortieren. Dafür war die Gelegenheit gerade günstig. Jule hatte eine Notiz in der Diele für sie hinterlassen, dass sie bei ihrer Freundin sei und vor neun Uhr abends nicht heimkehren werde. Sie hatte also noch zwei Stunden Zeit, sich zu entspannen. Sie legte die Beine hoch und hastete durch die TV-Kanäle von einer Soap zur nächsten, bis hin zu den Berichten über Promis, die sich offenbar tagtäglich neu erfanden, nur um der Presse Futter vor die gefräßigen Mäuler zu werfen. Bloß nicht in der Versenkung verschwinden, lautete das Motto.

Doch gerade das war Ninas sehnlichster Wunsch. Mindestens für die nächsten hundert Jahre.

Sie spürte, wie ihre Augenlider bleischwer über ihren Pupillen hingen. Am liebsten hätte sie sich ins Bett gelegt. Für immer. Wenn sie sich jetzt nicht über irgendetwas aufregte, würde sie auf der Stelle einschlafen. Das Ergebnis wäre dann, dass sie heute Nacht senkrecht im Bett stehen würde. Außerdem musste sie mit Rolf reden. Der würde vermutlich erst gegen zehn Uhr antanzen. Sie stellte sich vor, wenn sie es nicht tat, wie er sie morgen früh vollkommen aufgelöst aus dem Schlaf rütteln würde, weil er meinte, sie hätte verschlafen. Das musste sie sich wirklich nicht antun.

Jetzt kräuselten sich doch noch Falten auf ihrer Stirn wie ein durchpflügter Acker. Sie strich sich mit der Hand über die Augen. Warum konnte sie nicht einfach abschalten und an nichts denken?

Sie gähnte. Das war schon mal gut. Immerhin ein Weg zur Entspannung. Flugs gedacht, schon hämmerte ihr Herz. Nix da. Keine Ruhe. Als würde sie irgendjemand ständig am Ärmel zupfen. Wieder zappte sie sich durch die Sender. Warum musste sie ausgerechnet bei den Nachrichten über aufgefundene Babyleichen stecken bleiben? Der Bericht zeigte ein beschauliches Einfamilienhaus. Ruhig lag es inmitten einer idyllischen Wohngegend. Gepflegte Gärten drumherum. Kein Schrei durchschnitt die Heimeligkeit. Kein lautes Wort drang durch die blitzsauberen Fensterscheiben. Kein einziger Gesprächsfetzen war zu hören. Stille. Absolute Stille. Wie zum Henker konnte dort so etwas passieren? Unter den Augen aller. Hätte sie in der Nähe gewohnt, sie wäre vermutlich auch aus allen Wolken gefallen. Hätte auch nichts bemerkt, genau wie alle anderen. Diese Höllenmeldung trieb ihr die Tränen in die Augen. Sie rannte in die Küche, holte sich ein Schnäuztuch und heulte erst über den grausamen Tod der Babys, dann heulte sie über sich.

Schön, jetzt nun auch noch in Selbstmitleid ertrinken, dachte sie.

„Mama, was ist mit dir los?" Jule schoss unerwartet auf sie zu.

Wo waren bloß die letzten zwei Stunden geblieben? „Ist es schon neun?", fragte Nina, ein Schluchzen unterdrückend.

„Nein, kurz vor acht. Was ist denn passiert?" Jule legte den Arm um ihre Mutter.

„Ich bin bloß müde."

„Ach?" Jule löste die Umarmung und bedachte ihre Mutter mit skeptischem Blick.

„Ich bin meinen Job los. Ich habe gekündigt."

„Nein, oder?", entfuhr es Jule. Ohne Vorwarnung brach sie in schallendes Gelächter aus.

„Was ist daran so witzig", fragte Nina, fummelte mit ihrem Taschentuch an ihrer Nase herum und stopfte es in ihre Jeans.

„Mensch, Mama. Deine megaüble Laune. Das ganze Gekreische. Ich habe schon lange gedacht, dass das an deinem Job liegt."

Die wachen Augen ihrer Tochter schlugen ihr regelrecht ins Gesicht. Sie schüttelte unvermittelt den Kopf. „Da machst du es dir wohl ein bisschen zu einfach", hielt sie ihrer Tochter vor. Die roten Blutkörperchen wachten aus ihrem Halbschlaf auf. „Meinst du nicht, dass du ein wenig mit meinen Ausbrüchen zu tun haben könntest?"

Das ist ungerecht, dachte Jule und sagte: „Ich hab keinen Bock auf Streit. Wirklich nicht."

„Klar, du hast keinen Bock. Sicher. Worauf hast du denn Bock?" Das Blut begann hitzig zu blubbern.

„Ich gehe auf mein Zimmer."

„Ja, geh nur! Mach! Und keine Angst, ich frage nicht nach irgendwelchen Hausaufgaben, Klassenarbeiten oder sonst irgendwas, was du mal wieder nicht auf die Reihe bekommen hast." Konnte Blut über dem Siedepunkt eigentlich durch die Poren hindurch verdampfen?

Wutschnaubend lief Jule in ihr Zimmer und knallte die Tür zu.

Nina saß mit zitternden Händen auf dem Sofa.

Musste sie ihrer Tochter Vorhaltungen machen? Gerade jetzt? War sie nur blöd? Aber, verdammt noch mal, hatte sie nicht auch recht? Trotzdem, sie hätte Jule nicht so angehen müssen, nicht heute.

Sie wäre gern zu ihrer Tochter gegangen, hätte sich entschuldigt, aber ihre Hände bibberten immer noch. Jule hätte ja denken müssen, ihre Mutter soff sich die Birne voll oder stand unter Drogen.

Verflixt noch mal, warum war sie derart durcheinandergewirbelt? Sie rieb sich ihre Schläfen und hoffte, irgendeinen klaren Gedanken zu fassen.

Warum kam Rolf nur ständig so spät nach Hause?

Da schob sich wie ein böses Donnergrollen sein unbekümmerter Blick vor ihr geistiges Auge. Was um Himmels willen wollte sie noch von ihm? Interessierte ihn eigentlich, was sie umtrieb und was sie fertigmachte, als würde ein riesiger Fels auf sie zurollen, um sie unter sich zu begraben?

10

Nina blinzelte den Sonnenstrahlen entgegen, die durch die riesigen Panoramafenster in den weitläufigen Raum hineinschienen. Sie saß mit übereinandergeschlagenen Beinen auf einem der braunen Stühle, an einer Stange befestigt und aneinandergereiht, und kritzelte ihre Angaben in das Arbeitsamtsformular. Wenn sie schon die Hand aufhielt und Geld vom Amt wollte, hatte sie im Gegenzug wenigstens detaillierte Daten einzutragen. Alles war regelbar.

Gestern Abend hatte sie noch mit Rolf gesprochen, über ihre Kündigung bei Prelight Solutions und die zwölfwöchige Sperrfrist, die sie dafür in Kauf nehmen musste. Am Ende stimmten sie darin überein, dass sie deshalb nicht am Hungertuch nagen mussten. Dennoch würde es wesentlich entspannter laufen, wenn sie schnell wieder einen neuen Job hätte.

Sie schaute sich um. Etliche Mitstreiter saßen um sie herum, teils gelangweilt, teils verschanzt in ihren warmen Winterjacken. Wer sich schämte, innerlich wütete oder einem Heulkrampf nahe war, beruhigte sich fix im Angesicht dieser bürokratischen Gangart.

Lahm und sortiert. Hier gab es keinen Raum für Gefühlsausbrüche. Nach dem, was an Schicksalsschlägen in den Köpfen jedes Einzelnen brodelte, hätten eigentlich alle wild durcheinanderbabbeln müssen. Das lag aber hinter blassen Pokerfaces verborgen. Sie fragte sich, ob diese kühle Sachlichkeit amtlich beabsichtigt war, damit die Angestellten ihre Ruhe hatten, oder dem verbrieften Recht jedes Einzelnen geschuldet blieb, sich bei Arbeitslosigkeit unterstützen zu lassen. Sie vermutete, dass es von allem etwas beinhaltete und so viele Menschen betraf, dass der ganze Ablauf zur ungewollten Gewohnheit mutiert war.

Nachdem sie jeden einzelnen Punkt akribisch beantwortet hatte, stellte sie sich in eine Schlange neben dem geschwungenen Bearbeitungstresen. Hinter dem sortierten drei Mitarbeiter Formulare, gaben Infoblätter heraus und führten bei Klärungsbedarf eines ‚Kunden' Telefonate mit den zuständigen Sachbearbeitern.

Richtig arbeitslos fühlte sich Nina sowieso nicht. Für knapp drei Monate bekam sie ohnehin kein Geld und sie hatte vor, so schnell wie möglich einen neuen Job zu finden. Sie fühlte sich wie ein Delfin mitten im Ozean, an dem das Dilemma eines ungewissen Schicksals abperlte wie angenehm kühles Meerwasser, durch das er hindurchglitt, nichts ahnend, ob ihm nicht einige Seemeilen entfernt ein Netz das Leben aushauchen würde. Dabei hätten ihr vor Panik die Knie schlottern müssen, so wie den unzähligen Leidensgenossen um sie herum. Oder hatte sie in der Zwischenzeit nicht mitbekommen, wie dreckig es denen ging? Wie schwer es für die ‚Alten' war, überhaupt noch einen Job zu ergattern? Sie war fünfzig. Satte fünfzig! Berichte über die trüben Aussichten, ob nun in der Zeitung oder über die Mattscheibe transportiert, gab es ja genug. Ungeachtet dieses Schreckensszenarios sollte man natürlich trotzdem Bewerbungen en gros in die Tasten tippen.

Aber bitte mit Elan und Esprit!

Es war doch wohl selbstverständlich, so zu tun, als hätte man die Horrorberichte nicht im Hinterkopf gespeichert. Andererseits gab es auch gar keine andere Möglichkeit, aus dem erdrückenden Kreislauf herauszukommen.

Sie wusste das alles, hatte genug davon mitbekommen. Doch es lief an ihr vorbei. Konnte schon sein, dass das auch daran lag, dass ihre Schaltzentrale wegen Überfüllung geschlossen war. Darin wirbelten Gedanken an ihre Autodingsda-Krankheit, Rolfs Ignoranz, ihren sägenden Ärger mit Jule bis hin zu dem Glücksmoment ihrer spontanen Kündigung wie bunte Kieselsteine mitten in einem Orkan wild durcheinander.

Außerdem würde dieses leidige Thema ‚Arbeitssuche' spätestens in vier Wochen erledigt sein, dessen war sie sich sicher. Und dann hätte sie einen Job, in dem es keinen Klasen und nur tolle Kollegen gab. Eine innere Stimme flüsterte ihr zu, dass sie für diesen frommen Wunsch nicht nur ihr Glück überstrapazierte, sondern sogar auf ein Wunder hoffte.

„Nina?", drang eine weibliche Stimme von hinten zu ihr vor.

Bereits während sie sich umdrehte, schälte sich Jens' Freundin aus der Reihe und winkte ihr fröhlich zu. Auch das noch! Nicht, dass sie Marie nicht mochte, aber hier wäre sie am liebsten niemandem begegnet. Allein schon deshalb, weil sie jetzt erklären musste, warum, wieso, weshalb sie ohne Arbeit dastand. Und dazu hatte sie mindestens so viel Lust, wie sich mit Klasen auf einen Kaffee zu treffen.

„Hi Marie", grüßte sie widerwillig und zeigte auf ihren Antrag, was bedeutete, dass sie hoch konzentriert auf ihren Auftritt bei den Formularwächterinnen hinter dem Mäuerchen wartete und jetzt nicht gestört werden wollte.

Marie und Jens, sauste es ihr durch den Kopf. Dieser Jens hatte maßgeblich zum Tod von Rolfs Firma vor vier Jahren beigetragen. Der war nicht einmal zur Beerdigung erschienen! Rolf und sie hatten alles gemeinsam mit Harald geregelt. Ohne Jens! Hatten alle Schulden mit ihrem eigenen Vermögen bezahlt, um sauber aus der Nummer herauszukommen und ja keine Anzeige wegen Insolvenzverschleppung zu riskieren.

Jens! Einfach verschwunden war der. Auf Nimmerwiedersehen. Und dieser Geschäftsvernichter hatte auch noch das Controlling der Firma unter seinen Fittichen gehabt. Da hatten die drei Aufträge ohne Ende, fünf Jahre war alles gut gelaufen, dann war plötzlich kein Geld mehr da gewesen, die Schulden horrend und das Schiff am Kentern. Bis heute hatte Nina nicht begriffen, was damals tatsächlich vor sich gegangen war. Ihrer Meinung nach hatten weder Rolf noch Harald einen blassen Schimmer gehabt, warum ihre erfolgreiche Firma so rasant vernichtet worden war. Ein riesiger Auftraggeber, Homeworld GmbH & Co. KG, für ein Areal mit fünfundsiebzig Häusern, alle im spanischen Stil entworfen, hatte damals nicht gezahlt, war in der Versenkung verschwunden und nie wieder gesehen.

Sie starrte düster aus dunklen Augen. Eine pechschwarze Nacht war nichts dagegen. Wie hatte es sein können, dass die vorab beglichenen Abschlagsrechnungen viel zu geringe Beträge aufwiesen als vertraglich vereinbart? Und warum war die untergegangene Schlussrechnung über eine vergleichsweise horrende Summe an Homeworld gestellt worden? Dafür hatte allein Jens alle Verantwortung in seinen Händen gehabt. Es sah beinahe so aus, als hätte er dem Auftraggeber freundlicherweise bis zum Ende des Bauvorhabens Geld gestundet.

„Sie werden zum Beratungsgespräch aufgerufen", bedeutete ihr die junge Frau mit freundlichem Lächeln, nachdem Nina ihre Unterlagen abgegeben hatte. Während sie nach einem freien Platz Ausschau hielt, riskierte sie einen kurzen Seitenblick zu Marie, die ihre Schriftstücke fest umklammert hielt, ihr Blick starr geradeaus.

Mist, sie hatte Marie mit ihrer Ablehnung nicht verletzen wollen. Kurzerhand lief sie auf sie zu und stupste sie am Arm. „Was machst du hier", stellte sie ihr diese überaus intelligente Frage.

Butter kaufen, ein paar warme Stiefel für die Minusgrade draußen oder was? Sie schüttelte über sich selbst den Kopf. Dämlich, dämlicher, Nina. Sie hasste Superlative, aber in ihrem Fall ging es nicht treffender.

„Wie es aussieht, dasselbe wie du", antwortete Marie mit einem Lächeln auf den Lippen. „Das ist zwar nicht gerade der passende Ort, aber ich freue mich, dich wiederzusehen."

„Ich mich auch", sagte Nina. Und das stimmte auch, wäre da nicht dieser bescheuerte Jens gewesen.

„Wie geht es Jens?", presste sie durch die Lippen. Erst ärgerte sie sich über ihre freundlich wirkende Frage, dann merkte sie, dass sie allzu gern gewusst hätte, wo dieser Mistkerl abgeblieben war. Sie hätte ihm liebend gern noch eine Rechnung präsentiert.

„Ich weiß es nicht. Wir haben uns nicht lange nach der Geschichte damals getrennt. Er hat dann seine Sachen gepackt und ist verschwunden. Der hat sich nie wieder gemeldet."

„Mit ,Geschichte' meinst du den Konkurs der Firma?"

„Ja. Er ist danach unausstehlich geworden."

Vermutlich hatte er auch keine Kohle mehr parat gehabt, Maries exklusive Wünsche zu erfüllen. Die blonde, schlanke Frau trug einen schwarzen Hosenanzug, dessen Saum bei jeder Bewegung sanft rauschte. Ihr halblanges Haar war perfekt geföhnt und umrahmte das Gesicht der zehn Jahre jüngeren Marie vorteilhaft. Sie hatte eindeutig drauf, sich schick zu machen. Sah Nina richtig? Weder zierte eine goldene Kette mit Diamantanhänger ihren Hals noch funkelten exklusive Ringe an ihren Fingern wie sonst. Offenbar hatte Marie die Wohlstandsanhängsel lieber zu Hause gelassen, um beim Arbeitsamt nicht den Eindruck zu erwecken, sie könnte was abgeben, anstatt zu bekommen.

„Tja, Rolf und Harald hat er auch im Stich gelassen. Die beiden haben alles bezahlt, was noch offen war. Wir mussten unsere gesamten Ersparnisse hergeben und die Eigentumswohnung verkaufen. Und Harald hat es in den Ruin getrieben", erklärte Nina.

Marie senkte den Kopf und nickte. „Ich geb nur noch mein Formular ab und dann können wir uns da drüben hinsetzen und quatschen."

Marie hatte Nina immer gemocht und ehrlich bedauert, dass die beiden nach dem ganzen Fiasko keinen Kontakt mehr hatten. Sie hatte Jens kennengelernt, als die Architektenfirma einige Jahre gut gelaufen war, und die drei Partner hatten sich hin und wieder mitsamt ihren Frauen zum Bowling oder zum Essen verabredet. Marie hatte damals mit Nina und Andrea, der Frau von Harald, auf einer Wellenlänge gelegen und viel zu lachen gehabt. Nachdem alles auseinandergebrochen war wie ein gegen einen Felsen geprallter Dreimaster, waren sich die Frauen ohne ihre Männer nie wieder begegnet.

Aber es gab noch einen anderen Grund, den Nina nicht einmal erahnen konnte, warum Marie ihr nie wieder unter die Augen getreten war.

„Wodurch bist du denn ohne Job?", fragte Nina, derweil sich die Frauen auf zwei freie Plätze nebeneinandersetzten.

„Vielleicht erinnerst du dich noch, dass ich bereits damals in einem großen Autoverkaufshaus gearbeitet habe."

Nina nickte bestätigend.

„Die sind jetzt mit zweihundert Sachen in die Pleite gefahren", ergänzte Marie trocken.

Nina begann zu kichern, was in einem lauten Lachen gipfelte. Konnte sie sich nicht zusammenreißen? Giggeln war ja noch okay, aber losgrölen nur peinlich! „Tut mir leid", sagte Nina und wischte mit dem Fingerrücken ein paar Tränen aus dem Augenwinkel. Was sie nicht sah, war, dass Marie befreit mitlachte.

„Pleiten, Pech und Pannen", setzte Marie, immer noch lachend, nach.

„Nur, dass die nicht mal mehr an den Pannen verdienen."

Erleichtert darüber, dass Marie ihre Misere mit Humor nahm, lächelte Nina sie an: „Schade, dass wir uns nach den Heldentaten unserer Liebsten nie wieder getroffen haben."

„Dann lass uns das doch schnellstens ändern. Hier, meine Karte." Marie reichte Nina eine von beiden Seiten glänzende Visitenkarte.

Nina hatte Marie bereits damals um ihre Stilsicherheit beneidet. Ob es nun ihre Kleidung oder einfach nur diese elegante Karte war, Marie hatte Geschmack. Warum sollte sie sich eigentlich nicht mit ihr treffen? Marie hatte keine Kinder, weshalb sie garantiert ohne imaginäre Anstecknadeln mit den vermeintlichen Superzensuren ihrer Lütten am Revers herumstolzierte. Und möglicherweise hatte sie auch Lust, ihr zuzuhören, anders als ihre beste Freundin Chrissie, der sie momentan lieber nicht über den Weg laufen wollte.

„Und welcher Untergang hat dich hierhergeführt?", wollte Marie wissen.

„Das hab ich ganz alleine hingekriegt. Bei meinem alten Arbeitgeber leuchten die Lampen noch, aber ohne mich." Nina erzählte kurz und knapp, wie sie mit ihrem Ausraster die Segel bei Prelight Solutions gestrichen hatte, und dass Rolf sie mit seinem Verständnis, mehr noch mit seiner Freude darüber, überrascht hatte. „Er hat doch glatt gemeint, meine Entscheidung wäre längst überfällig gewesen", erklärte sie Marie. Was sie allerdings nicht sagte, war, dass Rolf ihr bedeutet hatte, ihre extremen Stimmungsausbrüche kämen von dem Job. Er habe doch schon seit Langem bemerkt, dass sie sich dort nicht mehr wohlfühle. Obschon sie sich über seine wohlwollende Reaktion einerseits gefreut hatte, war sie doch irritiert darüber, dass er weder sich noch Jule als Auslöser ihrer ständigen Reizbarkeit ansah. Sie fand, er machte es sich zu einfach, wenn er allein ihren dusseligen Job als Übeltäter dafür verantwortlich machte.

„Frau Landauer", holte sie eine männliche Stimme in die Wirklichkeit zurück.

„Ich muss jetzt rein", sagte Nina, während sie aufstand.

„Du meldest dich doch, ja?", fragte Marie, erhob sich und umarmte Nina freundschaftlich.

„Auf jeden Fall", antwortete Nina aufrichtig.

Obwohl Marie ein wenig unwohl war, weil sie Nina etwas sehr Wichtiges verschwieg, überwog doch ihre Freude, die warmherzigen Augen wiederzusehen und sich von dem Humor dieser klugen Frau mitreißen zu lassen.

„Bitte setzen Sie sich", wies der junge Mann, an dessen Hemd über seiner Brust ein Schild mit dem Namen ‚Zendner' angesteckt war, mit der Hand auf einen der beiden Kunststoffstühle vor seinem Schreibtisch.

Sie folgte seiner Aufforderung und bemerkte einige Fußlängen hinter sich zwei weiße Regale. Viel mehr passte in das Miniaturbüro nicht hinein. Sie reichte ihm eine Mappe mit ihren gesammelten Zeugnissen.

„Sie haben über dreißig Jahre Berufserfahrung im kaufmännischen Bereich. Ich vermute, Sie sind auch fürs Sekretariat geeignet?"

„Ja." Höchst ungern, mein Lieber, höchst ungern, dachte sie.

„Da Sie selbst gekündigt haben, unterliegen Sie einer zwölfwöchigen Sperrfrist, was Sie allerdings von Bemühungen, während dieser Zeit eine neue Anstellung zu finden, nicht befreit." Er betrachtete ihre Zeugnisunterlagen und schaute kurz auf, ob Nina auch verstand, was er gerade von sich gegeben hatte.

„Das ist mir bekannt", entgegnete sie.

Mit ein paar Mausklicks durchforstete er seinen Computer nach Stellenangeboten.

Nina wunderte sich, dass er mit keiner Silbe ihre fünfzig Jahre als Jobkiller erwähnte. Frei nach der Devise ‚Für Sie ist eh nichts mehr drin, das wissen Sie ja'. Auch hier ging die pragmatische Gleichförmigkeit weiter. Oder war es schlicht und ergreifend Ignoranz? So, als wäre alles in bester Ordnung?

Na, ihr sollte es recht sein. Sie würde ohnehin in wenigen Wochen an einem neuen Schreibtisch mit supernetten Kollegen um sich herum versammelt sitzen.

Mit einigen Ausdrucken von Stellenangeboten und einem dicken Stapel Infomaterial über Verhaltensmaßregeln der Gattung ‚Arbeitslose' trottete sie wieder nach draußen. Marie war weit und breit nicht zu sehen, was Nina veranlasste, nach Hause zu fahren, begleitet von dem Gedanken, Marie hundertprozentig anzurufen. Schließlich hatte sie jetzt eine Weggefährtin in Sachen Jobsuche an ihrer Seite.

11

Derweil sich Rolf wie üblich mit der Fernbedienung durch die Sender drückte und hier und da zum Videotext wechselte, saß Nina ihm an ihrem angestammten Platz auf dem roten Ledersofa gegenüber. Geistesabwesend starrte sie durch die Luft.

Die künstliche Beleuchtung tauchte das gemütliche Wohnzimmer allabendlich in ein heimeliges Licht. Sie hätte sich durchaus zurücklehnen und entspannen können, aber genau das wollte ihr einfach nicht gelingen. Sie beobachtete Rolf von der Seite, wie er zufrieden mit sich und der Welt auf den Bildschirm stierte, als gäbe es dort die weltwichtigsten Informationen, ohne die man unmöglich weiterleben konnte.

Nina konnte.

Was sie nicht konnte, war so zu tun, als wäre alles in bester Ordnung. Sie war krank. Prima. Sie war arbeitslos. Bestens. Rolf schien sogar die Auswirkungen ihrer Kündigung, weniger Geld, zähflüssige Stellensuche, mit stoischer Gelassenheit hinzunehmen. Nahm er nicht alles hin, ohne großartige Gefühlsregungen? Sie fragte sich, ob ihn die Schicksalsnachrichten Fremder mehr aufwühlten als die seiner eigenen Familie. Und wieder schlich sich sein lauer Gesichtsausdruck mitsamt seinen klaren Augen in ihr Gedächtnis. Es war, als würde ihr mit heißer Nadel in die Brust gestochen.

„Ich halte das nicht mehr aus", platzte es jäh aus ihr heraus. Sie war nicht zu überhören, was er scheinbar liebend gern getan hätte.

„Was ist mit dir?", fuhr er erschrocken herum, die elektronische Lenkung für die Programme in seiner rechten Hand.

„Genau das", entgegnete sie und starrte an ihm vorbei in das Werbefilmchen spuckende Fernsehbild. Der glotzt sich auch alles an, quengelte es in ihrem Kopf. Three, two, one, zero - Start! Wie eine Rakete jagte ihr Blut durch den Körper.

Er bemerkte es nicht, sah sie nur verständnislos an. „Wenn du mir nicht sagst, was los ist, kann ich dir nicht helfen", meinte er ruhig.

Für Ninas Geschmack eindeutig zu ruhig. Blitzartig sprang sie von der Couch hoch und brüllte: „Vielleicht machst du einfach mal die Röhre aus und interessierst dich für die Probleme deiner Familie!"

„Du meinst deine Probleme", konterte er und biss sich gleich darauf auf die Lippen. Die Fernbedienung rutschte ihm aus der Hand und fiel krachend zu Boden. Das hätte er lieber nicht gesagt. Sie waren zu dritt und wenn einer von ihnen Sorgen hatte, dann betraf das alle drei.

„Meine Probleme, genau, meine! Weißt du was, dann lassen wir doch meine Sorgen auch meine bleiben." Sie wandte sich um und ging aus dem Zimmer, Rolf hinterher.

„Ich verstehe schon", sagte er beschwichtigend, „dass das alles ein bisschen zu viel für dich ist. Deine Krankheit, von der wir so gut wie nichts wissen, dann dein Job. Aber weißt du was? Wir liegen zwar finanziell nicht unbedingt auf der Zielgeraden, aber schlecht geht es uns nicht. Eine Weile schaffen wir es auch mit meinem Gehalt. Und wer weiß, was sich bald Neues ergeben wird." Lächelnd ging er auf sie zu und versuchte, den Arm um ihre Schultern zu legen und sie an sich zu ziehen, woraufhin sie ihn schroff zur Seite schob.

„Du bist so selbstgefällig", warf sie ihm vor. Einmal wie eine Rakete auf ins All, gab es kein Zurück mehr. „Dich interessiert es einen Teufel, was mit mir ist und wie ich mich fühle", funkelte sie ihn wütend an. „Nicht einmal eine Gefühlsregung bin ich dir wert."

„Es tut mir leid, aber ich verstehe nicht ganz. Natürlich geht es mir nahe, dass du krank bist, und ich mache mir schreckliche Sorgen um dich. Aber soll ich auch noch zusammenklappen?"

„Auch noch, ja? So siehst du das also. Ich breche zusammen und du bist der Fels in der Brandung. Genau wie vor vier Jahren, als ich einen einigermaßen klaren Kopf behalten habe und wir gemeinsam gerettet haben, was noch zu retten ist, damit wir nicht in die Privatinsolvenz rutschen. Aber klar, wenn's brenzlig wird, dann klappe ich zusammen. So bin ich nun mal." Und weiter ging es nach dem Eintritt ins Weltall direkt auf die überhitzte Sonne zu. Allerdings waren die Außenwände des Raumschiffs, mit dem Nina gerade unterwegs war, nicht darauf ausgerichtet, ein paar tausend Grad heiße Flammen auszuhalten.

„So habe ich das nicht gemeint. Aber ich sehe doch, dass es dir nicht gut geht und du am Rande eines Nervenzusammenbruchs stehst", erklärte er.

Das war zu viel! Die Raumkapsel berührte bereits die Oberfläche des sonnigen Hitzeballs, der am laufenden Band brennende Fackeln nach ihr warf.

„Okay", erwiderte sie deutlich leiser, doch das Tremolo in ihrer Stimme strafte sie Lügen.

Rolf stand seiner Frau im Arbeitszimmer gegenüber und wusste nicht mehr, was er sagen sollte. Wenn er nur den Mund aufmachte, provozierte er sie. Deshalb lehnte er sich schweigend an die Wand.

Nina fuhr fort: „Ich mache dir einen Vorschlag: Ich ziehe für eine Weile zu Margarete, damit ich wieder Luft zum Atmen bekomme."

Rolf ging einen Schritt auf sie zu, hielt jedoch inne, als ihm ihr abweisender Blick entgegenschlug. „Das ist doch Quatsch, Nina. Wir haben bislang alles zusammen gemeistert. Das schaffen wir auch. Du wirst sehen, alles renkt sich wieder ein. Sobald du bei einem Spezialisten in Behandlung bist und man dir dort weiterhelfen kann, wird es dir besser gehen. Und glaub mir, einen neuen Job wirst du auch bald haben. Das garantiere ich dir." Bei dem letzten Satz huschte ein verschmitztes Lächeln über sein Gesicht.

Sie konnte es nicht fassen! Nicht nur, dass er derart gelassen blieb. Nein, er schleuderte ihr auch noch sein freches Grinsen mitten ins Gesicht! Dafür gab es nur eine Antwort: Ihm war im Grunde egal, was mit ihr passierte. Er liebte sie einfach nicht mehr.

Das war also der Grund für seine lahme Haltung ihr gegenüber, gespickt mit diesem unpassenden Frohsinn. Natürlich! Was ihm nicht naheging, darüber brauchte er sich auch nicht aufzuregen.

Aber den Gefallen, die beleidigte Leberwurst zu spielen, würde sie ihm nicht tun. Deshalb holte sie tief Luft, bevor sie antwortete. „Sicher. Du hast wie immer vollkommen recht. Übrigens, der Spezialist nennt sich Endokrinologe", sagte sie, während sie sich eine Haarsträhne aus der Stirn schob.

Er wusste längst, dass es sich dabei um einen Endokrinologen handelte, und er wusste auch, dass ihr vermutlich ein Schilddrüsenhormon helfen könnte, ihre Krankheit besser in den Griff zu bekommen.

„Lass mich zu Maggie gehen, vielleicht bekomme ich dann den Kopf frei. Stress kann für mich in dieser Situation nicht gut sein und mit Jule kommst du sowieso besser klar als ich. Jeden Tag geraten wir beide aneinander, da vertragt ihr euch erheblich besser. Obwohl", sie hielt kurz inne, „du bist ja meistens erst zu Hause, wenn sie bereits im Bett liegt."

Diese vielen Stunden im Büro, bis in den späten Abend hinein, dafür gab die Summe auf dem Gehaltszettel viel zu wenig her. Sie hatte sich wiederholt gefragt, warum er sich für diese Firma als Angestellter so über Gebühr einsetzte. Vermutlich trieb ihn die Angst an, dort mit vierundfünfzig seinen Job zu verlieren. Wer wollte schon als altes Eisen auf der Straße liegen?

Mit langen Schritten lief sie ins Schlafzimmer, um sich für einige Tage Kleidung in den Koffer zu packen. Hätte sie sich noch einmal zu Rolf umgedreht, wäre ihr nicht entgangen, wie ihm Tränen die Wangen hinunterliefen, die er verstohlen mit dem Handrücken wegwischte.

Mit dem Telefonhörer in der einen Hand legte sie mit der anderen Wäsche in den Koffer, mit dem die Familie noch vor fünf Jahren in den Sommerurlaub geflogen war. Vom letzten Spanienurlaub klebte noch der Gepäckaufkleber vom Flughafen am Griff.

Sie beendete das Gespräch mit Margarete, die sich aufrichtig freute, ihre Nichte in ihrem Häuschen am Wannsee wieder einmal um sich zu haben. Nur die Umstände empfand sie als beunruhigend, weshalb sie Nina eindringlich gebeten hatte, sich den übereilten Auszug, wenn auch nur für ein paar Tage, noch einmal reiflich durch den Kopf gehen zu lassen. Aber Nina hatte bereits fertig gepackt.

Plötzlich wurde die Tür stürmisch aufgerissen. Sie zuckte erschrocken zusammen.

„Mama, ich muss dir unbedingt was erzählen!" Jule lief mit leuchtenden Augen auf ihre Mutter zu.

Nina wandte sich von dem offen auf dem Bett verharrenden Koffer ab, der voller Jeans, Blusen, Unterwäsche und Strümpfe für mindestens zwei Wochen steckte, und sah ihrer Tochter direkt in ihre strahlenden dunkelbraunen Augen.

Nina wurde augenblicklich von einem schlechten Gewissen gepackt, dass ihr schwindelig wurde. Sie musste sich auf die Bettkante setzen, damit ihr die Beine nicht wegsackten. Jule nahm weder den Reisekoffer noch den traurigen Gesichtsausdruck ihrer Mutter wahr und setzte sich neben sie. Ungestüm plapperte sie drauflos: „Wir machen in ein paar Wochen eine Party. Ihr Eltern seid auch dabei, allerdings bloß bis zehn Uhr, danach dürfen wir bis zwölf Party machen. Jeder soll etwas zu essen und trinken mitbringen. Ich hab mich für fünf Flaschen Cola und zwei Kilo Bouletten eingetragen."

Jäh schluchzte Nina auf. Diese Unbeschwertheit. Diese Freude. Und was machte sie? Sie war drauf und dran, die Familie in den Abgrund zu zerren. Verflucht noch mal, warum konnte sie nicht anders? Sie war doch sonst so vernünftig. Doch irgendetwas stritt in ihrem Inneren lauthals herum, war unzufrieden und quengelte. Sie musste hier weg. Liebe durchströmte sie, während sie die Tränen nicht mehr zurückhalten konnte. Tiefe, unendliche Liebe für ihr Julchen, mit der sie tagtäglich aneinanderrasselte, für ihren Rolf, der ihr so viel Zärtlichkeit geben konnte und sich auf der anderen Seite nicht einen Deut um sie scherte. Dieser Widerspruch war nicht zum Aushalten!

„Mama", kam es lang gezogen und überrascht von Jule. Das Mädchen wirbelte ihre blonde Mähne herum und sprang aufgeregt vom Bett auf. „Ihr trennt euch, oder?", rief sie verzweifelt, als sie plötzlich die Situation erfasste: den überfüllten Koffer voller Wäsche, ihre heulende Mutter.

„Nein, Julchen", begann Nina.

‚Julchen' bekam Jule regelmäßig zu hören, wenn sie auf Kleinkindmaß zurückgestampft werden sollte. Dann war ihre Mutter die Supergroße, die Superkluge, die Macherin überhaupt. Vermutlich wäre es ihr am liebsten gewesen, wenn sich Jule den Daumen in den Mund geschoben, schmatzend daran genuckelt und aus ihren Augen kullerrunde Schokoplätzchen geformt hätte, passend zum Sandkastenalter. Wie das ätzte!

„Und was ist das?" Jule schoss ihren Zeigefinger Richtung Koffer.

„Ich wohne ein paar Tage bei Margarete, das ist alles", erwiderte Nina und strich mit einem Taschentuch die Tränen von den Wangen.

„Super, weil du ja auch immer mal wieder bei Margarete wohnst, ist schon klar, Mama. Weißt du was, ich bin vierzehn und keine vier mehr! Wann checkst du das endlich?" Jule stemmte ihre Hände auf die Hüften und stand genauso da wie Nina, wenn sie Jule mal wieder eine Standpauke hielt.

Aber das bemerkte Nina nicht, sondern es passierte genau das, was immer zwischen den beiden ablief, wenn sich die eine durch die andere provoziert fühlte. „Wenn ich dir sage, dass ich zu Maggie fahre, dann ist das auch so", beharrte Nina mit fester Stimme, die in einem drastischen Gegensatz zu ihrem verheulten Gesicht stand.

„Klar, einfach so, ohne Grund. Das hast du zwar noch nie gemacht, aber heute hast du einfach mal Bock drauf." Was dachte sich ihre Mutter dabei, ihr ganz offensichtliche Lügenmärchen aufzutischen?

„Ich erklär dir das später einmal."

Jule verdrehte die Augen. „Wenn ich groß bin. So groß wie du und so superschlau wie du. Krass!"

Nina senkte den Blick, Schuld mischte sich in den leisen Ärger, der schon wieder in ihr hochkochte, und sagte: „Ich muss hier einfach raus. Mir geht es nicht gut und Stress ist das Allerletzte, was ich jetzt vertragen kann."

„Du bist einfach immer im Stress, Mama, du merkst es bloß nicht!"

Schwapp, das Wasser brodelte sofort über. Mit feuerroten Wangen sprang Nina auf, stieß ihre Hände auf die Hüften, blitzte ihre Tochter aus dunklen Augen an und polterte unvermittelt los: „Es ist immer sehr einfach, dem anderen alles in die Schuhe zu schieben, oder? Hast du irgendwann einmal darüber nachgedacht, dass einen das krank machen kann, jeden einzelnen Tag mit dir zu streiten?"

Für einen Moment standen sich die beiden wie zwei Kampfhähne gegenüber, mit aufgestemmten Armen, als hätten sie Flügel, mit denen sie gleich aufgescheucht über den Boden flattern würden.

„Ich bin schuld, klar, Mama, ist schon klar! Dann hau doch einfach ab, geh zu Tante Maggie! Soll die sich mit dir rumärgern. Wen blökst du dann jeden Tag an, wenn du mich dafür nicht mehr hast, hm?"

„Jule, geh einfach in dein Zimmer! Geh! Aber sofort!", kreischte Nina, mit den Armen wild umherfuchtelnd.

„Chill, Mama, chill einfach!", brüllte Jule zurück, rannte raus und griff nach der Schlafzimmertür, um sie krachend ins Schloss zu schmettern. Leider verharrte diese vermaledeite Tür kurz vor dem Rums einen Moment und klickte nur leise zu. Nicht einmal das funktionierte! Jule peste in ihr Zimmer und warf voller Zorn ihre Tür zu, dass es einen lautstarken Knall gab. Für eine Sekunde spürte sie Genugtuung. Doch schon im nächsten Augenblick glitzerten Tränen der Wut und Enttäuschung in ihren Augen und sie warf sich bäuchlings auf ihr Bett.

Diese Party war doch überlebenswichtig für sie! Verdammt noch mal. Und ihre bescheuerte Mutter versaute ihr mal wieder alles. Die kapierte einfach null und nichts! Immer und immer und immer! Sollte die doch verschwinden, dann hätte sie ihre Ruhe! Diese blöde Kuh!

Rolf, am Schreibtisch sitzend, schreckte hoch, strich sich mit der Hand durchs Haar, atmete hörbar aus und setzte sich wieder. Er würde mindestens eine halbe Stunde warten, bis er bei Jule an die Tür klopfte, um mit ihr zu sprechen. Was war das bloß für ein Tag und warum flippte seine Frau derartig aus? Allerdings, gestand er sich ein, hatte sie schon seit längerer Zeit aufbrausende Gemütsgewitter. Er hatte das immer auf ihre Wechseljahre geschoben. Hörte man doch überall, dass Frauen dann in einem Umbruch standen, beinahe so wie in der Pubertät. Jule in der Pubertät, Nina in der Pubertät. Bei dem Gedanken musste er lächeln, was gleich darauf einen traurigen Blick aus seinen blauen Augen nach sich zog. Er hatte seit Längerem vor, einiges zu verändern. Doch wie es jetzt aussah, würde ihm Nina einen gewaltigen Strich durch die Rechnung machen.

So schnell wie Nina in explosive Rage gefallen war, so schnell wich die einer bleiernen Erschöpfung. Mit müden Handbewegungen räumte sie ihre Wasch- und Pflegeutensilien in einen Kulturbeutel. Extra groß, hatte Rolf damals gesagt, als er ihn ihr von einem Einkauf mitgebracht hatte. Damit auch alles reinpasste. Ihr Duschgel, ihre Bodylotion und der ganze Krimskrams. Eigentlich wollte sie gar nicht weg. Doch etwas in ihr beharrte darauf, Veränderungen einzuläuten. Schließlich war sie krank. Was sollte noch passieren, damit sie endlich begriff, dass in ihrem Leben etwas schiefging? Sie musste gehen. Das war sie sich schuldig. Klare Gedanken waren das Letzte, was sich in ihrem Kopf aufhielt. Vielmehr war es ein wildes Durcheinandersausen aller möglichen Gefühle, von denen ihr kein einziges einen deutlichen Rat gab, sondern alles richtig und alles falsch sein konnte. Jedenfalls würde sie bei Margarete die Ruhe finden, die sie brauchte.

Maggie, dachte sie zärtlich. Sie hatte Nina nach dem schrecklichen Unfalltod ihrer Eltern liebevoll und mit aller Fürsorge, die ein Mensch für einen anderen aufbringen konnte, großgezogen.

Meine Maggie. Mein Friedrich.

Nina stellte ihren Koffer und ihre Taschen an der Haustür ab, schlich sich wie eine Sünderin zu Rolf und sagte nur: „Tschüss."

Doch sie hatte nicht die Rechnung mit seiner Reaktion gemacht. Er stürmte auf sie zu, nahm sie in die Arme und drückte sie fest an sich. Wärme und Geborgenheit fluteten sofort durch ihren Körper. Wie gern hätte sie sich fallen gelassen, sich von ihm beschützen lassen, wäre weiter mit ihm durchs Leben gegangen, Hand in Hand. Aber das war reine Illusion.

Rolf schien ganz in seiner Arbeit aufzugehen. Mehr noch als früher, als er glücklich und zufrieden mit ihr zusammengearbeitet hatte. Heute investierte er ihre gemeinsame Zeit bis in die späten Abendstunden hinein. Nur er allein wusste, warum er sich in dieser Firma, in der er simple 08/15-Wohnhäuser entwarf, Stunde um Stunde aufrieb. Spaß machte ihm diese Arbeit nicht. Vermutlich wollte er nicht zu Hause bei seiner Familie sein, weil er keine Lust mehr hatte, Jule und sie um sich zu haben. Oder wohl eher nur sie.

Und dann seine Gefühllosigkeit, als er von Ninas Erkrankung erfahren hatte. Nein, Sicherheit und Geborgenheit waren ein reines Wunschbild, deckten sich leider nicht mit der Realität.

Sie löste sich aus seiner Umarmung, schlich davon, an Jules Zimmer vorbei, blieb kurz stehen, pochte leise an ihre Tür und flüsterte: „Bis dann, meine Kleine."

12

Nina fuhr den schmalen Privatweg am ‚Großer Wannsee' entlang, an dessen Straßenrand der letzte Rest Schnee von vergangener Woche schmolz und wässrig im Boden versickerte. Es war längst Abend und die Dunkelheit hatte sich wie ein sanfter Schleier über die Stadt gelegt. Dieser Winter hatte bislang weder mit vielen weißen Flocken noch lang anhaltenden Minustemperaturen aufgewartet. Der Vorteil war, dass die Straßen befahrbar waren und Nina die wenige Autominuten von Zuhause entfernte Villa ihrer Tante mühelos erreichte. Das war aber nur ein schwacher Trost, denn die schneeweißen Galaroben der Tannen auf Margaretes weitläufigem Grundstück fehlten ihr. Sie lief zum mannshohen Gartentor und erinnerte sich daran, dass sie Winter erlebt hatte, in denen die Bäume ausgesehen hatten, als wären sie aus glitzerndem Zuckerguss. Mit fliegenden Fingern tippte sie die Geheimnummer in das Codeschloss. Das Eisentor öffnete sich mit leisem Surren. Mit langen Schritten lief sie über den Gehweg. Den hatte Friedrich eigenhändig aus tausenden von Mosaiksteinen in den unterschiedlichsten Blautönen auf den Boden gepflastert.

Vor vielen Jahren hatte sie, auf ihren Kinderknien herumrutschend, versucht, die einzelnen Farbtöne zu zählen. Irgendwann hatte sie aufgegeben, so viele waren es. Wind, Regen und Sonne taten ihr Übriges, versahen die Farben mit etlichen Nuancen, bis kaum ein Stein dem anderen glich.

Als Onkel Friedrich vor zehn Jahren mit Margarete jeden Tag ans Ufer spaziert war und den Wellen gelauscht hatte, war dieses über hundert Jahre alte terrakottafarbene Haus mit dem großen Wintergarten ihr unbeschwertes Heim gewesen. Nina verzog schmerzlich das Gesicht: Friedrich! Doch nach seinem Tod hatte sich einiges verändert. Margarete, von Friedrichs wundervoll frivolem Humor immer zu einem Lachen angesteckt, hatte ohne ihren Mann große Mühe, der Lebensfreude nahezukommen, die sie mit ihm jahrzehntelang geteilt hatte. Nach der Ausbildung als Industriekauffrau mit einundzwanzig Jahren war Nina aus dem wunderschönen Anwesen inmitten der herrlichen Natur ausgezogen. Oft vermisste sie den Wannsee. Sie hatte ihn ja auch über lange Zeit direkt vor der Nase gehabt. Und meistens verströmte er einen wohltuenden Geruch, dass sie sofort Lust bekam, hineinzuspringen.

Fünfzehn wohlbehütete Jahre hatte sie mit Margarete, der Schwester ihrer verstorbenen Mutter, und Friedrich hier gelebt. Die beiden hatten Nina nach dem überraschenden Tod ihrer Eltern bei sich behalten. Bevor es passiert war, hatte sie bereits zwei Wochen bei ihnen verbracht, während ihre Eltern einen romantischen Urlaub im spanischen Granada verlebt hatten. Aus dem waren sie zwar wiedergekehrt, jedoch auf dem Weg, voller Sehnsucht ihre sechsjährige Tochter wieder in die Arme zu schließen, an der Kreuzung ‚Spanische Allee/Potsdamer Chaussee' von einem Lkw niedergemäht worden. Der Fahrer war heillos übermüdet gewesen, hatte die rote Ampel übersehen und war zudem mit überhöhter Geschwindigkeit in den Ford Mustang ihrer geliebten Eltern gerast. Sie mussten auf der Stelle tot gewesen sein. Häufig bemerkte Nina, wie Margarete sie mit verstohlenem Seitenblick ansah, fasziniert von der auffallenden Ähnlichkeit mit Ninas Mutter. Sie vermutete, dass sich Margarete ein ums andere Mal der versöhnlichen Illusion hingab, in diesen Momenten ihre schmerzlich vermisste Schwester vor sich zu sehen.

Sie stieg die Stufen der Villa empor, begleitet von dem tief verwurzelten Gefühl unendlicher Geborgenheit, vermischt mit der Trauer über den frühen Verlust ihrer Eltern und dem fehlenden Lachen von Friedrich. Neben der Haustür gab sie einen Code in ein weiteres Schloss ein. Nachdem das vertraute ‚Klick' ertönte, stupste sie leicht gegen die Tür und trat ein.

Sie hatte absichtlich ihren Koffer und die Taschen im Auto gelassen, um erst einmal in Ruhe mit Maggie über die Situation zu sprechen. Sie ahnte, was sie von ihrer Flucht hielt.

„Ninchen!", rief ihr Margarete aus dem Wohnzimmer zu. „Komm her, ich habe für uns ein schönes Feuer gemacht."

Nina ging durch den breiten Flur in den Raum, beinahe so riesig wie ein Tanzsaal, und hörte das Kaminfeuer knistern. Der angenehme Geruch von verbranntem Holz stieg ihr in die Nase. Plötzlich versammelte sich wieder eine Hundertschaft Tränen in ihren Augenwinkeln. Sie rannte auf Margarete zu, die in einem gemütlichen Sessel nahe dem Feuer saß und tröstend die Arme nach ihrer Nichte ausstreckte.

„Ach Katinkalein, was machst du nur für Sachen?", murmelte sie ihr liebevoll ins Ohr und strich mit den Händen über Ninas Rücken.

Ihre Tante hatte ein ganzes Repertoire an Namen für sie parat. Sie machte aus ihrem ursprünglichen Vornamen Katharina ein Nina, kurz und knapp, wie es seit frühester Kindheit all ihre Freunde taten. Dann kam ihr Katja in den Sinn und hin und wieder, wenn ihre mütterliche Zärtlichkeit sie überschwemmte, musste eben Katinka und als Steigerung Katinkalein herhalten.

Als Teenager war Nina das vor anderen manchmal peinlich gewesen. Da hatte man cool zu sein und nicht mit Kosenamen belegt zu werden. In den späteren Jahren hatte sie sich jedoch gefreut, wenn Margarete sie auf ihre besondere Art mit Namen liebkoste. Katinkalein war eindeutig für das niederschmetterndste Seelenunheil reserviert. Sie liebte ihre Margarete dafür, gab ihr einen Kuss auf ihren von weißen Haaren umrahmten Kopf und richtete sich wieder auf.

Mittlerweile hatte sich Nina angewöhnt, immer ein Tempo in der Hosentasche ihrer Jeans zu deponieren. Für das, was sie in letzter Zeit zusammenheulte, gab es keine andere Möglichkeit mehr. Das mit dem Zähnezusammenbeißen ging sowieso regelmäßig schief. Riss sie sich zusammen und ließ ihren heißen Tränen keinen freien Lauf, fing sie entweder an, sich über irgendjemanden oder irgendetwas aufzuspulen, oder sie heulte später doppelt so viel. Oder beides. Sie hasste diesen Zustand, konnte aber nichts daran ändern. Sie ließ sich auf die Couch fallen und begann mit leiser Stimme: „Margarete, ich bin krank."

Der traurige Blick aus dunkelbraunen Augen traf Nina mitten ins Herz. Deshalb erzählte sie betont neutral von ihrer Autoimmunthyreoiditis und davon, dass sie nächste Woche einen Termin beim Endokrinologen habe, der hoffentlich ein wenig Licht ins Dunkel bringen könne.

„Soweit ich mich erinnere, hatte meine ehemalige Bekannte, Marianne von Weitersdorf, diese Krankheit. Fünfundsiebzig Jahre alt ist sie geworden. Sie hat früher an meinen Kartenspielabenden teilge-nommen. Vielleicht erinnerst du dich an sie. Sie hatte rot gefärbtes Haar, meistens zu einem riesigen Turban auftoupiert."

Und wie sich Nina erinnerte! Sie musste grinsen. Frau von Weitersdorf hatte sich zu benehmen gewusst. Schließlich war sie eine Dame von Welt, hatte Aphorismen auf Französisch von sich gegeben und über die neuesten Opern referiert. Aber wehe Margarete hatte ihren Edellikör aus Italien auf den Tisch gestellt! Dann hatte sie sich zwar anfangs betont geziert nachschenken lassen, bis sie im Laufe des Abends höchstselbst zur Flasche gegriffen und sich das Glas vollgeschüttet hatte wie ein Handwerker an der Kneipentheke.

„Sie hat immer so laut und melodisch gelacht, oder?", fragte Nina.

„Genau. Das hat sich immer ein bisschen so angehört, als wenn sie ‚Libiamo' aus ‚La Traviata' trällert. Herrlich." Diese komische Erinnerung trieb Margarete ein Lachen aus dem Hals, das ihr aber gleich wieder in der Kehle stecken blieb. Ihre Nichte war krank und die Angst um sie drückte ihr augenblicklich die Luft ab.

Sofort wurde Nina von einem schlechten Gewissen gepackt. Wie konnte sie ihre betagte Tante, die mit achtundsiebzig nicht mehr die Jüngste war, mit ihren Problemen belasten?

Deshalb sagte sie: „Mach dir keine Sorgen. Ich denke, es wird schon nicht so schlimm werden. Wenn keine anderen Autoimmunkrankheiten dazukommen, werde ich sicher steinalt werden."

„Versprich mir, dass du mir nach deinem Arzttermin sofort Bescheid sagst, was er dazu meint. Du musst nicht denken, dass ich zu schwach bin, schlechte Nachrichten auszuhalten. Mir ist es lieber, ich weiß, was mit dir los ist, und kann dir beistehen", bat Margarete sie eindringlich, als hätte sie ihre Gedanken gelesen. Und sie meinte, was sie sagte. Ja, es tat weh. Ja, sie hatte Angst um Nina. Aber es war ihre Kleine, die selbst unter der Diagnose litt. Und ihr war nichts wichtiger, als ihrer Katinka, die ihr wie eine Tochter war, fest zur Seite zu stehen.

„Und jetzt will ich wissen, warum du vor Rolf und Jule geflüchtet bist", fragte Margarete mit gewohnt fester Stimme.

Es wäre schön gewesen, wenn Nina das selbst eindeutig gewusst hätte. Dem war leider nicht so. Deshalb zuckte sie mit den Achseln und antwortete wahrheitsgemäß: „Ich kann es dir nicht genau sagen. Nur eines weiß ich: Stress ist ein Auslöser für diese Krankheit. Dabei ist es mir wurscht, ob das eine wissenschaftliche Erkenntnis ist oder nicht. Ich weiß es einfach. Und Zuhause habe ich dauernd Ärger. Stress mit Jule, ob sie ihre Hausaufgaben macht oder nicht, ob sie etwas Anständiges isst oder nicht, ob sie wieder patzig ist oder nicht. Und Rolf ..." Sie hielt kurz inne, dann fuhr sie fort: „Ich weiß leider nicht, ob er sich überhaupt noch Gedanken um mich macht."

„Natürlich macht er das! Er liebt dich", erwiderte Margarete beharrlich.

„Ist das so oder willst du, dass es so ist? Wenn du ihn erlebt hättest wie ich, würdest du anders denken. Der hat nicht einmal die klitzekleinste Gefühlsregung gezeigt, als ich ihm von der Diagnose berichtet habe. So ist das. So und nicht anders", beendete sie ihre Ausführungen mit Nachdruck. Nina spürte, wie ihr das Blut die Wangen rosa färbte. Bloß die Ruhe, mahnte sie sich. Margarete konnte nichts dafür, dass sie todunglücklich über ihren ignoranten Mann war. Rolf, brüllte eine

Stimme in ihrem Inneren. Nur ruhig atmen, dachte sie, bevor ich explodiere. Ihr Blick wanderte zum Kamin und den darin tanzenden Flammen.

Maggie schlug die Verzweiflung aus Ninas Gesichtszügen entgegen. „Du weißt, wie gern ich dich bei mir habe. Du weißt auch, dass ich es am liebsten hätte, wenn ihr drei bei mir wohnen würdet. Schöner als hier kann man gar nicht leben."

Womit sie recht hatte. Mit dem Wannsee direkt vor der Tür, der nur auf wärmere Temperaturen wartete, damit die unzähligen Boote zu Wasser gelassen und die Leute endlich wieder durch den See schwimmen konnten.

„Aber ich respektiere eure Unabhängigkeit", fuhr sie fort. „Doch bitte glaube mir, du gehörst zu Rolf, wie ich zu meinem Friedrich gehört habe." Sie blickte Nina aus lebendigen Augen direkt ins Gesicht.

„Vielleicht hast du ja recht", meinte Nina, die plötzlich von einer unendlichen Müdigkeit erfasst wurde. „Ich weiß selbst nicht, was richtig und was falsch ist. Es ist nur so, dass ich das Gefühl habe, mein Leben ändern zu müssen. Und wenn ich es nicht tue, dass ich untergehen werde. Ich würde es mir nie verzeihen, wenn ich nicht wenigstens versucht hätte, etwas anders zu machen."

Margarete nickte verständnisvoll, schälte sich aus dem Sessel und sagte: „Lass uns nach oben in dein Zimmer gehen und das Bett frisch beziehen."

Genau diese pragmatische Art war es, die sie so sehr an Maggie liebte. Obwohl sie sicher um alles in der Welt wollte, dass Nina bei ihrer Familie blieb, sah sie offenkundig ein, dass sie ihren eigenen Weg gehen musste, auch wenn der womöglich in die verkehrte Richtung führte.

So wie damals, erinnerte sie sich, als sie nach dem gut gebauten Abitur nicht hatte studieren wollen. Sie hatte einfach keine Idee gehabt und für keine Fachrichtung gebrannt. Friedrich und Margarete hatten sie daraufhin auf Teufel komm raus bearbeitet, sich das gut zu überlegen.

Dass Nina einmal eine akademische Laufbahn einschlagen würde, war für die beiden damals sonnenklar gewesen. Aber sich Semester für Semester für etwas abzurackern, das ihr am Ende nichts gebracht hätte, war ihr unsinnig vorgekommen. Margarete war die Erste gewesen, die sie hatte gewähren lassen, wenngleich Friedrich weiter versucht hatte, sie Richtung Uni zu bearbeiten.

Maggie, dachte Nina lächelnd zurück, war mit ihr zur Berufsberatung gegangen. Und nach einigen Überlegungen hatte sich Nina für einen kaufmännischen Beruf entschieden. Mit dem wollte sie in unterschiedliche Branchen hineinschnuppern. Hatte sich ja auch bewährt. Selbst Friedrich hatte sich einverstanden erklärt, als sie mit dem Ausbildungsvertrag zur Industriekauffrau nach Hause gekommen war und die beiden um ihre zustimmende Unterschrift gebeten hatte. Zwar hätte sie sich diese Formalie schenken können, da sie zu diesem Zeitpunkt bereits volljährig gewesen war, aber sie hatte den beiden damit zeigen wollen, dass ihr deren Einverständnis wichtig war. Aber Friedrich wäre nicht Friedrich gewesen, wenn er sie nicht weiter bearbeitet hätte, doch wenigstens in Erwägung zu ziehen, später vielleicht doch noch zu studieren. Natürlich nur, wenn sie das auch tatsächlich wolle.

Margarete hatte das damals mit einem lustigen Augenzwinkern quittiert. Die beiden hatten ihre Eltern nicht ersetzt, sie waren zu ihren Eltern geworden. Bessere hätte sie sich im Leben nicht vorstellen können. Aber als Kind hätte sie am liebsten alle vier um sich gehabt. Auch wenn das geheißen hätte, dass sie damit doppelt reglementiert worden wäre. Das wäre heiter geworden!

Bei dem Gedanken daran huschte ein Lächeln über ihr Gesicht.

13

Jule hatte sich mitten im Wohnzimmer zu voller Größe aufgebaut, zwei Köpfe kleiner als Rolf und zart wie ein Reh. Sie funkelte ihn aus dunklen Augen wütend an. Es war derselbe fesselnde Blick wie Ninas. Es rührte ihn, wie sie ihm mit voller Stärke entgegentrat und doch unbeholfen wie ein kleines Rehkitz wirkte, das er am liebsten beschützend in den Arm genommen hätte. Ihm war klar, dass er das lieber lassen sollte. Es hätte sie nur noch mehr in Rage gebracht. Schließlich wollte sie ernst genommen und nicht wie ein Kleinkind behandelt werden.

„Die spinnt", schimpfte Jule über ihre Mutter, „ihr hattet doch nicht mal Streit, oder?"

Rolf spürte, dass sie, auch wenn es anders gewesen wäre, ein unbedingtes ‚Nein' hören wollte. Sie hatte eine Heidenangst, dass sich ihre Eltern für immer trennen würden. Daran änderte sich auch nichts, nur weil sie ihre Mutter besser gleich als später auf den am weit entferntesten Planeten des Universums schießen wollte. Dieser Widerspruch zeichnete sich ganz deutlich auf Jules Gesicht ab, das ihn sauer und gleichzeitig hoffend ansah.

„Nein, hatten wir nicht. Und wir müssen aus einer Mücke auch keinen Elefanten machen. Mama ist einfach für ein paar Tage zu Margarete gezogen. Das ist alles."

„Wenn das alles ist, wieso hat sie das nicht schon früher getan? Ich kann mich nicht an ein einziges Mal erinnern, dass sie einfach so mit Koffern zu Margarete gefahren ist, um bei ihr zu wohnen. Nicht einmal übernachtet hat sie dort ohne uns." Sie sah ihn auffordernd an.

„Sie ist eben gestresst und braucht ein paar Tage Ruhe", erwiderte Rolf und ließ sich auf die Couch gleiten. Er hatte eine anstrengende Woche hinter sich, wie fast jede Woche. Besonders seit den letzten zwölf Monaten. Es hatte schließlich einen Grund, warum er erst immer so spät nach Hause kam.

Jule verschränkte die Arme vor der Brust, reckte den Kopf und tippte mit dem Fuß im Takt. Ihre Ungeduld war für ihn regelrecht greifbar. „Angepikt ist sie doch ständig. Bist du sicher, dass das der einzige Grund ist?"

„Ja", antwortete er knapp.

Ihr wippender Fuß verharrte und ihre Augen sahen ihm offen ins Gesicht. „Na ja, vermutlich hast du ja recht. Außerdem haben wir dann auch mal Ruhe vor ihr. Sie ist ganz schön anstrengend und ungerecht. Immer bin ich an allem schuld und sie ist die, die überhaupt nichts falsch macht. Das ist oberätzend."

Rolf verschob seine ehrliche Antwort auf einen späteren Zeitpunkt, wenn sie sich wieder beruhigt hatte. Das war etwas, was weder Nina noch Jule konnten: Einfach mal Frieden geben, nicht sofort die Klingen wetzen, und später über alles reden. Die beiden peitschten sich immer hoch wie ein HB-Männchen beim Start in die Wolken und wunderten sich dann, wenn außer haltlosem Gekreische nichts dabei herauskam. Er überlegte, ob er seiner Tochter, außer ihrer eigenen Beteiligung an diversen Streitigkeiten mit Nina, von deren Krankheit erzählen sollte. Womöglich verstand sie ihre Mutter dann besser. Aber das wollte er lieber vorher mit Nina klären. Sie hatte Jule ja extra nichts gesagt, damit sie sich keine Sorgen machen musste.

Rolf sah das allerdings anders. Jule war immerhin kein kleines Kind mehr, sondern ein zwar durcheinandergeratener, aber, wenn es darauf ankam, auch klar denkender Teenager. Er traute ihr durchaus zu, mit belastenden Situationen fertigzuwerden und eher gestärkt daraus hervorzugehen als niedergeschmettert, wovor Nina offensichtlich Angst hatte.

Während seine Tochter ihr blondes Haar zurückwarf und mit ihren langen Beinen davonstakste, verzogen sich Rolfs Mundwinkel zu einem Lächeln.

Es war ihm schleierhaft, warum weder Nina noch Jule merkten, wie ähnlich sie einander waren. Deutlicher ging es nicht! Eigentlich hätte die eine die Gefühle der anderen spielend nachvollziehen müssen. Wenn er allerdings an seinen verstorbenen Vater zurückdachte, hatte er ein ähnlich schwieriges Verhältnis zu ihm gehabt. Erst im späten Erwachsenenalter war ihm aufgegangen, wie sehr er ihm glich, obwohl sie vollkommen unterschiedlich durchs Leben gegangen waren. Sein Vater war Polizeihauptkommissar gewesen und hatte Schwerverbrecher dingfest gemacht. Rolf hingegen entwarf Häuser, in denen man träumen konnte. Derzeit tat er das allerdings mehr in seiner Freizeit als für seine Firma, die sich auf allzu nützliche Häuser spezialisiert hatte. Gähnend langweilig war das!

Er massierte sich mit seiner rechten Hand den Nacken, der mit einem Mal steif wie ein Stück Holz schien. Für den gleichen Preis hätte er wesentlich reizvollere Häuser gebaut, aber das war in seinem Unternehmen nicht gefragt. Das Schöne sollte stets exklusiv und mordsteuer verkauft werden und bloß nicht die Wohnlandschaft en masse verschönern. Die Architekten hatten vermutlich Sorge, dass sie dann nichts Außergewöhnliches mehr aufs Papier bringen konnten, für die, die die Geldbatzen auf den Tisch legten, um etwas Einzigartigeres zu haben als Müller und Schulze.

Dabei ging nach Rolfs Meinung beides, zumal Exklusivität in Material, Größe und unendlich vielen Detailvariationen sichtbar wurde. Und für Rolf war es eine Herausforderung, sich immer etwas Neues einfallen zu lassen. Das schärfte seine Sinne, weckte ihn überhaupt erst aus dem Tiefschlaf der Eintönigkeit auf. Er hatte unendlich viele Ideen, die nur darauf warteten, aus der Taufe gehoben zu werden.

Plötzlich kam ihm seine Mutter in den Sinn, die in Oberhausen in einer hübschen Zwei-Zimmer-Wohnung lebte, nachdem sie nach dem Tod seines Vaters das Haus der Familie verkauft hatte. Schon als kleinen Jungen hatte sie ihn ermutigt, seine Träume zu verwirklichen.

Er nahm sich vor, sie in nächster Zeit spontan zu besuchen. Das war längst überfällig. Vielleicht lenkte ihn das ein wenig von seinen Eheproblemen ab und für Jule wäre es auch schön, mal wieder ihre Oma in die Arme zu schließen. Ja, das war eine hervorragende Idee! Gleich nächstes Wochenende würde er mit Jule zu ihr fahren.

14

In Ninas ehemaliges Zimmer im Obergeschoss stahl sich das wenige Tageslicht, das die dicken Wolken am Himmel gerade noch durch die Fenster hineinließen. Sie tippte auf den Lichtschalter neben der Zimmertür und ließ die Deckenleuchten aufflammen. Nachdem sie ihren Laptop aus der Wohnung geholt hatte, wollte sie heute die ersten Bewerbungen via E-Mail abschicken. Sie überflog die vom Arbeitsamt ausgedruckten Blätter mit den Stellenangeboten und stellte fest, dass auch dort allesamt E-Mail-Bewerbungen anforderten, genauso wie die Jobanbieter aus dem Internet. Das war doch mal eine willkommene Entwicklung und sparte Papier, Zeit und Geld. Und ihre Zeugnisse hatte sie mit Margaretes Multifunktionsdrucker bereits gescannt und als Anlagen gespeichert. Ihre Werbeoffensive in Sachen Jobsuche konnte starten.

Zufrieden lehnte sie sich zurück. Es würde sich nie ändern, dass sie nach ein paar Jahren in ein und derselben Firma wieder etwas Neues ausprobieren musste. Das war über die vielen Berufsjahre so gewesen und würde in den kommenden nicht anders sein, dessen war sie sich sicher. Ob es dabei um eine Modefirma, einen Buchverlag oder eine Produktionsfirma wie Prelight Solutions ging, war egal. Hauptsache ihr Hirn lief auf Hochtouren, sie konnte ihre Finger in unbekanntes Terrain stecken und tief in die Materie eintauchen. Wenn es dann zum täglichen Einerlei überging, übermannten regelrechte Gähnattacken ihre Schaltkreise und sie wusste, es war wieder an der Zeit, etwas anderes kennenzulernen. Dann wurde sie flatterig wie ein Schwarm Vögel, der vor dem eisigen Winter in den verheißungsvollen Süden flüchtete.

Dass sie das bei Prelight vorher nicht richtig mitbekommen hatte, verwunderte sie im Nachhinein. Vermutlich spielte dabei die Pleite von Rolfs Firma mit hinein. Vielleicht auch ein bisschen ihr Alter? Die Frage konnte sie weder mit ‚Ja' noch mit ‚Nein' beantworten. Konnte schon sein, dass das unterschwellig eine Rolle gespielt hatte. Es hatte ja dann auch nur einen Auslöser mit Namen Klasen gebraucht, um sie wieder an den Start zu bringen. „Hey, ich bin wieder da", sagte sie sich grinsend.

Hatte es in ihrem ganzen Leben nicht sowieso nur einen Job gegeben, bei dem sie nicht eine Sekunde ans Wechseln gedacht hatte? Ja! Nur einen einzigen: die Zeit mit Rolf. Diese wundervollen Entwürfe, unkonventionell und überbordend vor Fantasie, waren einfach unglaublich. Immer wieder anders, immer wieder überraschend. Losgelöst von festgezurrten bautechnischen Regeln hatte sie ihren Ideen freien Lauf gelassen.

„Was nicht passt", hatte Rolf begonnen und sie hatte den Satz vollendet, „wird passend gemacht." Ganz einfach.

Sie warf ihr schulterlanges Haar in den Nacken, verschränkte die Arme hinter dem Kopf und schwelgte in Erinnerungen. Genau so und nicht einen Deut anders hätte sie sich das bis ans Lebensende vorstellen können.

Bis er die großartige Chance bekommen hatte, in ein renommiertes Unternehmen einzusteigen. Sie konnte nicht leugnen, dass es seiner beruflichen Entwicklung definitiv gutgetan hatte. Aber Rolf war ein bisschen so wie sie. Von Zeit zu Zeit brauchte er neue Herausforderungen. Er lechzte genauso wie Nina nach Weiterentwicklung, nach Bewegung. Die glorreiche Idee, als Dreiergespann zusammen mit Jens und Harald eine eigene Firma zu gründen, war dann scheinbar goldrichtig gewesen. Nur dass es sich dabei eher um ein trojanisches Pferd gehandelt hatte, dessen gesamter Inhalt sich bis heute nicht ganz offenbarte. Was dann passiert war, konnte sie leider nicht vergessen. Sofort verfiel ihre entspannte Sitzhaltung in eine zusammengesunkene mit verschränkten Armen.

Der große Untergang! Abgesoffen!

Weder Rolf noch sie kapierten wirklich, wie das hatte vonstattengehen können. Und bis auf ein paar Wrackteile am Grund des Ozeans ward nie wieder etwas von der vielversprechenden Firma gesehen.

Abrupt kippte sie mit dem Stuhl nach vorn, als wollte sie die schlechten Erinnerungen ein für alle Mal hinter sich lassen. Na, mal gucken, ob sich so ein junges, aufstrebendes Unternehmen wie eines von denen, deren Internet-Annonce sie gespeichert hatte, die alte Frau überhaupt angucken wollte. Es war eigenartig. Obwohl es Nina absolut bewusst war, dass sie es trotz ihrer hervorragenden Zeugnisse und Berufserfahrung verdammt schwer haben würde, auch nur einen Fuß durchs Eingangsportal einer Firma zu setzen, weil einfach zu fossil, hatte sie überhaupt keine Angst davor, arbeitslos zu bleiben. Sie hinterfragte sich, ob dieses realitätsferne Gefühl wie ein sechsstöckig aufgebautes Kartenhaus beim geringsten Windhauch zusammenklappen oder ihr noch die Händchen halten würde, wenn ihr die ersten Absagen in ihren E-Mail-Account flatterten.

Sie suchte nach Bewerbungsvorlagen im Web und stieß dabei gleich auf eine Vielzahl an Seiten. Auf der einen öffnete sie eine PDF-Datei und sah sich an, wie dort der Lebenslauf aufgebaut war. Was sie da sah, gefiel ihr sehr gut. In den letzten Jahren hatte sich einiges geändert, was Unterteilungen und Design anbelangte. Hier ein paar farbige Balken, dort ein paar dezente Linien oder hervorhebende Schattierungen.

Um herauszufinden, was derzeit angesagt war, müsste sie allerdings noch einige andere ausfindig machen. Mit Jule werde ich probehalber auch mal eine schreiben, beschloss sie. Für später. Nachdenklich strich sie sich mit dem Finger übers Kinn. Ein paar Tage ohne Julchen und sie vermisste dieses schreckliche Gör wie nichts anderes auf der Welt. Ihr Herz zog sich zusammen, Tränen krochen vor ihre Linsen.

Der klitzekleinste Gedanke reichte bereits. Schon gut, ich hab ja immer ein Schnieftuch dabei, prima, dachte sie. Aber was war mit Rolf?

Vermisste sie ihn? Es war, als schwebte er irgendwo in einem wolkenverhangenen Nichts herum, weder Fisch noch Fleisch, wie aus Luft gebaut, aber mit seinen Konturen. Sie tupfte sich die ungebetenen Tropfen vom Unterlid, bevor sie sich einen Weg über ihre Wangen bahnen und ihr Gesicht verschmieren konnten.

‚Drrring‘ schepperte ihr Handy schrill und riss sie brutal aus ihren düsteren Überlegungen. Verschreckt griff sie nach dem Apparat. Vielleicht sollte sie diesen penetranten Klingelton ändern, der an ein grelles Rasseln erinnerte und nicht im Entferntesten an eine Melodie. Allerdings bestand dann die Gefahr, dass sie es noch weniger hörte als ohnehin.

„Ich habe schon versucht, dich zu Hause zu erreichen“, meldete sich Sabine aufgeregt.

„Hallo Sabine, was gibt’s?“ Nina putzte sich die letzten, fast schon getrockneten Tränen von der Wange.

„Dr. Meinfeld will dich unbedingt sprechen. Er meinte zu mir, dass er eine so gute Mitarbeiterin wie dich nicht verlieren will. Der will unbedingt herausfinden, warum du Hals über Kopf gekündigt hast.“

Nina überlegte, wann sie den Geschäftsführer Dr. Alois Meinfeld das letzte Mal zu Gesicht bekommen hatte. „Ich kann ihn ja mal anrufen“, erwiderte sie lahm.

„Er meinte, dass er nicht auf dich verzichten will. Du, ich hab das Gefühl, der hat den Klasen auf dem Kieker. Jedenfalls wollte er von mir jede Kleinigkeit über den Ablauf deiner Kündigung wissen und hat dabei immer wieder gefragt, was Klasen genau gesagt hat.“

„Für mich ist der Job bei Prelight Solutions unwiderruflich erledigt, Sabine. Ich will nicht wieder zurück.“ Sie hatte keine Lust, mit Dr. Meinfeld zu sprechen, der sich über Jahre hinweg bei seinen Mitarbeitern kaum hatte blicken lassen und mehr eine respektable Worthülse als ein Boss zum Problemewälzen war.

„Nina", Sabines Stimme senkte sich verschwörerisch, „seien wir doch mal ehrlich. Wir beide sind keine dreißig mehr und meilenweit von der bei den Firmen begehrten Zwanzig entfernt. Meinst du wirklich, du bekommst was Neues?"

„Mir egal", parierte Nina müde. Dann riss sie sich zusammen. Sabine gab sich schließlich Mühe und das rechnete sie ihr hoch an. Mochte sie sein, wie sie wollte, aber es war sehr kollegial, sich um ihre Zukunft Sorgen zu machen und ihr helfen zu wollen. Das hätte sie ihr gar nicht zugetraut, war sie doch fast nur mit ihrer Figur und irgendwelchen Kerlen zugange. Und dass sie gegenüber Meinfeld offene Worte über Klasen von sich gegeben hatte, verwunderte Nina einigermaßen, die Sabine im Job bislang als sehr duckmäuserisch erlebt hatte.

Das hatte sie auch verstanden. Schließlich lebte Sabine allein, ohne jeden Rückhalt, ohne einen Rolf. „Vielen Dank, dass du dich für mich eingesetzt hast, Sabine, aber ich will wirklich nicht zurück."

„Dann ging es nicht allein um Klasen?", fragte Sabine verwundert.

„Doch. Nein. Ich weiß es nicht", stammelte Nina.

„Vielleicht sind es bloß die Wechseljahre, dass du so durcheinander bist. Ich merk doch, dass mit dir etwas nicht stimmt."

Die Wechseljahre, dachte Nina und lächelte lautlos ins Telefon hinein. Ach, Sabine, wenn du wüsstest. „Ja, ich bin durcheinander, und ja, so richtig weiß ich nicht, was ich will und nicht will. Und ich bin für ein paar Tage zu Margarete gezogen", erklärte sie hastig.

„Du hast dich von Rolf getrennt?", brüllte Sabine fassungslos durch den Hörer.

Warum hatte sie nicht ihre Schnute geschlossen halten können, schwappte es in Ninas Kopf. Jetzt hatte sie den Salat! Aber was machte das schon? Sabine war kein Reporter bei ‚Schmier und Fink' und würde auch sonst nicht durch die Gegend rennen und herumposaunen, dass bei Rolf und Nina der Haussegen gewaltig schief hing.

Deshalb antwortete sie wahrheitsgemäß: „Nein, ich habe mich nicht von ihm getrennt. Ich bin bloß für ein paar Tage weg. Ein bisschen Ruhe tut mir ganz gut, denke ich."

„Ach so", meine Sabine gedehnt.

Pause.

Dann fuhr Sabine fort: „Sprich doch trotzdem mal mit Dr. Meinfeld. Der ist wirklich okay, glaub mir. Du hast doch so prima in die Firma gepasst. Und mir hat es immer Spaß gemacht, mit dir zusammenzuarbeiten."

„Danke, Sabine, du bist wirklich lieb." Und das meinte Nina tatsächlich so. Derart einfühlsam hatte sie ihre Kollegin noch nie erlebt. „Ich habe heute ein paar Bewerbungen gemailt. Mal gucken, was dabei herauskommt. Eine Werbeagentur war auch dabei. Das ist ein Bereich, den ich schon immer kennenlernen wollte. Das hört sich interessant an."

„Gut, wenn du meinst", meinte Sabine resigniert. „Aber vielleicht überlegst du es dir ja noch mal und triffst dich einfach mit Dr. Meinfeld. Wer weiß, vielleicht gibt es Klasen nicht mehr lange bei Prelight. Und Nina ..."

„Ja?"

„Danke dafür, dass du dich bei Klasen für mich eingesetzt hast."

Nina rührte es, wie sich Sabine am anderen Ende mit zaghafter Stimme bei ihr bedankte. Es lag so viel Wahrhaftigkeit darin, dass es ihr für einen Augenblick die Sprache verschlug. Schon deshalb versprach sie ihr, sich Gedanken über einen Anruf bei Dr. Meinfeld zu machen, bevor sich die beiden Frauen voneinander verabschiedeten. Und ein schönes Gefühl war es schon, dass Dr. Meinfeld ausgerechnet sie wiederhaben wollte. Wenigstens einer, dachte sie traurig, auch wenn ihr Rolf an dieser Stelle lieber gewesen wäre.

Sie schüttelte den Kopf, als würde sie damit jeden üblen Gedanken mühelos abstreifen. Sie schaute auf das vor ihr liegende Sachbuch ‚Leben mit Hashimoto-Thyreoiditis'.

Gestern Vormittag war sie kurz zur Wohnung gefahren, Jule hatte in der Schule und Rolf im Büro gesessen, hatte noch ein paar Klamotten in einen Beutel gestopft, den Laptop und das angelieferte Buch vom Schreibtisch geschnappt. Rolf musste es dorthin gelegt haben, es war noch in eine durchsichtige Plastikhülle geschweißt. Er hatte es also nicht einmal durchgeblättert!

Doch sie hatte bereits gestern ein wenig darin gelesen und nahm es jetzt wieder zur Hand. Sie war überrascht, wie übersichtlich das Buch aufgebaut war, mit einem umfassenden Inhaltsverzeichnis, in dem genau die Fragen und Informationen aufgelistet waren, die sie brennend interessierten. Sie nahm einen grünen Marker vom Schreibtisch, lehnte sich auf ihrem Drehstuhl gemütlich zurück und begann, die wichtigsten Textstellen zu kennzeichnen. Aufmerksam las sie jeden einzelnen Satz. Offenbar kamen viele Betroffene bei Vergabe des Schilddrüsenhormons gut mit den Symptomen klar, die Ursache konnte ohnehin nicht bekämpft werden. Da tappte die Wissenschaft noch im Dunkeln.

Nina erschauerte, dass sich etwas in ihrem Körper abspielte, dessen Entstehung unerforscht war und sie in der tiefschwarzen Finsternis totaler Unkenntnis zurückließ. Sie las weiter, dass einige an zusätzlichen Autoimmunerkrankungen litten wie beispielsweise Diabetes, Rheuma und weiß der Himmel was noch alles. Sie unterstrich die positiven Informationen extra mit einem blauen Kugelschreiber, bevor sie auch dort den Marker ansetzte. Immer wenn dort geschrieben stand, dass es den meisten bei richtiger Medikation recht gut ging, malte sie unter diese Textzeilen einen besonders fetten blauen Strich.

Was sie dagegen maßlos erstaunte, war die Tatsache, dass viele Ärzte diese Krankheit tatsächlich nicht diagnostizierten, weil einerseits bei einer Blutuntersuchung erst der Laborwert TSH bei 4,2 oder 4,5 als bedenklich ausschlug und nicht bei 2,5, wie es neueren Studien zufolge der Fall sein müsste, und andererseits die vielen Symptome wie

Depressionen, Müdigkeit, Angstzustände, Gedächtnisstörungen, Schwindel, Gewichtszunahme und einiges mehr für einen Mediziner natürlich auf alles und nichts hindeuteten, jedenfalls nicht zwingend auf Hashimoto. Wenn sie sich überlegte, wie leicht es war, gerade bei üblen Stimmungsschwankungen zuerst auf das Alter und damit auf das allseits beliebte Klimakterium als Ursache zu tippen, war es kein Wunder, dass sie selbst im Traum nicht an irgendeine kompliziert gestrickte Krankheit gedacht hatte. Wenn man erst einmal in diesem Gefühlsstrudel steckte und sich alles um einen herum verschwor, der Partner, der Job, ihr Julchen, und einfach alles nur noch mit dem Fuß ins Orbit gekickt werden wollte, musste man doch einfach denken, dass man davon schlechte Laune bekam. Oder, wie sie es sich jetzt eingestand, depressiv wurde.

Ich kann mich doch gleich Deprina nennen, als Kombination von Depression und Nina. Hört sich doch klasse an, dachte sie. Oder wie wäre es mit Heulina oder Stressina? Das waren ganz neue Namen, die gar nicht mal so schlecht klangen, wie sie fand. Besonders Stressina gefiel ihr ausnehmend gut. Hörte sich nach einem bekannten Modelabel, verknüpft mit ihrem Namen, an. Pfiffig!

Augenblicklich lachte sie laut auf, schüttelte sich und hielt sich den Bauch. Es gab kein Halten mehr. Sie konnte einfach nicht mehr aufhören. Gackina, hahaha. Jetzt verschmadderten ihr doch die Tränen die Backen, aber es war einfach herrlich. War das gut! Hoffentlich musste sie zur Strafe nicht gleich wieder ‚losheulina‘. „Phah, pfüff, aaahhhh“, prustete sie. Eindeutig, Friedrichs Humor hatte auf sie abgefärbt. War das schön!

Wieder einigermaßen beruhigt, stellte sie sich vor, wie sie ihren Arzt noch einmal aufsuchen würde, der da meinte, Schwindel und Kopfschmerzen hätten mit der Autoimmunthyreoiditis nichts zu tun. Demütig würde sie ihm die Hand schütteln und ‚Entschuldigung, dass ich keine Schniefnase habe‘ sagen. Der Arme konnte doch gar nichts dafür, dass er nicht nach weiteren Symptomen gefragt hatte und felsenfest davon überzeugt war, wenn sie in einem halben Jahr mal wieder vorbeischauen und ihre Blutwerte kontrollieren lassen würde, wäre das absolut ausreichend.

Nina schaute verärgert drein.

Das ist eben der menschliche Kardinalfehler, kam ihr in den Sinn, dass wir alle immer meinen, Ärzte wären doch die Götter in Weiß. Und das ungeachtet der Tatsache, dass wir durch Zeitungs- und Fernsehberichte kübelweise mit der unangenehmen Wahrheit überschüttet werden. Jeden verdammten Tag. Dass die Ärzteschaft nicht alles wusste, weil viele Krankheitsursachen noch nicht erforscht waren, war eine Sache, dass sie aber auch eine Hashimoto-Thyreoiditis nicht zuordnen konnten, obwohl allgemein bekannt, fand sie mehr als erschütternd.

Dass dann aber ihr Arzt bei richtiger Labordiagnose nicht zu einer korrekten Behandlung griff, war der Gipfel! Schwarz auf weiß hatte auf dem Laborblatt ‚Hinweis auf Hashimoto-Thyreoiditis‘ gestanden. Der hatte ihr sogar erklärt, was das bedeutete, und trotzdem gemeint, in einem halben Jahr einen erneuten Bluttest zu machen. Gucken wir mal, wie es dann aussieht. Sonst nichts.

Nichts!

Wahnsinn, in dem Buch stand, dass viele Ärzte über die Symptome der zumeist betroffenen Frauen einfach hinwegstiefelten. Die fragten gar nicht weiter nach und schickten sie unbehandelt nach Hause. Dort stand auch, dass gerade im Anfangsstadium bei guter Medikation die Krankheit gestoppt oder sogar geheilt werden könne. Könnte doch gut sein, dass das auch sie beträfe. Das war jedenfalls ein Hoffnungsschimmer.

Gut, dass sie im Internet auf einen Endokrinologen gestoßen war, bei dem sie für nächste Woche einen Termin bekommen hatte. Bei einer anderen Praxis hätte sie erst in zwei Monaten einem Spezialisten in die Augen schauen dürfen.

Sie hoffte, dass der Arzt nicht schon deshalb die schlechtere Wahl war, weil sie dort so rasch hinkonnte. In jedem Fall war sie dankbar über dieses aufschlussreiche Werk ‚Leben mit Hashimoto-Thyreoiditis', das ihr ohne Umschweife Informationen lieferte und Fragen beantwortete, die ihr auf der Seele brannten. Danke, Frau Fischer!

Und wie sie jetzt wusste, hatte sie Glück: Zwar hatte sie bezogen auf die Unterfunktion dreiviertel aller darin aufgelisteten Symptome, jedoch bei den Anzeichen betreffend die Autoimmunsituation gar keine. Beruhigend.

Trotzdem las sie das Fachbuch aufmerksam durch, strich sich aber nur die auf sie zutreffenden Hinweise an, damit sie beim späteren Nachschlagen nicht so lange suchen musste. Außerdem stolperte sie dann nicht immer über die Horrorszenarien von zusätzlichen Autoimmunkrankheiten und schrecklichen Erfahrungsberichten. Es ging ihr dabei nicht ums heillose Verdrängen, sie wollte sich nur nicht unnötig verrückt machen. Wenn sie irgendwann von fiesen Krankheitsattacken heimgesucht werden sollte, konnte sie immer noch die entsprechenden Seiten durchforsten. Schließlich, das hatte sie sehr schnell begriffen, konnte an der Ursache der Hashimoto eh nichts ausgerichtet werden. Allein die Beschwerden konnten bekämpft oder gelindert werden.

Sie legte das Buch auf den Schreibtisch zurück und rieb sich die Augen. Ihr ehemaliges Kinder- und Jugendzimmer war sehr geräumig und längst mit modernen Möbeln eingerichtet worden. Eine französische Liege, ein breit geschwungener Schreibtisch, ein Kleiderschrank, einige Wandregale, alles zueinander passend aus rötlich schimmerndem Kirschbaumholz. Die Einrichtung erinnerte mit keinem einzigen Möbelstück mehr an ihre Kindheit und Jugend. Trotzdem fühlte sie sich genauso wohl und aufgehoben wie damals. Sie ließ ihre Augen durch die nach Süden gerichtete Fensterfront über die vom Winter angeknabberten Bäume und stolz aufgerichteten Tannen schweifen. Alles war geblieben, wie es war und immer sein würde.

Mit einem Mal durchzuckte sie ein Gedanke: Maggie! Hoffentlich, wünschte sie sich inbrünstig, würde sie noch lange bei ihr bleiben. Während die fest verwurzelten Bäume draußen vor dem Haus stehen geblieben waren, hatten sich einige geliebte Menschen aus ihrem Leben gestohlen.

Taschentuch! Heulina im Anmarsch!

Aus der unteren Etage drangen dumpfe Geräusche von beiseitegeschobenen Möbeln zu ihr hinauf. Das musste Frau König sein, die Zugehfrau von Margarete. Sie befand sich mitten in der Schlacht gegen den unaufhaltsamen Staub, mit dem Elektrosauger im Anschlag. Auf in den Kampf! Nina huschte ein Grinsen übers Gesicht. Wie auf Bestellung hörte Nina das ‚Bschwww' des supersaugfähigen und angeblich ultraleisen Staubsaugers, der, wenn man nicht aufpasste, mit seiner Powersaugkraft nicht nur kleinste Schmutzpartikel, sondern sogar Kleintiere wie kuschelige Hasen oder Meerschweinchen mühelos schlucken konnte.

Bei dem Gedanken daran fiel ihr Jules Peruaner-Meerschweinchen ein, das sie bis vor ein paar Jahren noch hatte. Ein wolliges Minischweinchen mit vielen Wirbeln, unendlich langem Fell und einer Tolle am Kopf. Die hatte über seinen kugelrunden schwarzen Augen gehangen, die Jule, als die Fellsträhne fünfzehn Zentimeter lang war, auf die Hälfte gestutzt hatte. Es hatte Julchen Spaß gemacht, den putzigen Nager in ihrem Zimmer herumhüpfen und quieken zu lassen. Puschpfützen und Kekel en masse gratis.

Für Mama.

Diesem Wollknäuel war das Fell so lang gewachsen, dass er es wie einen Schleier hinter sich hergezogen hatte. Irgendwann hatte sich Jule dann genötigt gesehen, auch dort mit der Haushaltsschere rigoros Abhilfe zu schaffen. Nina war heute noch froh darüber, dass sie aus ihm nicht im Eifer des Gefechts einen Punker zurechtgeschnippelt hatte.

Jetzt gab es kein Halten mehr. Daran konnte auch das kurz aufge-flackerte Grinsen nichts ausrichten. Dicke Tropfen rannen Nina über die Wangen. Sie fingerte wie wild mit dem inzwischen schon patschnass gewordenen Papiertuch an ihren Augen herum. Julchen hatte immer die Küchenschere benutzt und vergessen, sie wieder abzuspülen. Wenn Nina in der Küche etwas hatte aufschneiden wollen, hatte sie die Schneiden immer vorher inspiziert, ob nicht irgendwelche Haarbüschel daran klebten. Flenn.

Und dann, eines Tages, es war so ein wunderschöner Sommertag im Juni gewesen, verdammt, da hatte dieses Fellwesen leblos in seinem Käfig gelegen, in einer Ecke die Trinkflasche und das Futter, in der anderen die Kekel zu einem gut aufgefüllten Munitionslager aufge-türmt. War das schrecklich! Schluchz. Sie hatte mit Julchen im Arm um die Wette geheult. Da hatte sich Nina die blöden Puschflecken und die kugelrunden Kackbälle wieder zurückgewünscht.

Das zweite Taschentuch musste herhalten.

Von unten rumorte der Hochleistungssauger. Ach, war das schön, dass Frau König immer da war. Seit fünfzehn Jahren. Die war so nett. Hoffentlich blieb sie für immer. Ewig. Schließlich war sie schon einund-sechzig. Nina schluchzte laut auf. Gut, dass dieser maschinenbetriebene Krümelschlucker lauter war als ihre drüsendöselige Heulerei, sonst wäre Margarete noch erschrocken nach oben gestiefelt und hätte sie mit Sicherheit zu trösten versucht. Was das bedeutet hätte, konnte sie sich unschwer ausmalen. Sie hätte noch mehr gewimmert, mit noch mehr Kullertränen.

Am liebsten hätte sie sofort mit Julchen telefoniert, ihr ein neues Meerschweinchen, ach was, ein ganzes Quiekrudel geschenkt, mit ihr zusammen auf dem Boden gehockt und den Viechern beim Hüpfen und Kötteln zugeschaut. Aber Julchen wollte bestimmt keine haarige Kekelmaschine mehr, oder? Bestimmt war sie dafür schon zu groß. Sicher wollte sie etwas anderes. Aber was das war, darauf konnte sich

Nina beim besten Willen keinen Reim machen. Die beiden stritten sowieso mehr, als dass sie miteinander redeten. Und warum, um alles in der Welt, musste sich jetzt wieder Rolfs stoischer Blick in ihr Gedächtnis schieben? Nur um ihr den Tag vollkommen zu verhageln? Und was, wenn ich mich von Rolf trenne, schoss es ihr durch den Kopf. Was dann? Jule würde sie bis an ihr Lebensende hassen. Sie würde kein Wort mehr mit ihrer Mutter reden, geschweige denn mit ihr streiten.

Dieser Gedanke, sich von Rolf zu trennen, kam ihr nicht zum ersten Mal. Das wurde ihr genau in diesem Augenblick bewusst, als das eindeutige Bild dazu auftauchte. Sollte der doch in seiner Gemütsruhe schmoren und sich jemand anderen suchen, der genauso wie er in seinem eigenen Saft vor sich hin braten wollte, bis beide übergart und ungenießbar wurden. So jemand passte viel besser zu ihm. Sie würde sich jedenfalls nicht zu ihm ins Töpfchen zum Durchköcheln gesellen. Nicht mit mir, beschloss sie. Bestimmt gab es jemanden unter sieben Milliarden Menschen, der sich gern dazupackte.

Bitteschön! Ran an den Speck!

Aber ihr würgte es die Luft ab. Und die brauchte sie zum Leben, nicht zum Dahinvegetieren. Müde legte sie sich auf das Bett und bemerkte in der Waagerechten, dass sich bereits wieder Schwindel in ihrem Kopf breitgemacht hatte.

15

Es war ein herrlicher Sonntag, wie sie ihn liebte. Die Sonne stand zuverlässig am nur mit einzelnen Regentupfern bewölkten Himmel und die letzten Schneereste verflüchtigten sich. Nina hoffte nichts mehr, als dass der Frühling den lahmen Winter bald hinter sich lassen würde. Ein Winter, der nichts Weißes, sondern bloß vermatschte Schneereste übrighatte, sollte gefälligst langsam, aber sicher in der Versenkung verschwinden.

Margarete hatte schon in aller Frühe Brötchen vom Bäcker besorgt, den Tisch mit Marmelade, Wurst und Ninas Lieblingskräuterquark gedeckt. Es war herrlich, sich von frischem Kaffeeduft aus dem Zimmer locken zu lassen. Sie musste zugeben, dass sie gar nicht so übel geschlafen hatte. Sie hatte sich jedenfalls ohne Kopfschmerzen aus der warmen Bettdecke geschält.

Nachdem Margarete beiden Kaffee eingeschenkt hatte, bedachte sie ihre Nichte mit eindringlichem Blick, sagte aber nur: „Lass es dir schmecken."

„Was meinst du, wollen wir nach dem Frühstück an den See spazieren?", fragte Nina mit einer Brötchenhälfte in der Hand.

„Das ist eine schöne Idee", antwortete Margarete einsilbig. Dann schüttelte sie energisch den Kopf. „Es tut mir leid, wenn ich dir zu nahe trete, Nina, aber ich muss einfach mit dir darüber sprechen."

War es nicht gerade diese Art von Margarete, die Nina am meisten an ihr schätzte? Geradeheraus und auf den Punkt gebracht.

„Na, dann mal los", forderte sie ihre Tante auf und nahm einen großen Bissen von ihrem Brötchen, auf das der Quark zentimeterdick gestrichen war.

„Rolf und du", setzte Maggie an, „ihr gehört zusammen, das weißt du."

Wusste sie das?

Während ihre Tante ihr fest in die Augen sah, fuhr sie fort: „Ihr müsst einen Weg finden, der euch wieder zusammenbringt und nicht einen, der euch entzweit."

Mussten sie?

„Möglich, aber was, wenn das auf Dauer nicht funktioniert? Oder glaubst du, dass es allein an mir liegt, dass ich bei dir und nicht zu Hause bin?"

„Dazu gehören immer zwei. Das mag sich zwar nach reiner Binsenweisheit anhören, trifft aber immer den Kern, egal, wohin du schaust. Meinst du, bei Friedrich und mir gab es immer eitel Sonnenschein?"

Nein, das wusste Nina. Sie erinnerte sich an die Kabbeleien der beiden. Aber sie waren dabei nie unter die Gürtellinie gegangen, hatten dem anderen immer seine Würde gelassen. Und hatte es zwischen den zweien nicht auch eine gehörige Portion Humor gegeben? Der hatte so vieles, was auf den ersten Blick zentnerschwer aussah, in durch die Luft flatternde Federn verwandelt. Überhaupt hatten Friedrich, der eine große Firma für Sanitäreinrichtungen geleitet hatte, und Margarete, die als Hausfrau und Mutter die Familie zusammengeschweißt hatte, gute Umgangsformen gepaart mit einem gehörigen Schuss Esprit. Deshalb war Nina bei den beiden niemals auf eine Mauer der Entrüstung geprallt, wenn sie mit schnoddrigen Berliner Ausdrücken von der Schule nach Hause gekommen war.

Margarete nahm einen Schluck Kaffee. „Du bist jetzt durcheinander, aber nimm meinen Rat an und handle besonnen."

„Was wäre das denn?"

„Wenn du bei deiner Familie bleibst und dich von einem Facharzt erst einmal ordentlich behandeln lässt. Rolf vermisst dich doch und Jule auch."

„Da bist du dir ganz sicher?"

Margarete nickte.

„Ich mir aber ganz und gar nicht. Es ist doch auch gut möglich, dass ich sie mit meinen Launen und meiner Wankelmütigkeit nur hinunterziehe und es ihnen weitaus besser geht, wenn ich weg bin."

„Das glaubst du doch nicht wirklich."

„Doch." Pure Zerrissenheit zeichnete sich auf ihrem Gesicht ab. „In das alte Leben werde ich keinesfalls zurückgehen. Und dass sich bei den zweien etwas ändert, kannst du einfach mal vergessen."

„Ihr solltet euch alle drei an einen Tisch setzen und jeder sagt dann, was ihn am anderen stört. Und dann solltet ihr überlegen, was ihr anders machen könnt."

„Das ist sicher eine gute Idee, Maggie." Nina liebte es, Margarete ‚Maggie' zu nennen. Ein bisschen hörte es sich schließlich auch wie ‚Mami' an. Und die war sie für Nina.

„Na, siehst du. Ruf doch deinen Mann am besten direkt nach dem Frühstück an." Margarete war von ihrer Idee schier begeistert. „Dann kann jeder für sich auf einen Zettel schreiben, was ihn umtreibt und Änderungsvorschläge einbringen."

„Dein Vorschlag ist zwar gut, aber meinst du nicht, ich hätte Rolf und auch Jule nicht schon tausendmal auf alles Mögliche angesprochen. Und, was ist dabei herausgekommen? Nichts. Die haben überhaupt keine Lust, sich Gedanken zu machen oder irgendetwas zu ändern."

Maggie schüttelte energisch ihr weißes Haupt. „Da hast du's doch. Du hast ihnen etwas vor Augen gehalten. Das wertet dein Gegenüber immer als typischen Angriff. Wenn nun aber ihr drei gleichberechtigt die Möglichkeit nutzt, gemeinsame Lösungswege zu finden, dann ist jeder aktiv und fühlt sich auch ernst genommen."

Nina nippte an ihrer Kaffeetasse. „In der Theorie sieht dein Ratschlag prima aus. In der Durchführung kann ich es mir kaum vorstellen."

„Na, da geht's doch schon los. Versuch es doch erst einmal."

Vielleicht lag Margarete ja richtig. Wenn Nina doch bloß daran glauben könnte. Aber einen Versuch war es wert, bevor sie sich mit Rolf endgültig entzweite und es kein Zurück mehr gab. Spontan lief sie um den schweren Eichentisch herum und küsste Maggie auf die faltige Stirn. Vielleicht wäre es gar nicht schlecht, wenn sie auf ihre lebenserfahrene Margarete hörte.

Nach einem ausgiebigen Frühstück und warm angezogen, spazierten die beiden Frauen in ihren dicken Winterstiefeln durch den Garten zum Ufer des Wannsees. Still lag er vor ihnen ausgebreitet, einsame Eisschollen tummelten sich im Wasser, Eisstücke leuchteten im Sonnenlicht wie funkelnde Diamanten. Weiter vorn wartete das ‚Strandbad Wannsee' auf hitzige Sonnenstrahlen, um den Menschen an den Sommer-Wochenenden wieder das heiß ersehnte Urlaubsfeeling einzuverleiben.

16

Die Parklücke war ihre! In der Wilhelmsaue in Berlin Wilmersdorf einen Platz für ihren klapprigen roten Golf zu finden, der seine besten Tage lange hinter sich gelassen hatte, grenzte an ein kleines Wunder, zumal es schon vier Uhr nachmittags war und die Ersten von der Arbeit wieder nach Hause kamen. Sie hatte mit Marie noch am gestrigen Sonntag telefoniert und sich für heute mit ihr verabredet. Als Maggie das mitbekommen hatte, musste sie ihr hoch und heilig versprechen, heute noch mit Rolf zu reden, wovor ihr grauste. Unvorstellbar, wie innig und vertraut sie mit Rolf seit neunzehn Jahren zusammen war. Und jetzt schaffte sie es nicht einmal, ihn einfach anzurufen und mit ihm zu sprechen. Da konnte sie sich gemeinsame Lösungswege erst recht abschminken.

Da die Temperaturen langsam über den Gefrierpunkt kletterten, brauchte sie sich keine Wollmütze mehr über den Kopf bis zu den Ohren zu stülpen. Sie schlenderte vergnügt die Straße entlang und suchte an den dicht aneinandergedrängten, meist fünfstöckigen Wohnhäusern nach Maries Hausnummer. Das Treffen mit ihr würde sie eindeutig auf andere Gedanken bringen und sie hätte die Frage, ob es sich dabei um ein reines Ablenkungsmanöver handelte, nicht verneint. Obwohl sie mit Marie durchaus Sinnvolles vorhatte. Sie hatte ihre Bewerbung auf einem Speicherstick in der Handtasche, die sie mit Maries vergleichen und mithilfe des Internets und einem von Marie eigens zu diesem Zweck gekauften Fachbuch aufpeppen wollte. Musste ja nicht gleich jeder potenzielle neue Arbeitgeber auf den ersten Blick erkennen, wie alt sie war, zumal sie ein prima Bewerbungsbild hatte, das sie aus einem Foto vom letzten Jahr mit einem Computerprogramm herausgeschnitten hatte.

Sie hielt kurz inne, als sie vor dem gesuchten Haus aus den Fünfzigerjahren stehen blieb. Vor ein paar Jahren hatte sie mit Jule und Rolf in der Meierottostraße in Charlottenburg in ihrer eigenen Viereinhalb-Zimmer-Wohnung gelebt, nur zwei Querstraßen vom Kurfürstendamm entfernt. Auch dort standen die Häuser dicht beieinander. Sie schaute auf die gegenüberliegende Seite der Wilhelmsaue und starrte für einen Moment wehmütig auf ein Haus aus der Jahrhundertwende. Ja, so ein ähnliches hatten sie damals bewohnt. Vor der Tür hatten sie eine Grünanlage mit unzähligen Bäumen und Sträuchern gehabt. Es hatte ihre erste gemeinsame Investition in die Zukunft und für Julchen eine grüne Oase mitten in der City sein sollen. Sie hatten sogar überlegt, sich später ein Haus im Berliner Umland nach ihren Vorstellungen bauen zu lassen.

Gewaltsam riss sie sich aus ihren trüben Gedanken, fand Maries Klingelknopf ganz oben auf dem Tableau, was nach oben zu klettern bedeutete, und drückte den Knopf.

Maries Wohnung lag tatsächlich im obersten Geschoss in dem fünf Etagen aufragenden Mietshaus. Kurz schielte Nina zum Fahrstuhl, entschied sich dann aber für den Fitnesspfad. In den letzten Jahren verzichtete sie immer häufiger auf Rolltreppen oder Aufzüge.

Die erleichterten zwar das Leben ungemein, förderten aber auch Bewegungsfaulheit. Da freute sie sich lieber, ihre Muskeln dann und wann zu spüren. Prima, dass die Deckenhöhe in dem Fünfzigerjahre-Bauwerk nicht mehr so hoch war wie die in dem Mehrfamilienhaus aus der Gründerzeit, in dem Rolf und Nina ihre Wohnung hatten. Das änderte allerdings nichts daran, dass fünf Stockwerke nun mal fünf Stockwerke waren. Und die wollten bezwungen werden.

Im dritten Stock legte Nina eine kleine Verschnaufpause ein. Ihr Blick fiel auf die Fahrstuhltür. Zwei lächerliche Schritte, Tür zu und los! Der schien sie mit schelmischem Grinsen zu sich zu locken. Jetzt erst recht nicht! Im vierten Stock wurde die Luft schon dünner. Sie schnappte nach Sauerstoff wie ein Karpfen in einem überhitzten Teich. Von den letzten paar Stufen würde sie sich auf gar keinen Fall in die Knie zwingen lassen! Apropos Knie, da zwickte irgend so ein unsichtbarer zickiger Zwerg unter der rechten Gelenkscheibe. Hätte ihr Kopf nicht mittlerweile zu einer Walzerfahrt auf dem Rummel eingeladen, hätte sie sich vielleicht darüber geärgert. So standen allerdings ihre letzten Kräfte ganz im Zeichen des Erklimmens, koste es, was es wolle.

Oben stand Marie bereits an der geöffneten Tür und grinste von einem Ohr zum anderen. „Hallo Nina, Kaffee oder Wasser?"

„Beides." Nina brachte gerade mal ein Nuscheln zustande.

Marie nahm ihr den Mantel ab. „Warum tut ihr euch das nur an? Ich meine, die jungen Leute nehmen hier immer den Fahrstuhl, selbst für die zweite Etage, und alles, was jenseits der vierzig ist, meint immer, für die Zugspitze trainieren zu müssen."

Nina schleppte sich durch den Flur direkt ins Wohnzimmer auf die schneeweiße Designercouch und dachte in einem Anflug von Rücksichtnahme, ob man sich da tatsächlich niederlassen konnte oder dieses riesige Teil auf viertelmondähnlichen Stahlstangen nur zum Angucken da war, als sie sich auch schon auf die strammen Polster fallen ließ.

Während Marie eine Tasse duftenden Kaffee und ein großes Glas Mineralwasser vor ihre Nase stellte, schaute sie sich kurz in dem mindestens sechzig Quadratmeter großen Raum um. Aber ihre Neugierde wurde sofort von einem unbändigen Durst beiseitegeschoben. Gierig griff sie nach dem Wasserglas und ließ die klare Flüssigkeit genüsslich die trockene Kehle hinuntergleiten. Sie hatte das Gefühl, Marie aus roten, hervorquellenden Stieraugen anzuglotzen, so ausgelaugt fühlte sie sich von dem kräftezehrenden Aufstieg.

„Der Fahrstuhl ist wirklich hübsch", begann Marie schmunzelnd. „Darin haben bestimmt zehn Leute Platz und einen Spiegel hat der auch."

„Ja, ja", grummelte Nina, „ist ja schon gut. Die alte Frau hat's mal wieder übertrieben. Aber wie du siehst, bin ich schon wieder fit." Was natürlich gelogen war. Ein paar Minuten würde es auf jeden Fall dauern, bis Nina wieder die Alte war. Aber wer wollte das schon gern zugeben?

Marie saß ihr auf einem Halbkreis der Couch schräg gegenüber. Ninas Puls hatte sich wieder einigermaßen beruhigt, was sie dazu bewog, nach der heißen Kaffeetasse zu greifen. Dabei fiel ihr Blick auf den weiß lackierten und zu einem fein geschwungenen S geformten Holztisch mit darin eingearbeiteten ebenso S-förmigen handbreiten Glasplatten, auf dem die Tasse abgestellt war. Ungewöhnliches Design, dachte Nina. Einen Schluck des schwarzen Gebräus trinkend, wanderten ihre Augen zu einem blitzblank polierten Edelstahlregal, auf dem sich unzählige Bücher tummelten, die nicht in Reih und Glied nebeneinanderstanden, sondern hier und da in Schrägstellung umzukippen drohten.

Marie folgte Ninas Blick. „Komm, ich zeig dir mal die Aussicht von meinem Penthouse."

Nina folgte ihr zur mannshohen Fensterfront, durch die sie weitläufig über die Dächer der umliegenden Häuser und in den vom Abendgrau besuchten Himmel schauen konnte. Eines der Panoramafenster ließ sich sanft zur Seite schieben und die beiden traten hinaus auf die sich über die gesamte Länge des Wohnzimmers erstreckende Terrasse.

„Da hast du dir ein sehr schickes Domizil ausgesucht", bemerkte Nina anerkennend, die sich fröstelnd bereits wieder auf den Weg nach drinnen machte.

„Ja, und es gehört mir ganz allein", meinte Marie und ließ das Fenster wieder zurück ins Schloss gleiten.

Bemerkenswert, was man mit Autoverkäufen doch so verdienen konnte, fand Nina, die ihren Blick zur Essecke mit rundem Marmortisch und vier gepolsterten Chromstühlen schweifen ließ. Oder hatte Marie das zusätzlich irgendwelchen schwerreichen Liebhabern zu verdanken? Nina schüttelte bei dem Gedanken den Kopf.

„Wir wollten doch unsere Bewerbungsmappen zusammen durchgehen", begann Marie, „aber ich habe meinen Friseurtermin in einer halben Stunde vollkommen vergessen."

Verplant, hätte Jule jetzt gesagt, wieder mal nix gecheckt. „Macht ja nichts, dann eben ein anderes Mal." Nina machte sich bereits auf den Weg über den Parkettboden Richtung Flur.

„Nein, nein, du kommst mit", meinte Marie lächelnd.

„Herumsitzen und anderen beim Föhnbürsteschwingen zugucken, ist nichts für mich", erwiderte Nina.

„Sollst du doch gar nicht. Wir gehen zu ‚Albert'. Franzl macht mir dort immer die Haare und dabei können wir quatschen."

„Und Franzl hört zu."

„Franzl ist verschwiegen, wirklich. Und dort ist es überhaupt nicht laut."

„Warum nicht", resignierte Nina. Sie hatte ohnehin nichts anderes vor. Und die Bewerbungen konnten sie ja noch später durchgehen.

Mit Maries schwarzem Audi, der eigentümliche Klappergeräusche fabrizierte, fuhren sie zu ‚Albert' in der Fasanenstraße, stellten den Wagen auf der Parkfläche im Innenhof ab und schlenderten in den Friseursalon.

Franzls Begrüßung sprengte jedes Klischee. Er flirtte um Marie und Nina herum, als hätten die beiden Leckerlis aus Rind in den Taschen und er wäre ein auftoupierter Riesenpudel, zwar heillos überzüchtet, aber mit dem letzten tierischen Instinkt, die fleischigen Leckerbissen wegzubeißen. Es hätte nicht viel gefehlt und Nina hätte ‚Aus!' gebrüllt.

Franzl, turmhoch und gertenschlank, führte die beiden Frauen durch den Laden, die Wände in Aubergine und Elfenbein gestrichen, der geschwungene Tresen in genau denselben Farbtönen mit zarten silbernen Streifen. Woran erinnerte Nina bloß diese Theke? Es wollte ihr nicht einfallen. Sie durfte sich neben Marie auf einen freien Lederstuhl setzen und der Dinge harren, die da kamen. Jetzt begann sich doch noch Ärger durch ihr Gemüt zu schleichen. Angesäuert zog sie eine Grimasse. Wäre sie bloß nach Hause gefahren. Dann hätte sie mit Margarete quatschen können oder einfach noch ein paar Bewerbungen rausgemailt, aber so saß sie hier fest. Wobei, wenn sie sich es recht überlegte, sie konnte doch einfach verschwinden. Sie hätte nicht einmal eine Ausrede aus dem Hut zaubern müssen, sondern hätte einfach ‚Tschüss, bis zum nächsten Mal' zu Marie gesagt. Aber irgendetwas hielt sie zurück. Vielleicht war sie auch einfach nur zu faul, zu ihrem Auto zu laufen oder sich nach einem Bus umzugucken, der in ihre Richtung fuhr. Was auch immer es war, sie blieb auf dem gemütlichen Stuhl hocken und lehnte sich zurück.

„Marie, mein Schatz", begann Franzl melodiös zu hauchen.

Nina fragte sich, ob die Filmemacher sich dieses übertriebene Getue tatsächlich von den Leuten abguckten oder umgekehrt die Leute von den Filmen. Vermutlich beeinflusste einer den anderen. Jetzt begann Franzl auch noch aus luftiger Höhe zu Marie hinunterzuflöten.

„Du siehst einfach wieder top aus, meine Liebe. Und dann hast du noch deine wunderschöne Freundin mitgebracht."

Das war zu viel!

„Wie immer?", wollte er von Marie wissen.

„Ja, bitte", antwortete Marie freundlich.

„Darf ich fragen, woher ihr beide euch kennt?", fragte Franzl, der mit einem Gardemaß von einer Handbreit unter zwei Metern gesegnet war.

So war das also mit dem Quatschen, bei dem Franzl mit geschlossenem Mund frisieren sollte. Nina spürte, wie sich ihr Blut auf den Weg machte, ihr die Wangen von Käseweiß in Weinrot zu färben, sekundenschnell. Das schaffte nicht einmal Franzl mit noch so viel Farbe aus der Tube.

Mit einem kurzen Seitenblick zu Nina erkannte Marie sofort, dass sie gerade stocksauer wurde, weshalb Marie rasch eingriff, bevor Nina auf Franzl losschießen konnte. „Wir kennen uns schon seit einigen Jahren und haben uns jetzt auf dem Arbeitsamt wiedergetroffen", erklärte Marie lächelnd.

Das war super, klasse, einfach spitze!

Danke Marie, dass du dem Haarjongleur erklärst, dass wir beide ohne Job dastehen, vielen herzlichen Dank, liebe Marie, schrie es durch Ninas Kopf.

„Wir zwei sind dabei, uns beruflich zu verändern. Das ist richtig aufregend", fuhr Marie munter fort.

So hatte Nina das zwar auch schon gesehen, aber allein das Wort ‚arbeitslos' klang dermaßen nach Scheitern, dass sie einfach keine Lust verspürte, damit hausieren zu gehen. Schon gar nicht bei Franzl, bei dem man ja so prima quatschen konnte, mit Mund zu, aber nicht Franzls Mund, sondern Ninas.

Sie atmete tief ein und aus. Ein und aus. Langsam beruhigte sich ihr Puls. Plötzlich sah das Bild ganz anders aus. Ja, es stimmte, dass Nina sich auf neue Aufgaben freute und verdammt noch mal froh war, bei Prelight raus zu sein. Klasens beleidigtes Gesicht kroch kurz durch ihre Gedanken. Sicher, sie hatte Sabine beschützen wollen, das war schon so, aber andererseits hatte sie auch keinen Nerv mehr auf diese Firma gehabt, in der ihr die Hirnzellen langsam einfroren. Das hatte sie allerdings erst erkannt, als sie in ihrem Auto nach Hause gefahren war. Sabine hockte bestimmt immer noch an ihrem Platz und tippte Rechnungen. Ob Klasen sie jetzt mit mehr Respekt behandelte oder sich zumindest ihr gegenüber nicht mehr im Ton vergriff? Nina zuckte zusammen. Franzl hatte sie angestupst.

„Sie haben wunderschönes Haar. Einen dunklen Farbton mit leicht rötlichem Schimmer. Welche Tönung benutzen Sie?", weckte er sie aus ihrem Tagtraum auf.

„Gar keine. Das ist tatsächlich Natur. Schauen Sie mal, hier sind schon ein paar graue Haare dazwischen." Nina zeigte mit dem Finger auf den Scheitel, damit Franzl gucken konnte, wo die grauen Haare waren.

„Da muss man wahrscheinlich mit einer Lupe ran. Also Ihr Haar hat wirklich einen tollen Colordress", säuselte er hingebungsvoll.

Nina wartete jetzt auf Franzls Frisurenvorschläge. Erst loben, dann verkaufen, so lief der Hase. Irrtum. Er rollte Marie mitsamt Stuhl zum Rückwärtsbecken und wusch ihr, langsam die Kopfhaut massierend, die Haare.

Anschließend beobachtete sie durch Maries Spiegel, wie Franzl Marie sorgfältig und hoch konzentriert die Haare schnitt. Er teilte einzelne Strähnen mit silbernen Klammern voneinander ab, schaute und kämmte, bevor er anfing zu schneiden. Belustigt grinste Nina in sich hinein, wie er mit der Schere kurz die Luft durchschnitt, um dann die nächste Strähne um ein paar Millimeter zu stutzen. Mittlerweile hatte sich auf ihrem Gesicht ein Grinsen breitgemacht und sie begann zu kichern.

Obwohl Marie Ninas Giggelgrund keinesfalls bekannt, kicherte sie mit, froh, dass Ninas schlechte Laune verflogen war.

Jetzt machte der Kerl das schon wieder! ‚Zing' in der Luft und ‚Zong' an den Haaren. Nina drehte sich weg. Es war zu widerlich, jetzt sammelten sich schon wieder Tränen in ihren Augen. Es war schlicht und ergreifend egal, ob sie Trauer schob oder sich vor Lachen hätte biegen können. Die Biester waren allzeit bereit. Sie fingerte ein Tempo aus ihrer Jeans und wischte sie sich vom unteren Augenlid, bevor sich das Wasser auf den Weg zum Abfahrtsslalom über ihre Wangen machen konnte.

Verdammter Mist, das war zwar lustig, aber musste sie sich darüber ausschütten, dass Franzl womöglich ganz wuschig wurde? Doch weit gefehlt. Franzl ging ganz in seiner Aufgabe des perfekten Spitzenschneidens auf, sodass er Ninas Albernheit gar nicht beachtete.

Marie ließ sich von einer Angestellten zwei Gläser Sekt bringen. „Bei wem hast du dich denn bereits beworben?" Sie stieß mit Nina klangvoll an.

„Ach, überall, auch bei Werbefirmen, in der Produktion und in einem Autohaus fürs Büro", erwiderte Nina und spürte, wie das perlende Getränk auf ihrer Zunge prickelte.

„Bei mir wird es auf jeden Fall wieder der Verkauf sein", meinte Marie, während Franzl zu föhnen begann.

Normalerweise verstand man dabei nicht einmal sein eigenes Wort, geschweige denn das seines Gegenübers. Aber dieser Föhn war ein Supersanft-Flüster-Föhn. Nach dem dritten Schluck aus dem Sektkelch war Nina fest davon überzeugt, dass es so was nur hier, in so einem exklusiven Laden ein paar Schritte vom Ku'damm entfernt, gab und sonst nirgendwo. Auch so einen Franzl gab es nie und nimmer noch irgendwo anders. Da konnte man quatschen und der hörte gar nicht hin. Nina hatte völlig vergessen, worüber sie sich noch vor zwanzig Minuten aufgeregt hatte und fand das Aubergine vorn am Tresen ein bisschen zu rosig. Ja, dachte sie entschieden, das ist das dezente Rosa der Exklusivität.

„Was hast du für einen Berufsabschluss?", wollte Nina wissen, trank den letzten Schluck Sekt und bedauerte, dass er schon aufgebraucht war.

„Gar keinen. Nach dem Abitur habe ich BWL studiert. Und dabei ist es dann auch geblieben, beim Studieren. Vier Semester habe ich durchgehalten und dann meine akademische Laufbahn geschmissen", antwortete Marie freimütig. „Ich habe schon alles Mögliche gemacht. Im Büro habe ich auch schon gesessen, aber das ist absolut nichts für mich. Als ich dann über einen Bekannten ins Autohaus gekommen bin, habe ich sofort gemerkt: Das ist es! Verkaufen! Das macht mir Spaß. Und darin bin ich ziemlich gut."

Das glaubte Nina ihr aufs Wort. Marie war nicht nur ausnehmend hübsch, sondern zudem charmant, klug und redegewandt. Sie konnte sich gut vorstellen, wie Marie lächelnd die Tür eines Ferraris aufhielt, damit der Kunde sich von der Pracht des Wagens überzeugen konnte, und ihm hinterher mit dem strahlendsten Lächeln von Welt die exorbitante Rechnung präsentierte, für die der sich dann auch noch herzlich und von ihrem Liebreiz eingelullt bedankte.

„Na, dann kommen wir uns wenigstens nicht in die Quere. Meine Bewerbungen zielen allein aufs Büro ab", erklärte Nina und sah zu, wie Franzl Maries Föhnfrisur mit ein paar Stößen Haarspray auf Topniveau brachte. Perfekt lässig frisiert, steuerte Marie zum Bezahlen auf den Tresen im Eingangsbereich zu. Da fiel Nina wieder ein, woran sie der auberginefarbene Empfangsplatz erinnerte. Natürlich, der sah so aus wie der beim Arbeitsamt, was sie sofort daran erinnerte, aus welchem Grund sie sich mit Marie heute getroffen hatte. Sie wollte unbedingt beim nächsten Termin dort mit ein paar Jobs in der Tasche auftauchen oder am besten gar nicht mehr dorthin, weil sie bis dahin bereits einen Vertrag unterschrieben hätte. War das ein Zwanziger, den Marie dem Franzl in die Hand drückte, nachdem sie mit ihrer EC-Karte die Rechnung bezahlt hatte? Irgendwie ging es Marie zumindest finanziell supergut.

„Ich würde mich freuen, Sie wieder in unserem Salon begrüßen zu dürfen und Ihnen höchstpersönlich die Haare zu frisieren. Hier meine Karte", riss Franzl Nina aus ihren unschönen Grübelbildern an Pflicht und Schuldigkeit.

„Sehr gern", antwortete sie artig, ohne zu überlegen. Warum eigentlich nicht? Franzl hatte bei Marie Spitzenarbeit geleistet. Nina überlegte kurz, ob sie einen Blick auf die Preistafel werfen sollte, verwarf den Gedanken aber rasch. Das hätte sie nicht nur als arbeitslos, sondern auch noch als vermögenslos geoutet. Und so ließ sie sich von Franzl galant in ihren warmen Wintermantel helfen und trat mit Marie nach draußen an die frische Luft.

So, nun wollte sie aber fix an die Bewerbungen ran, damit ihre up to date daherkam und nicht wie aus dem letzten Jahrhundert zusammen-gestrickt.

„Jetzt bin ich aber mal gespannt, was dein aktuelles Bewerbungsbuch so hergibt", meinte sie und setzte ihre langen Beine zu einem zügigen Gang an.

„Halt, nicht so schnell", begann Marie theatralisch zu japsen. „Ich fühle mich gerade so gut und will mir einfach nicht die Laune mit langweiligem Geschreibsel verderben. Komm, lass uns rüber ins Café gehen. Drüben an der Ecke gibt es eines, da bin ich oft nach Feierabend hingegangen. Ich würde gern sehen, ob jemand von denen da ist, die ich kenne."

„Marie", schlug Nina einen strengen Ton an, „so kommen wir aber nicht weiter ..."

„Da können wir Kontakte knüpfen", unterbrach Marie sie, „Connections sind besser als langweilige Annoncen. Komm schon." Marie knuffte Nina in die Seite und lächelte siegessicher. Sie hakte sich bei Nina unter und führte sie nur einige Meter vom Haarsalon entfernt ins Café.

In dem Laden standen kreuz und quer verstreut runde Tische mit gemütlich gepolsterten Chromstühlen, die alle besetzt zu sein schienen, so proppenvoll war das Café. Nina vermutete, dass hier ausschließlich das arbeitende Volk seinen Feierabend mit einem Glas Bier oder Wein einläutete und bei Weitem nicht von armen Jobsuchern wie Marie und Nina um eine lukrative Stelle angegraben werden wollte.

„Hey, Finn", rief Marie einem attraktiven Mittvierziger zu, dessen Jackett über dem Stuhl hing und der sich gerade die Krawatte lockerte. Er schoss geradezu von seinem Stuhl hoch, als er Marie bemerkte, umarmte sie stürmisch und gab Nina mit breitem Grinsen die Hand.

„Setzt euch ruhig zu uns", lud er sie an den voll besetzten Tisch ein. Während sie ihre Mäntel an die mit dick aufgeplusterten Jacken und Wintermänteln beladene Garderobe hängten, organisierte Finn zwei Stühle und ließ die anderen am Tisch enger zusammenrücken, damit die beiden Frauen sich noch dazwischenschieben konnten.

Marie zwinkerte Nina verschwörerisch zu. Erst jetzt bemerkte Nina, dass um den Tisch herum ausschließlich Männer saßen, die sie allesamt anglotzten, als wären Marie und sie Zirkusartisten und wollten gerade ein Kunststück aufführen. Nina rutschte nervös auf ihrem Stuhl herum und senkte den Blick. Als jedoch Maries schallendes Gelächter zu ihr durchdrang, der Finn irgendetwas ins Ohr geflüstert hatte, besann sie sich auf ihr fortgeschrittenes Alter, und dass es sich um nichts in der Welt verantworten ließ, sich wie ein kleines Schulmädchen zu verhalten. Sie straffte ihre Schultern und lächelte, wie es sich für eine Fünfzigjährige verdammt noch mal gehörte, jovial in die Runde, obwohl ihr die zig männlichen Augenpaare vorkamen, als hockte ein Schwarm Krähen vor ihr, der kurz davor war, ihr die Augen auszupicken.

Nacheinander stellte sich der Schwarm unter Nennung der Vornamen vor und Nina begriff, dass nur noch drei andere außer Finn am Tisch saßen, was alles andere als eine ganze Vogelschar ausmachte. Die Namen hatte sie genauso schnell vergessen, wie sie genannt wurden. Da konnte sie sich noch so viel Mühe geben, sich nicht als demente Alte zu entlarven, es half nichts, die wenigen Infos waren bereits wieder durchs Raster gerutscht. Sie war froh, dass sie sich den Namen ‚Finn‘ merken konnte, dessen Augen Marie geradezu verschlangen.

„So, Jungs", tönte Marie, „wir zwei Hübschen suchen einen neuen Job. Was ich mache, wisst ihr ja. Aber neben mir sitzt eine klasse Kauffrau, die sich auf neue Aufgaben freut. Na, was sagt ihr?"

War Nina bei Franzl peinlich berührt, wäre sie jetzt am liebsten im nächsten U-Bahn-Schacht versunken. Führte nicht eine Berliner Linie direkt unter ihren Füßen entlang? Nie wieder diese Marie! Niemals wieder, nein! Das Café lag in angenehmem Schummerlicht und so wollte der Vulkan gerade wieder Lava spucken, niemand konnte Ninas heißrote Wangen auch als solche identifizieren. Ganz Frau von Welt nickte sie den beanzugten Herren am Tisch lächelnd zu und presste durch die Lippen: „Genauso ist es. Falls ihr etwas hört, wir würden uns freuen." Mensch, Nina, dachte sie, du bist ein Feigling, große Klappe und absolut nichts, aber auch gar nichts dahinter! Nur allzu gern würdest du die kecke Marie anblöken und den feschen Herren am Tisch die Zunge rausstrecken. Und was machst du?

Machst einen auf souverän. Kurz schlich durch ihr Hirn, dass das allerdings genau das sein würde, womit sie sich in späterer Erinnerung an diese Situation auch am wohlsten fühlen würde, und es beileibe nicht darum ging, alles immer jederzeit von sich zu geben. Der Gedanke huschte allerdings davon, so schnell er gekommen war, und der Ärger setzte sich gemütlich und feist mitten in ihre Magengrube und hatte unbedingt vor, sich dort für die nächsten Stunden häuslich einzurichten. Sie lehnte sich zurück und nippte an ihrem Kräutertee, den sie bestellt hatte. Woher hatte sie nur gewusst, dass sie den jetzt bitter nötig hatte?

Die vier Anzugträger berieten tatsächlich darüber, welche Stellen in ihrer Firma gerade frei waren. Wie sich herausstellte, arbeiteten sie als Makler bei Premiumhouse. Die vier waren doch netter als gedacht. Sie schätzte sie auf fünfunddreißig bis fünfundfünfzig und besah hinter den gepflegten Erscheinungen durchaus attraktive Männer. Der Rädelsführer war eindeutig Finn. Und der passte schon dadurch hervorragend zu Marie, die auch gern die Richtung bestimmte. Nina war das allerdings nicht recht und sie fand, dass sie mit Chrissie bereits eine Egomanin zu viel an ihrer Seite hatte, da musste sie sich nicht zusätzlich Marie ans Bein binden.

Noch ein paar Unverbindlichkeiten mit der Runde austauschen und dann nichts wie weg hier! Sie setzte eine freundliche Maske auf und verabschiedete sich. Heute war sie bis obenhin angefüllt mit unnützem Small Talk. Sie wühlte ihren Mantel aus der überquellenden Garderobe, streifte ihn über, sah aus dem Augenwinkel, wie Marie ihr mit dem dritten Prosecco in der Hand zuwinkte, als hätten sie sich in diesem Café verabredet und nicht etwa bei der leutselig Süffelnden zu Hause und als stünde Ninas Wagen direkt an der Ecke und nicht ein paar Kilometer vom Lokal entfernt vor Maries Haustür.

Vor dem Laden knöpfte sich Nina den Mantel bis oben hin zu, denn sie fror bereits wieder, als steckte sie in einem dünnen Bolerojäckchen und nicht in ihrem Daunenmantel. Sie hatte Glück, ein Taxi fuhr direkt vor ihre Nase. Sie winkte es heran und ließ sich zu ihrem Auto kutschieren.

Nie wieder Egomanen, schwor sich Nina und sang in Gedanken den bekannten Refrain von Amy Winehouse: ‚No, no, no'. Dabei musste sie grinsen. Es gab verflucht noch eins nicht nur Chrissies und Maries. Es gab auch noch ein paar nette Freundinnen, die sie bloß wieder anrufen musste und um die sie sich kümmern sollte.

Ach Rolf, was lässt du mich bloß dermaßen im Stich, dass ich hier durch die Berliner Straßenschluchten irre und nicht weiß, wo ich hinsoll? Plötzlich zischte ihr wie ein Pfeil durch den Kopf, dass sie ja Margarete versprochen hatte, mit Rolf ein klärendes Gespräch zu führen.

Aber was um Himmels willen sollte sie ihm sagen?

17

Margarete saß mit einem dicken Buch in den Händen auf der Couch und nutzte dabei das durch die rückwärtige Fensterfront hineinströmende Tageslicht. Frisch geduscht, in schwarzer Jeans und dunkelroter Baumwollbluse kam Nina mit federnden Schritten die Treppe hinunter und schenkte ihr ein frisches Lächeln.

Zufrieden über den ausgeruhten Anblick ihrer Nichte erwiderte sie das Lächeln und nahm ihre Lesebrille ab. „Na, wie war es gestern?" Maggie schaute Nina erwartungsvoll an.

„Einfach nur schrecklich", antwortete Nina aufgeräumt.

Besorgt legte Margarete ihre Brille auf den Mahagonitisch, dessen gesamte Umrandung in einem filigranen Blumenmuster geschnitzt war.

„Diese Marie ist einfach nicht auszuhalten", fuhr Nina fort und setzte sich ihrer Tante gegenüber in den Sessel.

Mit einem Mal erhellte sich Maggies Gesicht, die schon dachte, Nina hätte sich wiederholt mit Rolf gestritten. „Ich meine doch das Gespräch mit Rolf", unterbrach Margarete sie, bevor sie ihrer Tante schildern konnte, wie aus einem ernsthaften Treffen zum Aufmotzen von Bewerbungen ein für Nina sinnleerer Abend geworden war.

„Als ich gestern nach Hause gekommen bin, war es einfach schon zu spät zum Anrufen", antwortete Nina und senkte den Blick.

„Rolf hat gestern, kurz nachdem du weg warst, hier angerufen und wollte dich sprechen", sagte Maggie.

„Ich habe ja wohl auch noch ein Handy, oder?", erwiderte Nina schnippisch.

„Also, Rolf hat gemeint, er könne dich über das Handy nicht erreichen."

Das war bei Nina tatsächlich ein Schwachpunkt. Häufig vergaß sie das Telefon zu Hause auf dem Schreibtisch oder schaltete es gar nicht erst an oder stellte das Gerät sinnvollerweise auf stumm, weil es ihr peinlich war, wenn es unterwegs schrillte. Oder es fiepte in nervtötenden

Intervallen leise vor sich hin, weil sie wieder mal nicht daran gedacht hatte, den Akku aufzuladen. Es war ein Kreuz mit dem Ding. Dabei hätte sie sich gestern gefreut, Rolfs wahrhaftige Stimme zwischen all dem Blabla zu hören. Es zog ihr das Herz zusammen, als sie begriff, wie sehr sie ihn vermisste. Und das, obwohl sie ihn im Augenblick nicht ausstehen konnte.

„Und was hat er gesagt?", fragte Nina.

„Dass du zurückrufen sollst natürlich."

„Ach so." Nina kannte ihre Maggie als absolut loyale Frau, die niemals wichtige Vertraulichkeiten preisgeben würde, und deshalb verkniff sie sich weitere Nachfragen.

„Selbstverständlich haben wir kurz über deine Krankheit und die Situation zwischen euch beiden gesprochen. Das nimmt ihn ganz schön mit."

„Was denn genau? Dass ich krank bin oder dass ich bei dir bin?"

„Ganz gewiss beides, Nina."

Nina verschränkte die Arme vor der Brust. „Woran hast du das bitteschön erkannt?", fragte sie ungewollt scharfzüngig.

„An seiner ganzen Art zu sprechen."

„Ach so. Der arme Rolf", entgegnete Nina mit sarkastischem Unterton.

„Willst du, dass Rolf zusammenbricht? Oder zweifelst du wirklich daran, dass er betroffen ist?"

Dieser vermaledeite glasklare Blick von Rolf, als sie ihm von der Diagnose berichtet hatte, ließ anstelle über seinen Augen jetzt über ihren einen feuchten Film tiefer Enttäuschung ziehen. Unvermittelt sprang Nina aus dem Sessel. „Ja, Maggie, genau das meine ich! Ich weiß nicht mehr, was Rolf wirklich berührt. Meinst du, sonst wäre ich von meiner Familie abgehauen, hätte es einfach nicht mehr ausgehalten?" Wild mit den Armen in der Luft gestikulierend lief sie auf und ab. „Was glaubst du, wie schwer es mir fällt, Jule nicht zu sehen, nicht zu wissen, was sie macht. Jule braucht nun mal noch ein wenig Kontrolle. Und jetzt, wo ich ohne Job bin, meinst du nicht, ich würde in dieser Situation nicht gern Rolf an meiner Seite wissen?"

„Doch, sicher, aber glaubst du nicht auch, dass deine Sichtweise auf sein Verhalten ein bisschen zu hart ist?", wollte Maggie wissen.

Nina schüttelte energisch den Kopf. „Nein, das denke ich nicht", entgegnete sie voller Überzeugung.

„Sprecht miteinander und du wirst sehen, die Dinge werden sich fügen", meinte Margarete.

Doch Nina stand mit einer Mischung aus Zorn und Traurigkeit im Blick und in die Hüften gestemmten Armen vor Margarete, dass diese echte Zweifel beschlichen, ob die Beziehung zwischen Rolf und Nina in ihrer jetzigen Form überhaupt noch möglich war. Womöglich war es doch besser, wenn sich die beiden für eine Weile aus dem Weg gingen. Dennoch hielt Maggie sich mit Ratschlägen zurück. Sie wollte nicht, dass die vielleicht später für einen Schuss in die falsche Richtung sorgten. Die beiden waren erwachsen und mussten schließlich wissen, was sie wollten und gut für sie war. Und wenn sie dazu etwas mehr Zeit benötigten, dann war das nicht unbedingt verkehrt.

Deshalb warf sie sanft ein: „Was hältst du davon, wenn du dich mal mit Jule triffst und ihr zwei auf neutralem Terrain einfach nur etwas unternehmt. Ganz ohne Pflichten wie Klassenarbeiten, Hausaufgaben und worüber man sich sonst noch streiten kann?"

„Darüber habe ich mir auch schon Gedanken gemacht. Vielleicht hat sie ja Lust, mit mir ins Kino zu gehen?"

„Oder shoppen?"

„Oder shoppen", bekräftigte Nina lächelnd, die es Margarete hoch anrechnete, einer modernen Wortwahl aufgeschlossen gegenüberzustehen, auch wenn sie oft genug betonte, dass diese Vielzahl an Anglizismen ihr gehörig gegen den Strich ging. Wenn sich jedoch bestimmte Worte über Jahre gehalten hatten, wollte Maggie dem verbalen Fortschritt nicht mit übertriebener Ignoranz im Wege stehen.

Mit einem breiten Grinsen sagte sie zu Maggie: „Chillen wär sicher auch nicht ganz das Richtige. Da hätten wir zu viel Ruhe und könnten uns wieder in die Haare kriegen."

„Was ist das nun wieder für ein Wort? Chillen. Puh." Maggie schlug sich mit der Hand gegen die Stirn. Nina wollte schon zu einer Antwort ansetzen, als Maggie sie unterbrach: „Lass mal gut sein. So ein eigenartiges Wort wird sich bestimmt nicht lange halten."

„Da hast du vermutlich recht. Diese im Ton hochgezogene Antwortfrage ist ja auch so gut wie tot."

„Du meinst wohl, wenn ich gefragt habe: ‚Wie geht's dir?' Und dann kam ‚Gut?' als Antwort und ich wusste anfangs nicht, war das jetzt eine Gegenfrage oder eine Antwort."

„Das hat mir auch das eine oder andere Mal den Verstand geraubt. Aber wir haben's überstanden."

Nina setzte sich neben Maggie auf die Couch und nahm ihre Hand. „Weißt du was, Maggie? Irgendwie übersteht man doch alles, oder?"

„Na ja, wenn es solche Kleinigkeiten sind, ist es wohl nicht schwer, aber bei eurer Familienkrise ist mir gar nicht wohl."

„Mir auch nicht", erwiderte Nina leise und schob ihren Kopf an den von Margarete. Sie roch so wundervoll nach Wind und Regen, der heute durch den Garten geisterte und eine leise Ahnung auf den Frühling aufkommen ließ. Bald würde wieder alles sprießen. In sattem Grün, in leuchtendem Rot und Gelb und Lila und Weiß, einfach in allen Farben. Wie sie das liebte!

„Ich geh nach oben und schau nach, ob schon irgendwelche Antworten auf meine Bewerbungen da sind." Nina erhob sich und strich Maggie dabei liebevoll über die Schulter, was ihre Tante mit einem Streicheln über Ninas Hand beantwortete. Nina hatte einfach Glück mit Margarete. Blitzartig zuckte es durch ihr Herz, dass Maggie nicht ewig leben würde, und sie spürte nicht zum ersten Mal, dass sie eine Heidenangst davor hatte, nach Friedrich auch noch sie zu verlieren.

Bevor sie diesem schrecklichen Gedanken Gelegenheit gab, auf die Tränendrüse zu drücken, atmete sie tief ein und lenkte ihre ganze Konzentration auf die bevorstehenden E-Mail-Abfragen.

Sie hatte gerade ihr Zimmer erreicht, als sie ihr Handy auf dem Schreibtisch klingeln hörte. ‚Rolf' erschien auf dem Display. „Ja?", meldete sie sich mit klopfendem Herzen.

„Hallo Nina. Können wir uns heute Abend treffen?", kam es von Rolf ohne Umschweife. Er war eben immer direkt, ohne viel Tamtam. Bestimmt war er ein wenig beleidigt, weil sie sich gestern nicht bei ihm gemeldet hatte, aber er ließ es nicht durchklingen.

„Wann?", fragte sie genauso knapp zurück.

„Ich mache heute früher Schluss. Um acht? Ist dir das recht?"

„Gut, ich bin um acht da", antwortete sie.

Dann entstand eine Pause. Normalerweise war sie immer diejenige, die in gemeinsamen Gesprächen etwas sagte, und Rolf war der, der alles ruhig abnickte, außer natürlich, er war anderer Meinung als sie, dann gab er auch schon mal längere Sätze von sich. Ansonsten hüllte er sich gern in nachdenkliches Schweigen. Das konnte sie dann in die eine oder andere Richtung interpretieren. Wie oft musste Nina auf wiederholtes Nachfragen erst klarstellen, was er eigentlich meinte?

Aber jetzt schwieg sie. Absichtlich. Sie hatte einfach keine Lust mehr, ihm alles abzunehmen. Sie wartete nur noch auf ein ‚Tschüss' ihres Mannes, doch er überraschte sie, indem es aus ihm herausbrach:

„Nina, so geht das nicht weiter. Ich möchte, dass du zurückkommst. Am besten, du nimmst gleich deine Sachen mit und bleibst bei uns."

Sie wusste nicht, ob sie sich freuen oder ärgern sollte. Schließlich hatte er nicht gesagt, warum sie wieder zurücksollte. „Lass uns erst in Ruhe reden", erwiderte sie.

„Gut, du hast ja recht", murmelte Rolf verständnisvoll. „Ich mache mir nur einfach Sorgen, dass wir uns entfremden."

„Bereits nach so kurzer Zeit?"

„Das geht häufig schneller, als du es dir vorstellen kannst."

Obwohl sie wusste, was er meinte, und auch bereits gespürt hatte, wie schwer es war, über diese Brücke der wortlosen Tage zu springen, tat sie, als würde sie ihn nicht richtig verstehen und meinte nur: „Ach so."

„Gut, heute Abend um acht", sagte er resigniert.

Nachdem sie die rote Taste gedrückt hatte, zog wieder ein Triesel durch ihren Kopf, der ihr jeden klaren Gedanken raubte. Sie zwang sich, ihren Computer anzuschalten und ihre E-Mails abzurufen. Aber so kurz nach ihren ersten Bewerbungen lag noch keine Antwort in ihrem Postfach. Sie löschte sofort ein paar Werbemails, wobei sie sich ärgerte, dass sie durch ihre Buchbestellung ‚Leben mit Hashimoto-Thyreoiditis' vom Internetbuchhandel Eisenbrecher jetzt auch noch mit Werbung bombardiert wurde. Aber das ist es wert, dachte sie und schleppte sich zum Bett. Es war schon verrückt, dass jede noch so kleine Aufregung ihre dringend benötigte Kraft anknabberte und sie zur Ruhe zwang, obschon sie lieber aktiv ihr Leben ändern wollte. Allerdings wies die Ziellinie ihr am Ende zwar einen neuen Job zu, was jedoch aus ihr und Rolf werden sollte, tauchte nicht einmal schemenhaft, geschweige denn als eindeutiges Bild auf. Sie wollte sich unbedingt um Jule kümmern. Auch wenn Nina erst ein paar Tage von zu Hause weg war, konnte es nicht schaden, bei Jule nachzuhaken, ob in der Schule alles gut lief. Nina bemerkte, wie ihr Streitszenen mit ihrer Tochter über das Thema Schule sofort den Kopf zuzumauern begannen, obwohl sie noch vor einer Sekunde so liebevoll an ihr Julchen gedacht hatte. Was sollte sie nur tun? Waren die zwei zusammen, gab es heftige Auseinandersetzungen, was zum jetzigen Zeitpunkt Stress pur bedeutete. Das wollte sie ihrem Körper nicht antun, zumal sie immer noch nicht wusste, was diese Krankheit für ihre Zukunft bedeutete. Angestrengt dachte sie nach. Wenn sie bei Maggie war, fühlte sie sich zwar körperlich entspannter, hatte aber andererseits Sehnsucht nach ihrem Kind. Und, ob sie es nun wollte oder nicht, auch nach Rolf.

18

„Also, da wären Schwindel, Kopfschmerzen, Tinnitus, extreme Reizbarkeit", begann Nina die Aufzählung ihrer Beschwerden, die sie vom Zettel ablas. „Ich vermute, dass ich Depressionen habe, jedenfalls heule ich bei jeder Kleinigkeit. Schlafstörungen und Gedächtnisstörungen kommen auch noch hinzu." Sie saß auf einem schwarzen Lederstuhl vor Dr. Heufeldt, seines Zeichens Endokrinologe, der heiß ersehnte Spezialist. „Ich denke, es ist nicht gerade altersentsprechend, dass ich einen Namen höre und mich gleich darauf nicht einmal mehr an den Anfangsbuchstaben erinnere." Hoffnungsvoll wartete sie auf sein Urteil.

„Das ist vollkommen richtig", bestätigte er und nickte zustimmend.

Durch die halb geöffneten Lamellen vor dem Fenster drang schwaches Sonnenlicht und ließ sein gegeltes schwarzes Haar glänzen. Dr. Heufeldt schob seine untersetzte stämmige Gestalt hinter seinem Tisch hervor. „Lassen Sie uns eine Sonografie Ihrer Schilddrüse durchführen." Seine wachen braunen Augen strahlten auf Nina unendliche Ruhe aus.

Während sie auf die mit Krepppapier belegte Liege zuschritt, fiel ihr auf, dass die meisten Ärzte mittlerweile jünger waren als sie. Auch wenn es sich wie bei Dr. Heufeldt vielleicht nur um fünf Jahre handelte. War er wirklich der Richtige? Eben noch beruhigt, stieg Nervosität in ihr auf und ließ ihre Hände leicht zittern. Sie legte sich auf das am Fußende zerknitterte Papier und fragte sich, warum es ihr lieber gewesen wäre, wenn der Herr Doktor viel mehr Kerzen auf seinem Geburtstagskuchen ausblasen müsste als sie. Wollte sie sich etwa von einem Tattergreis behandeln lassen? Sicher nicht. Aber das hätte ihr Wunsch nun mal zur Folge gehabt.

Oder lag es daran, dass sie sich mit ihren fünfzig Lenzen selbst nicht viel zutraute? Allerdings wirkte Dr. Heufeldt auf Nina alles andere als unsicher. Der befasst sich mit Sicherheit seit Jahrzehnten intensiv mit

Medizin, sagte sie sich. Nicht so wie sie, die es immer nur ein paar Jahre in einem Job ausgehalten hatte, außer damals mit Rolf. Sie versuchte, auf der Pritsche nicht so herumzuzappeln, damit das Knautschpapier unter ihr nicht laut raschelte. Keine noch so unbedeutende Irritation sollte den Experten von seiner Arbeit ablenken.

Er griff nach einer Flasche, drückte sie zusammen und flatschte daraus kühles Gel auf Ninas Hals. Ob das dasselbe Zeug war, dass sich der Herr im Weißkittel auf sein schimmerndes Haupt schmierte, fragte sie sich und spürte im nächsten Augenblick, wie er mit der Sonde ihren Hals seitlich und unter dem Kehlkopf entlangwanderte.

„Dann wollen wir doch mal schauen, wie Ihre Schilddrüse aussieht", erklärte er mit Blick auf den Bildschirm.

Flach atmend, beschloss sie schicksalsergeben, dass dieser Mann eindeutig wusste, was er tat. Während er mit der Sonde durch den glitschigen Glibber rutschte und graue Kraterlandschaften auf den Monitor projizierte, konnte sie gerade noch den ersten Impuls unterdrücken, einen Blick seitwärts auf den Bildschirm zu riskieren. Stattdessen verharrte sie regungslos wie in Stein gemeißelt.

„Sie haben bereits eine verkleinerte Schilddrüse, was an der Entzündung liegt", erklärte er und reichte ihr ein paar raue Papiertücher, die gut und gern von dem störrischen Laken auf der Liege stammen konnten.

Ob sich jemand die Mühe gemacht hatte, das zähe Zeug in kleine Quadrate zu schnippeln? Sie löste sich aus ihrer Erstarrung und setzte sich auf. Sie hatte das Gefühl, dass sie das durchsichtige Geschmadder an ihrem Hals trotz der Wischerei mehr verteilte als entfernte. Schmirgelpapier hatte eben so gut wie keine Saugkraft.

Als Dr. Heufeldt hinter seinem Schreibtisch wieder Platz genommen hatte, setzte sie sich ihm gegenüber. Sie wollte endlich von ihm erfahren, warum sie diese komische Hashi-Krankheit hatte und ob man die nicht entgegen ihren Informationen doch eliminieren konnte.

Hoffnung keimte in ihr auf. Doch bevor sie auch nur zu einer Frage ansetzen konnte, begann er mit seinem Vortrag. Sie hätte nicht behaupten können, sich keine Mühe gegeben zu haben, ihm zu folgen. Im Gegenteil, sie richtete gespannt ihre ganze Aufmerksamkeit auf seine Worte wie jemand, der keinesfalls die Sonnenfinsternis verpassen wollte. Genau hingucken, bitte, und nicht die Sonnenbrille vergessen. So, jetzt! Doch genauso wie dort wurde alles erst einmal stockduster statt hell. Und so behielt sie von alldem, was er sagte, nur: „Hürnangdrüse kaduswesi arigani busadije eins und musadeirau funschumumel Eltüroxin soundsovarudeima meimeldu sellisei in den Griff bkohm."

Nina lächelte milde, nicht etwa, weil sie von plötzlichem Mitleid mit Dr. Heufeldt heimgesucht wurde, der ihr haarklein die Funktionsweise ihres Körpers und die mit der Krankheit einhergehenden Störungen erläuterte, sondern weil sie nichts, aber auch gar nichts, auch nicht einen Wimpernschlag, von dem in ihrem Gedächtnis festhalten konnte, was er da von sich gab. Zwar begriff sie in einem Augenblick, was er sagte, doch spätestens nach zwei Atemzügen blieb nur noch eine lose Kette zusammengewürfelter Buchstaben übrig.

Später las sie nach, was Dr. Heufeldt ihr klargemacht hatte: Dass die Hirnanhangdrüse sich abrackern musste, damit sich die verkleinerte Schilddrüse zur Mehrarbeit bequemte und den Hormonhaushalt in ihrem Körper einigermaßen in Schuss hielt. Und mit dem Schilddrüsenhormonersatz L-Thyroxin würde man die Hormone und damit die lästigen Symptome in den Griff bekommen.

Keine Sorge, alles wird gut. Meistens.

Dr. Heufeldt suchte ihre Augen.

Sie vermutete, dass er vergebens nach hell erleuchtetem Begreifen forschte.

„Ich verschreibe Ihnen fünfzig Mikrogramm L-Thyroxin. Die Tablette nehmen Sie bitte morgens vor dem Frühstück ein. Hierbei müssen Sie unbedingt mindestens eine halbe Stunde Abstand einhalten. Das ist sehr wichtig."

Nina konzentrierte sich voll und ganz auf seine Aussage, während er fortfuhr: „Es macht sich ganz gut, wenn Sie die Tablette und ein Glas Wasser direkt auf ihrem Nachttisch griffbereit deponieren."

„Das ist eine gute Idee", sagte sie und freute sich, dass sie sich das merken konnte. Sie räusperte sich. „Glauben Sie, dass die Krankheit heilbar ist?"

„Da muss ich Sie enttäuschen", erklärte er. „Niemand wird Ihnen sagen können, wie der Verlauf Ihrer Hashimoto-Thyreoiditis sein wird."

Schön, dass es ihre Hashimoto-Thyreoiditis war. Es gab sicher einiges, was sie gern gehabt hätte. Das zählte absolut nicht dazu. Sie hätte einiges darum gegeben, dieses lästige Übel wieder los zu sein.

Bei der Verabschiedung reichte er ihr seine warme Hand: „In vier Wochen kommen Sie bitte zur Kontrolle der Blutwerte wieder."

Nichts würde sie davon abhalten, wieder bei ihm auf der Matte zu stehen, gelobte sie in Gedanken. Sie rang sich ein Lächeln ab und schlich samt Rezept nach draußen.

Das war eine Fülle an Informationen, selbst wenn sie die abzog, die ihr sofort durchs Raster gerutscht waren. Etwas durcheinandergeraten suchte sie ihr Auto. Sie ärgerte sich nicht einmal darüber, dass sie sich im ersten Moment nicht daran erinnerte, wo sie es geparkt hatte. Es war ihr egal.

Mit einem Mal stand sie wie ferngesteuert vor dem Wagen, schloss ihn auf und bevor sie sich in den Sitz plumpsen ließ, sog sie die kühle Luft in ihre Lungen, straffte die Schultern und flüsterte: „Mit mir nicht. Nicht mit mir." Und Heulina schon mal gar nicht!

Dass diese verfluchte Hashi-Plage tatsächlich nicht von der Lebenskarte gestrichen werden konnte, musste sie erst mal begreifen. Es lässt sich eben nicht alles mit dem Skalpell entfernen, nicht alles ist heilbar.

Sie startete den Golf und fuhr zu Maggie an den Wannsee. Sie freute sich darauf, an den von Matsch umsäumten See zu spazieren, dessen kleine Wellen in vertrautem Geplätscher ans Ufer glitten und ihre Nerven beruhigten.

19

Innerlich aufgewühlt stieg Nina die Treppenstufen zur gemeinsamen Wohnung hinauf. Es war halb acht und Rolf müsste gleich nach Hause kommen. Ach was, vermutlich war er schon da! Bestimmt war er genauso aufgeregt wie sie. Die gesamte Situation zwischen ihnen entfernte die beiden schließlich nicht nur räumlich voneinander. Aber es gab ja auch etwas Neues zu berichten. In ihrer Handtasche lag eine 100er-Packung L-Thyroxin und sie war sicher, dass aus Deprina und Heulina bald wieder Lachina und Energina werden würde. Diese Zuversicht ließ ihre Augen aufleuchten. Hinzu kam, dass sie sich auf Jule freute! Falls ihre Tochter überhaupt zu Hause war. Nina hatte sie vorher extra nicht angerufen, damit sie nicht ihretwegen auf eine Verabredung verzichtete, sondern wollte es dem Zufall überlassen, ob sie da sein würde.

Als sie in der ersten Etage angelangt war, hörte sie durch die Wohnungstür von Frau Kornstein das Gekläffe von deren Mischlingshund Wolfilein. Schwupps segelte die Tür auf, bevor sie sich auf der nächsten Treppe in Sicherheit bringen konnte. „Waff, wuff, waff!", bellte ihr das dunkelbraune Wollknäuel entgegen. Kein Mensch wusste, ob es sich bei diesem undefinierbaren Geschöpf, bei dem man bloß eindeutig ‚Hund' identifizierte, um irgendeine Rasse handelte. Er reichte ihr bis zur Wade. Das verschaffte ihm die Gelegenheit zu zeigen, wie scharf seine Beißerchen waren, die er bei jedem Laut aufblitzen ließ.

„Frau Landauer, guten Abend. Ich dachte schon, sie wären allein verreist." Frau Kornstein kam direkt hinter Wolfilein hergehastet. Es blieb ihr auch nichts anderes übrig, so wie der sein Frauchen an der gespannten Leine hinter sich herzog.

„Guten Abend", sagte Nina brav und zwang sich ein Lächeln auf die Lippen. Sie hatte nichts gegen die nette, weißhaarige Frau. Aber der Hund war ihr nun mal nicht geheuer. Hier und da gab es Nachbarklatsch, wonach Wolfilein wohl gern seine Artgenossen in die Flucht hackte. Wie er es mit Menschen hielt, war Nina gänzlich unbekannt und das sollte auch so bleiben. Da sie die Anspielung aufs Verreisen geflissentlich überhört hatte, ließ es sich Frau Kornstein nicht nehmen, noch einen weiteren Versuch zu starten, den Grund für Ninas Wegbleiben von der häuslichen Familiengemeinschaft aus ihr herauszupressen.

„Sind Sie geflogen?", hakte Frau Kornstein nach, die Mühe hatte, den an der Leine zur Haustür zottelnden Wolfilein im Zaum zu halten, woraufhin er lauthals ‚Wuff, Waff, Wiff!' durchs Treppenhaus dröhnte.

Jetzt musste Nina doch lachen, der auf der Zunge lag, dass das mit dem ‚Geflogen' in Bezug auf ihren Job nicht ganz verkehrt war, verkniff es sich aber.

„Ihr Hund ist ja ganz wild, nach draußen zu kommen. Bestimmt drückt ihn die Blase", ging sie auf Frau Kornsteins Neugierde nicht im Geringsten ein.

„Wolfilein, aus!", rief sie ihrem Vierbeiner zu. Doch der rühmte sich stets absoluter Taubheit gegenüber Befehlen, hechelte seine Leinenträgerin mit heraushängender Zunge an und antwortete mit lautstarkem ‚Wrrafff!', dass sie gefälligst mit ihm rausgehen und hier nicht Maulaffen feilhalten sollte. „Vielleicht haben Sie ja recht", meinte Frau Kornstein, während Wolfilein in den höchsten Tönen zu einem hysterischen Bellen anhob, dass es Nina durch die Gehörgänge pfiff.

Die höfliche Verabschiedung der beiden Nachbarinnen ging in Wolfileins Stakkato unter. Dass das kreischende Vieh Nina irgendwann vor peinlichen Antworten retten würde, hätte sie auch nicht für möglich gehalten, aber heute war sie ihm durchaus zu Dank verpflichtet.

Nina schloss die Wohnungstür auf und hörte im Hintergrund, wie Wolfilein auf dem Weg nach draußen, mit Frauchen im Schlepptau, in Chefmanier weiter bellte, als gäbe es kein Morgen mehr.

Indes die Tür ins Schloss fiel, vernahm sie aus Jules Zimmer den treibenden Sound fröhlicher Popmusik. Sie ist da, freute sie sich.

Endlich sah sie ihre Tochter wieder! Sie klopfte zaghaft an die Zimmertür. Mit großen Augen öffnete Jule und fiel mit geflüstertem ‚Mama' ihrer Mutter spontan in die Arme, die sie, so fest sie konnte, an sich drückte. Auf ewig in dieser wohligen Umarmung verharren, dachte Nina, immer und immer. Dieser einzigartige Moment von Fallenlassen in eine tiefe Geborgenheit hinein offenbarte die tiefe Liebe zwischen ihr und Jule. Viel zu häufig wurde dieses Gefühl von hart gesprochenen Worten über Wollen und Müssen wie dünnes Papier in der Luft zerfetzt. „Wie geht es dir, meine Kleine?", fragte Nina und sah ihrer Tochter dabei liebevoll in die Augen.

„Mir geht's doch gut, Mama, aber wann kommst du denn endlich wieder nach Hause?" Das Mädchen drehte den Ton an ihrer Stereoanlage leiser.

„Ich brauche noch ein bisschen Zeit, Jule. Heute sprechen dein Vater und ich über alles. Mal sehen, was dabei herauskommt."

„Aber ihr lasst euch doch nicht scheiden, oder? Ihr braucht bloß ein bisschen Urlaub voneinander, stimmt's?"

Jules große Augen sahen Nina hoffnungsvoll an. Sie nickte zustimmend. Ja, es waren nur kleine Ferien, die sich ihre Eltern voneinander gönnten. Und selbst wenn sie etwas anderes gedacht hätte, wäre es ihr in diesem Augenblick niemals über die Lippen gekommen. Sie hätte Jule damit bloß vor den Kopf gestoßen. Der vertraute Blick ihres Kindes, derart verletzlich, sauste mitten in ihr Herz, nicht der des coolen Teenagers, der ihr sonst die übelsten Frechheiten vor die Füße warf. In diesem Augenblick war ihr Jule vertraut wie selten in der letzten Zeit. Nina senkte den Blick, konnte es kaum aushalten, in die Augen ihres Kindes zu sehen. Tat das weh! Sie musste alles daransetzen, damit diese junge Seele nicht durch die Querelen ihrer Eltern verletzt wurde. Aber eigentlich musste sie sich darüber nicht den Kopf zerbrechen, oder? Sie hatte nicht die Absicht, sich von Rolf bis in alle Ewigkeit zu verabschieden. Sie brauchte nur Zeit zum Nachdenken. Und Abstand. Sie spürte, wie leiser Groll in ihr hochkroch, wenn sie daran dachte, wie sehr Rolf sie mit seinem Gleichmut verletzte. Möglich, dass diese Hashimoto für ihre Reizbarkeit sogar mitverantwortlich war. Dieses ganze Potpourri raubte ihr noch den restlichen Verstand. Und wenn sie ganz ehrlich war, auch ein Teil der Vergangenheit.

Jens! Diese offene Rechnung mit ihm, dass Rolf und Harald ihn einfach hatten laufen lassen, hatte sich wie ein spitzer Pfeil in ihren Magen gebohrt. Sie hätte damals den Typen ausfindig gemacht und zur Rechenschaft gezogen. Er trug dieselbe Verantwortung an der Misere des Unternehmens wie Harald und Rolf. Und diese Art Controlling, die er übernommen hatte. Was war eigentlich damit? War er es nicht, der die Buchhaltung überwacht und sich um die Rechnungsein- und -ausgänge gekümmert hatte? Viel eher hätte er damals reagieren müssen! Nicht erst, als den dreien das Wasser bis zum Hals gestanden hatte und die Familien in die viel zu kleinen Rettungsboote gequetscht worden waren.

Harald hatte sich nie mehr davon erholt. Seine Kreativität war reinem Handwerk gewichen, was für jemanden wie ihn, dessen gesamte Energie mit seinem Ideenreichtum Hand in Hand ging, ein Fiasko war. Alles, was er entwarf, war für ihn einfach nur noch hundsmiserabel, egal, ob es anderen gefiel oder nicht. Für ihn gehörte alles, was er tat, einzig und allein auf eine stinkende Müllhalde. Dass die neue Architektenfirma, in der er arbeitete, ihn weiter bei sich behielt, lag daran, dass sie ihn in den Keller verfrachtet hatten. Was so viel bedeutete, dass er keinen direkten Kundenkontakt mehr hatte und dadurch niemanden verprellen konnte. Seine Arbeit war nach wie vor anerkannt, aber ohne jeden Funken Kreativität, die ihn bislang ausgezeichnet hatte. Armer Harald. Ganz anders Rolf, der sich mit seiner Rolle als angestellter Architekt arrangiert hatte, sich abrackerte, seit letztem Jahr immer mehr, immer später nach Hause kam und kaum noch einen Blick für Jule und Nina zu haben schien.

„Mama, ich glaub, dein Handy klingelt", sagte Jule und zeigte auf Ninas Umhängetasche, die zwei Meter entfernt auf Jules dunkelblauem Teppich lag. Schon wieder überhört! Ninas Gehör war zwar volle fünfzig Jahre alt, aber für gewöhnlich funktionierte es ziemlich gut.

Mit ihrem Telefon jedoch stand sie eindeutig auf Kriegsfuß. Dann war sie mindestens genauso gehörlos wie Wolfilein. Derweil sie nach dem bimmelnden Gerät in ihrer Tasche kramte, grinste Jule sie an und meinte: „Na, wenigstens hast du's überhaupt angestellt."

Rolf war am anderen Ende und bat sie hörbar zerknirscht darum, auf ihn zu warten, er werde sich allerhöchstens um eine halbe Stunde verspäten.

Die halben Stunden kannte sie! Die dehnten sich dann meistens zu mehreren aus. Unvermittelt klopfte ihr Blut durch die Adern und was zuerst in einem hübsch anzusehenden rosigen Schimmer auf ihren Wangen aufkreuzte, mündete in Sekundenschnelle in einem wütenden Feuerrot. Mit festen Schritten lief Nina ins Wohnzimmer, das Telefon immer noch am Ohr, und zischte: „Das ist nicht dein Ernst, Rolf!"

„Nur eine halbe Stunde, wirklich."

„Gerade heute." Hektisch wurstelte sie sich aus dem Mantel, der achtlos auf der Couch landete. Darunter hatte sich in Windeseile ein Hitzestau breitgemacht.

„Glaub mir, wenn ich es verschieben könnte, dann ..."

Weiter kam er nicht, da hatte Nina die Verbindung bereits mit kräftigem Daumendruck auf die rote Taste gekappt.

Beruhig dich, krieg dich wieder ein, grummelte sie sich unhörbar zu. Das nachfolgende scharfe ‚Drrring' ihres Handys drückte sie weg. Sollte Rolf reden, mit wem er wollte, aber nicht mit ihr! Alles war wichtiger für ihn als sie. Einfach alles. Maßlos enttäuscht setzte sie sich auf die Couch. Ihr Blick durchstreifte das behagliche Wohnzimmer. Ninas Augen blieben an dem großen Fernseher hängen, als wäre der das allgewaltige Schreckgespenst der Welt. Am liebsten hätte sie das Ding in tausend

Teile zertrümmert. Eine Genugtuung erstreckte sich über ihr Gesicht, begleitet von diabolischem Glitzern in den Augen. Was so ein Scherbenhaufen voller Plastik und Metall doch in ihr auslösen konnte. Jedenfalls könnte sich Rolf nicht wieder in aller Gemütsruhe davorhocken und durch den Videotext oder sonst was für dämliche Programme zappen.

„Kommt Papa später?" Jule stand in der Tür.

„Ja", antwortete Nina einsilbig. Ihre zitternde Stimme widersprach deutlich dem Versuch, dabei ruhig und neutral zu klingen.

„Er beeilt sich bestimmt", sagte Jule leise und setzte sich ihrer Mutter gegenüber.

Natürlich! Rolf beeilte sich, seine beruflichen Termine einzuhalten. Das war aber auch schon alles. Aber was war mit ihr? Hätte sie nicht wichtiger sein sollen? Wenigstens heute?

„Wie läuft's denn bei dir in der Schule?", wollte Nina wissen und gleichzeitig von ihrem Zwist mit Rolf ablenken. Sie merkte doch, dass Jule die Zwischentöne längst aufgespürt hatte. Außerdem konnte sie zurzeit ja wirklich kein Auge auf Jules Arbeitsverhalten werfen.

„Gut", erwiderte Jule und rollte mit den Augen. Nicht das Thema, bitte, flehte sie stumm.

Ihre Tochter war schon eine gute Schülerin und Nina hatte nicht im Sinn, sie zu einer Einser-Marionette zu drücken. Aber sie wusste auch, dass Julchen nachlässig mit ihren Hausaufgaben und dem Lernen für diverse Tests und Klassenarbeiten umging. Da ging ihr immer wieder etwas durch die Lappen. Der universelle Leitsatz dafür war: ‚Hab ich vergessen'. Was so viel heißen sollte wie: ‚Kann ich doch nichts dafür'.

„Wie ist dein Bioreferat angekommen?"

„Prima", log Jule, die es gerade mal bis zur Hälfte fertig hatte. Allerdings hatte sie bis nächsten Freitag Zeit. Endlos lange. Wozu also die Eile?

„Welche Note hast du denn dafür bekommen?" Nina freute sich, dass ihre Tochter es offenbar ohne ihre Drängelei erledigt hatte. Es lief doch alles prima, auch ohne sie.

„Eine Zwei." Wenn man einmal in der Spinnerei festhing, gab es kein Zurück.

Nina strahlte. „Zeig es mir doch mal."

Jule räusperte sich. „Das mussten wir abgeben. Die Lehrerin macht eine Sammlung daraus."

„Super! Das hast du wirklich klasse hingekriegt", lobte Nina ihre Tochter. „Und wie läuft es mit den Hausaufgaben, jetzt wo ich nicht hier bin?"

Jules Gesicht verzog sich zu einer verärgerten Grimasse. „Alles ist gut, Mama", sagte sie ungewollt unwirsch.

Nina horchte auf, wollte etwas erwidern, ließ es aber bleiben. Kluge Nina, lobte sie sich insgeheim.

„Weißt du, Mama, es gibt Wichtigeres als dämliche Hausaufgaben und bescheuerte Klassenarbeiten." Was wollte ihre Mutter bloß immer von ihr? Fiel ihr nichts mehr ein oder glaubte sie tatsächlich, dass sie zu dusselig war, alles allein hinzubekommen? Fail, diese Mutter, einfach nur fail.

„Ich meine nur, weil ich doch zurzeit nicht draufgucken kann", entschuldigte sich Nina leise.

„Genau das ist es! Ich habe mich gerade so gefreut, dass du hier bist. Und jetzt machst du wieder alles kaputt."

„Ich gehe jetzt lieber." Nina griff nach ihrem Mantel.

„Ach so, damit ich schuld bin, dass du nicht mit Papa reden kannst, oder was?"

„Nein, Jule, ich wäre sowieso gegangen."

„Und warum?"

„Weil ...", sie hielt inne und dachte: Weil Rolfs Aufmerksamkeit auf alles andere gerichtet ist als auf mich und ich stehe am äußersten Rand seines Blickfeldes. „Ich bin einfach nur müde. Und sprechen kann ich mit Papa immer noch an einem anderen Tag."

„Du lügst!", trumpfte Jule auf. „Du gehst bloß, weil ich sauer geworden bin, weil du mir ständig mit der Schule auf die Nerven gehst."

„Glaub mir, Jule, so ist es nicht."

„Weißt du eigentlich, was wirklich wichtig für mich ist? Ich meine, es gibt viel, viel bedeutendere Dinge!"

„Was meinst du damit?" Nina schlüpfte in ihren Mantel und sah ihrer Tochter mit müdem Blick in die dunklen, feuersprühenden Augen, die ihren so ähnlich waren. Doch das ging an Nina vorbei wie ein feiner Windhauch.

„Ach Mann, lass es einfach!" Jule sah nur ihre Mutter in Mantel und Tasche vor sich, im Begriff, sich vom Acker zu machen und sich nicht die Zeit zu nehmen, um sich anzuhören, was ihr tatsächlich etwas bedeutete. Und irgendwie schämte sie sich auch, ihrer Mutter zu sagen, dass in wenigen Wochen die wichtigste Party ihres Lebens auf sie wartete und sie ein supertolles Kleid dafür brauchte. Ein rotes. Unbedingt! Wenn sie ihr gesagt hätte, warum sie dieser Party so sehr entgegenfieberte, würde ihre Mutter sie vielleicht verstehen. Vielleicht aber auch nicht. Mit einem Kloß im Hals lief sie in ihr Zimmer, damit sie nicht mit ansehen musste, wie ihre Mutter wieder aus der Wohnung und aus ihrem Leben verschwand. Ihr blieb nicht einmal genügend Zeit, ihre Scham zu überwinden und mit ihr über das für sie entscheidendste Datum ihres Lebens zu sprechen.

Während Nina mit schweren Schritten davontrabte und die Wohnungstür leise ins Schloss fallen ließ, fragte sie sich, was sie gerade wieder falsch gemacht hatte. Sie hatte doch bloß nach der Schule gefragt und sich über Jules gute Zensur gefreut und darüber, dass sie das Referat ohne ihr Antreiben termingerecht fertig bekommen hatte. Und nicht nur das! Sie hatte dafür auch noch eine glatte Zwei eingeheimst! Sie verstand gar nichts mehr. War denn bereits alles zu spät? Für Rolf? Für Jule? War einfach alles schiefgelaufen? Als Jule noch klein gewesen war, hatten sie doch auch nicht diese zermürbenden Streitereien gehabt. Damals, als es noch Bruno, das Meerschweinchen, gegeben hatte. Vielleicht sollten sie sich einen Wolfilein zulegen. Natürlich einen, der nicht hysterisch kläffte, sondern einen mit Bariton, vielleicht hin und wieder losgelassenem ‚Wuff'. Oder eine Katze? Darüber würde sich Jule bestimmt freuen! Ein wuscheliges, süßes Kätzchen wäre bestimmt genau das Richtige für sie. Das war die Idee! Was ihrer Tochter fehlte, war etwas, um das sie sich kümmern konnte. So wie damals um Bruno. Was hatte Jule mit dem Viech alles angestellt. Sie hatte ihn in ihrem Puppenwagen durch die Gegend gefahren, war mit ihm runter auf die Wiese gegangen, damit er genüsslich Kleeblätter und Löwenzahn knabbern und seine nach hinten ausgeworfene Munition in der Natur verteilen konnte, und sie hatte dem Tier all ihre Sorgen und Nöte erzählt.

Mit dem zufriedenen Gedanken an eine Katze lief Nina zu ihrem Wagen. Doch in ihre Freude über ihre großartige Idee, Jule etwas Gutes zu tun, mischte sich leider der erdrückende Gedanke daran, dass Rolf keine Lust gehabt hatte, pünktlich zu sein. Und ihr wurde klar, dass sie nicht umhinkommen würde, über eine Zukunft ohne ihn nachzudenken. Sie wollte sich nicht ständig von ihm verletzen lassen.

20

Langsam sickerten der restliche Schnee und Matsch in den wärmer werdenden Erdboden, bis von dem verhinderten Winter nichts mehr übrig sein und er für den voller Ungeduld erwarteten Frühling Platz machen würde. Nina stand am Ufer des Wannsees und beobachtete die letzten Eisstückchen, die über das Wasser trieben. Sie sah, wie ein Entenpärchen gemütlich ins Wasser watschelte und einträchtig über den See paddelte. Bald würden die kleinen Geister wieder vor ihr stehen und nach Brötchenkrümeln betteln, weil sie die von den unzähligen Spaziergängern zugeworfen bekamen. Dabei lieferten ihnen das umliegende Ufer und der See ausreichend Nahrung in Form von Pflanzen, Würmern und Schnecken und ein Zuviel an hineingeworfenen Essensresten wirbelte das biologische Gleichgewicht unnötig durcheinander. Nina wusste, dass alle, die am See lebten, das beherzigten und den flanierenden Fütterern mit Unmut begegneten.

„Schön, wie friedlich es um diese Jahreszeit hier noch ist", riss sie eine vertraute Männerstimme aus ihren Gedanken.

Ihr Kopf schnellte herum und sie blickte in das lächelnde Gesicht von Rolf. Ihre Miene hellte sich augenblicklich auf. Er sah erschöpft und traurig aus. Aber wie hatte sie sich gestern erst gefühlt, nachdem er sie versetzt hatte, weil jede dämliche Besprechung Vorrang hatte! Ihre Augen nahmen plötzlich einen finsteren Ausdruck an und ihr undurchdringlicher Blick durchbohrte ihn förmlich. Wenn er glaubte, dass sie das Gespräch weiterführen würde, nachdem er sie lapidar begrüßt hatte, irrte er sich gewaltig. Zwischen ihrer freudigen Überraschung, dass er ohne Vorwarnung hier aufgekreuzt war, mischte sich der angehäufte Frust über seine Gleichgültigkeit. Das ließ sich nicht mit einem Handstreich wegwischen.

Sie schwieg. Er senkte den Blick, starrte auf seine Winterboots, als blinkte ihm von dort die Lösung all ihrer Probleme entgegen und er bräuchte sie nur noch abzulesen und alles wäre wieder fein. Aber auch Rolf schien zu spüren, dass zwischen ihnen nichts einfach so wieder fein sein würde. Deshalb hob er hilflos seine Arme und sagte: „Was soll ich machen, Nina? Sag mir einfach, was."

Das war einfach klasse! Das war ihr Rolf, eindeutig, unnachahmlich, einfach perfekt! Sie hielt also den Schwarzen Peter in der Hand und hatte sich dranzumachen, die üble Karte wieder loszuwerden. Die Verantwortung lag also bei ihr? Sie schüttelte den Kopf, öffnete den Mund, um etwas zu erwidern, ließ es aber bleiben, drehte sich von ihm weg und lief mit weit ausholenden Schritten auf die Villa zu.

„Warte!" Er sprang ihr nach und fasste sie leicht am Arm, ganz sachte, was jedoch bei Nina übergriffig ankam.

„Was soll das?", fauchte sie ihn an.

„Ich wollte doch nur ...", begann er.

„Du, immer du! Vielleicht machst du dir mal ein paar Gedanken darüber, wie es in den letzten Monaten zwischen uns läuft. Ach, was sage ich da, in den letzten Jahren", übertrieb sie. Sicher waren die Jahre nach der Pleite mehr als bewölkt gewesen, aber erst das vergangene Jahr hatte das Fass zum Überlaufen gebracht.

„Ich verstehe nicht, was du meinst", sagte er und schaute sie mit seinen blauen Augen kullerrund an wie ein kleines Kind, das tatsächlich nicht verstand, worum es in Wahrheit ging.

Diese meerblauen Augen waren es, denen Nina damals nicht hatte widerstehen können, als sie sich vor beinahe neunzehn Jahren auf einem Berliner Volksfest vor dem Riesenrad kennengelernt hatten. Jetzt nervte sie dieser unwissende Babyblick, als würde ihr jemand eine Kreissäge direkt ans Ohr halten. Für eine Sekunde schämte sie sich für ihre ablehnenden Gefühle, was bereits im nächsten Augenblick in gehörigen Ärger umschlug. „Das ist nicht dein Ernst, oder?" Sie sah ihn forschend an und bemühte sich, ihre Tonlage im Mezzosopran zu belassen. Bloß die Ruhe, sagte sie sich.

126

„Nina, du verschwindest einfach von zu Hause. Ich denke, das machst du, weil du ein bisschen Abstand brauchst. Die Krankheit, die du verarbeiten musst, dein gekündigter Job. Aber jetzt geht es hauptsächlich um uns beide?"

„Sieht beinahe so aus", entgegnete sie und sah ihm dabei direkt in die Augen, die sich angespannt verengten.

Er schüttelte den Kopf und setzte damit das Signal auf Unverständnis.

„Rolf, natürlich geht es auch um diese vermaledeite Krankheit und den Job, den ich schon länger nicht mehr gemocht habe, als es mir selbst bewusst gewesen ist. Aber ja, es geht auch um uns. Weißt du, wie das ist, wenn der Partner nach Hause kommt, den Fernseher anspringen lässt, ein paar Happen in sich hineinschaufelt und keine Lust auf seine Familie hat?" Tränen benetzten ihre Augen.

„So siehst du das? Ich habe gerade im letzten Jahr sehr viel gearbeitet. Das ist wahr. Aber du weißt schon, dass ich das für uns drei mache und nicht für mich allein?", fragte er ohne jeden Vorwurf in der Stimme.

„Das will ich gar nicht abstreiten. Aber ist es wirklich nötig, erst zwischen neun und zehn Uhr abends nach Hause zu kommen? Ich wüsste nicht, dass du dafür mehr Geld verdienst. Oder gibt es Schwierigkeiten bei euch in der Firma, von denen ich nichts weiß?"

„Nein, die gibt es nicht. Aber manchmal ist eben mehr Einsatz erforderlich, das müsste doch auch dir klar sein, Nina."

„Schon, aber sind Jule und ich deshalb unsichtbar?"

Rolf sah ein, dass diese Diskussion zu nichts führte, und wollte sie an sich ziehen, doch er spürte ihren Widerstand und ließ seine Arme wieder sinken.

„Nina, was können wir ändern?", fragte er.

Wir, ganz klar wir, nicht er, sondern wir, schoss es ihr durch den Kopf. Und er fragte sie. Nicht, dass er selbst einen Vorschlag gehabt hätte. Nein. Sag mal, Nina, erzähl mal, was wir, respektive du, so alles anders machen willst oder anders haben möchtest. Sie hätte schreien mögen, hielt sich aber gewaltsam zurück. Ihre Gesundheit war ihr um einiges wichtiger, als ein Ventil herausknallen zu lassen. Die Zeche dafür zahlte schlussendlich sie. „Ich weiß es nicht", antwortete sie so ruhig, wie es gerade ging. „Gestern war ein Termin wieder wichtiger als ich", fuhr sie fort, „was können wir daran ändern?"

Ohne auf ihren Vorwurf einzugehen, meinte er: „Ich war eine viertel Stunde nach unserer Verabredung zu Hause, frag Jule."

So weit war es schon zwischen ihnen beiden gekommen. Sie sollte sich von ihrer Tochter bestätigen lassen, dass er die Wahrheit sagte. Traurig schloss sie die Augen, wollte aber nicht, dass ihr Tränen über die Wangen wanderten und Rolfs Mitleid erregten, weshalb sie ihre Lider sofort wieder aufschlug. Da stand er vor ihr, blass, zerknirscht und ernsthaft darum bemüht, dass zwischen ihnen alles wieder wurde wie zuvor. Doch das war genau das, was ihr einen eiskalten Schauer über den Rücken jagte.

Spontan sprach sie den Gedanken aus, der ihr gerade in den Sinn kam: „Was hältst du davon, wenn ich mir erst mal eine Wohnung suche? Dann haben wir beide Zeit zum Nachdenken und wer weiß, vielleicht tut uns ein bisschen Abstand ja auch ganz gut."

„Das ist jetzt nicht dein Ernst. Du bist bei Maggie doch weit genug entfernt. Bleib doch noch eine Weile hier, wenn du magst. Aber eine Wohnung zu suchen, halte ich für eine schlechte Idee."

„Rolf, ich werde mir eine Wohnung suchen. Solltest du das als endgültigen Bruch zwischen uns auffassen, kann ich das nicht ändern. Ich hoffe allerdings, wir haben vielleicht gerade dadurch noch eine Chance auf eine gemeinsame Zukunft."

Sie hörte ihre eigenen Worte und glaubte kaum, was sie da von sich gab. Aber aus unerfindlichen Gründen fand sie ihre Idee gar nicht so übel. Er starrte sie an, als hätte sie unter Wasser zu ihm gesprochen und vor ihm tanzten faustgroße Blubberblasen. Gedankenverloren erwiderte sie seinen Blick. Sie war überzeugt, wenn er das mitmachte, diesen riesigen Graben mit ihr gemeinsam überlebte, dann hätten sie vielleicht noch eine Zeit zu zweit vor sich. Eine Zeit, in der es anders zwischen ihnen sein würde als jetzt, als in den letzten Monaten, die ihr die Kehle mit riesigen Pranken zugedrückt hatten. So wollte sie jedenfalls nicht weitermachen. Und ihr fiel kein anderer Weg ein, als sich voneinander zu lösen, um dann wieder zueinander zurückzufinden. Falls Rolf das dann überhaupt noch wollte.

Bei der Vorstellung, dass er am Ende glücklich über eine Trennung sein könnte, wurde ihr flau im Magen, als hätte sie gerade einen Liter saure Milch in sich hineingeschüttet. War das alles richtig, was sie tat? Sie hätte alles darum gegeben, die perfekte Antwort auf diese Frage hier und jetzt in der Hand zu halten.

21

Marie hatte es tatsächlich geschafft, Nina per eindringlichem Telefonat davon zu überzeugen, sich mit ihr wieder in dem Café in der Lietzenburger Straße zu treffen. Wenige Schritte entfernt leuchtete ihr dessen Namenszug ‚Moonlight' über der breiten Fensterfront in mildem Gelbton entgegen.

Eigentlich hatte sie Marie als vermeintlich wohltuende Bekanntschaft ziemlich fix abgehakt. Kein Wunder, so wie sie sich ihr gegenüber bei der letzten Verabredung gezeigt hatte. Allerdings hatte sie nicht mit der Hartnäckigkeit der jüngeren Frau gerechnet. Sie musste schmunzeln. Marie hatte ihr sogar eine ziemlich gute Bewerbungsvorlage gemailt, wonach sie ihre neu ins Feld geführten Unterlagen mit optischen Feinheiten wie Rahmen, Hervorhebungen und einer geschickten Aufteilung des Lebenslaufes aufgemotzt hatte. So übel schien Marie wohl doch nicht zu sein und mit der allein um sich kreisenden Chrissie zwar einiges gemein zu haben, aber eben nicht alles.

Während Nina im Schummerlicht des Samstagabends durch die Glastür trat und nach Marie Ausschau hielt, spürte sie ihre schweren Lider über den Augen. Was war das heute für eine durchwachte Nacht! Wenn es einen Rekord fürs Hin- und Herkugeln im Bett gab, dann hatte sie den gesprengt! Vermutlich begann das L-Thyroxin zu wirken. Auf dem Beipackzettel hatte sie als eine mögliche Nebenwirkung Schlafprobleme gelesen. Die hatte sie zwar sowieso, aber nicht dauerhaft und schon gar nicht in dem drangsalierenden Maße. Wenn das Zeug ihrem Körper hingegen half, die Entzündungssituation zu verbessern, wollte sie dafür die anfänglichen Negativwirkungen in Kauf nehmen.

Marie winkte ihr von einem Ecktisch mit einem Lächeln zu. Es gab noch einen Grund, warum Nina sich heute mit Marie traf. Sie hatte ihr bedeutet, ihr etwas überaus Wichtiges sagen zu müssen, das für Nina von ungeheurem Interesse sein würde. Worum es wohl dabei ging?

Sie hängte ihren Mantel an die Garderobe und ging lächelnd auf Marie zu. Nach einer knappen Begrüßung setzte sie sich ihr an dem kleinen Bistrotisch gegenüber. Der bot gerade für drei Personen Platz, wodurch sie erfreut feststellte, dass Marie nicht wieder vorhatte, ein kleines Event aus ihrem Treffen zu veranstalten.

Sie bestellte einen Cappuccino und schaute Marie erwartungsvoll in die Augen, was sie ihr wohl zu erzählen hatte.

„Das mit Jens", begann Marie leise und beugte sich verschwörerisch zu Nina hinüber, „ist nicht ganz so gelaufen, wie er es euch weisgemacht hat."

Nina horchte auf. Ihre braunen Augen verengten sich zu Schlitzen. Wenn es um Jens ging, glaubte sie an alles, aber an nichts Gutes.

„Er hat deinen Mann und Harald übers Ohr gehauen", fuhr Marie fort. „Homeworld ist nie pleitegegangen. Die Firma ist einfach von einer anderen gekauft worden, und zwar von der AC Team AG."

Ninas Herz klopfte bis zum Hals.

Maries Blick schweifte ab. Sie konnte Nina nicht in die Augen sehen. „Ich weiß das seit damals. Es tut mir leid, aber ich konnte Jens seinerzeit unmöglich verraten. Ich habe dieses Wissen in den letzten vier Jahren mit mir herumgeschleppt und dabei immer ein schlechtes Gewissen gehabt."

Das interessierte Nina in diesem Augenblick nicht die Bohne. Sie nahm es Marie nicht einmal übel, dafür war sie selbst viel zu aufgeregt, dass ihr Herz einen Trommelwirbel hinlegte, der beinahe ihre Brust sprengte. Sie hatte immer geahnt, dass Jens nicht mit offenen Karten gespielt hatte. Dieses verdammte Schlitzohr! Bevor Marie auch nur noch ein Wort sagen konnte, kombinierten ihre Schaltkreise blitzschnell, was das bedeutete. „Wahnsinn, er hat das ganze Geld an der Firma vorbeikassiert. Marie! Ist das wahr?" Nina starrte ihr Gegenüber mit weit aufgerissenen Augen an.

Marie nickte betreten.

Nina wollte etwas sagen, hielt aber kurz inne, als die Kellnerin das dampfende Getränk auf den Tisch stellte. Sie bedankte sich und holte tief Luft. „Die Firma hätte niemals den Bach runtergehen müssen?", hakte sie nach, obwohl sie die Antwort bereits kannte.

Marie schüttelte den Kopf. „Er hat 250.000 Euro beiseitegeschafft. Das ist das Geld, das Homeworld angeblich nicht mehr gezahlt hat, und für Harald und Rolf war die Firma nach Jens' Aussagen nicht mehr existent. Dabei haben die die Rechnungen auf Heller und Pfennig bezahlt. Nur eben unter ihrem neuen Firmennamen AC Team."

„Und vermutlich auf ein Konto, zu dem allein Jens Zugang hatte."

„Ja", bestätigte Marie.

Nina trank vorsichtig einen kleinen Schluck Cappuccino und umschloss mit zitternden Fingern die heiße Porzellantasse. „Warum sagst du mir das gerade jetzt?", fragte Nina leise.

„Nachdem wir uns zufälligerweise wiedergetroffen haben, konnte ich einfach nicht mehr anders. Ich trage dieses Wissen nun schon seit Jahren mit mir herum und ihr habt mir damals so leidgetan."

„Na ja, und du warst ja mit Jens noch zusammen."

„Aber nicht mehr lange. Die Beziehung hat nur noch ein paar Monate gehalten. Er wurde immer unausstehlicher. Er hat sich durch diesen ganzen Betrug sehr verändert. Und ein schlechtes Gewissen habe ich bei ihm nicht erkennen können. Das hat mir zu schaffen gemacht. Ich habe damals gehofft, er würde sich eines Besseren besinnen und mit Rolf und Harald klar Schiff machen. Nina, ich bin froh, dass jetzt alles raus ist."

„Ich verstehe", sagte Nina und starrte ins Leere. In ihren Ohren rauschte und piepte es. Ihr Tinnitus meldete sich wieder zur Unzeit, wie immer. Dazu war er schließlich da, ihr aufzuzeigen, wann es in ihrem Hirn überkochte. Sie atmete bewusst ruhiger und tiefer. „Weißt du vielleicht, wo sich der Kerl herumtreibt?", fragte Nina mit ruhiger Stimme.

„Ja, seit heute. Ich habe im Internet recherchiert und bin fündig geworden. Er arbeitet in Hamburg bei einer Investmentfirma mit Namen AKG Invest als Consultant. Womöglich ist er dort sogar Teilhaber. Das weiß ich aber nicht genau."

„Das heißt, er berät dort Kunden, wie sie ihr Geld anlegen sollen, ist das richtig?"

„Sieht so aus."

„Verdammt noch mal, wie komme ich bloß an den Typen heran? Hör zu Marie, ich will das Geld zurück." Sie ballte über dem Tisch ihre Hand zur Faust.

„Ich habe gehofft, dass du das sagst", meinte Marie mit geheimnisvollem Lächeln.

„Warum das?"

„Weil ich das auch will. Für euch. Für dich, Rolf und Harald und seine Familie."

„Marie, darf ich ehrlich sein?"

„Sicher."

„Ich bekomme es nicht so ganz auf die Reihe, dass du jetzt auf einmal mit der Wahrheit rausrückst, plötzlich weißt, wo Jens zu finden ist und nun auch noch Genugtuung für uns erreichen willst."

„Das kann ich verstehen. Es ist aber genauso wie ich es sage. Ich habe mich einfach gefreut, als ich dich beim Arbeitsamt unverhofft wiedergesehen habe. Und vergessen habe ich die ganze Geschichte nie. Allerdings wollte ich auch niemals Jens in die Pfanne hauen. Aber ich sehe doch, wie dir und Rolf die ganze Geschichte nachhängt, obwohl es jetzt schon einige Jahre her ist. Und dass es Harald den Boden unter den Füßen weggezogen hat, habe ich auch erst durch dich erfahren. Es tut mir alles so leid."

„Harald hat trotz allem einen Job, verdient seinen Lebensunterhalt. Und bei Rolf ist das nicht anders. Wir nagen alle nicht am Hungertuch."

„Aber es geht euch auch nicht gut. Und das alles, weil Jens euch belogen und betrogen hat. Ihr habt ihm vertraut, oder?"

„Na, jedenfalls Rolf und Harald. Für mich war er immer ein bisschen zwielichtig." Und dazu hatte die schicke Marie eindeutig gepasst. Dass sie als Jens' Freundin damals viel Geld verschlungen hatte, schon was die teuren Geschenke vom Juwelier und die edlen Klamotten anbelangte, war augenfällig gewesen. Für Nina hatte sich die Trennung der beiden dargestellt, als hätte Marie Jens nach dem Untergang der Firma fallengelassen, als wäre sie ein Blutegel, der aus Jens keinen einzigen Tropfen mehr heraussaugen konnte. Offenbar hatte sich Nina gewaltig geirrt.

„Ich kann natürlich nicht wissen, ob Jens das Geld nicht zwischenzeitlich ausgegeben oder womöglich fest angelegt hat", begann Marie, „aber ich kann mir auch vorstellen, dass er es weiterhin einfach auf dem Konto liegen hat, für das er sicherlich ein paar Prozent Zinsen bekommt. Ihn hat damals immer die Sorge geplagt, für den Fall der Fälle nicht genug Geld auf der hohen Kante zu haben."

„Was meinst du mit dem Fall der Fälle?", fragte Nina.

„Wenn er geschäftlich scheitern oder krank werden sollte", erwiderte Marie.

„Und wie wollen wir an das Geld rankommen? Wir sollten ihn anzeigen und damit die Staatsanwaltschaft einschalten", schlug Nina vor.

„Du hast ja ein ziemliches Vertrauen in die deutsche Justiz. Ehe die an Jens' Konten dran sind, hat er die bestimmt schon abgeräumt. Oder die legen das Geld so lange auf Eis, bis irgendwann klar ist, dass es euch zusteht."

„Vermutlich hast du recht."

„Ich kann mich noch an eure schöne Altbauwohnung in Charlottenburg erinnern", sagte Marie.

„Ja, die mussten wir verkaufen, um eine Insolvenz abzuwenden. Dafür ist die Firma ohne einen Cent Schulden aus dem ganzen Drama herausgekommen. Aber nur, weil Harald und Rolf das gesamte Privatvermögen aufgelöst haben."

„Siehst du, und hier sollte doch unbedingt wieder etwas geradegerückt werden, oder?", tastete sich Marie vor.

„Schon klar, unsere Wohnung inklusive Nebenkosten für den Kauf, futsch, der Zinsverlust für die vorzeitige Auflösung diverser Lebensversicherungen, futsch. Aber wie kommen wir verflucht noch mal an das Geld heran, sollte er es auf einem Konto gebunkert haben?"

Ein unverschämt freches Grinsen machte sich auf Maries Gesicht breit.

„Ich habe da so eine Idee ..."

22

Nina musste schwer an sich halten, nicht die Geschwindigkeitsbegren-
zung in dem reinen Wohngebiet von 30 km/h zu überschreiten. Liebend
gern wäre sie mit ihrem Wagen vor lauter Aufregung mit quietschenden
Reifen direkt vor die Haustür ihrer Wohnung geprescht. Die Plusgrade
sicherten ohne Schnee und Eis ohnehin risikofreies Autofahren. Aber
sie mahnte sich zur Ruhe, obwohl sie nichts lieber getan hätte, als in
den nächsten Flieger nach Hamburg zu steigen und mitsamt Polizei-
eskorte Jens die rote Karte in Form von Handschellen zu präsentieren.
Doch leider war das ein zu schöner Gedanke.

Die Realität sah zähflüssiger und bürokratischer aus. Mit ersten
Anhörungen, vielleicht sogar vorher mit einer schriftlichen Anzeige,
damit sich Jens mitsamt Anwalt vor einer Befragung eine hübsche
Ausrede zurechtlegen konnte. Marie hatte wohl recht damit, dass sie
dann ewig auf ihr Geld warten könnten. Oder noch schlimmer, dass
Jens es vorher beiseiteschaffte. Sobald sie den Wagen abgestellt hatte,
rannte sie, zwei Stufen auf einmal nehmend, die Treppen hinauf. Völlig
außer Atem schloss sie die Tür auf. Rolf! Wird er Augen machen, wenn
sie ihm das erzählt! Sie registrierte noch kurz, dass sie den Schlüssel
zweimal im Schloss herumdrehen musste, bevor sie die Tür aufstieß,
dachte aber nicht weiter darüber nach, sondern stürmte ins Wohnzimmer, wo sie Rolf vor dem Fernseher wähnte. Es war schließlich
Wochenende und da ruhte er sich ausnahmslos stundenlang vor der
Röhre aus, außer er brütete über irgendwelchen geschäftlichen
Unterlagen. Sie stand mitten im von der Straßenlaterne vor dem
Fenster in Schummerlicht getauchten Zimmer, hörte ihren eigenen
schnellen Atem und ansonsten nichts. Stille.

Sie schaltete das Licht an, warf ihren Mantel im Flur über die
Garderobe, ging in Jules Zimmer. Duster. Es war niemand hier! Erst jetzt
merkte sie, dass ihr die spannenden Fakten über Jens die Gelegenheit

verschafft hatten, ein vertrautes Gespräch mit Rolf zu führen. Bis vor wenigen Sekunden hatte sie sich ihm wieder so nahe gefühlt, dass sie ihm am liebsten um den Hals gefallen wäre.

Ohne Wut und Enttäuschung. Insgeheim hatte sie sich gewünscht, sich mit ihm auszusöhnen und Jens gemeinsam zur Strecke zu bringen. Gemeinsamer Plan plus gemeinsames Ziel gleich zusammen. Schöne Gleichung. Aber die meisten hatten doch mindestens eine Unbekannte, wie sie verletzt feststellen musste.

Sie stand mitten in der menschenleeren Wohnung und ein Stachel direkt ins Herz hätte nicht schmerzhafter sein können. Ihr ganzer Enthusiasmus wich tiefer Niedergeschlagenheit. Heulina meldete sich sofort, ohne Umschweife, und heiße Tränen rannen ihr über die Wangen, was in einem fiesen Schluchzen gipfelte. Nina schlich in die Küche. Wenigstens lagen die Papiertaschentücher vom Anbieter ‚Reißfest und Tropfsicher' dort, wo sie hingehörten. Sie verzog sich mitsamt Packung aufs Sofa und wischte an dem nicht versiegen wollenden Wasserfall aus Tränen herum. Beim letzten Papiertuch aus der Packung angelangt, stoppte der Heulfluss plötzlich so rasch, wie er aufgetaucht war.

Warum flennte sie hier eigentlich herum? Verdammt und zugenäht, ihre Familie interessierte sich keinen Pfifferling für sie. Und weg waren die auch noch. Ständig hatten sie und Rolf zu Hause gehockt, starr und stocksteif. Sie musste mit ansehen, wie ihr Leben durchs Fernseh-programm ersetzt worden war, und jetzt hatte er anscheinend Besseres zu tun. Er wusste wohl, wie man sich amüsierte. Ohne sie! Es war ganz klar und eindeutig, dass er mit ihr an seiner Seite zu nichts, aber auch gar nichts zu bewegen war. Und prompt war sie ein paar Tage weg, sprühte der Herr geradezu vor Ideenreichtum und trieb sich irgendwo in der Weltgeschichte herum. Klasse.

Wütend warf sie das feuchte Taschentuch, das sie immer noch in der Hand hielt, aufs Sofa. So nicht, mein Lieber, nicht mit mir!

Während Nina zu Margarete fuhr, schüttelte sie immer wieder ihren Kopf, wenn sie nur daran dachte, dass Rolf wohin auch immer unterwegs war. Es war einfach unfassbar, was er sich da leistete! Bei so viel Kopfschlackern gab sie für Vorbeifahrende ungewollt den Wackeldackel im Großformat, immerhin hinterm Steuer anstatt auf der Hutablage.

Bevor sie vor der Villa ein Bein aus dem Golf schwang, holte sie tief Luft. Diese Aufregung setzte ihr ganz schön zu. Wollte sie das nicht besser in den Griff kriegen? Sicher. Aber wie stellte man das an, wenn einem immer wieder Steine in den Weg gelegt wurden? Andauernd musste sie sich über Rolf aufregen! Wenn sie jetzt einen Fuß durch die Tür setzte, wollte Margarete bestimmt wissen, wie das letzte Gespräch mit diesem Übeltäter genau ausgegangen war. Verflucht noch mal, blieb ihr denn gar nichts erspart?

Wenn sie ihr erzählen würde, dass der ach so zuverlässige, ach so anständige, kein Wässerchen trübende Rolf sich weiß der Himmel wo ohne seine Ehefrau amüsierte und sie sich eine eigene Wohnung suchen wollte, um sich über ihr weiteres Leben mit ihm oder ohne ihn klar zu werden, würde Maggie nicht gerade vor Begeisterung in die Hände klatschen. Sie musste es ihr, wenn überhaupt, schonend beibringen. Nicht, dass sie sich zu sehr aufregte.

Aber wie passte eigentlich ihr Plan, von zu Hause auszuziehen, mit dem Gedanken vor ein paar Minuten zusammen, als sie sich Hals über Kopf in Rolfs Arme stürzen wollte und nichts lieber gehabt hätte, als dass alles wieder gut sein würde? Vermutlich wurde ihr langsam klar, wie wenig eine äußerlich veränderte Situation an dem gemeinsamen Leben mit ihm änderte. Liebte er sie überhaupt noch? Sicher, Leidenschaft hatte es zwischen ihnen immer gegeben, das war es nicht. Vielmehr traf sie eiskalt und mit voller Härte sein Desinteresse an ihr.

Ihm war einfach egal, wie sie sich fühlte, wie es ihr ging. Für eine bloße Zweckgemeinschaft war sie sich jedenfalls zu schade. Und zu jung.

Würde sie allein leben, bräuchte sie in der Anwesenheit eines Partners nichts zu vermissen. Es wäre ja niemand da, der sie verletzen könnte.

Die Schritte zur Eingangstür der Villa kamen ihr heute wie eine Ewigkeit vor. Dieses wunderschöne Haus mit seinen Giebeln, dem mediterranen Terrakottaanstrich und den fein ziselierten Balkonbrüstungen wirkte wie von der Küste der Adria direkt an den Wannsee befördert. Es war ein Traum, hier zu leben. Rolf hatte schon recht, wenn er meinte, sie könnte doch noch eine Weile hierbleiben. Und Maggie wäre nach anfänglicher Skepsis wegen ihrer Ehe mit Rolf sicher begeistert. Sie wusste, dass Maggie sie gern um sich hatte. Doch sie wollte das nicht. So ein wunderschöner Zufluchtsort, voller wunderbarer Kindheitserinnerungen, trotz des schweren Schicksalsschlages, der sie und Maggie heimgesucht hatte, und voller Geborgenheit durfte nicht ihre Suche nach dem eigenen Glück ersetzen. Nicht allein, weil Margaretes fortgeschrittenes Alter für Begrenzung sorgen würde, sondern auch, weil Rolf und Jule ihre Familie waren und sie es den beiden und sich selbst schuldig war, herauszufinden, was für alle drei das Beste war.

Sie entledigte sich ihrer Winterkleidung und fand Maggie im Wohnzimmer bei wohltuendem Kaminfeuer in einen Schmöker vertieft.

Maggie schaute Nina über ihre Lesebrille hinweg an und lächelte ihr aufmunternd zu. „Wie geht es dir?", fragte sie Nina.

„Gut, ich glaube, Marie ist doch ganz in Ordnung. Sie hat mir ein paar nützliche Tipps für meine Bewerbungen gegeben", erwiderte Nina, die Maggie verschwieg, dass Marie das bereits via E-Mail vor ihrer heutigen Begegnung getan hatte. Stattdessen hatten sie jetzt einen gemeinsamen Plan ausgeheckt, Jens den Hals umzudrehen.

Margarete würde ihr mit absoluter Sicherheit zum Gang zur Polizei raten und ihr bedeuten, von eigenen Aktivitäten gegen Jens besser die Finger zu lassen.

„Jule hat vorhin angerufen", erzählte Margarete.

„Sie hat dir eine Nachricht auf deinem Handy hinterlassen, geht aber davon aus, dass du sie nicht abgehört hast."

Rasch zückte Nina ihr Smartphone aus der Jeans. Ihre Tochter hatte natürlich mit ihrer Vermutung mitten ins Schwarze getroffen. Nina ärgerte sich über ihre eigene Nachlässigkeit. „Das ist leider immer das Letzte, woran ich denke", meinte sie bedauernd.

„Rolf und Jule sind auf dem Weg zu seiner Mutter, soll ich dir ausrichten", erklärte Margarete.

Umständlich drückte Nina an ihrem Handy herum und hörte nach einer Weile die Nachrichten ab. Sowohl Jule als auch Rolf hatten ihr bereits gestern auf die Mailbox gesprochen, dass sie heute zu Anneliese fahren würden. So etwas Blödes konnte nur ihr passieren! Da hatte sie sich über Rolf geärgert, den verkappten Freizeitjunkie, obwohl der einfach nur mit seiner Tochter zu seiner betagten Mutter fuhr, was eh schon lange überfällig gewesen war.

Und sie hatte ihn in Gedanken bereits in der Luft zerfetzt! „Ach Maggie", stöhnte sie plötzlich auf, „irgendwie mache ich alles falsch."

Margarete erhob sich von ihrem Sessel und ging langsam auf Nina zu. Während sie ihre Nichte in ihre warmen Arme schloss, sagte sie: „Sei nicht immer so hart zu dir, Ninchen."

Tat das gut! Wie gern wäre sie in diesen Armen geblieben, geborgen, beschützt, geliebt. Ewig. Meine Maggie, dachte Nina verträumt und drückte ihre Tante fest an sich. Und in der nächsten Sekunde wurde ihr wieder schlagartig bewusst, dass sie ihre Maggie nicht mehr lange bei sich haben würde. Tränen schossen ihr in die Augen. Verdammt und zugenäht, konnte sie diesen Augenblick nicht einfach nur genießen, ohne gleich an das Ende zu denken? Ohne daran erinnert zu werden, dass alles irgendwann einmal vorbeigeht? Mit aller Gewalt versuchte sie, die hinaufkletternden Tränen zurückzuhalten, die gerade mit riesigen Gewehren im Anschlag wie eine ganze Armada durch ihre Augen marschieren wollten. Die sollten bloß bleiben, wo sie waren, diese blöden Dinger! Nina wollte um alles in der Welt verhindern, dass Margarete Heulina begegnete. Sie würde sich bloß noch mehr Sorgen um sie machen.

Einem plötzlichen Einfall folgend, täuschte sie einen Hustenanfall vor, löste sich aus Maggies Armen und lief in die Küche. Mit Papiertüchern rückte sie der nassen Streitmacht zu Leibe. Was war sie bloß für eine drüsendöselige Kuh! Maggie war alles, was sie noch hatte. Sie war wie ihre Mutter, die sie viel zu früh verloren hatte. Sie wollte um alles in der Welt nicht, dass sie ihretwegen traurig war. Deshalb holte sie tief Luft, atmete in den Bauch hinein und ganz langsam wieder aus. Das wiederholte sie dreimal, dann fiel ihr ein, dass sie pro forma noch ein paar Mal hüsteln sollte. Maggie sollte ihr Täuschungsmanöver keinesfalls durchschauen. Dann schlich sie, gefasst und ausgelaugt, zu ihr ins Wohnzimmer zurück, durch dessen Fenster die dunkle Nacht wachsam ins Haus blickte.

„Vorhin war ich zu Hause", begann Nina, „und die beiden waren ausgeflogen. Ich war stinksauer, weil ich dachte, dass Rolf ohne mich schon weiß, was er anderes mit seiner Freizeit anstellen kann, als stundenlang durch die Sender zu wandern."

Maggie nickte: „Aber selbst wenn er vielleicht ins Kino gegangen wäre, ohne dich, dann ist das noch lange kein Beweis dafür, dass er das tatsächlich auch möchte, sondern er würde doch nur vor der Einsamkeit davonlaufen."

So hatte Nina das noch gar nicht gesehen. Aber es gab eben immer verschiedene Sichtweisen der Dinge. In diesem Fall wusste nur Rolf allein, was in ihm vorging. Und der würde einen Teufel tun, auch nur die kleinste Erklärung abzugeben. Es tat ihr weh, dass sie nie wusste, was er dachte, was er fühlte, was er wollte. Von ihr wollte.

Margarete sah Nina durchdringend an: „Was ist denn bei eurem letzten Gespräch herausgekommen? Du wolltest doch noch in Ruhe darüber nachdenken und mir dann Bescheid sagen."

„Das hat auch seinen Grund. Ich wollte dich nicht mit meiner Idee überfallen, bevor ich mir nicht einige Gedanken darüber gemacht habe. Aber nach einigen Zweifeln bin ich zu dem Entschluss gekommen, dass es besser ist, wenn ich mir eine eigene Wohnung suche."

Maggie atmete hörbar aus. „Das ist nicht dein Ernst, Nina."

„Doch, das ist es."

„Du setzt damit eure Ehe aufs Spiel. Das ist dir doch klar, oder?"

Was ihre Ehe mit Rolf anging, war mit Maggie nicht zu spaßen, obwohl sie wusste, dass sie am Ende immer zu ihr halten würde. „Genau unsere Ehe möchte ich damit versuchen zu retten", bedeutete ihr Nina, obwohl ihr nicht einmal klar war, wie sie ihr neues Domizil auf Dauer finanzieren wollte. Sie musste sich eben eine klitzekleine Bleibe suchen. Schließlich sollten Rolf und Jule in ihrem bisherigen Zuhause bleiben.

„Wenn das dein Weg ist, dann ist er das. Ich finde jedenfalls, dass du einen gehörigen Fehler begehst", stellte Maggie fest und griff nach ihrer Teetasse.

„Frag mich bitte nicht warum, aber ich glaube felsenfest, dass das die richtige Lösung ist. Oder besser gesagt, der einzige Weg in die richtige Richtung. So wie es jetzt ist, geht es einfach nicht weiter. Rolf und ich leben aneinander vorbei."

Maggie nickte schweigend. Sie wusste, dass in der heutigen Zeit andere Werte zählten. Zugegeben, so richtig verstand sie das zwar nicht, aber sie erinnerte sich auch daran, dass ihre eigene Mutter vieles von dem nicht verstanden hatte, was ihr damals wichtig gewesen war. Und das hatte sie nicht vergessen.

Deshalb hatte sie für Nina durchaus Verständnis, auch wenn sie ihre Beweggründe nicht nachvollziehen konnte. Rolf war ein guter Ehemann. Die beiden hatten eine wundervolle Tochter. Julchen war ein Engel! Und sie hatten bereits eine schwierige Krise zusammen gemeistert, als es mit Rolfs Firma gründlich schiefgegangen war.

Aber gut, sie würde sich aus Ninas Entscheidung heraushalten. Auch wenn es nicht einfach sein würde. Sie liebte Nina über alles. Hinzu kam, dass sie nicht nur ihrer Schwester, Ninas Mutter, wie aus dem Gesicht geschnitten war, sondern von demselben heißblütigen Temperament angefeuert wurde. Deswegen konnte sie nicht anders, als nachsichtig zu sein. Und womöglich klappte es ja doch noch zwischen Nina und Rolf und alles nahm ein glückliches Ende, wer weiß. Jedenfalls würde Ninas Auszug einen tiefen Graben zwischen den beiden aufreißen und sie hatte das Gefühl, dass Nina diese Tatsache in ihrer ganzen Tragweite nicht bewusst war.

Indes Margarete in ihr Schlafzimmer verschwand und sich in dem angrenzenden Bad bettfertig machte, überlegte Nina, was sie mit dem angebrochenen Samstagabend noch anfangen konnte. Nach dem Gespräch war sie aufgekratzt und konnte sich unmöglich auf die Kissen werfen. Spontan rief sie auf ihrem Handy die letzten Rufnummern auf und tippte auf Maries. Mal gucken, ob sie zu Hause war. Vielleicht hatte sie ja Lust, mit der alten Dame noch einen trinken zu gehen.

23

‚Bummdibummdibummbummbumm!' Der Bass krachte Nina in den Magen, als wäre ein Bauarbeiter mit einem riesigen Presslufthammer direkt neben ihr am Werkeln. Mitten im Schummerlicht der umstehenden Tische befand sich die gläserne Tanzfläche mit darunter hervorzuckenden bunten Lichtern, die den Tanzenden zusätzlich zur dröhnenden Musik kräftig einheizten. Jetzt lernte sie doch noch das berühmt-berüchtigte ‚Vierwald' in Berlin-Mitte kennen, in dem ganz offensichtlich nicht nur Sabine, sondern auch Marie verkehrte, obwohl die ein wesentlich exklusiverer Typ war. Sie erkannte rasch, wie unterschiedlich die Gäste auch waren, sie schienen mindestens dreißig Jahre und älter zu sein. Passend zum Publikum schwankte daher auch die Musik zwischen modernen Songs und älteren Hits.

Marie saß ihr mit fröhlichem Gesicht an dem schwarz lackierten Holztisch gegenüber. Perfekt gestylt steckte sie in einem hellblauen Jeansanzug mit dazu passender Bluse, lässig weit geöffnet. Bewundernd stellte Nina fest, dass ihre Frisur, wild durcheinander geföhnt und mit Haarlack fixiert, absichtsloser nicht hätte wirken können. Beinahe so, als hätte sie ein Windstoß kurz und heftig erwischt und sie wäre flüchtig mit der Hand durch ihr Haar gefahren. Nina fand, dass sie einfach super aussah.

Vielleicht sollte sie sich auch einen Knopf ihrer dunkelroten Bluse aufknöpfen, um nicht so altbacken rüberzukommen. Sie hatte sich für eine schwarze Jeans und schwarze Pumps entschieden. Ihr dunkelbraunes Haar hatte sie wie immer zu einem Seitenscheitel gekämmt. Dass sie ihr dabei in einer wogenden Welle sanft auf die Schultern fielen und dazu wunderschön glänzten, entging ihr. Neben Marie kam sie sich ungeheuer bieder vor, obwohl die auch nur Hosen trug. Aber Maries gesamtes Styling sah einfach teuer und todschick aus. Sie hatte nun mal Geschmack und wusste, was ihr stand.

„Du siehst richtig klasse aus", bemerkte Nina anerkennend. Marie musste sich zu ihr über den Tisch beugen, um sie zu verstehen.

„Das kann ich nur zurückgeben", erwiderte Marie. Als sie Ninas zweifelnden Blick bemerkte, setzte sie nach: „Du hast wohl nicht in den Spiegel geguckt, oder?"

„Warum?", fragte Nina irritiert und schaute nach irgendwelchen unentdeckten Flecken an ihrer Bluse hinunter.

„Na, hör mal, wenn ich deine Figur hätte, könnte ich mir noch ein paar Knöpfe an meinem Oberteil sparen", sagte Marie.

„Lass mal lieber bleiben, sonst stehst du noch nackt da", gab Nina lachend zurück.

Marie hätte einiges darum gegeben, Ninas Oberweite und Taille zu haben, stattdessen war sie zwar superschlank, hatte aber kaum weibliche Kurven. Marie hob ihr Sektglas: „Unser Deal bezüglich Jens steht doch noch, oder?"

Nina konnte sich ein diabolisches Grinsen nicht verkneifen: „Und wie!"

Die beiden nickten einander zu und ließen den kühlen Sekt über ihre Zungen perlen.

Blitzartig sprang Marie auf und winkte Nina mit zur Tanzfläche. Katy Perry gab ihr ‚Firework' zum Besten. Etwas ungelenk setzte Nina einen Fuß vor den anderen und sah zu, wie locker Marie ihren Körper im Takt der Musik schwang. Sie war es gewohnt, das sah Nina sofort. Im Gegensatz dazu hatte sie den Eindruck, sich wie auf Stelzen zu bewegen. Hölzerner ging es wirklich nicht. Gebannt starrte sie auf die blitzenden, bunten Lichter unter ihren Füßen. Mit einem Mal drehte sich in ihrem Kopf alles ein wenig schneller. Sie riss alarmiert ihren Blick nach oben und sah, wie die anderen um sie herum wild tanzten. Sie wollte sich schon wieder auf ihren Platz retten, da konstatierte sie, dass es in ihrem Oberstübchen wieder etwas ruhiger wurde. Froh darüber, bewegte sie sich schneller, beobachtend, ob ihr Blick auch klar blieb, ohne diesen nervigen Schwindel.

Nach wenigen Minuten bewegte sie sich wie von selbst. Kein starres Holz mehr unter den Füßen, kein Metallgestell mehr an ihrem Körper, keinen Triesel hinter der Stirn. Ein Lächeln überzog ihr Gesicht. Wie hatte sie das vermisst! Einfach abzutanzen. Nicht nachzudenken. Spaß zu haben. Keine Sorgen mehr. Ihr war, als hätten die letzten starren Jahre nie existiert. Die poppige Songmischung ging mit Lady Gaga weiter und nach fünf Stücken kehrten Nina und Marie ausgelassen und erhitzt an ihren Tisch zurück.

Plötzlich spürte Nina ein Tippen auf ihrer Schulter und drehte unvermittelt ihren Kopf zur Seite. Sabine stand grinsend neben ihr. Überrascht bedeutete Nina ihr kurzweg, sich zu ihr zu setzen. Es war ein Vierertisch, den sie mit einer Flasche Sekt besetzt hatten.

Sabine brüllte Nina ins Ohr: „Das ist ja super, dass wir uns hier mal treffen."

Gut gelaunt nickte Nina ihr zu. Damit hatte sie rechnen müssen, war sich aber nicht im Klaren darüber, ob sie das auch wollte. Bloß heute kein Sorgenköcheln über Job und Ehe. Sie hatte gerade eine prima Laune und wollte sich die um keinen Preis vermiesen lassen.

„Ich steh mit Michaela dort drüben", erklärte ihr Sabine dicht an ihr Ohr gedrängt und zeigte auf eine mollige, in eine Art Kaftan gehüllte Frau in den Vierzigern, die an einem Cocktail nippte.

„Was meinst du, Marie, wollen wir die zwei an unseren Tisch bitten?", fragte Nina, was Marie mit einem zustimmenden Lächeln quittierte.

Dankbar für einen guten Sitzplatz holte Sabine ihre Freundin Michaela, an die sich Nina aus Sabines Erzählungen im Büro erinnerte, dazu.

Was Nina bereits von Weitem erahnte, bestätigte sich auf geradezu groteske Weise, als Michaela neben Sabine näherkam. Das war also Michaela, von der die schlanke, mit blonder Strohmähne herausgeputzte, Sonnenstudio-gebräunte und mit knallrotem Lippenstift angemalte Sabine überhaupt nicht verstand, warum alle Kerle auf sie scharf waren und nicht auf Michaela. So ging es natürlich auch. Man nehme eine gute Freundin, die kontrastreicher zur eigenen Attraktivität kaum sein kann, und wundere sich lauthals über die nach einem selbst geifernden Männer. Wahrscheinlich flötete Sabine ihrer Freundin das auch tatsächlich ins Ohr. Ob Michaela, die ein gutmütiges Gesicht hatte, ihrer Freundin Sabine das auch abnahm? Nina konnte sich vorstellen, dass Michaela durchaus interessante Männer kennenlernen konnte. Aber sicher nicht in einem Club und ganz gewiss nicht, wenn Sabine frohlockend an ihrer Backe klebte. Augenblicklich empfand sie Mitleid mit Michaela, die ihr aus einem runden Gesicht freundlich zulächelte.

Marie winkte den Kellner herbei, der, ausgestattet mit frechem Flirtgrinsen über einem gestählten Body und allerhöchstens dreißig hinter sich gebrachten Wintern, von den vier unsichtbar ergrauten Damen eine Bestellung von Tequila und einer weiteren Flasche Sekt aufnahm. Für Nina war es einfach nur schön, hier zu sitzen, sich gegenseitig mit fröhlichem Smiley-Grinsen zwischen den Mundwinkeln zu beglücken und an nichts anderes zu denken als an den nächsten tanzbaren Song. Sie fühlte sich nach dem weiteren Glas Sekt rundherum wohl, dass sie sofort beschloss, hier noch öfter hinzugehen. Alle waren supernett und supergut drauf, alles war fein.

Die Getränke wurden von einem gut aussehenden Herrn auf den Tisch gestellt. Er mochte um die fünfzig sein und war hier bestimmt der Oberkellner, was Nina seiner unaufdringlich höflichen Art entnahm, mit der er die Drinks servierte. Während er den Sektkorken dezent knallen ließ, lächelte er Sabine mit offenem Blick an.

„Ich hoffe, ihr fühlt euch hier wohl und genießt den Abend", sagte er, während er Maries und Ninas Sektgläser nachfüllte und die Flasche in den dafür vorgesehenen Eiskübel steckte. Sabine schenkte ihm einen kurzen Augenaufschlag und sagte: „Na klar, wie immer, Georg."

„Wenn ihr noch etwas braucht, dann sagt Bescheid", meinte Georg und verschwand, aber nicht, bevor er Sabine noch einen langen Blick zuwarf.

„Ihr kennt euch?", fragte Nina.

„Ja, Georg ist hier der Chef", erwiderte Sabine und ließ ihre Augen über die umliegenden Sitze schweifen. „Der Laden gehört ihm zwar nicht, aber er ist der Geschäftsführer."

„Kann es sein, dass er ein Auge auf dich geworfen hat?", hakte Nina nach.

Kühl erwiderte Sabine: „Was weiß ich. Ich glaube nicht, nein. Aber Georg kommt für mich sowieso nicht infrage."

„Der sieht doch ganz passabel aus und nett scheint er auch zu sein", sagte Nina stirnrunzelnd, die überhaupt nicht begriff, warum dieser freundliche Kerl, gut aussehend und in Sabines Altersklasse, nichts für sie sein sollte.

Als Sabine Ninas Unverständnis bemerkte, erklärte sie halb brüllend, weil man ansonsten sein eigenes Wort nicht verstand: „Georg ist sogar sehr nett. Aber ein bisschen jünger soll mein Nächster schon sein und ein akademischer Beruf, wenigstens ein Managerposten, wäre auch nicht schlecht."

Obwohl Nina wusste, dass Sabine übersteigerte Vorstellungen von ihrem zukünftigen Traummann hatte, klappte ihr doch die Kinnlade herunter. Bevor sie irgendetwas entgegnen konnte, schwirrte Sabine mit Michaela an der Hand zur Tanzfläche. Also, vielmehr schwirrte Sabine und Michaela wackelte schwerfüßig nebenher.

Nina sah dem ungleichen Pärchen kurz nach und war heilfroh, dass Sabine außer Hörweite war. Sie war gerade drauf und dran gewesen, ihrer ehemaligen Kollegin und sich den Abend zu vergeigen und ihr zu sagen, was ihr durch den Kopf ging. Nämlich, dass Sabine mal ihre Pupillen aufsperren und nicht einem Ideal hinterjagen sollte, was ihr zwar auf den ersten Blick finanzielle Sicherheit versprach, aber am Ende auch etwas war, bei dem sie auf Dauer die geringere Wahl gewesen wäre. Zu dem sie womöglich überhaupt nicht passte, weil ihr Traumtyp nicht nur jünger wäre, und schon deswegen keine gesteigerte Lust auf eine getunte Fünfzigerin hätte, sondern auch noch hochgebildet, was Sabine in ihrem eigenen Schaukasten nicht einmal krümelweise im Angebot hatte. Nina starrte gedankenverloren zur Tanzfläche. Und dieses Traummännchen würde, mit Halbblindheit gesegnet, sie selbstverständlich nicht ihre Hautfurchen und schon gar nicht die eigenen Bildungskrater spüren lassen. Wie naiv war Sabine eigentlich? Musste ja alles nicht so eintreffen, aber es lag schon verdammt nahe. Wenn sich Georg tatsächlich für Sabine interessierte, dann konnte es in Ninas Augen gut sein, dass Sabine hier eine reelle Chance vertat, einen Mann, der offensichtlich zu ihr passte, näher kennenzulernen. Sabine war einfach nur dämlich, fand Nina. Sie trank einen großen Schluck Sekt, was Marie veranlasste, gleich wieder nachzuschenken. Marie machte sich auf zur Tanzfläche, was Nina ihr augenblicklich gleichtat, da sie gerade noch aus dem Augenwinkel sah, wie Sabine mit Michaela im Schlepptau wieder an den Tisch zurückkam. Nicht, dass sie Sabine doch noch bekehrte und sich damit den Abend verdarb. Heute wollte sie nur feiern und tanzen, wie sie das seit Jahren nicht mehr getan hatte. Sie wiegte sich geschmeidig im Takt, schloss zwischendurch die Augen und wenn sie sie leicht öffnete, ließ sie sich von den zuckenden Spots einfach benebeln. Das tat unendlich gut. Aber sie spürte auch, dass ihre Hirnzellen wieder anfingen zu trudeln wie vom Wind hin und her gepustete Blätter. Das kam vom leckeren Sekt. Doch auf einen Sturm wollte sie es nicht ankommen lassen, weswegen sie ihren ungewohnten Alkoholgenuss lieber drosseln sollte. Wie vernünftig, kicherte sie in sich hinein. Sie zuckte mit den Schultern, schaltete ihren Denkapparat wieder auf Standby und ließ sich von der Musik treiben.

Zurück am Vierertisch ereiferten sich Marie und Sabine über das dümmliche Balzverhalten der männlichen Schöpfungskrone, deren goldene Zacken, wie beide fanden, bereits seit Jahrhunderten abgeknickt waren, die Herren hätten es nur noch nicht bemerkt. Indes Sabine nach etlichen Tequilas wie ein Marktweib lauthals grölte, lachte

Marie zwar auch hörbar, jedoch wohltönend. Irgendwie komisch, wie die beiden Frauen, die unterschiedlicher nicht sein konnten, sich beim Thema Männer absolut einig waren, bemerkte Nina. Georg kam mit einer Flasche Champagner an den Tisch und erklärte: „Hier habe ich einen sehr leckeren Tropfen." Wieder hefteten sich seine Augen an Sabine. „Der geht selbstverständlich aufs Haus." Dabei fing er Maries und Ninas Blick kurz auf und schenkte auch Michaela ein freundliches Lächeln. Auch wenn das ein geschäftsmäßiges Gebaren war, spürte Nina deutlich, dass sich dahinter aufrichtige Freundlichkeit verbarg.

Nina und Marie hatten zwar bereits reichlich Alkohol im Blut, aber wenn man von Georg auf eine so zuvorkommende Art einen leckeren Tropfen kredenzt bekam, konnte man doch unmöglich ‚Nein' sagen. So etwas gehörte sich nicht, wie die beiden unausgesprochen fanden. Also langten sie zu und ließen, gar nicht Knigge-like, die Gläser geräuschvoll aneinanderklirren. Mit einem Seitenblick fing Nina auf, dass Michaela an ihrem Glas nur leicht nippte. Überhaupt schien sie sich erheblich besser im Griff zu haben als ihre drei Tanzgesellinnen.

Georg schaute fragend in die Runde: „Darf ich mich zu euch setzen?" Fröhlich bekam er ein lautstarkes ‚Ja' aus vier Frauenkehlen entgegengeschmettert. So ein netter Kerl aber auch, ging es Nina durch den promillebefeuerten Kopf. Dabei ließ er zwei Stühle von dem mittlerweile verschmitzt vor sich hin schmunzelnden Kellner an den Tisch bringen. Mit einem Mal saß zwischen Marie und Nina ein weiterer Herr mit Namen Sandor, der, wie er selbst buchstabierte, eher wie ‚Sand im Ohr' geschrieben, aber ‚Schandor' ausgesprochen wurde. Wie exotisch, dachte Nina und griente in sich hinein, völlig selbstvergessen und ohne Ende fröhlich. Was für ein Abend!

Sabine prustete in die Runde hinein: „Sand im Ohr! Hahaha! Das hätte ich auch gedacht, wenn ich den Namen nur auf dem Papier gesehen hätte."

Georg stimmte fröhlich in ihr dröhnendes Lachen ein. Aber er konnte sich anstrengen, so viel er wollte, seine Angebetete schien ihn nicht wahrzunehmen.

Nina ordnete Sandor, grau meliert, schwarze Augen, undefinierbares Alter, zwischen fünfundvierzig und fünfundfünfzig, eindeutig Marie als Beute zu. Was für ein Paar! Sie blond und blauäugig und er schwarzes Haar, na ja, wohl eher grau, aber die Augen waren tiefschwarz. Beinahe so wie bei Rolf und Nina, bloß umgekehrt. Ihr Lächeln erstarb. Rolf! Da half nur, dass sie sein Bild gewaltsam beiseiteschob, einen satten Schluck Champagner schlürfte und beharrlich weitergrinste.

Plötzlich sah sie sich von Sandors Hand zur Tanzfläche gezogen, wo er sie sanft, aber bestimmt bei einem Blues an sich zog, allerdings mit so viel Abstand zwischen ihnen, der ihr keinerlei Grund zur Flucht bot. Ihr Herz klopfte und sie hoffte, Sandor würde es als Teil des Songs identifizieren. Wann hatte sie das letzte Mal ein anderer Mann im Arm gehalten? Sie konnte sich nicht mehr daran erinnern. Doch, letzten Silvester, da war Thomas, Chrissies Ehemann, mit ihr übers Parkett gehuscht. Aber das war kein Tanz mit gegenseitiger Berührung gewesen. War ihr eigentlich wohl oder unwohl dabei, dass Sandor sie festhielt? Sie dachte nur, dass Rolf jetzt auf sie zukommen und dem fremden Mann mit weltmännischer Geste klarmachen müsste, dass das seine Frau war. ‚Weg hier, du Schweinekerl' müsste er im Bariton losdonnern und damit einen sturmgebeutelten Wolkenbruch als närrisches Winseln demaskieren. Daraufhin würde sie in Rolfs Armen liegen, ohne auch nur einen Luftzug zwischen ihnen, vereint, vertraut, geliebt. Nina seufzte, was Sandor offenbar als Zeichen eines tiefen Wohlbehagens deutete. Besser konnte es gar nicht für ihn laufen. Er war schon versucht, sie noch näher an sich zu ziehen, als er innehielt. Diese Frau war eindeutig etwas Besonderes. Und sie war wunderschön. Bei dieser Eroberung wollte er sich gern etwas Zeit lassen, wenn das auch nicht zu seinen herausragenden Stärken zählte.

Zurück am Tisch setzte sich Nina vorsichtshalber direkt neben Marie. Die ließ es sich nicht nehmen, Nina mit einem offenen Schmunzeln zu belegen. „Siehst du, dir liegen die Männer zu Füßen", stellte sie fest.

„Weil ein Mann mit mir getanzt hat, ja?" Nina machte eine wegwerfende Handbewegung.

„Ja, aber wie", setzte Marie nach, die belustigt erkannte, dass Nina tatsächlich keine Ahnung hatte, wie sie auf Männer wirkte.

„Mariechen, Mariechen, was du dir da zusammenreimst", meinte Nina kopfschüttelnd.

Sabine starrte auf eine Gruppe Männer um die dreißig und schmachtete mit großen Jungmädchenaugen einen blonden Blauäugigen an.

Der dagegen stierte wie festgebacken auf eine noch jüngere Frau, die aufreizend vor ihm herumtanzte, und schien die ganze Zeit zu überlegen, ob er sich den restlichen Abend an seinem Glas festhalten oder vielleicht doch probieren sollte, seiner Angebeteten Avancen zu machen. Genau in dem Moment streifte Ninas Blick Sabine und sie sah, wie deren Augen demonstrativ an dem Typen festklebten. Diese Frau war ein Mysterium, beschloss Nina, genauso wie diese Champagnerflasche, die auf unerklärliche Weise immer wieder aufgefüllt im Eisbehälter lag. So gab ein Glas das andere. Noch ein paar Tänzchen für die Damen und Ninas Wahrnehmung war dermaßen getrübt, dass sie nicht bemerkte, wie ein Tornado in ihrem Kopf herumtobte.

Mittlerweile hatte Marie einen jungen Typen abblitzen lassen, der sie etwas ungeschickt zum Blues aufgefordert hatte. Sehnsüchtig verfolgte Sabine seinen bedauerlichen Abzug.

„Sach mal", wollte Nina mit inzwischen bleischwerer Zunge wissen, „binn ich hier die einsige, die nich auf Männerfang auss is?"

„Siehste mal. Opwohl, isch sachs mal so: Kerl schon, aba nich so einen", versuchte Marie einen anständigen Satz hinzubiegen.

„Wass ihr alle habben wollt, versteh ich nich", erklärte Nina.

„Soo einen Schlaffi will isch nich", erläuterte Marie und ließ den Zeigefinger vor ihrer Nase kreisen.

„Lieba den da?" Nina deutete auf Sandor, der bei den Frauen nach wie vor geduldig sitzen blieb.

„Vleischt."

„Marieche, ich glaup, wir sollten nach Schause gehen."

„Wohinn?"

„Na, nach Schause." Ging denn jetzt gar nichts mehr, fragte sich Nina, die ihren eigenen Worten kaum traute. Einigermaßen klar denken konnte sie noch, glaubte sie, aber mit dem Sprechen haperte es gewaltig.

„Ach sooo, Heim, nich nach Schause", gackerte Marie.

Also war es beschlossene Sache, dass auf jeden Fall Marie und Nina nur noch ihre Kopfkissen sehen wollten. Kurze Lagebesprechung der Vierertruppe, oder wie man das alkoholgeschwängerte Genuschel nennen wollte, und alle waren sich einig, Taxis zu bestellen. Außer Michaela, die war stocknüchtern. Die durfte mit ihrem eigenen Auto nach Hause fahren. Nina war es, als würde Michaela äußerst skeptisch in die Runde blicken, aus der Georg längst verschwunden war, weil er schließlich noch arbeiten musste. Allein Sandor beharrte auf seinem Platzrecht, woher auch immer er sich dieses nahm. Vielleicht war er als Platzhirsch am Tisch ja ganz gut für die Vier. So hatten sie ohne hässliche Anmachszenen endlos Champagner schlürfen können. Oder war er doch bloß ein fauler Löwe, der nur darauf wartete, dass sich die Antilope genug ausgetobt hatte, damit er sie dann leichter packen konnte? Eigentlich konnten die anderen drei doch froh sein, befand Nina plötzlich, die hatten keinen Ärger mit einem Mann, der sie mit Nichtachtung strafte, mussten sich keine Gedanken über irgendwelche Gründe dafür machen und sich auch nicht trennen. Die konnten so was von glücklich sein!

In ihre warmen Mäntel gehüllt, warteten die drei ungeheuer angesäuselten Grazien mitsamt Michaela auf ihre beiden Taxis. Marie und Sabine fuhren in dieselbe Richtung und nahmen deshalb eins gemeinsam. Und dass Michaela zusammen mit dem über alles und nichts gackernden Hühnerhaufen auf deren Fahrgelegenheiten wartete, fand Nina ausgesprochen nett.

„Mischela, du bis okay", meinte Nina und klopfte ihr dabei freundschaftlich auf die Schulter. Dabei spürte sie unter ihren Fingern feste Muskeln.

Michaela lächelte sie, wie Nina bemerkte, nachsichtig an. Derweil Sabine und Marie umständlich in das Fahrzeug kletterten, winkten sie Nina zu und die drei, Michaela war bereits verschwunden, verabschiedeten sich voneinander mit einem lauten ‚Schooo', bei dem man das ‚Ciao' nicht einmal mehr erahnen konnte.

Wenige Sekunden später hielt Ninas Taxi und sie wunderte sich schon über die ausnehmende Zuvorkommenheit des Fahrers, der doch glatt ausstieg, um ihr auf den Rücksitz zu helfen. Nein, war der galant. Es gab sie eben doch noch, die Gentlemen. Jetzt denk ich schon wie meine eigene Großmutter, schoss es Nina durch den Kopf. Champagnerselig plumpste sie auf den weichen Sitz.

Komisch war bloß, dass Sandor plötzlich neben ihr saß. Heute war wirklich ein guter Tag. Alle kümmerten sich einfach rührend um die Damenwelt. Wenn das doch bloß immer so wäre! Mit einem entrückten Seufzer lehnte sie sich zurück. Sandors Augen dagegen blitzten im Zwielicht auf.

24

Jule knüllte sich das Kopfkissen über ihren Kopf und drehte sich auf den Bauch. Und das an einem Samstag! Da gab es mal einen Tag, an dem man ausschlafen konnte und dann das!

„Mann, Papa", grummelte sie ihren Vater an, der mit der Zahnbürste in der Hand in ihrer Zimmertür stand und darauf wartete, dass seine Tochter endlich aufstand.

Mit zerknirschtem Gesicht schälte sie sich aus dem Bett. Widerstand war zwecklos. Ihr Vater würde sich mit dem nervtötend brummenden Elektro-Zahnschrubber keinen Millimeter von der Stelle rühren, bis sie nicht mit den Zehen den Boden berührte. War das Ding eigentlich schon immer so laut gewesen?

Sie linste auf dem Weg zum Bad ins Wohnzimmer zur Essecke und erspähte dabei einen komplett gedeckten Frühstückstisch. Der würzige Kaffeeduft stieg ihr in die Nase und sie fragte sich, ob Papa wusste, dass sie morgens am liebsten Rooibostee trank. Mama hätte sich bestimmt darüber gefreut, wenn er am Wochenende den Tisch auch für sie so schön gedeckt hätte, durchzog es ihre Gedanken. Sie ließ die Badezimmertür hinter sich ins Schloss schnappen und dachte, dass es schon komisch war, dass Papa die Füße hochbekam, wo Mama nicht da war. Während sie zur Dusche watschelte, hoffte sie inständig, dass das kein schlechtes Zeichen dafür war, dass sich die beiden am Ende für immer voneinander trennten. Obwohl ihr ihre Mutter mindestens fünfmal die Woche gestohlen bleiben konnte, wollte sie nichts anderes, als dass ihre Eltern zusammenblieben und ihr gefälligst gemeinsam auf den Wecker gingen. Der Gedanke, dass sich daran etwas ändern könnte, machte Jule für einen Augenblick traurig.

Ach, egal, dachte sie, die beiden werden sich schon wieder zusammenraufen. Das Duschwasser prasselte ihren Rücken hinunter und weckte sie endgültig auf. Für Papa war es wichtig, so früh wie möglich zu Oma zu fahren, damit sie am Ende nicht in einem Stau stecken blieben und ihnen kaum etwas von dem Wochenende blieb. Jule durfte nur nicht vergessen, ihren MP3-Player mitzunehmen, sonst würde sie bei der langen Autofahrt vor Langeweile sterben.

Mit nassen Haaren und in Jeans und Pulli gehüllt, saß Jule am Frühstückstisch, den dampfenden Rooibostee vor ihrer Nase. Papa hatte sogar Schoko-Croissants vom Bäcker besorgt. Der wusste also doch, was sie morgens trank. Verstohlen musterte sie ihn aus dem Augenwinkel und biss ein großes Stück vom Croissant ab. Aber sie konnte keine Veränderung an ihrem Vater feststellen. Wie üblich blätterte er mit flinken Handbewegungen die Tageszeitung durch und schien dabei in kürzester Zeit die wichtigsten Informationen aufzunehmen.

„Schade, dass Mama nicht mitkommt", meinte sie so beiläufig wie möglich, ohne ihn aus den Augen zu lassen.

„Hm", machte er bloß, blätterte weiter und griff zwischendurch nach seiner Tasse Kaffee, um sich einen großen Schluck zu genehmigen.

„Anneliese hätte sich bestimmt gefreut, wenn wir drei sie zusammen besucht hätten", hakte Jule nach, die es äußerst beunruhigend fand, dass er keinerlei Gemütsregung bei der Erwähnung von Mama zeigte.

„Das stimmt, Jule. Nun mach mal ein bisschen hinne, damit wir gleich loskönnen, sonst kommen wir noch in einen gehörigen ..."

Weiter kam er nicht, denn Jule ergänzte mit rollenden Augen: „Stau. Ja, ja, ich weiß schon."

„Geh noch mal aufs Klo, ja, Julchen?"

Das war eindeutig zu viel! Erst reagierte er null und nix auf Mama und jetzt behandelte er sie komplett wie eine Zweijährige.

„Papa?", kam es lang gezogen und leicht drohend. Doch bevor Jule zur Explosion ansetzen konnte, sprang Rolf grinsend von seinem Stuhl, lief auf seine Tochter zu und kitzelte sie durch, dass ihr vor Lachen die Tränen über die Wangen liefen. So schnell sie konnte und immer noch lauthals lachend, rannte sie ins Bad. Gerettet! Gut gelaunt föhnte sie noch ein bisschen ihre Haare, ging mit dem Kamm durch ihre lange blonde Mähne und besah sich mit zufriedenem Gesichtsausdruck im Spiegel das Ergebnis.

Wenn sie doch mal so prima aussehen würde, wenn sie in die Schule ging! Da war es wichtig, aber nicht hier und jetzt, wo sie mit Papa zusammen zu Oma fuhr. Ihr Herz begann zu hüpfen, als sie an den Grund ihres Wunsches dachte. Fabian. Bevor Mama wegging, hatte sie nicht mehr mit ihr über das Kleid für die bevorstehende Schulfeier sprechen können. Und dabei war es wichtiger als alles andere auf der Welt. Ob Fabi sie mit dem tollsten Kleid der Welt endlich beachten würde? In ihrer Fantasie sah sie sich in der extra für die Party mit bunten Spots bestrahlten Aula in einem wunderschönen Kleid und mit leicht gelockten Haaren, die ihr seidig glänzend die Schultern hinabfielen, entlangschreiten. Und ein Junge drehte sich nach ihr um: Fabian! Er sah sie wie verzaubert an und konnte mit seinen strahlend blauen Augen den Blick nicht mehr von ihr lassen. Seine schwarzen Haare glänzten unter dem blinkenden Licht und ...

„Jule!", riss ihr Vater sie gewaltsam aus ihren Tagträumen. Sie wollte schon patzig durch die Tür zurückrufen. Doch seinem drängenden Tonfall nach zu urteilen, hatte er nicht das erste Mal ihren Namen durch die Badezimmertür schallen lassen. Mann, da waren die Bilder gerade so schön und schon müssen einem diese Stressis von Eltern immer die Suppe verhageln. Jule nahm sich fest vor, während der langen Autofahrt weiter zu träumen. Mit zwei Reisetaschen bewaffnet und in warme Winterjacken eingepackt, stiegen Jule und Rolf ins Auto.

Eigentlich war es doch gar nicht so übel, mit Papa allein zu fahren. So saß sie ausnahmsweise vorn auf dem Beifahrersitz. Leicht entrückt starrte sie durch die Windschutzscheibe, derweil Rolf das Ankunftsziel in Oberhausen im Navi aufrief.

Nach einer Weile, sie waren durch die Stadt gefahren und befanden sich nun auf der Autobahn, stöpselte sich Jule die Kopfhörer in ihre Ohren und knipste den MP3-Player an. Eine Ballade von Pink entführte sie zurück ins Reich der Träume, wo sie mit Fabian Seite an Seite spazieren ging.

25

Der Mond ließ sich leuchtend hell am Firmament blicken und tauchte die Villa in ein angenehm gedämpftes Licht. Die gusseisernen Straßenlaternen waren bereits ausgeschaltet. Später, wenn sie an diese Nacht zurückdachte, würde sie sich fragen, wie sie die kommende Eskalation hätte vermeiden können. Warum hatte dieser Abend nicht genauso unbeschwert geendet, wie er verdammt noch mal begonnen hatte?

Noch als die rot funkelnden Rücklichter des Mercedes langsam in der Dunkelheit verschwanden, schwankte Nina zum Eingangstor des Grundstücks. Plötzlich, wie aus dem Nichts, tauchte ein dunkler Schatten auf! Erschrocken fuhr sie zusammen.

Sie erkannte Sandor, sah in Richtung Taxi und fragte mit bebender Stimme: „Was machst du hier?" Obwohl der Satz beinahe akzentuiert daherkam, versagte ihre champagnerschwere Zunge noch ihren einwandfreien Dienst.

Er trat einen Schritt auf sie zu, sodass nur noch eine Handbreit zwischen sie passte, und setzte zu einer Antwort an: „Ich wollte ..."

Weiter kam er nicht.

Eine riesige dunkle Gestalt riss ihn unvermittelt nach hinten, sodass er in hohem Bogen auf den gepflasterten Bürgersteig fiel wie ein riesiger Sack Kartoffeln.

„Hey!", hörte Nina den mit einem dumpfen Knall aufschlagenden Sandor brüllen.

Mit einem Mal war sie stocknüchtern, als hätte sie den ganzen Abend Tomatensaft geschlürft. „Sandor?", rief sie zwar mit klarer, aber vor Aufregung zitternder Stimme und rannte auf ihn zu, blieb jedoch eine Armlänge vor dem ausgestreckten Mann stehen.

Schließlich war ihr nicht eindeutig klar, was er hier mitten in der Nacht von ihr gewollt hatte. Angst hatte er ihr nicht gerade eingeflößt, doch mit seinem plötzlichen und unerwarteten Auftauchen einen gehörigen

Schrecken eingejagt. Mit deutlichem Unbehagen trat sie ein paar Schritte zurück. Da löste sich die Gestalt aus dem Dunkel der Nacht und Nina erkannte zu ihrer großen Überraschung, wer sie vor einem möglichen Übergriff beschützt hatte. Es war Michaela! Die baute sich nicht nur in ihrer vollen Größe, sondern auch mit ihrem gewaltigen Umfang wie eine zum Leben erweckte Statue neben Sandor auf und sah auf ihn hinab.

„Solltest du vorhaben aufzustehen, mein Lieber, geht's dir dreckig", erklärte sie mit fester Stimme.

Eine klare Ansage, die keinerlei Widerspruch duldete.

Wenn Nina richtig resümierte, hatte Michaela den ausgewachsenen Herrn nicht nur mit gewaltiger Kraft, sondern auch mit schnellen geschmeidigen Bewegungen zur Strecke gebracht. Die Kilos unter ihrem Kaftan waren offenbar nicht allein das Ergebnis ihres genussvollen Appetits, sondern dahinter versteckten sich hart antrainierte Muskeln.

„Wo kommst du plötzlich her?", fragte Nina. „Aber erst einmal danke, dass du mich vor diesem Casanova gerettet hast."

„Casanova meinst du? Ich weiß ja nicht, was er mit dir alles angestellt hätte, wenn ich euch nicht nachgefahren wäre. Den Typen kenne ich aus dem ‚Lionheart'", erklärte Michaela mit vor der Brust verschränkten Armen, wobei sie Sandor keine Sekunde aus den Augen ließ.

Da meldete sich der brav auf dem Asphalt verharrende Sandor mit dünner Stimme zu Wort: „Ich wollte doch nur ihre Telefonnummer haben."

„Ach so? Und deshalb hast du dich ins Taxi geschlichen und bist ihr an die Wäsche gegangen, ja?" Mit Michaela war eindeutig nicht zu spaßen. Dass sie ihn jetzt für etwas beschuldigte, was er nicht getan hatte, machte ihn allerdings sauer, weshalb er Michaelas Warnung, besser da zu bleiben, wo er war, in den Wind schlug und sich langsam aufzusetzen begann.

„Ich bin ihr nicht an die Wäsche gegangen! Sag doch mal was, Nina", bat er Nina um Verteidigung und wollte gerade aufstehen.

Mit einer raschen Fußbewegung drückte Michaela ihn wieder zu Boden.

„Offen gesagt, weiß ich nicht so genau, was du gemacht oder nicht gemacht hättest, wenn Michaela nicht eingegriffen hätte. Du hättest mich doch auch im ‚Vierwald' nach meiner Telefonnummer fragen können oder spätestens im Taxi. Einfach mit auszusteigen und dich im Dunkeln an mich heranzuschleichen, ist eben irritierend, das musst du doch zugeben."

Er nickte. Ja, er hätte auf jeden Fall noch versucht, sie zu küssen, das war klar, aber ehrlich, ganz großes Ehrenwort, er hätte nichts getan, was sie nicht auch gewollt hätte. Doch er behielt den Gedanken geflissentlich für sich. Diese dämliche Furie von Michaela würde ihm sowieso keine Silbe abkaufen.

„Bleib unten, Dicker!", herrschte sie ihn unvermittelt an, als sie bemerkte, dass er sich schon wieder aufrichten wollte. „Der Typ hier", begann Michaela, „verschwindet im ‚Lionheart' schon mal mit einer Dame auf dem Klo und kommt danach vollkommen verschwitzt und mit superdämlichem Grinsen wieder zum Vorschein."

„Gut beobachtet", verriet Sandor, der jetzt genau dieses Grinsen aufsetzte, „aber die Damen wollen das auch so."

„Wollen die das, ja?", brüllte Michaela ihn an.

Sandor hob schützend die Hände vor sein Gesicht.

„Hau einfach ab, bevor ich dir in den Hintern trete", befahl sie ihm.

Sandor war ja nun auch nicht mehr der Jüngste und musste seine vier Buchstaben kurz sammeln, bevor er rasch davonlief. Zur Überraschung der hinter ihm herblickenden Frauen legte er sogar noch einen flotten Dauerlauf hin.

Mit gedämpfter Stimme bemerkte Michaela: „Vielleicht hätte er tatsächlich nicht viel mehr getan. Aber weiß man das? Ich habe nur gesehen, wie er mit in den Wagen gestiegen ist, und bin euch dann vorsichtshalber hinterhergefahren. Und ich wollte auch nicht warten, bis mehr passiert."

Überwältigt von so viel Fürsorge, drückte Nina sie fest an sich.

„Danke, Michaela. Ich weiß genau, was du meinst. Vermutlich ist er nur ein Möchtegerncasanova, aber man weiß nie. Verdient hat er es allemal. Daran ist er selbst schuld." Sie nahm Michaela, die womöglich den meisten Männern nach Kräften überlegen war, an die Hand und schlug vor: „Lass uns auf den Schreck einen starken Kaffee trinken."

Nina gab mit bibbernden Fingern den Code für das Schloss ein. Die ganze Sache hatte sie doch mehr mitgenommen, als ihr lieb war. „Den Trick von eben musst du mir unbedingt verraten", sagte Nina bewundernd.

„Klar, wenn wir drinnen sind, zeig ich dir, wie es geht. Ist ganz einfach."

„Sag mal, woher kannst du so gut kämpfen?", wollte Nina wissen.

„Karate", antwortete Michaela nicht ohne Stolz.

„Schwarzer Gürtel, oder?", bohrte Nina nach.

Michaela nickte.

„So was wollte ich auch lernen", sagte Nina gedankenverloren.

„Kannst du doch machen. Wenn du willst, nehme ich dich mit zum Training."

„Ich denke, ich müsste erst mal ganz klein anfangen. Klitzeklein."

Es mutete schon eigenartig an, wie Nina mit weiblicher Eleganz den schmalen Weg zur Villa entlangschritt, wohingegen Michaela ihre Stärke und Wendigkeit hinter einem ungelenken, schweren Gang verbarg.

26

Nina warf einen Blick auf ihre Armbanduhr und beschleunigte ihren gemütlichen Gang. Es war zehn vor eins. Sie freute sich das erste Mal darüber, dass bei Jule ein paar Schulstunden ausgefallen waren. Das gab den beiden unerwartet Gelegenheit, sich zum Shoppen zu verabreden. Eigenartiges Gefühl, hier mittags herumzulaufen und nicht am Arbeitsplatz vor dem Bildschirm zu sitzen, dachte sie. So etwas hatte sie sonst an einem Samstag gemacht. Sie sah durch die Straßenschluchten, umringt von einem Häusermeer, das von strahlendem Sonnenschein in ein freundliches Gesicht verwandelt wurde. Sich umblickend, sah sie die unterschiedlichsten Leute in der Steglitzer Schloßstraße herumschwirren. Es waren beileibe nicht nur Rentner, hier waren alle Altersklassen vertreten. Sie würde also nicht wie ein bengalisches Feuer aus der Menge hervorstechen und ‚Ich bin arbeitslos' signalisieren. Sie fragte sich nicht zum ersten Mal, warum das Wort ‚arbeitslos' mit Faulheit gleichgesetzt wurde. Normalerweise wäre sie zu Hause, hätte das Essen vorbereitet und die Bude auf Vordermann gebracht. Aber das war wohl keinen Cent wert. Und echte Anerkennung niemals.

Sie spürte, wie sehr sie die allgemeinen Wertvorstellungen verinnerlicht hatte. Das musste verdammt noch mal aufhören! Sie sollte sich vielmehr Gedanken darüber machen, wie sie mit dieser Hashimoto-Krankheit klarkam, was aus Rolf und ihr noch werden sollte, was Jule zu ihrem Plan, sich eine eigene Wohnung zu nehmen, sagen und wie sich die Vierzehnjährige dabei fühlen würde. Das war viel wichtiger, als sich mit irgendwelchen unnützen und völlig verdrehten Schamgedanken herumzuplagen.

Und natürlich, da war auch noch die Jobsuche. Bisher waren noch keine Antworten auf ihre Bewerbungen eingetrudelt. Aber das würde sich sicher bald ändern.

Und wenn sie ein paar Absagen kassierte, wäre das doch auch egal. Irgendwann würde sie schon etwas Neues finden.

Vorn an der Ecke zum Bierpinsel, einem Bauwerk, bestehend aus einem Treppenturm mit daraufgesetztem Mehreckbau, erkannte Nina ihre Tochter, die dort auf sie wartete. Mit halb offener Daunenjacke und in knallengen Jeans winkte Jule ihrer Mutter zu. Mensch, Julchen, dachte Nina, bei dem Wetter musst du dich doch warmhalten. Aber in der nächsten Sekunde begriff sie, dass sie lieber den Mund halten sollte. Nein, bloß nicht den Tag vermiesen! Und außerdem hatte sie für Jule ja noch eine große Überraschung auf Lager. Bei dem Gedanken daran grinste sie voller Vorfreude und küsste ihre Tochter auf die Wange. Nina warf einen kurzen Blick auf das fast fünfzig Meter hohe Gebäude aus den Siebzigern. Heute, mit Graffiti besprüht, sah es wie ein bunter Papagei aus.

„Ich muss gerade daran denken, wie schrecklich Papa einerseits den räumlichen Gebäudeteil, damals noch in diesem verwaschenen Rot, gefunden und auf der anderen Seite den Mut der damaligen Architekten bewundert hat, dieses Gesamtkonstrukt in Pop-Art inklusive U-Bahn-Unterführung auf die Beine zu stellen", erzählte Nina ihrer Tochter gut gelaunt. Als sie bemerkte, wie Jule ihr aufmerksam zuhörte, fragte sie: „Weißt du, wie er den Bau nennt?"

„Warte, ich glaube, er hat es mir mal gesagt", erwiderte Jule, die nachdenklich die Augen zusammenkniff. „Ich hab's! Lolli! Er nennt das Teil ‚Lolli'. Ich hab recht, oder?"

„Genau", rief Nina erfreut aus. In der letzten Zeit hatte sie gedacht, Jule würde einzig und allein um sich selbst kreisen und alles andere huschte an ihr vorbei wie ein unsichtbarer Windhauch. Da hatte sie sich wohl geirrt. Dafür, fand sie, war der Abstand zu ihrer Tochter gar nicht so übel, er veränderte den Blick auf sie.

„Ich freu mich wahnsinnig, dass du mit mir zusammen das Kleid aussuchst, Mama!"

Die strahlenden Augen ihrer Tochter waren kaum zu übersehen. Angesteckt von ihrer Fröhlichkeit, erwiderte Nina: „Und ich mich erst. Ich kann mich überhaupt nicht daran erinnern, wann ich an einem Wochentag einfach mal Zeit hatte, mit dir etwas zu unternehmen."

Während sie mit Jule das nächste Kaufhaus ansteuerte, erzählte Nina: „Übrigens, was den Bierpinsel anbelangt, weiß ich noch genau, wie erstaunt mich Papa damals angesehen hat, als ich ihm erklärt habe, warum ich diese bunten Plastikfarben, und dann noch auf aalglattem Kunststoff, grausig finde."

„Die findet er doch auch scheußlich", meinte Jule verwundert.

„Genau, aber ich habe ihm die Begründung dafür geliefert. Deshalb war er ja auch so überrascht. In den Siebzigern konnte man diese Bauart an vielen Häusern und auf etlichen Spielplätzen ausmachen."

Jule nickte eifrig: „Teilweise gibt es die heute noch."

„Das stimmt leider", bestätigte Nina. „Und besonders furchterregend sehen diese Flächen aus, wenn sich ganz normaler Schmutz daran festsetzt. Sand reicht da schon aus. Das wirkt einfach schmuddelig. Wohingegen dieselben Verunreinigungen auf verputzten Wänden mit Naturfarben ganz natürlich aussehen. Zwar nicht schön, aber so, als gehören sie dorthin. Papa hat mir beigepflichtet und gesagt, dass er gar nicht versteht, warum das so ist."

Jule schaute ihre Mutter an. „Und du hast ihm eine Erklärung dafür gegeben."

„Na klar!" Sie erinnerte sich noch genau daran, wie Rolf verwundert dreingeschaut und sich nachdenklich das Kinn massiert hatte. „Für mich hat der Grund darin gelegen, dass Rot, Grün, Blau, Gelb, Orange und sonstige Mischfarben und dann noch derart spiegelglatt an Plastikgegenstände wie beispielsweise Haushaltsgeräte, mit denen wir Essen zubereiten, oder Spielzeug, an dem herumgefingert wird, erinnern. Die sind ja nicht gerade für die Ewigkeit gedacht und stehen auf einer Skala für Werthaltigkeit ziemlich weit unten."

Jule nickte bedächtig.

„Hinzu kommt, dass sie unserem Körper sehr nahekommen und meistens innerhalb der eigenen vier Wände genutzt werden. Jedenfalls, wenn sich dort Schmutz verteilt, nimmt man das eben als dreckigen Fremdkörper wahr, schnappt sich einen Putzlappen und ist geneigt, es sauber zu wienern und nicht als natürlichen Teil anzunehmen."

„Das stimmt", meinte Jule nachdenklich und fing dabei das Lächeln ihrer Mutter auf, die sich daran erinnerte, wie Rolf sie damals überschwänglich auf den Mund geküsst und gemeint hatte, dass er jetzt endlich kapiere, warum er diese Farben in Verbindung mit Kunststoffverkleidungen an Gebäuden hasse wie nichts auf der Welt, sie billig und deplatziert finde, egal, wie gut das Material auch sei und wie ungewöhnlich eine Konstruktion daherkomme.

Jule und Nina waren bereits in der Teenie-Abteilung angelangt. Doch Nina war nicht ganz bei der Sache. Sie musste daran denken, wie sehr sich Rolf und sie immer ergänzt hatten, bei dem Lolli und genauso damals in dem gemeinsamen Architekturbüro.

„Schau mal Mama, die haben ja eine riesige Auswahl!"

Jules Ausruf holte sie in die Wirklichkeit zurück. „Das hätte ich auch nicht vermutet. Aber sonst haben wir ja eher nach Jeans und Röcken geguckt." Sie begann, sich zwischen den Kleiderständern genauer umzusehen.

Konzentriert suchte sie mit Jule schicke Kleider aus und deponierte sie auf einer Kleiderstange. Sie konnte nichts dagegen tun, dass ihre Gedanken wieder abdrifteten. Wann hatten Rolf und sie ihre Gemeinsamkeiten aus den Augen verloren? Hatte es dafür einen Zeitpunkt gegeben? Oder war es ein schleichender Prozess gewesen, dessen Beginn weder der eine noch der andere bemerkt hatte? Und der sich fortgeschlängelt hatte wie eine einst kleine Python, die den beiden ihren mittlerweile ausgewachsenen, fünf Meter langen Körper um den Hals legte und langsam zudrückte.

Jule war bereits in einer der Umkleidekabinen verschwunden und Nina hockte auf einem Plastikstuhl davor. Noch vor kurzer Zeit hätten diese deprimierenden Gedanken den Drehzahlmesser in ihrem Kopf hochgeschraubt und ihr Schwindel verursacht. Das war heute nicht der Fall. Das L-Thyroxin schien zu wirken. Und das war gut so. Trotzdem fühlte sie sich wie durch den Wolf gedreht, wenn sie an ihre Zukunft dachte. Hatte sie sich doch nichts sehnlicher gewünscht, als mit ihrer kleinen Familie glücklich zu sein! Und Maggie! Solange wie möglich wollte sie ihre Tante um sich haben. Aber dabei konnte ihr wohl kein Medikament der Welt helfen. In diesen Morast musste sie wohl höchstpersönlich knietief einsinken.

„Und, Mama, wie findest du es?", riss Jules Stimme sie aus ihrer Grübelei.

Nina hob den Kopf und was sie dann erblickte, war sensationell: Ihre kleine Tochter in einem rot glänzenden trägerlosen Abendkleid. Für einen Moment verschlug es ihr die Sprache. Himmel, war dieses Mädchen schon groß! Ein schüchternes Lächeln umspielte die Lippen ihrer Tochter, als sie sich vor Nina einmal herumdrehte.

Nina ahnte nicht im Mindesten, wie bedeutsam jedes einzelne Wort war, das sie zu ihrer Tochter jetzt sagen würde.

„Du siehst einfach toll aus, Jule!", rief sie aus und schnellte vor Begeisterung vom Stuhl hoch. Bewundernd besah sie sich das Kleid von oben bis unten. Es war perfekt!

Jule erkannte in dem aufrichtigen Blick ihrer Mutter, dass sie es ehrlich meinte, und freute sich riesig. Es war schon ulkig, sich selbst so schick, fast verkleidet, zu sehen. Unvermittelt fiel ihr Blick auf ihre Füße, die völlig unpassend in blauen Kniestrümpfen steckten.

„Zieh die anderen Kleider ruhig auch an. Obwohl ich beinahe glaube, dass das hier die beste Wahl sein wird."

„Mach ich." Eifrig verschwand Jule wieder in der Kabine.

„Sag mal, Jule?"

„Ja?"

„Bist du sicher, dass es nur eine Schulparty ist und kein Abschlussball?"

„Mama", kam es lang gezogen hinter dem grauen Stoffvorhang hervor, „zum Abschlussball hole ich mir doch kein Kleid von der Stange!"

Ups! Na, bis dahin waren es ja noch ein paar Jährchen. Nina lachte leise. Sie musste Rolf unbedingt vorwarnen, dass sie besser schon mal sparen sollten.

Nina hatte nicht damit gerechnet, schon im ersten Geschäft das ultimativ richtige Kleid für Jule zu finden. Eines, das ihr passte und einfach todschick aussah. Eine schier unerreichbare Kombination. Dass sie derart rasch über die Ziellinie gepresscht waren, ließ sich unmöglich toppen. Jetzt nur noch die Schuhe. Und dann würde Nina mit Jule noch einen Abstecher machen, bevor sie ihre Tochter nach Hause bringen würde. Das gäbe eine Überraschung!

Die Schloßstraße war einige Busstationen lang und es tummelten sich dort Kaufhäuser, Boutiquen, Futterstationen, Elektromärkte und sonst was für Geschäfte außerhalb und inmitten einiger Shoppingcenter. Und es gab dort unzählige Schuhgeschäfte. Zwar fand man in den meisten dieselben Modelle, aber um genau die ausfindig zu machen, die einem bislang noch nicht ins Auge gestochen waren, musste man suchen. Dafür brauchte man Zeit. Viel Zeit.

Hätte Nina nur im Ansatz geahnt, dass Jules begeisterter Shoppingtrip einen Grund mit Namen ‚Fabian' hatte, hätte sie für die Fetengarderobe ihrer Tochter womöglich mehrere Tage eingeplant. So aber war ihr keineswegs klar, dass sie vor Dankbarkeit auf die Knie hätte fallen müssen, weil das Kleid schon im Sack war. Die Schuhe waren, logisch, nur noch ein Klacks.

Nach Schuhladen Nummer fünf, Nina hätte ihrer Tochter mittlerweile lieber einen halben Liter Chanel No. 5 spendiert, wenn sie sich bloß für ein Paar entschieden hätte, schalteten ihre Beine bereits einen Gang runter. Jule lächelte still vor sich hin. Nina hätte zu gern gewusst, was für eine Droge in diesem Traumkleid steckte, das in der Einkaufstüte an Jules Hand baumelte. Aber gerade mit dem wunderschönen roten Kleid hatte es eben auch sein Kreuz. Hatte Jule erst mal einen Schuh an den Füßen, der ihr gefiel, klar, unter sieben Zentimeter Absatz lief gar nichts, passte unter Garantie die Farbe nicht exakt zum Kleid. ‚Nur ein paar Schuhe' weitete sich mittlerweile völlig ergebnislos bis kurz vor Ladenschluss aus.

„Mama, lass uns noch zum Ku'damm fahren", schlug Jule enthusiastisch vor.

„Machen wir", antwortete Nina, ganz Märtyrerin.

„Ist ja auch nur ein Katzensprung bis dorthin", bemerkte Jule, für die offenbar alles gefühlt kurz war. Entfernungen oder Zeit, ganz egal. Bis auf ihre Energie. Die schien unerschöpflich. Sie musste Akkus in sich tragen, von denen Nina nur träumen konnte.

Am Ku'damm spazierten Jule fröhlich und Nina erschöpft von einem Schuhgeschäft ins nächste. Nina kam es vor, als wäre Berlin ein einziger Laden, vollgepfropft mit High Heels. Bevor Jule, nachdem sich die beiden zwischendurch auf ihr Drängen ein paar Hähnchennuggets einverleibt hatten, ihre Mutter davon überzeugen konnte, die Stadttour bis nach Berlin-Mitte auszudehnen, um auch dort die Einkaufsstraßen unsicher zu machen, hatte Nina einen unverrückbaren Verbündeten: die Zeit!

„Es ist kurz vor acht. Ich glaube, das schaffen wir nicht mehr", sagte Nina. Das war ihre Rettung!

„Hm", machte Jule und überlegte kurz, „wahrscheinlich hast du recht."

Mittlerweile war es stockduster. Das war sogar Jule nicht entgangen.

„Ich weiß auch nicht, welche Boutiquen bis acht und welche bis zehn aufhaben", meinte Jule nachdenklich. Sie schien von ihrem Vorhaben noch nicht ganz abgerückt zu sein. Ihr stand immer noch dieses funkelnde Glitzern in den Augen, von dem Nina nicht verstand, wie ein menschliches Wesen das über Stunden hinweg aufrechterhalten konnte. Wie gesagt, hätte sie den Grund, strahlend blaue Augen plus schwarzes Wuschelhaar, gekannt, hätte sie kapiert. Allerdings hätte das nichts an ihren durchgelatschten Füßen geändert. Aber sie hätte vielleicht begriffen, weshalb ihre Tochter diesen Shoppingmarathon mit links hinlegte.

Jule legte einen Arm um die Schultern ihrer Mutter. „Was soll's, ich hab ja noch Zeit zum Suchen. Dann lass uns ruhig nach Hause fahren."

„Prima", seufzte Nina und versuchte, dabei nicht zu erleichtert zu klingen. Schließlich war sie gern mit ihrer Tochter zusammen. Aber jetzt war sie einfach nur schlapp und um die Erkenntnis reicher, dass ein Arbeitstag weniger anstrengend war.

Schade war nur, dass Nina nicht mehr beim Zooladen Halt machen konnte. Sie hätte Jule zu gern überrascht! Sie wollte doch unbedingt herausfinden, mit welchem Haustier sie ihre Tochter beglücken konnte. Das kleine wuschelige Meerschweinchen war doch schon seit Jahren tot. Und Julchen sehnte sich ganz gewiss nach etwas Neuem. Zum Kuscheln und Liebhaben und Kümmern. Die Idee, ihr eine Katze zu schenken, hatte sie wieder verworfen. Denn ob es nun wieder eine Köttelmaschine alias Schweinchen oder Häschen oder viel lieber ein Kätzchen oder was auch immer sein sollte, musste sie erst mal herausbekommen. Möglicherweise wollte Jule ein ganz anderes Tierchen haben.

Wer weiß. Danach wollte Nina mit Rolf darüber sprechen, ob der auch einverstanden damit wäre, und erst dann Jule mit dem Geschenk verblüffen. Würde die Augen machen!

Ja, Überraschungen waren tatsächlich dazu da, dass einer große Augen machte. Aber wer, das stand auf einem ganz anderen Blatt.

27

Der Türsummer holte Marie aus dem Schlafzimmer. Im Gehen streifte sie über das himmelblaue Negligé einen dazu passenden Satinmorgenrock. Normalerweise lag sie um kurz nach acht am Abend noch nicht im Bett. Aber heute war einer der wenigen Tage, an dem ihr Besucher Zeit für sie hatte. Und wenn er sich von all seinen Verpflichtungen loseisen konnte, nutzte sie gern das bisschen Zeit, das ihnen blieb.

Ein zufriedenes Lächeln legte sich auf ihre Gesichtszüge. Barfuß wanderte sie durch das Penthouse, vorbei an dem warmen Licht der eleganten Chrom-Stehlampe.

Sie liebte es, sich bei dieser Beleuchtung, wenn sich draußen das Abenddunkel ausbreitete, auf die gemütliche Couch zu fläzen oder einfach nur durch den Raum zu streifen. Sie liebte dieses Zimmer. Sie liebte diese Wohnung. Nicht nur deshalb, weil sie ihr allein gehörte und sie ihr niemand wegnehmen durfte, sondern weil sie ihr ganz persönlicher Schutzturm war, direkt unterm Dach.

Sie drückte den Türöffner und rümpfte in Erwartung des Pizzaboten, von dem sich ihr splitterfasernackter Besuch im Schlafzimmer eine zum Himmel stinkende Thunfischpizza mit extra viel Zwiebeln bestellt hatte, die Nase. Um nichts in der Welt hätte sie es ihm gleichgetan, schon gar nicht um diese Zeit. Marie strich sich über ihren flachen Bauch, der gefälligst genauso bleiben sollte. Sie hörte, wie der Fahrstuhl mit leisem Brummen nach oben fuhr und versuchte, ihre verwurstelte Frisur mit beiden Händen einigermaßen fremdblicktauglich zu sortieren.

Dass dieser Kerl aber auch immer so einen Heißhunger entwickelt, dachte sie und lächelte dabei zärtlich. Wäre dieser Dämlack nicht verheiratet und würde öfter vorbeischauen, hätte sie ihm auch was Leckeres gekocht. Aber er konnte ja meistens nur kurzfristig und sie hatte schon erhebliche Mühe, ihm nicht das Gefühl zu vermitteln, dass sie Gewehr bei Fuß für ihn bereitstand, wenn er mit dem Finger nach ihr schnippte. Wie oft hatte sie deshalb vorgetäuscht, keine Zeit für ihn zu haben, obwohl ihre Sehnsucht stärker war?

Der Lift stoppte mit einem Ruck, die Tür ging auf und sie wartete an der Wohnungstür, bis der Pizzabote um die Ecke biegen würde.

Plötzlich schrak sie zusammen! Verdattert sagte sie: „Hallo Nina, was machst du denn hier?" So abweisend wollte sie ihre neu gewonnene Freundin nicht begrüßen, was ihr im nächsten Moment auch leidtat. Aber diese Überraschung war einfach keine gute. Nicht heute.

„Hi Marie. Ich war noch unterwegs und wollte mit dir die weiteren Einzelheiten unseres anstehenden Coups besprechen", erklärte Nina verschwörerisch und trat einen Schritt auf Marie zu.

Marie hasste es, so zu reagieren, aber es ging einfach nicht anders. Sie trat einen Schritt vor die Wohnungstür und zog sie hinter sich so weit zu, damit nicht mehr als ein kleiner Spalt offenstand.

Nina begriff sehr schnell. „Du hast Besuch. Ich störe. Das tut mir leid."

„Nein, nein. Also ja, doch, ich habe Besuch. Aber nein, du störst nicht. Oder sagen wir's mal so: Ich freue mich, dich zu sehen. Aber gerade jetzt ist es ungünstig." Marie zwang sich zu einem Lächeln, das ziemlich schief ausfiel.

„Marie, das macht doch nichts. Wir telefonieren in den nächsten Tagen. Aber sag mal, ich wusste gar nicht, dass du einen Freund hast."

„Na ja, also, er ist Regierungsangestellter und nicht ständig in Berlin, weiß du, und da müssen wir sehen, dass wir irgendwie Zeit füreinander finden."

Nina war einfach zu clever, als dass Marie ihr etwas vormachen konnte. „Er ist verheiratet, stimmt's?", flüsterte Nina ein wenig überrascht.

„Ja, das ist er", bestätigte Marie erleichtert. Gut, das eine war raus. Aber bitte, bitte nicht das andere.

„Ich hau ab. Lass uns telefonieren." Nina machte auf dem Absatz kehrt und winkte fröhlich der zerknirscht vor dem Türspalt verharrenden Marie zu, die nervös ihre Unterlippe zwischen den Zähnen malträtierte.

Sie schlüpfte zurück in ihre Wohnung, zog die Tür hinter sich ins Schloss und lehnte sich mit klopfendem Herzen von innen dagegen. Obwohl sie für das Penthouse extra eine Klingel in Form eines äußerst sanften Summers ausgesucht hatte, fuhr ihr der Schreck wie ein Stromschlag in die Glieder, als sie schon wieder ertönte.

Verdammt, es war sicher nur der Pizzabäcker und sie geriet völlig aus dem Häuschen! Warum muss Nina auch unangemeldet vor der Tür stehen, dachte sie mit einem Mal verärgert. Ach was, es war doch nur normal, dass sich Freundinnen spontan besuchten. Das mit ihrem Lover war tatsächlich nur leicht und sorglos, solange niemand davon Wind bekam. Und jetzt auch noch Nina! Verfluchter Mist! Wie in Trance nahm sie dem Boten die heiße, durch die dicke Pappe penetrant stinkende Pizza ab und drückte ihm zwanzig Euro in die Hand.

Der junge Mann kramte in seinem überdimensionalen Portemonnaie, um ihr das Wechselgeld herauszugeben, und staunte nicht schlecht, als sie ihm mit einem gemurmelten ‚Tschüss‘ die Tür direkt vor der Nase zuschlug. Sie stakste mit steifen Beinen an den Esstisch und rief unwirsch Richtung Schlafzimmer: „Deine Pizza ist da!"

28

Das urige Restaurant ‚Sundancer' lag zwei Straßen von der Villa entfernt. Nina gefiel Maries Idee, sich dort mit ihr zu treffen und das Projekt ‚Jens' durchzusprechen. In Jeans und Wintermantel lief sie an den herrschaftlichen Anwesen vorbei. Ihr war bei dem Gedanken daran, dass die beiden Frauen auf die nicht ganz feine Art diesem miesen Betrüger das veruntreute Geld wieder abknöpfen wollten, ziemlich mulmig zumute. Ob ihr Vorhaben wohl klappen würde? Sie hoffte es inständig und stellte sich vor, was Rolf für Augen machen würde, wenn er das verlorene Kapital wieder in den Händen hielt.

Vor lauter Vorfreude jagte ein Endorphinschub durch ihre Adern wie nach einem wilden Tanz, ausgepowert, aber happy. Rolf, du Idiot, zog es durch ihre Gedanken, wärst du bloß nicht so ein vermaledeiter Sturkopf! Ihre Augen nahmen einen zärtlichen Ausdruck an, als sie an ihn dachte, an seine meerblauen Augen, seine ergrauten Schläfen. Wann hatte sie ihm eigentlich das letzte Mal durch das Haar gestrichen? Es erfüllte sie jedes Mal mit tiefer Rührung, wenn sie bewusst seine grauen Strähnen betrachtete. Vor so vielen Jahren war ihr sein wundervoll hellblondes Haar sofort aufgefallen. Wie ein Weizenfeld mitten im Sommer unter strahlendem Sonnenschein. Genau wie das Haar ihres verstorbenen Vaters. Ein leises Seufzen kam über ihre Lippen. Papa! Sein lebendiges Bild konnte sie kaum noch abrufen. So sehr sie sich auch anstrengte, sie konnte nicht mehr unterscheiden, ob die Erinnerungen an ihn und ihre Mutter ihrem Gedächtnis entsprangen oder den Fotos, die sie sich von Zeit zu Zeit anschaute. Vermutlich vermischte sich beides miteinander.

Gleich um die nächste Ecke befand sich das sandsteinfarbene Gasthaus, auf das sie zuschlenderte. Dabei musste sie an gestern denken, als sie vor Maries Wohnung gestanden hatte. Bevor Marie die Tür zugezogen hatte, war ihr ungewollt ein auf den Boden geworfenes blaues Jackett aufgefallen. Es war eines von der Sorte, das beinahe jeder Mann, auch Rolf, in seinem Kleiderschrank hatte. Schon komisch, dass Marie sich mit einem Mann abgab, der bereits gebunden war. Das passte so gar nicht zu ihr. Nach Ninas Einschätzung war sie viel zu selbstbewusst, um sich mit einem Kerl abzugeben, der nicht ihr allein, sondern gleichzeitig einer anderen gehörte. Und der ihr vermutlich aufzwang, wann und wo sie einander zu treffen hatten, vor allem auch noch heimlich. Marie war eher der Typ ‚sehen und gesehen werden‘ und nicht ‚verstecktes Mäuschen im Keller‘. Jedenfalls verstand sie jetzt, warum sie im ‚Vierwald‘ ziemlich cool Flirtversuche abgeschmettert hatte, als könnten die ihr allesamt gestohlen bleiben. Sie brauchte eben niemanden, es gab bereits einen Mann in ihrem Leben. Aber warum, um Himmels willen, hatte sie ihr nichts davon erzählt? Sicher konnte sich Marie vorstellen, dass sie davon nicht begeistert gewesen wäre, aber sie musste doch auch wissen, dass sie nicht als Moralapostel unterwegs war. Sie konnte sich einfach keinen Reim darauf machen.

Marie schien stets überpünktlich zu sein, sie saß bereits an einem Fenstertisch hinten in der Ecke des gemütlichen Restaurants, in dem zwei Dutzend Vierertische standen, die man bei Bedarf zusammenschieben konnte.

„Guten Tag, Frau Landauer. Ihre Verabredung erwartet Sie bereits", begrüßte Albert, der Chef des Hauses, rundlich, leicht gebeugt, nicht etwa, weil er den unterwürfigen Bückling abgab, sondern weil er bereits seine besten Jahre hinter sich hatte und das Restaurant nicht seinem Schicksal überlassen wollte, sie mit herzlichem Lächeln. Das konnte ruhig so bleiben, beschloss sie. Schließlich kannte sie den Mann und sein Lokal mindestens seit drei Jahrzehnten. Fälschlicherweise ließ der amerikanische Name ‚Sundancer‘ Burger & Co. vermuten. Doch der war bloß einem romantischen Flitz seiner verstorbenen Frau Anne, mindestens so nett wie er und in die Vereinigten Staaten verliebt bis über beide Ohren, zu verdanken.

Sie war nie dort gewesen und hatte es deshalb als prachtvoll und schillernd fantasiert, erinnerte sich Nina.

Die beiden Frauen begrüßten einander mit einer herzlichen Umarmung.

„Lass uns erst mal etwas bestellen. Es dauert nämlich ziemlich lange, bis das Essen fertig ist. Dafür bekommst du echte Leckerbissen und dazu noch in vernünftigen Portionen. Du wirst staunen", erklärte Nina munter.

Marie schaute auf die Speisekarte und linste dabei verstohlen zu Nina, um in deren Gesicht wie auch immer geartete Irritationen wegen gestern Abend zu ergründen, konnte aber nur den klaren Gesichtsausdruck ihrer Freundin ausmachen. Beruhigt studierte sie die Karte. Zwischen kurz gebratenem Rinderfilet mit Lavendelrösti und Lachs in Weißweinsoße wählten die beiden zufälligerweise genau das Gleiche: Schweinefilet im Speckmantel mit Rosmarinrösti und Prinzessbohnen.

„Wie geht es Ihrem Mann, Frau Landauer?", erkundigte sich Albert, der gerade die Bestellung der beiden aufgenommen hatte.

Nina zuckte zusammen, als hätte ihr jemand mit der spitzen Nadel auf den Handrücken gepikt. Das war der Nachteil, wenn man irgendwo öfter einkehrte, meistens mit Anhang.

„Gut, sehr gut. Danke der Nachfrage, Albert", erwiderte sie höflich und darauf bedacht, sich nichts anmerken zu lassen.

„Ihre Frau Mutter war erst wenige Tage zuvor bei uns speisen. Sie sieht aus wie das blühende Leben. Obwohl ich ein paar Jahre jünger bin, denke ich, ist sie weitaus gesünder als ich."

Nina würde nie im Leben auf den Gedanken kommen zu sagen: ‚Margarete ist nicht meine Mutter'. Sie war ihre Mutter. Sie hatte eben zwei Mütter und sie schätzte sich mehr als glücklich, Maggie an ihrer Seite zu haben. Deshalb sagte sie fröhlich: „Ja, Margarete ist tatsächlich ziemlich fit. Aber sie hat schon so ihre Zipperlein, das können Sie mir glauben. Na ja, und Ihnen würde doch ein bisschen weniger Arbeit auch ganz guttun, oder?"

„Da kann ich Ihnen nicht widersprechen, Frau Landauer. Aber wenn ich nur einen halben Tag nicht hier bin, fühle ich mich regelrecht krank. Ich glaube, ich brauche das Restaurant mehr, als es mich braucht."

Nina schüttelte den Kopf: „Sie sind die Seele Ihres Gasthauses, Albert." Und das sagte sie nicht aus reiner Höflichkeit, sondern meinte es auch so. Das Lokal ohne Albert? Unmöglich. Und dass der sich hundsmiserabel fühlte, wenn er hier nicht ständig antrat und nach dem Rechten sah, bezweifelte sie keine Sekunde. Sie mochte Menschen wie ihn, die liebten, was sie taten. Wie schwierig es war, einen Beruf zu finden, der gleichzeitig Lebensinhalt war, wusste sie am allerbesten.

Bei Rolf schien es auch so zu sein. Der war seit bestimmt einem Jahr mit nichts anderem mehr beschäftigt.

„Sag mal, Nina, ist bei Rolf und dir alles in Ordnung?" Marie hatte ein unbestechliches Ohr für leise Misstöne.

„Ja, sicher", entgegnete Nina einsilbig und starrte auf ihre Hände.

Marie überlegte kurz, ob sie weiterbohren sollte, offenbar fiel es Nina schwer, über Rolf zu sprechen. Doch ihre Neugier verscheuchte schnell ihr Taktgefühl. „Ich sehe doch, dass dich etwas bedrückt."

„Ja, du hast recht. Also, was soll ich sagen, ich wohne derzeit bei Margarete und werde mir eine eigene Wohnung suchen." So, jetzt war es raus. Bald würden es ohnehin alle Verwandten, Freunde und Bekannten wissen. „Das heißt allerdings nicht, dass wir uns getrennt haben. Wir brauchen, oder besser gesagt ich brauche, ein bisschen Abstand voneinander. Das ist alles." Marie verdrehte unübersehbar die Augen. „Ja, ich weiß. Das hört sich nach absolutem Klischee an. Und hinterher sind sie eh getrennt. Schon klar. Aber ich will wirklich, dass wir noch eine Chance miteinander haben."

„Ist irgendetwas zwischen euch vorgefallen?", wollte Marie wissen und spielte mit den Händen an der Karte.

„Nein, nichts Bestimmtes. Es ist ein schleichender Prozess, der sich mindestens durch das letzte Jahr zieht. Rolf arbeitet wie ein Besessener, hat kaum noch Zeit für Jule und mich und was besonders verletzend ist: Alles, was uns betrifft, geht an ihm vorbei."

„Hast du denn mit ihm darüber gesprochen?", fragte Marie.

„Ja, immer wieder. Aber seien wir doch mal ehrlich. Das mit dem ‚Redet miteinander und alles wird gut' gibt's in Wahrheit gar nicht. Oder zumindest äußerst selten. Wenn sich etwas eingefahren hat, ist es schwierig, da wieder herauszukommen." Über Ninas Augen spannte sich ein wässriges Netz. Jetzt bloß kein Auftritt von Heulina! Sie räusperte sich und fixierte die ausnehmend hübsche Blumendeko mitten auf dem Tisch. In der nächsten Sekunde nahm sie die großen Panoramafenster in Beschlag, als wäre das alles von unschätzbarer Wichtigkeit. Wie wundervoll die doch zu den Blütengestecken an den Fensterscheiben passten! Bloß keine Flennarie mit der Best-of-Interpretin Nina Landauer.

„Das ist schade. Aber weißt du was? Das mit der Wohnung finde ich klasse. Du wirst dich völlig neu finden, glaub mir. Und bei euch beiden kann ich mir gut vorstellen, dass diese Trennung auf Zeit zu keinem endgültigen Bruch führt, den man nicht wieder kitten kann, sondern euch eher helfen wird." Nachdenklich musterte sie Nina.

Die freute sich, dass Marie das genauso sah, obwohl sie eher damit gerechnet hatte, Marie würde ihre Idee vollkommen abwegig finden. Im Gegenteil, jetzt schien sich ihre neu gewonnene Freundin für ihren Plan sogar zu begeistern. Wenigstens eine, die ihre Beweggründe wirklich begriff.

„Wie denkt denn Jule darüber?"

„Das mit der eigenen Wohnung weiß sie vermutlich noch gar nicht. Ich wollte es ihr sagen, aber wir waren dermaßen kaputt vom Extremshoppen, dass mir ein anderer Zeitpunkt für eine Aussprache besser erschien. Außerdem war sie ganz happy mit ihrem neuen schicken Cocktailkleid. Ganz in Rot.

Nur das mit den Schuhen hat sich als reines Fiasko herausgestellt. Die müssen doch perfekt zum Kleid passen. Wir suchen noch." Nina lachte bei dem Gedanken daran, dass sie um alles in der Welt nicht wusste, in welchem Geschäft sie noch ein Schuhmodell finden sollten, das ihnen noch nicht unter die Augen gekommen war.

„Schon mal was vom Schuhversand gehört?", erkundigte sich Marie mit belustigtem Grinsen.

„Doch schon. Aber wie steht's da mit den Farben? Die kommen je nach Monitor doch ganz unterschiedlich rüber."

„Stimmt, aber dafür bestellst du eben mehrere Kreationen und schickst wieder zurück, was du nicht brauchst.

„Gute Idee", fand Nina. Sie war erleichtert, dass Marie das Beziehungsthema um sie und Rolf nicht weiter vertiefte, sondern mit ihr für Jules Styling-Drama an den Füßen nach einer Lösung suchte.

„Hast du ein Bild von deiner Tochter dabei?"

Nina kramte in ihrer Umhängetasche, die sie auf dem Stuhl neben sich platziert hatte, und drückte Marie ein Foto in die Hand, das sie mit ihrer Kamera vor ein paar Wochen geschossen hatte.

„Mein lieber Mann, sie sieht ja aus wie du und dazu noch richtig erwachsen", rief Marie erstaunt aus.

„Ist ja auch ein paar Jahre her, dass du sie das letzte Mal gesehen hast. Ich finde übrigens, dass sie mehr nach Rolf kommt." Nina erinnerte sich an die Situation, in der das Foto entstanden war. Jule war gerade von der Schule nach Hause gekommen, hatte wie ein Riesenscheinwerfer gestrahlt und Nina hatte sofort ihre Kamera gezückt. Diesen wunderbar frischen Augenblick hatte sie für immer und ewig festhalten wollen.

„Klar, Rolf hat dunkelbraune Augen und kann mit weiblichen Kurven aufwarten", meinte Marie und zog eine Grimasse. „Bis auf die Haarfarbe sieht sie genauso aus wie du."

Obwohl sich Nina als olle Fünfzigerin, wie sie sich selbst gern bezeichnete, über Maries offenbar ehrlich gemeintes Urteil freute, konnte sie die vermeintlich frappierende Ähnlichkeit ihrer Tochter mit sich selbst absolut nicht erkennen, egal, aus welcher Perspektive sie das Foto betrachtete.

Mit auf das Bild geheftetem Blick, ergänzte Marie freimütig: „Das Kind verschwindet, es erscheint die junge Dame."

Nina beugte sich mit verschwörerischem Lächeln zu Marie vor und verriet ihr: „Ich habe vor, Jule eine ganz besondere Freude zu machen. Sie hatte doch mal so ein kleines Wuschelmeerschweinchen. Ich habe mir einfach gedacht, wie sehr sie sich über ein neues Haustier freuen würde. Vielleicht eine Katze oder so."

Marie runzelte die Stirn. „Eine Katze oder so, ja?"

„Ja, so was Süßes, Kleines. Was zum Drumkümmern."

Marie konnte nicht anders, als den Kopf zu schütteln und laut aufzulachen. „Du hast mir doch gerade von einem roten Kleid und Schuhen, die unbedingt ohne Kompromiss dazu passen müssen, berichtet. Und ich nehme an, ein Absatz von Minimum zehn Zentimetern ist Bedingung?"

„Können vermutlich auch ein paar weniger sein."

„Glaub mir, es werden nicht weniger, eher mehr." Marie fixierte demonstrativ das Foto zwischen ihren Händen. „Jedenfalls willst du deiner Tochter, dem aufblühenden Teenager hier auf dem Bild, ein Haustier schenken", stellte sie betont nüchtern fest. Sie reichte Nina mit einem Schmunzeln das Foto über den Tisch und meinte nur augenrollend: „Klasse Idee für eine Vierzehnjährige."

Mit einem Mal flog die Restauranttür sperrangelweit auf, begleitet von gehörigem Kinderradau. Ein Kindergartentrupp, kreischte es durch Maries Nervenkostüm, das sich bei dem bloßen Gedanken daran in eine Kriegseinheit mit scharfen Schwertern verwandelte, bereit zum Angriff. In Habachtstellung zog sie die Schultern hoch.

Nicht so Nina, die zusah, wie ein kleines Mädchen, blond gelockt, dick in Winterklamotten eingemummelt und kurz vor dem ABC- Pauken, mit einem gleichaltrigen Jungen im Schlepptau durch das Lokal peste und spontan einen Fenstertisch neben Nina und Marie in Beschlag nahm, getrennt durch einen einzigen unbesetzten Tisch. So kurz nach Öffnung waren kaum Gäste hier. So viele freie Futterplätze!

Waren sie und Nina ein Magnet und die zwei Minimonster fiese Nagelbohrer aus Stahl, fragte sich Marie stirnrunzelnd. „Nein, oder?", stöhnte sie auf und verdrehte die Augen. „Nicht dieser Kiddieterror!"

Nina beobachtete, wie die beiden Mütter hinter ihren Kindern hergehetzt kamen, rotgesichtig und kurzatmig. Das Mädchen hatte ihre plüschige Daunenjacke bereits über einen Stuhl geworfen, während der Junge seine Wollmütze lupfte und seine zerstrubbelten braunen Haare zum Vorschein kamen.

Nina musste lachen. War sie froh, dass Jule aus dem Alter raus war! Wenn sie damals mit ihrer Vorschulfreundin Jenny unterwegs gewesen war, hatte das keinen Deut anders ausgesehen als bei diesen zwei Minis.

„Schau dich mal um", ereiferte sich Marie. „Hier gibt es freie Tische en masse. Aber nein, die suchen sich direkt einen Platz neben uns, nur um uns auf den Wecker zu fallen."

„Mensch, Marie, die fressen uns schon nicht auf", sagte Nina belustigt.

„Und woher willst du wissen, dass ich nicht zum Kannibalismus neige? Junges Fleisch soll doch besonders zart sein."

Nina lachte laut auf, was die beiden jungen Mütter am Nebentisch zu einem ärgerlichen Blick in ihre Richtung veranlasste.

„Siehst du? Hast du gesehen, wie diese Muttertiere dich gerade angestarrt haben? Ein bloßes Lachen, ein hörbares, wohlgemerkt ganz normales Lachen veranlasst diese Brüterinnen, sich zu echauffieren, wenn auch heimlich, aber immerhin. Das ist es, was mich so abnervt: Die kleinen Süßen, diese Schnuller-Terrorbanden, dürfen alles, aber wenn du dich mal kurz geräuschvoll bewegst, registrieren die das als echte Störung", regte sich Marie auf. Ihre neuronale Phalanx stand mit entschlossen zusammengekniffenen Augen bereit und ließ die Klingen im Sonnenlicht aufblitzen.

„Ach Marie, die sind doch selber bloß hochgradig gereizt. Das ist alles. Das kenne ich noch von früher." Nina machte eine wegwerfende Handbewegung.

„Trotzdem. Mich ärgert so was."

„Dir scheint schon die bloße Anwesenheit der Kiddies auf den Wecker zu fallen."

„Nein, nein. Da sein können die, aber ganz leise bitteschön. Nur wenn die laut herumtrompeten, könnte ich zurückbrüllen."

„Leise hab ich allerdings noch kein Kind herumtollen sehen."

„Die sollen ja auch nicht wie die Wilden durch die Gegend flitzen. Das können sie auf dem Spielplatz machen, aber nicht hier."

„Hast ja recht, Marie. Aber die Kleinen kannst du eben nicht dressieren wie schwanzwedelnde Vierbeiner. Mir dröhnt bisweilen auch der Kopf, wenn mir Kindergekreische zu nahekommt. Ich glaub, das liegt am Älterwerden."

„Also, bei mir war das nie anders. Und ehrlich, ich bin überglücklich, keine Gören in die Welt gesetzt zu haben." Nachdem Marie das herausgerutscht war, forschte sie mit zusammengepressten Lippen in Ninas Gesicht, ob sie jetzt beleidigt war.

Doch Nina rieb sich nachdenklich das Kinn und fragte: „Du wolltest wirklich nie Kinder haben?"

„Nein", bekannte Marie leise, aber bestimmt. „Mir hat sich dieser Wunsch nie aufgedrängt. Jede Frau soll ihn ja insgeheim in sich tragen. Also, wirklich, ich habe schon ein paar Mal sehr tief in mich hineingehört und nur eine Stimme vernommen: Tu dir das nie, nie, nie an."

Albert servierte das Essen und Nina kostete zuerst die leckere Apfel-Rosmarin-Soße. Sie schloss die Augen. Genauso wie immer. Schön, dass sich einige Dinge einfach nicht änderten. Dann hob sie den Kopf und beobachtete Marie, wie sie sich einen kleinen Bissen Filet in den Mund schob und anerkennend nickte. „Nachdem ich Julchen das erste Mal im Arm gehalten habe, konnte ich mir niemals wieder ein Leben ohne sie vorstellen", erklärte Nina, der die aufkommenden Bilder an Klein-Julchen ruckzuck die Tränen in die Augen trieben. Sie zog sich flink ein Papiertaschentuch aus ihrer Jeans und tupfte sich rasch die Augen trocken, bevor auch nur ein Tröpfchen sichtbar wurde. Sie verzichtete darauf, Marie zu erklären, dass für sie die Liebe zu ihrem Mädchen eine ganz besonders tiefe war, die es sonst nirgendwo gab, nur zwischen Mutter und Kind. Ein bisschen tat sie ihr leid, sie würde nie erfahren, wie das war. Unvergleichlich. Wundervoll.

Marie tat, als hätte sie Ninas Gefühlsaufwallung nicht bemerkt. Ein Muttertier eben, dachte sie kurz und hatte genug damit zu tun, das Gejauchze vom Nebentisch, laut genug, eine Elefantenherde durch den Dschungel zu jagen, auszublenden. Sie wäre sonst aus der Haut gefahren. „Lass uns jetzt mal über unsere Mission sprechen. Also, ich habe mir gedacht, dass wir Donnerstag nach Hamburg fahren und vor Ort loslegen." Dabei tunkte Marie eine Rösti in die Soße und ließ sie genüsslich in ihren Mund wandern.

Nachdem die beiden bis ins kleinste Detail ihre Vorgehensweise besprochen hatten, blieb bloß noch die Frage offen, wie sie überhaupt nach Hamburg kamen.

„Okay, wir können mein Auto nehmen. Mit dem Zug kommen wir doch nicht überall hin und ich denke, mit dem Wagen sind wir locker in drei bis vier Stunden da", entschied Nina.

„Da wir vormittags fahren, ist das sehr wahrscheinlich."

Unvermittelt flog ein Stofftiger mitten auf den Tisch, direkt neben Maries Teller, der um Haaresbreite verfehlt wurde. Ihr Gesicht färbte sich von einer Sekunde auf die andere dunkelrot wie das oberste Signallicht einer Verkehrsampel. Nina schoss mit beiden Händen über den Tisch und legte sie beruhigend auf Maries. Die schnellte mit dem

Kopf Richtung Krakeeltisch und wollte gerade losbrüllen, als der kleine Junge bereits vor ihr stand und sie aus riesigen braunen Plüschaugen ansah. Dabei hielt er noch schuldbewusst den Kopf leicht gesenkt, was das Bild eines um Vergebung bittenden Büßers abgab. Und das in Miniaturformat! Nina musste schmunzeln vor Rührung. Ach, wie süß! Nicht so Marie! „Und, der Herr? Steht dir deine Stimme auch noch zu etwas anderem zur Verfügung als nur zum Herumkreischen?"

Das kam eiskalt und Nina glaubte schon, Marie hätte damit dem Jungen einen Teil seiner Zunge abgeschnitten. Doch weit gefehlt. Der wusste genau, wie man mit aufgebrachten Damen umging. Schließlich saß eine davon am Nebentisch und nannte sich Mutter.

„Tschuldigung", sagte er leise, „die doofe Ziege wollte mir meinen Tago klauen." Dabei warf er einen bösen Blick auf das kulleräugige Mädchen, das sich plötzlich artig und hoch konzentriert mit dem Essen vor seiner Nase beschäftigte, als gäbe es nichts anderes als seinen Teller, den es ordentlich freizuräumen hatte. Es hätte niemanden verwundert, wenn es dazu noch ein liebliches Kinderlied geträllert hätte.

Freimütig ergänzte der Kleine: „Den hat sie aber nicht gekriegt, weil ich stärker bin als sie!"

Marie huschte bei dieser Menge an menschlichem Süßstoff ein Lächeln übers Gesicht. Nina freute sich, dass sie doch nicht so immun war, wie sie vorgab.

„Du hast also deinen Tago verteidigt?", fragte Marie mit unterdrückter Belustigung in der Stimme.

Der Kleine nickte mit zusammengepressten Lippen, wollte er doch endlich sein Felltier wiederhaben, das die zwar nette, aber irgendwie komische Frau immer noch in ihren Händen hielt.

„Nun, was hältst du davon, wenn du, stark wie du bist, dafür sorgst, dass zwischen dir und deiner Freundin Ruhe herrscht, solange ihr hier seid?"

Ein Leuchten zog über das Gesicht des kleinen Jungen. „Ich bin stark und wie! Viel stärker als die!" Sein Kopf ruckte kurz zu seiner Feindin ein paar Schritte entfernt, die bis vor ein paar Minuten noch seine Freundin war.

„Das will ich sehen. Ich gebe dir deinen Tago wieder und der passt genau auf, ob du das auch schaffst."

Der Junge nickte eifrig.

Marie drückte dem kleinen Kerl den Tiger in die Hand und ließ ihn ziehen. „Komisch, dass die Hütergarde nicht sofort aufgetaucht ist", wunderte sich Marie, die mit einem freundlichen Blick von einer der Mütter bedacht wurde, derweil sie ihren Filius samt Fellwesen wieder in Empfang nahm.

„Die waren bestimmt froh, mal ein paar Happen in aller Gemütsruhe zu sich nehmen zu können."

„Na, du kennst dich ja bestens aus. War Jule auch dermaßen wild?"

„War sie."

„Dann lass uns mal lieber das Thema wechseln. Wo waren wir gerade stehen geblieben? Ach ja, wir fahren mit deinem Auto nach Hamburg. Ich muss mir wohl auch bald einen neuen Wagen zulegen, wenn ich zukünftig als Maklerin arbeiten will. Meiner kränkelt schon. In den nächsten Tagen habe ich übrigens einen Vorstellungstermin bei einer sehr renommierten Immobilienfirma. Ich bin sehr gespannt."

„Du Glückliche. Ich habe bisher noch nicht einmal Absagen auf meine Bewerbungen bekommen. Eine Steinzeittippse will offenbar keiner haben."

„Hab Geduld, Nina. Klar, meine Chancen stehen altersmäßig ein bisschen besser als deine. Es wäre gelogen, würde man das einfach ignorieren. Aber deine Berufserfahrung spricht für dich. Eindeutig. Und da bist du mir um Längen voraus."

„Na, wir werden sehen. Aber bedeutender ist für mich, dass die Sache mit Jens funktioniert. Mir wird ganz schlecht, wenn ich nur daran denke, was wir vorhaben. Lass uns doch ein paar mögliche Komplikationen durchspielen."

„Ich kann dich gut verstehen, aber was wollen wir uns unsere hübschen Köpfe über ungelegte Eier zerbrechen?"

„Bitte, Marie, sonst werde ich noch ganz wuschig."

„Bist du doch schon", entgegnete Marie und grinste schelmisch. „Okay, aber bevor wir ein paar Horrorszenarien konstruieren, will ich dir eines klarmachen: Der Kerl hat es verdammt noch mal verdient."

„Darum geht es mir gar nicht. Ich weiß nur nicht, ob ich das Ganze packe. Du bist so cool, aber ich schlottere bei dem bloßen Gedanken daran bereits wie Espenlaub."

„Also, ein bisschen nervös bin ich auch. Aber du hast recht, mir macht der Gedanke daran, Jens gehörig eins auf die Mütze zu geben, ungeheuren Spaß." Maries Augen nahmen ein spitzbübisches Glitzern an.

Nina war froh, dass Marie vermutlich nie eintretende Eventualitäten mit ihr durchkaute und überlegte, was dann zu tun wäre. Wie sich herausstellte, waren diese Trockenübungen gar keine schlechte Idee. Beiden fiel bei jeder Verwicklung spontan eine Lösung ein. Das sorgte dafür, dass in Ninas Innerem anstatt rotierender Nervosität angenehme Ruhe einkehrte. Die beiden Frauen hatten sich sehr viel vorgenommen. Sie wollten nach einem ausgeklügelten Plan Jens die 250.000 Euro, sofern noch vorhanden, wieder abnehmen, von denen Harald selbstverständlich seinen Anteil erhalten würde.

So weit, so gut. Einzig das ‚Wie' steckte voller unberechenbarer Risiken. Aber wer auf der Couch hocken blieb, so Marie, der musste sich auch weiter mit Kartoffelchips begnügen und basta.

Wenn das mal gut ging!

29

Was man an einem Montagnachmittag alles anstellen kann, wenn einem etwas Zeit geschenkt wird, ging es Nina durch den Kopf, unterdessen sie in der engen Umkleidekabine der Sauna ihre Kleidung abstreifte und auf der Holzbank akkurat zusammenlegte.

Sie hüllte sich in einen hellblauen Baumwollbademantel und prüfte, ob der dazugehörige Gürtel richtig zugebunden war, damit auch ja kein Blick auf ihren nackten Körper fallen konnte, bevor sie sich nicht in der Waagerechten befand. Prüde war sie nun wirklich nicht, aber nach fünf Jahrzehnten hatte die Erdanziehung schlicht und ergreifend die Oberhand gewonnen und das musste schließlich nicht jedem beweiskräftig vor Augen geführt werden.

Sie freute sich auf die Sauna. Dass Jule auf diese prima Idee gekommen war, hätte sie ihrer Tochter niemals zugetraut. Und schon gar nicht mit ihren vierzehn Lenzen! Da waren wohl eher Kinobesuche oder Shoppingtouren angesagt. Übrigens kein so übler Gedanke. Sie konnte Jule das Geld für die Schuhe in die Hand drücken, dann könnte sie mit einer ihrer Freundinnen losziehen. Irgendwann würden die schon fündig werden. Maries Einfall mit dem Bestellen war zwar gut, aber Nina war nicht zu Hause und Rolf wollte sie die Nummer mit dem Zurückschleppen der Pakete nicht aufbürden. Ihre Sachen ordentlich in ihren Garderobenschrank verstauend, lobte sie sich für ihren genialen Einfall, zumal die Schulparty zu einem Konkurrenzlaufen zwischen den Mädels zu werden schien. Anders konnte sie sich nicht erklären, weshalb sich Jule so dermaßen dafür ins Zeug legte.

Plötzlich schoss ihr ins Gedächtnis, dass sie Jule noch darauf vorbereiten musste, dass sie sich eine eigene Wohnung nehmen würde. Wie sie wohl darauf reagieren würde? Nina runzelte die Stirn. Und dann hatte sie zwar bislang keinen einzigen Vorstellungstermin für einen Job, dafür aber morgen einen Besichtigungstermin für eine kleine Zwei-

Zimmer-Wohnung in Tempelhof. Das war zwar eine ganze Ecke von Zehlendorf und von der Villa am Wannsee entfernt, dafür aber bezahlbar. Sie wollte nicht, dass Jule und Rolf aus dem gemeinsamen Heim ausziehen mussten, nur weil sie sich Freiraum verschaffte, wovon sie nicht einmal wusste, was der am Ende bringen würde. Würde dieser Alleingang Rolf und sie wieder zusammenschweißen oder erst recht auseinanderreißen? Was das anbelangte, steckte sie in einem Vakuum. Einerseits musste sie sich ihr eigenes Refugium schaffen, andererseits fühlte sie rein gar nichts. Sie hätte doch traurig sein müssen über diese Entscheidung, die ihr ganzes Leben auf den Kopf stellte. War sie aber nicht. Sie war gar nichts. Luftleer. Sie hatte nicht einmal Angst vor diesem Schritt. Was war nur mit ihr los? Sonst wog sie immer genau ab, bevor sie etwas tat. Hier war es eindeutig anders. Sie musste es einfach tun!

Nina tapste in ihren Badelatschen und mit einem riesigen Saunahandtuch bewaffnet über den blauen Fliesenboden zur erfrischenden Dusche, um sich danach zum Schwitzkasten zu begeben. Himmel noch mal, würde Jule enttäuscht sein, wenn sie mitbekam, wie ihre Mutter scheinbar planlos durchs Leben wanderte. Von ihr verlangte sie stets korrekte Schulleistungen, ohne Ausnahme, war sofort angefressen, wenn sie die Spüle nicht ausräumte oder irgendeine Schulaufgabe vergaß. Und was tat sie? Nina, du bist eine egoistische, blöde Ziege, verurteilte sie sich. Nach der Dusche zog sie die schwere Tür zum simulierten Treibhauseffekt auf. Was ihr da entgegenwaberte, raubte ihr den Atem. Feuchte Dampfwolken schlugen auf sie ein. Todesmutig ließ sie die Tür hinter sich ins Schloss fallen und suchte nach einem freien Platz auf einer der Holzbänke. Zwar sah sie kaum ihre eigene Hand vor Augen, bemerkte aber dankbar, dass noch andere Herrschaften mit umschlungenen Handtüchern auf den Bänken lagen. Es gab also noch weitere Ästheten, die nicht nur andere, sondern auch sich selbst mit kritischem Blick beäugten.

Erst mal ein sicheres Plätzchen ausfindig machen, dann konnte sie beruhigt Ausschau halten, ob Julchen bereits hier war und vor sich hin schmorte. Diese Hitze! In Ninas Oberstübchen begann sich alles zu drehen und sie war froh, endlich zu sitzen, sonst wäre sie wahrscheinlich in die Knie gegangen. Die Idee mit dem Herumbrutzeln war wohl doch nicht so klasse. Da ging es ihr einmal nicht so übel wie sonst und schon meinte sie, wieder herumspringen zu müssen. So was Blödes aber auch. Tief einatmen war auch nicht die beste ihrer Ideen bei dem bisschen Sauerstoff, der sich in der dichten Brühe hervorragend vor ihr versteckte. Am liebsten hätte sie ‚Jule, wo bist du?‘ gerufen, riss sich aber zusammen.

Vielleicht sollte sie sich erst mal ihres dicken Bademantels entledigen. Das tat sie auch umständlich und beförderte sich sofort in die Waagerechte. In der Position konnte ihr die Gravitation nicht gefährlich werden. Ätsch! Der Schwindel verzog sich, aber ihre Tochter tauchte nicht auf. Ihre Augen gewöhnten sich an den weißen Dunst und sie bemerkte erfreut, dass die Sauna zwar gut besucht, aber bei Weitem nicht voll war. Bis Jule eintraf, konnte sie ruhig ihren Gedanken nachhängen. Das Essen am Freitag mit Marie hatte ihr sehr gutgetan. Die beiden Frauen sprachen die gleiche Sprache, obgleich ihre Charaktere unterschiedlicher nicht hätten sein können.

Wenn Nina im Vergleich zu Marie an ihre langjährige Freundin Chrissie dachte, wusste sie, dass sie mit ihr eine solch waghalsige Aktion gegen den Schweinehund Jens niemals auch nur hätte planen, geschweige denn durchziehen können. Mit Chrissie konnte sie ja nicht einmal mehr etwas Leckeres essen gehen, so wie früher, weil sie ständig eine neue Diät als Oberheiligstes anbetete.

Nina lümmelte sich zufrieden auf ihrem Handtuch, knüllte gedankenverloren ihren Bademantel zusammen und schob ihn unter den Kopf. Sie war froh, in Marie eine offene und ehrliche Verbündete gefunden zu haben, nicht nur was diesen Betrüger betraf, sondern auch was die leidige Jobsuche und sogar ihre vermaledeiten Probleme mit Rolf anging. Sie war nahe dran, Marie von ihrer Autoimmun-Thyreoiditis zu erzählen, aber sie selbst verdrängte das Thema liebend gern. Obwohl sie sich schon fragte, ob sie es Marie nicht aus Sorge verschwieg, falls ihr auch hier Gleichgültigkeit entgegenschlagen würde. In der Hinsicht hatte Rolf wirklich ganze Arbeit geleistet, sozusagen als ungenießbarer Hauptgang, fand Nina, und Chrissie hatte als verpfuschte Nachspeise ihr Übriges dazugetan. Das ganze Menü hätte sie sich gern geschenkt. Auch ihren Superdoktor Wassmann, die bittersaure Vorspeise.

Da sah sie, wie eine große Gestalt in den Raum trat. Der eindeutig männliche Schatten schaute sich suchend um. Als sein Kopf in ihre Richtung wies und er schnurstracks auf sie zuspazierte, kam ihr dieser Herr bar jeden Kleidungsstücks bekannt vor. Sogar ziemlich bekannt!

„Hallo Nina", begrüßte Rolf seine Frau mit erfreutem Lächeln, beugte sich zu ihr hinunter und küsste sie auf den Mund. Eigenartig, wie fremd ihr diese Geste vorkam. Was um alles in der Welt machte er hier? Zong! Der Pfeil traf sie mitten ins Hirn. Na, klar! Jule!

„Prima Idee", flüsterte sie verärgert.

Rolf setzte sich neben sie auf ein kleines Handtuch. Das war keine schöne Überraschung! Sie hatte sich auf das Wiedersehen mit ihrer Tochter richtig gefreut. Seit sie nicht mehr zu Hause wohnte, entspannte sich ihr Verhältnis zueinander immer mehr. Rolf schien enttäuscht über die Reaktion seiner Frau. Offensichtlich hatte er sich das unerwartete Zusammentreffen in fremder Umgebung anders vorgestellt.

„Wessen glorreiche Idee war das?", murmelte Nina durch die heißen Nebelschwaden hindurch.

„Jules", antwortete Rolf sichtlich angepikt.

Mit einem Mal wurde ihr noch heißer, als ihr ohnehin schon war. Das war es. Genau das! Da reagierte sie irgendwie und er stieg sofort missmutig darauf ein. Hatte er denn kein eigenes Gefühl, das vielleicht stärker war und über ihre Handlungen hinausging? Wäre doch gar nicht schlecht gewesen, hätte er beharrlich weiter gute Laune versprüht. Eventuell hätten sich dann ihre sauer aufstoßenden Gedanken von ganz allein verdünnisiert. Aber so? Ihr war, als müsste sie ihn anbrüllen, riss sich aber gewaltsam zusammen und kniff verbissen die Lippen aufeinander.

„Bist du so enttäuscht, mich zu sehen?", fragte er vorsichtig.

Ja, verflucht noch mal. Ja! Du nimmst mir die Luft zum Atmen! Nicht dieser dusselige Aufguss hier. Bei dem halte ich es besser aus. Halt die Luft an, befahl sie sich. Bleib ruhig, ganz ruhig. Er hat doch gar nichts gemacht. War nicht böse, nicht frech. Nichts. Bloß enttäuscht. Genau, er war enttäuscht. Er! Uh, der Arme.

„Willst du mir nicht mal mehr antworten?", bohrte er nach.

Nicht mal mehr. Nicht mal das bisschen mehr. Nicht mal. Wie sie das hasste! „Doch, ich werde dir antworten", presste sie durch die Lippen. „Wie schon gesagt, brauche ich Zeit. Morgen gucke ich mir eine Wohnung an. Und wenn sie mir gefällt, versuche ich sie anzumieten. Wird sicher nicht einfach werden ohne Job." So, nun kannst du wieder schmollen. Oder machst es wie üblich und sagst einfach gar nichts. Wobei sich das schwierig gestaltete, ganz ohne Fernseher, den man anbeten konnte.

„Ich habe gehofft, dass wir einen ruhigen Nachmittag miteinander verbringen können. Ohne zu problematisieren."

„Wieso? Ich habe einfach nur erzählt, was ich vorhabe."

Er sagte nichts, nickte nur und starrte auf seine Hände. Dann besann er sich eines Besseren, lehnte sich zurück und schien sich zu entspannen. Geht doch, dachte sie und schloss die Augen. Sie war tatsächlich eingenickt und als sie ihre Augen wieder öffnete, war Rolf verschwunden.

Plötzlich durchzog sie eine unerwartete Trauer, die sie beinahe in einen tiefschwarzen Abgrund gerissen hätte, wäre da nicht eine helle

Frauenstimme wie aus dem Nichts zu ihr vorgedrungen. Sie schluckte.

„Sabine, was machst du denn hier?"

„Dasselbe wie du. Ich hab ein paar Tage frei und ein paar Pfunde weniger wären nicht verkehrt. Außerdem wird die Haut gut durchblutet und ..."

„Alles klar im Job?", unterbrach Nina ihren Redeschwall.

„Supi. Wir haben einen neuen Vorgesetzten, Herrn Reichenwall. Echt prima Typ, sag ich dir. Der würde dir auch gut gefallen. Deine Stelle ist übrigens noch nicht besetzt. Die haben sich zwar schon einige Bewerber angesehen, es war aber niemand Geeignetes dabei."

„So schwierig wird es schon nicht sein."

„Du stellst wohl gern dein Licht unter den Scheffel, was?" Sabine saß nackt, wie Gott sie schuf, eine Bank neben ihr. Hatte sie mitbekommen, was zwischen ihr und Rolf gelaufen war? Wobei sie eigentlich viel zu leise miteinander gesprochen hatten.

„Rolf ist mir gerade entgegengekommen. Meine Herren, hat der einen Sportbody", bemerkte Sabine erstaunt. „Ich bin froh, dass ihr beide wieder zusammen seid."

Ein gutturales Hüsteln von der Nebenbank erinnerte Sabine unmissverständlich an die Anwesenheit von Testosteron in der Hitzehütte. Schon deshalb mussten die physikalischen Verhältnisse auf diesem Erdball eliminiert werden, und zwar sofort. Ruckartig drückte sie ihren Rücken durch, um ihre kleinen Brüste ein paar Millimeter hochzulupfen. Dass das Ergebnis gleich null war, ging an ihr vorbei. Entscheidend war, dass sie meinte, die Uhr um Minimum zehn Jahre zurückgestellt zu haben. Sie war überzeugt, dass alle Herrenaugen an ihr klebten.

„Schön, dass er dir gefällt, Sabine", meinte Nina mit hochgezogener Augenbraue. Nettigkeiten über Rolf konnte sie wirklich nicht gebrauchen, die brachten sie nur in Rage. „Aber was das Zusammensein angeht, Gemeinsamkeit sieht anders aus. Ich guck mir morgen eine Wohnung an."

„Schade. Das tut mir wirklich leid. Es ist aber schön, dass ihr etwas miteinander unternehmt. Das heißt ja dann, dass ihr euch gut versteht", gab Sabine einigermaßen hilflos von sich.

Der hatte sich einfach aus dem Staub gemacht! Nina musste unbedingt vom Thema ablenken, bevor ihr vor Ärger schlecht wurde. Erst Rolf, jetzt Sabine! Aber halt, wie war es mit Männergeschichten à la Sabine? Damit ließ sich doch immer auf ein anderes Thema abbiegen.

„Warst du nach unserem Abend im ,Vierwald' wieder unterwegs?", fragte sie.

„Ich treibe mich beinahe jeden Tag irgendwo herum. Allerdings war ich nicht in einem Club, sondern in verschiedenen Cafés. Ich kann eben abends schlecht allein sein."

Nina entging Sabines trauriger Blick. Sie war viel zu sehr damit beschäftigt, Rolf aus Sabines Themenliste zu streichen. „Hat dir Michaela erzählt, was an dem Abend letztens noch passiert ist?", hakte sie nach.

„Mensch, ja! Das war vielleicht ein Ding! Michaela hat gemeint, sie kennt den Typen. Mir ist der vorher nirgendwo aufgefallen. Ist er tatsächlich zudringlich geworden?"

„Dazu hatte er keine Gelegenheit. Michaela hat ihn von den Füßen gerissen, bevor er nur einen Pieps sagen konnte. Aber ich glaube nicht, dass er mir etwas angetan hätte. Gut, ich kann es natürlich nicht mit absoluter Sicherheit sagen. Mulmig war mir schon, wie er da plötzlich vor mir stand. Am Ende kam er mir eher wie ein verhinderter Macho vor. Trotzdem hat er verdient, dass Michaela ihn zur Strecke gebracht hat. Schließlich stellt man nicht einfach einer angetrunkenen Lady nach und taucht wie aus dem Nichts auf."

Obwohl sie das leichthin sagte, schlich trotz der Bruthitze ein Frösteln über ihren Körper. Sie hatte sich einige Male nach der ganzen Aktion gefragt, ob sie tatsächlich glaubte, es wäre nichts passiert, oder es eher glauben wollte.

„Du müsstest Michaela mal bei Wettkämpfen sehen. Die ist eine richtige Karatequeen."

„Kann ich mir vorstellen. Außerdem ist sie wirklich sehr nett. Aber eines wundert mich: Wenn sie doch so viel Sport macht, warum schleppt sie dann diese vielen Kilos mit sich herum?"

„So schlimm ist es auch nicht, finde ich", erwiderte Sabine und besah sich dabei zufrieden ihre schlanken Beine. „Aber es stimmt schon, sie stopft viel zu viel in sich hinein und irgendwie poltern ihre Blutwerte dadurch völlig durcheinander."

Es tat Nina leid, das zu hören. Sie war felsenfest davon überzeugt, dass diese Futterattacken reiner Frust waren. In der Nacht, in der Michaela mit ihr in der Villa noch Kaffee getrunken und gequatscht hatte, war sie ihr wie eine humorvolle und lebenslustige Frau vorgekommen. „Meinst du nicht, dass diese vielen Clubbesuche gar nicht gut für sie sind? Das ist doch nicht der Ort, an dem ein sensibler Mensch wie Michaela einen Mann kennenlernen kann."

Sabine versuchte, sich ihre blonden Locken in den Nacken zu streichen. Die machten ihr aber einen Strich durch die Rechnung, standen unbändig nach allen Seiten ab und kräuselten sich zu ihrem Leidwesen nach und nach in die Form ihrer Abstammung als kleine Dauerwellwickler. Beleidigt schaute sie drein. „Ach so, aber für mich schon?"

Dass man aber auch gar nichts Positives über einen anderen Menschen von sich geben konnte, ohne dass das Gegenüber alles auf sich bezog. Das nervte! „Kannst du dich nicht in deine Freundin hineinversetzen?", fragte Nina verständnislos, ohne auf Sabines Provokation einzugehen.

„Doch, schon. Also ich finde sie hübsch und attraktiv. Du etwa nicht?", log Sabine schnippisch und nahm Nina dabei lauernd ins Visier.

Das reichte! Natürlich war Michaela hübsch, aber zum Schaulaufen im Schnelldurchgang eignete sie sich überhaupt nicht. Man musste sie in Ruhe kennenlernen, damit sich Interesse regte. Und das wusste Sabine ganz genau. Aber es war natürlich um einiges einfacher, wenn sie die auf den ersten Blick gemeine Realität leugnete und auf die vermeintlich freundlichste Art von Welt Nettigkeiten von sich gab. Nina begriff, dass sie als Kritikerin dadurch die Böse und Sabine die Gute sein sollte. Einfache Formel. Allerdings nur für Sabine. Nina war davon überzeugt, dass Michaela selbst genug Verstand besaß und Sabines Spiel irgendwann durchschauen und sich eigene Wege freischaufeln würde.

Nina beschloss, die paar Minuten Schwitzen gemütlich hinter sich zu bringen, und schloss wieder die Augen. Sie musste daran denken, dass es bei all dem Gerede von Single-Frauen stets auf dasselbe hinauslief: Finde einen Neuen! Während ihr Kopf leise vor sich hin trieselte, weil dieser Heißluftofen ihren Kreislauf wieder durcheinanderschüttelte, fragte sie sich, ob sie auch bald wie ein angestochenes Huhn durch die Gegend hüpfen würde. Wäre sie dann auch mit nackter Panik im Blick unterwegs? Und ihr Kopf wäre eine Magnetmutation, die bei jedem Kerl wie auf ein Stück Eisen reagierte? Einsam und verlassen in einer kleinen Bude mitsamt der heraufbeschworenen Erkenntnis, dass Rolf unerwartet glücklich war ohne sie?

Aber erst mal chillen, sagte sie sich, ganz nach Jules Manier. Ein Grinsen flog über ihr Gesicht. Jule! Die junge Dame würde noch einiges von ihr zu hören bekommen, auch wenn ihr ihre guten Absichten klar waren. Jedenfalls war diese spontane Aktion mächtig nach hinten losgegangen.

30

So wie Marie mit der U-Bahn in Mitte eingetroffen war, schritt sie mit wiegenden Hüften, in grauem Lodenmantel und einem Kaschmirschal um den Hals die Potsdamer Straße entlang. Sie bemerkte, dass selbst zu dieser Mittagszeit ein buntes Treiben aus unzähligen Berlinbesuchern und schick, aber meist rabenschwarz kostümierten Geschäftsleuten herrschte.

Obwohl der starke Wind mit wütendem Geheul die Geräusche der Straße nahezu schluckte, schnappte sie ein paar englische Brocken auf. Unwillkürlich drehte sich ihr Kopf seitwärts. Hatte sich das gerade eben nicht wie Schwedisch angehört? Ein Lächeln breitete sich auf ihrem Gesicht aus. Herrlich, wie Neuankömmlinge aus aller Herren Länder mit großen Augen über ihr vielseitiges Berlin staunten. Neugierig wie kleine Kinder flanierten sie zwischen all den Riesenbauklötzen, die teils als Dreieck wie ein überdimensionales Kuchenstück geformt waren oder schachtelförmig aufeinander gepappt einfach nur aussahen wie ein klobiger Haufen Lego, bei dem die fantasievollen Einzelteile fehlten. Und mitten in der geballten Szenerie thronte das Sony-Center, für Marie die runde Edeltorte mit leckerem Zuckerguss garniert.

Wie ein exquisites Puzzleteil fügte sie sich in dieses herausragende Bild. Denn wenn jemand wusste, wie viel Farbe auf welche Gesichtspartie gehörte, ohne dass das ganze Gesicht ,Hilfe, ohne sehe ich nach fieser Grippe aus!' kreischte, war das eindeutig Marie. Ihre blonde Pagenfrisur, an exakt den richtigen Stellen mit kaum sichtbaren Stufen ausgestattet, schwebte bei jeder Kopfbewegung um ihr schmales Gesicht wie eine sanft dahingleitende Welle. Daran konnte auch die stürmische Windböe nichts ändern, die ihr um die Ohren fegte. Ihrer Frisur tat das keinen Abbruch. Im Gegenteil, der Powerföhn unter freiem Himmel brachte ein peppig wuscheliges Finish zustande. Das hätte Franzl auch nicht besser hinbekommen.

Unter ihrem warmen Mantel schmiegte sich ein schwarzer Hosenanzug im Marlene-Stil an ihren Körper. Auf gute, wenn auch kostspielige Kleidung legte sie besonders großen Wert. Und das hatte sie sich auch verdammt noch mal verdient! Letztlich hatte sie dafür geackert wie ein stolzes Rennpferd, das täglich sein Trainingsprogramm absolvierte, um als Erstes durchs Ziel zu preschen.

Mit dem großen Unterschied, dass jede Wette auf sie kein Spiel mit ungewissem Ausgang gewesen wäre, sondern eine treffsichere Geldanlage mit massiger Gewinnausschüttung. Was ihre Eltern wohl dazu sagen würden, wenn sie wüssten, was sie vorhatte? Vor zehn Jahren hatten die ihr ganz nebenbei, zwischen zwei Brötchenhälften am Frühstückstisch, eröffnet: ‚Marie, Abmarsch, es geht in die Vereinigten Staaten. Kofferpacken ist angesagt.'

Sie hatte gewusst, dass das der lang gehegte Traum der beiden war. Und den konnten sie ganz entspannt in die Tat umsetzen, nachdem sie hier als Unternehmerpaar mit erstklassigen Currywürsten zu erheblichem Wohlstand gekommen waren. Mittlerweile waren ihre Bratwürstchen in den Staaten der Number-one-Hit überhaupt, hier ein Büdchen in der Mall, dort eines am Straßenrand vor Wolkenkratzern, wo auch immer die Leute etwas Warmes, was nicht nach Hotdog oder Burger roch, im Vorbeihasten verputzen wollten.

Bevor sie sich damals in ihr neues Leben gestürzt hatten, war es ihnen wichtig, ihr einziges Kind abzusichern, das nichts davon hielt, die Koffer zu packen und in Berlin bloß noch eine Staubwolke zu hinterlassen. ‚Wir haben dir ein Konto eingerichtet und werden dir eine Eigentumswohnung kaufen. Lass uns gemeinsam was Schönes für dich suchen.'

Gesagt, getan.

Das mit der Wohnung an der Wilhelmsaue war für Marie okay gewesen, aber von einem zusätzlichen Konto hatte sie nichts wissen wollen. Sie wollte es genauso aus eigener Kraft schaffen wie ihre zwei Vorbilder, die sie am liebsten mit über den Atlantik geschleift hätten. Aber sie hatten ihre Tochter verstehen können, dass sie in Berlin bei ihren Freunden und Bekannten bleiben wollte, in der Stadt, die sie ‚die geilste Stadt der Welt' nannte.

Irgendwann, dachte sie schmunzelnd, kann ich die beiden bestimmt in Tokio besuchen. Abwegig war das nicht, ihre Eltern waren immer für eine Überraschung gut. Davon abgesehen, hätte sie sich auch nie und nimmer aus ihrem Job herausreißen lassen, so viel Spaß und Geld hatte der ihr gebracht. Schon deshalb war es für Marie beinahe eine logische Folge, dass sie sich heute auf dem Weg zu einem der bekanntesten Maklerbüros befand. Es war der richtige Zeitpunkt für Superlative! Schließlich hatte sie vor, bedeutendere Vermögenswerte als exklusives Blech auf vier Rädern zu verkaufen. Von den mobilen hin zu den immobilen Kostbarkeiten, dachte sie grinsend. Zudem würden sich die hübschen Provisionen gut auf ihrem Konto machen.

Durch ihr eigenes kleines Domizil hatte sie in wohnungswirtschaftliches Wissen hineingeschnuppert, hatte sich die Spielregeln, Tricks und Kniffe aus den Eigentümerversammlungen, die für sie, ob sie wollte oder nicht, zur alljährlichen Pflichtkür als Wohnungsbesitzerin gehörten, gut eingeprägt. Während sie dem Sturm mit festen Schritten trotzte, kamen ihr die unsäglichen Versammlungen wieder in den Sinn, bei denen sie sich nicht bloß einmal ihren Hintern plattgesessen hatte. Wenn dabei nur die Jahresabrechnungen durchgekaut worden wären, wo es um handfeste Euros ging. Aber nein! Die mussten das Kriegsbeil wegen dreistem Grünzeug, das himmelschreiend das Haus anknabberte und unbedingt geköpft werden sollte, ausgraben.

Unsinnige, nervenaufreibende Dusseligkeiten! Der Ärger kritzelte ihr jedes Mal ohne Ausnahme in feinen Bleistiftstrichen Zornesfalten auf die hübsche Stirn. An eine schöne, sinnbenebelnde Friedenspfeife war dann nicht mehr zu denken, geschweige denn an Feuerwasser!

Aber Marie wäre nicht Marie, würde sie sich allein auf das bisschen Fachwissen verlassen. Sie hatte sich natürlich bereits Kurse an namhaften Weiterbildungsinstituten ausgeguckt. Mit denen würde sie ihr Immobilienwissen für eine hervorragende Kundenberatung auf Topniveau hieven. Zufrieden und mit einer Miene, die klares Selbstbewusstsein ausstrahlte, bahnte sie sich zielsicher den Weg durch die Menge.

Bestimmt werde ich die schicken neuen Karossen mit dem einzigartigen Duftgemisch aus Lack und Leder hin und wieder vermissen, dachte sie wehmütig. Besonders dann, wenn sie nicht eines dieser mondänen Anwesen, sondern ein verdrecktes Gemäuer an den Mann bringen musste und ihr der modrige Gestank in die Nase stieg. Nichtsdestotrotz freute sie sich höllisch darauf. Etwas Neues und Aufregendes erwartete sie. Die heiß ersehnte Spannung machte sie hellwach und schärfte ihre Sinne, als wäre sie ein Adler, der über Berlin kreiste und in diesem Moloch aus kantig geschlagenen Monolithen und zubetonierter Erde die einzige fingerwinzige Maus heranzoomte, sie sich nach einem rasanten Sturzflug schnappte und davontrug. Nur noch wenige Minuten! Dann würde sie Guardian & Guardian davon überzeugen, dass sie die Beste war.

Hier musste es sein! Meine Herren, war dieses Haus hässlich, bemerkte sie stirnrunzelnd. Selbstredend war es hoch aufgeschossen zwischen den engen Straßenschluchten, wie die meisten Gebäudekomplexe in Mitte. Immerhin sollte sich ein jeder, der wollte, ein Scheibchen vom Imagekuchen auf den Pappteller schieben können. Für Guardian & Guardian hatte sie sich allerdings ein moderneres Bauwerk in Marmor und Chrom, aber nicht dieses stumpfsinnige Stück Stein vorgestellt. Und dann noch in nackigem Weiß! Was die Sache nicht besser machte, waren die mickrigen Fenster, die sie anglotzten wie Myriaden verglaster Schießscharten.

Ob die beim Hochzeitstorteverteilen bei der Liebesheirat von Ost & West einfach zu sehr getrödelt hatten, getreu der Maxime ‚Wer zu spät kommt'? Oder fanden die das Gebäude am Ende noch schick? Puh, dann lieber am Ku'damm eine Villa aus der Gründerzeit mit verspielten Stuckverzierungen, großen Fenstern und in altehrwürdigem Stil.

Sie trat durch die gläserne Drehtür in eine geräumige Eingangshalle, in der Marmor zu ihren Füßen und an den Wänden die Außenansicht Lügen strafte, wie sie erleichtert feststellte. Der Concierge, um die sechzig, in dunkelblauem Livree, kam dienstbeflissen hinter seinem vergoldeten Halbmondtresen hervorgeeilt, ließ sich von Marie den Termin und den dazugehörigen Namen nennen, um sie dann einige Schritte zu einem der sechs Fahrstühle zu geleiten. Klappte doch! Guardian & Guardian wusste eben doch, was sich gehörte.

Sie sah sich bereits im Geiste morgens durch die Glastür in ihr edles Büro hasten, geschäftig und elektrisiert. Oben würde sie ihren Blick über den Potsdamer Platz schweifen lassen, derweil sie sich den Kopf über großartige Verkaufsstrategien zerbrach. Allesamt von Erfolg gekrönt, würden die sie an die Spitze aller Real-Estate-Consultants katapultieren und ehe sie sich's versah, wäre sie auf dem Titelbild des Best-Seller-Magazins. Hübsche Vorstellung! Gut, sie würde darüber hinwegsehen müssen, dass der Ausguck furchtbar fitzelig war. Aber damit konnte sie leben.

Aus dem leise in die Höhe gleitenden Fahrstuhl hinausgetreten, fand sie sich wieder auf den Boden der Tatsachen zurückgeholt. Dort erwartete sie leider das Pendant zur Fassade: Ein trister, weiß getünchter Flur, auf dessen hässlich grauem Linoleumboden aus ebenso grauer Vorzeit ihre teuren Absätze anstelle eines hellen ‚Klack, klack' bloß ein dumpfes ‚Bott, bott' von sich gaben. Na gut, sagte sich Marie, die Überraschung wartete hundertprozentig hinter der schweren Holztür. Und sie sollte recht behalten! Manchmal thronte hinter schlichtem Gemäuer als Kontrast protziger Luxus, siehe Foyer. Manchmal auch feingeistiges Interieur à la Kunstmäzen. Und manchmal sollte es vorkommen, dass hinter winzigen Maueröffnungen einzig und allein winzige Zimmerchen kauerten. So einfach war das!

Jedenfalls bei Guardian & Guardian, einem Millionenunternehmen. Mit einem Blick erfasste sie über einen lang gestreckten Gang zig dicht gedrängte Türen über demselben Gummiboden wie eben.

Amtsschimmliger ging's nimmer!

Während sie die erste offene Tür ansteuerte, wurde ihr flau im Magen und sie schnupperte, ob ihr verstaubter Aktenmief entgegenwehte. Beruhigt konnte sie nichts feststellen. Trotzdem war die schillernde Seifenblase zerplatzt, in der sie noch unten in der Vorhalle geschwebt hatte.

„Guten Tag, mein Name ist Marie Frey. Ich habe einen Termin bei Herrn Weniger." Sie versteckte ihre Enttäuschung hinter einem geschäftsmäßigen Lächeln, konnte aber ein leichtes Stirnrunzeln nicht unterdrücken.

Eine junge Dame erhob sich hinter dem weißen Tresen und begrüßte sie zuvorkommend: „Guten Tag, Frau Frey."

Die Frau, hübsch und schlank, in tiefschwarzem Kostüm, kam mit einer raschen Bewegung auf sie zu, reichte ihr eine warme Hand und sagte: „Schön, Sie kennenzulernen. Ich bin Franzine Angerauer. Wenn Sie mir bitte folgen wollen. Ich bringe Sie zum Besprechungsraum."

„Gern", erwiderte Marie, sichtlich entspannt über die vorzüglichen Umgangsformen, mit denen sie empfangen worden war. Noch war nicht alles verloren!

Sie fand sich in einem Raum wieder, durch den sie mit wenigen Schritten hindurch war, kalkweiße Raufaser klebte an den Wänden und darüber hingen unzählige gerahmte Fotos von kostspieligen Mehrfamilienhäusern. Das waren garantiert bereits verkaufte Anwesen, mit denen Guardian & Guardian ihrer Meinung nach zurecht prahlen konnte. Ihr Herz schlug höher, als sie sich die Tausender auf ihrem Bankauszug ausmalte, die sie sich dafür als Provision einstreichen könnte. Sie begann gelöst zu grinsen, als Frau Angerauer meinte: „Herr Weniger wird in ein paar Minuten bei Ihnen sein."

Fast hätte sie einen Kiekser ausgestoßen bei dem Gedanken daran, dass die kluge Frau es sich tunlichst verbeißen würde, ‚in wenigen Minuten' von sich zu geben.

„Darf ich Ihnen etwas zu trinken bringen?", fragte Frau Angerauer mit liebenswürdiger Stimme.

„Ja, bitte, ein Mineralwasser wäre sehr nett", erwiderte Marie. Die Fotografien der sündhaft teuren Häuser, und dazu brauchte sie keine aufgedruckten Preise, das wusste sie auch so, hatten ihre Laune beträchtlich gesteigert, dass sie nicht einmal der Gedanke an das gläserne Guckloch eine Armlänge neben sich wieder ernüchterte.

Tausende von Klofenstern in dem riesigen Kasten, schoss ihr in einem plötzlichen Anfall von Albernheit durch den Kopf. Die Tür glitt hinter Frau Angerauer ins Schloss, da konnte Marie nicht mehr an sich halten und stieß einen kräftigen Lacher aus. Man musste die Dinge eben nehmen, wie sie waren, stellte sie gut gelaunt fest. Diese Firma war die größte in ganz Berlin und Umgebung und das war das Entscheidende. Mal gut, dass ihr das noch eingefallen war, bevor ihr Gesprächspartner durch die Tür kommen würde.

Frau Angerauer brachte ihr, formvollendet und immer noch lächelnd, das Getränk, derweil Marie ihre Bewerbungsmappe vor sich auf den Glastisch legte. Wie das Gespräch mit Herrn Weniger wohl ausgehen würde? Obwohl, sie würde sowieso zu Hause in aller Gemütsruhe überlegen, ob diese Firma die richtige für sie wäre. Sie neigte niemals zu Schnellschüssen, selbst wenn jemand versuchte, eine rasche Antwort aus ihr herauszukitzeln. Sie überlegte sich immer ganz genau, was sie tat, wann sie es tat und weswegen.

Bei der Mission ‚Jens' war das nicht anders. Der Plan war ausgeklügelt, obschon bestückt mit etlichen Variablen. Doch anders war diese Spezialaktion nicht zu handhaben, wollte man nicht die lahmen Mühlen der Justiz in Gang setzen, um dann, alt und grau, irgendwann zu einem Ergebnis zu kommen.

Bei der ganzen Sache fühlte sie sich zwar ein bisschen nervös, mit der zuverlässigen Nina an ihrer Seite trotzdem in die Lage versetzt, Jens einen kräftigen Tritt ins Hinterteil zu verpassen. Wie hatte der das verdient! Maries Mund presste sich missmutig zu einer schmalen Linie zusammen. Die Erinnerung an diesen Kerl ließ bei ihr kein freundlicheres Gefühl aufkommen, im Gegenteil. Was ihr allerdings noch viel mehr Kopfzerbrechen bereitete, war die Tatsache, dass Nina unmöglich erfahren durfte, wer da hin und wieder Maries Bettchen teilte und erbärmlich müffelnde Pizzastückchen von ihrem Tellerchen knabberte. Vor wenigen Tagen, als Nina mit einem Mal vor ihrer Tür gestanden hatte, wäre beinahe alles aufgeflogen.

Plötzlich schwang die Tür auf. Marie, aus ihren unschönen Gedanken gerissen, drehte sich mit mürrischer Miene zur Seite und sah direkt in das feiste Gesicht eines nachtschwarz beanzugten Mannes. Seine mit Gel verschmierten Haare glänzten unter dem Deckenlicht wie ausgelassener Speck. Marie, beherrsch dich! Sie musste unbedingt woanders hingucken und versuchte, mit einem Blick durch die Glasspalte den Himmel zu erhaschen. Der Zipfel, den sie ausmachen konnte, war noch genauso wolkenverhangen wie vorhin. Sie legte den Schalter in ihrem Inneren sofort um und maskierte sich mit einem entspannten Lächeln, das sie beherrschte wie kaum jemand auf diesem Planeten.

„Weniger", stellte er sich zu Maries Leidwesen auch noch als ihren verabredeten Vorstellungstermin in mehr Fleisch als Blut vor.

„Frey", erwiderte sie und empfing überrascht einen angenehmen, durchaus freundlichen Händedruck, blieb aber wie festgezurrt mit ihren Augen an seinem Kopf hängen. Warum um alles in der Welt wusch sich einer die Haare, um sie sich gleich darauf mit Schmierpaste wieder zuzukleistern? Als hätte der gute Herr Weniger mit der Ölflasche in der Hand den Salatkopf mit dem eigenen verwechselt. Marie, bleib bloß ernst, tadelte sie sich und sog eine gehörige Portion Luft ein.

Bevor das Gespräch begann, erschien ein großer, gut aussehender Kollege von Weniger, was Marie schlagartig ihr strahlendstes Lächeln auf ihr schönes Gesicht zauberte. Das schien allerdings an dem Neuankömmling vorbeizurauschen, derart starr und undurchdringlich blieb seine Miene.

„Schmidt", stellte er sich in tiefem Bass vor, während er beim Händeschütteln ein wenig zu fest zudrückte.

Wer in diesem Augenblick nicht gerade blind war und in ihre Augen sah, hätte das funkelnde Glitzern in dem dunklen Blau unmöglich übersehen können. Dieser Schmidt, in schwarzem Zwirn, gefiel ihr. Sie wusste im selben Moment, dass sie wunderbar mit dem Mann auskommen würde, griff nach dem Glas und nahm einen großen Schluck.

Aber wer war hier jetzt eigentlich Mister ‚Wichtiger als der andere'? Sie lehnte sich zurück und wartete interessiert auf Antwort, die sich ihr bereits in den nächsten Sekunden präsentieren sollte. Herr Weniger bedachte Marie mit überraschend herzlichem Blick und klärte ihre unausgesprochene Frage, indem er die Unterhaltung begann: „Es ist schön, Sie bei uns begrüßen zu dürfen, Frau Frey. Ich hoffe, Sie hatten einen angenehmen Fahrweg. Sind Sie mit dem eigenen Fahrzeug oder den öffentlichen Verkehrsmitteln zu uns gekommen?"

Mit den Füßen, du Schlaumeier, dachte Marie, deren liebenswürdiger Gesichtsausdruck keinen Deut ihrer Gedanken verriet. Sie wusste ja, dass diese Frage der übliche Einstieg in ein Vorstellungsgespräch war. Hatten die tatsächlich nichts anderes zu bieten? Das waren schließlich die ungekrönten Kaiser aller Makler! Nett war er ja, aber wo blieb die Brillanz, die sie erwartete?

„Ich bin mit der U-Bahn zu Ihnen gefahren. Und da ich mich in meiner Geburtsstadt sehr gut auskenne, habe ich Ihre Hauptzentrale rasch gefunden", erwiderte sie. Geschickt hatte sie ihre Gesprächspartner bereits im ersten Satz nicht nur persönlich eingebunden, sondern zusätzlich ihre sicheren Ortskenntnisse und offensichtliche Recherchestärke über Guardian & Guardian platziert. Die hatten nämlich einige weitere Dependancen, doch hier in Berlin-Mitte hockte Marie mitten in der Zentrale.

Weniger nickte und meinte: „Das ist eine kluge Entscheidung. Bräuchte ich nicht tagtäglich meinen Wagen, um Termine wahrzunehmen, würde ich auch mit der Bahn zum Büro fahren. Es ist einfach stressfreier." Er legte eine kurze Pause ein, bevor er fortfuhr: „So, Frau Frey, Herr Schmidt wird das Gespräch mit Ihnen fortsetzen. Ich bitte Sie, sich nicht zu wundern, wenn ich nur noch wenige Minuten daran teilnehmen werde und mich gleich von Ihnen verabschieden muss, aber ich habe noch einen Notartermin wahrzunehmen."

Notartermin! Das Erfolgsstichwort eines jeden Immobilienverkäufers. Spiel, Satz, Sieg! Und der Kaufvertrag beim Notar war eindeutig der Sieg. Da war ein Vorstellungstermin mit Marie die unwichtigste Sache der Welt, das wusste sie und hatte nichts dagegen, dass der entgegen Maries erstem Eindruck verbindlicher auftretende Herr sich leise davonschleichen würde. Hinzu kam, dass sie sich schon jetzt auf das Vieraugengespräch mit Schmidt freute.

Der räusperte sich, starrte auf ihre Bewerbungsmappe und begann, geräuschvoll darin herumzublättern. Eine Seite ließ er aufgeschlagen vor sich liegen und deponierte seine sorgfältig manikürten Hände links und rechts der Unterlage, als hätte er Sorge, die Blätter könnten selbstständig wieder zusammenklappen.

„Frau Frey, Sie haben laut Ihren Unterlagen noch keinen einzigen Tag im Immobilienbereich gearbeitet. Was bestärkt Sie überhaupt in der Annahme, als Maklerin für Guardian & Guardian tätig zu sein?", fragte er tonlos.

Das saß! Hätte der Gute das nicht etwas freundlicher verpacken können? Während Weniger kaum merklich die Stirn runzelte, behielt sich Marie fest im Griff. Vielleicht war es eine Millisekunde, in der ihr kurz die Gesichtszüge entgleisten, aber das war es dann auch. Marie wäre nicht Marie, wenn sie nicht unliebsame Überraschungen hinter einem bezaubernden Lächeln zu verstecken wüsste. Wenn einer ihrer Kunden ins Autohaus gekommen war, um sich ein Luxusgefährt vor seine Haustür zu stellen, hatte sie meist im ersten Augenblick eine leise Ahnung davon gehabt, wie derjenige tickte. War das jemand, der mit zweitem Vornamen ‚Protz' oder eher ‚Klug' hieß? Doch hin und wieder hatte ihr der erste Eindruck einen Streich gespielt, zwar selten, aber immerhin, und dann hatte sie ärgerliche wie auch angenehme Überraschungen erlebt. Dabei war es nie von Bedeutung gewesen, ob derjenige sein Frühstücksei in einem Garten vor der schicken Grunewald-Villa oder auf einem Balkon im zehnten Stock eines Plattenbaus verspeiste. Niemals hatte sie die Fassung verloren. Und das würde auch heute nicht passieren. Deshalb entgegnete sie höflich und in hübsch moduliertem Klang: „Meine jahrelange Verkaufstätigkeit bei Feuerland Cars war sehr erfolgreich, was Sie den Ihnen vorliegenden Zeugnissen bitte entnehmen wollen."

Sie schlug mit hinweisendem Blick auf ihre Unterlagen dabei gekonnt ein Bein über das andere, um dann ihr Gegenüber mit charmantem Augenaufschlag wieder ins Visier zu nehmen. „Ich habe die Fähigkeit, auf die unterschiedlichsten Kaufinteressenten einzugehen," fuhr sie fort und bedachte Weniger mit verbindlicher Miene. „Dabei ist es mir stets gelungen, im Sinne des jeweiligen Interessenten wie auch der Firma Kaufverträge zum Abschluss zu bringen. Doch jetzt ist es für mich an der Zeit, etwas Neues zu wagen. Und Guardian & Guardian scheint mir mit seinem in der Branche beispiellosen Renommee der richtige Partner zu sein."

Hoffentlich trug sie nicht zu dick auf, das hörte sich ja glatt nach einem schriftlichen Bewerbungstext an, aber sie wollte diesen scheinbar von oberster Stelle angewiesenen Skeptiker von ihrem herausragenden Können überzeugen. Ich bin das Nonplusultra, du Trottel, schau her!

Schmidt nickte und sah kurz aus blauen Augen auf. Doch als Marie seinen Blick einfing, wandte er sich rasch wieder der Bewerbungsmappe zu. Bei dem war einfach nichts zu machen, musste sie zu ihrem Bedauern erkennen.

Nervös nestelte er mit den Fingern an den Papieren herum: „Etwas Neues auszuprobieren, ist immer eine gute Idee. Ja, und Ihr Verkaufstalent wird in den Zeugnissen auch dokumentiert. Doch …"

„Wenn Sie mich bitte entschuldigen wollen, Frau Frey", unterbrach Herr Weniger mit Blick auf seine Armbanduhr und erhob sich. Dann wanderten seine Augen kurz zu seinem Kollegen, Untergebenen oder was auch immer Schmidt, der Marie wie ein Terrier mit seinen schneidenden Fragen in die Waden biss, darstellte.

Er verabschiedete sich von ihr mit den Worten: „Ich freue mich, Frau Frey, das Gespräch mit Ihnen zu einem anderen Zeitpunkt fortzusetzen." Weniger, der doch mehr war, als sie eingangs gedacht hatte, überließ Marie ihrem schmidtschen Schicksal.

Sie musste der Versuchung widerstehen, ihm nicht ‚Lassen Sie mich bitte nicht mit diesem Jobmotivator allein!' hinterherzubrüllen.

Schmidt, durch die Unterbrechung kurz aus dem Konzept gebracht und nicht in der Lage, seine schönen blauen Augen bei Marie aufs Verbindlichste einzusetzen und mit galanter Mimik zu punkten, meinte kühl: „Sehen Sie, Frau Frey, wir nehmen bei Guardian & Guardian auch Quereinsteiger wie Sie. Aber ich sage Ihnen gleich, dass es uns keinesfalls reicht, wenn Sie ein bis zwei Häuser im Monat verkaufen. Wir wollen Erfolge sehen. Wir wollen mehr."

Marie lehnte sich belustigt zurück. Sie hatte nicht vor, Schmidt in seinem auswendig gelernten Monolog zu unterbrechen. Wenn in dieser Firma noch mehr solche Vollidioten ihr Unwesen trieben, verzichtete sie freiwillig auf einen Job in diesem grandiosen Unternehmen. Mittlerweile sah sie Schmidt nur noch wie ein auf Angriff abgerichtetes Hundeviech: Die waren auch schon mal hübsch anzusehen, knurrten aber am Ende widerwärtig und zeigten dabei mit Vorliebe ihre scharfen Beißerchen. Im Stillen begann sie, ihr Gedächtnis nach anderen bekannten Immobilienfirmen zu durchforsten. Sie hatte sowieso noch eine Menge Bewerbungen offen, sei's drum. Knurr ruhig weiter, Wuffi, damit wir es schnell hinter uns haben, forderte sie ihr Gegenüber lautlos auf.

„Ich denke, wir sollten so verbleiben, dass Sie sich erst einmal überlegen, ob Sie bereit sind, vollen Einsatz zu zeigen. Nur unter dieser Voraussetzung können wir Ihnen auch eine reelle Chance bei Guardian & Guardian anbieten", setzte er sein Abschreckungsmanöver fort. Dabei bemerkte er nicht, wie desinteressiert Marie dreinblickte und es bloß noch fehlte, dass sie dabei ihre Fingernägel eingehend untersuchte. „Schließlich", erklärte er unverdrossen, „müssen wir Sie erst einmal schulen, bevor wir Sie auf unsere Kunden loslassen."

Loslassen? Jetzt reichte es! Marie erhob sich, ohne ein Wort zu sagen, was Schmidt seinerseits veranlasste, den Stuhl zu lüften. Sie las in seinem leicht abwesenden Gesichtsausdruck, dass ihn irgendetwas verwirrte. Sicher, sie wusste, was es war. Sie hatte das Gespräch beendet und nicht der gute Herr Schmidt, der nicht mitbekam, dass Marie ihm längst das Zepter aus den Händen gerissen hatte. Sie bot ihm ihre Hand, die er verdutzt quetschte, verabschiedete sich mit ‚Auf Wiedersehen', schritt zur Tür und musste an sich halten, nicht vollkommen genervt den Kopf zu schütteln.

„Ach ja, und akquirieren müssen Sie natürlich auch. Also, Sie haben bisher doch nur verkauft. Das sollten Sie bei Ihrer Entscheidung auch bedenken!", rief er ihr in den Rücken.

Sie ging bereits mitsamt Wintermantel durch die Tür.

„Bitte melden Sie sich bald! Wir haben viele Bewerber!", hallte es hinter ihr aus fünf Metern Entfernung den Flur entlang, gleich einem übereifrigen Pennäler, der den letzten Vers unbedingt noch aufsagen musste, obwohl sich die Mitschüler längst verdrückt hatten und das

Cordjackett des Lehrers nur noch von hinten zu sehen war. Wie, verflucht noch eins, konnte ein attraktiver Kerl wie dieser Schmidt bloß so unausstehlich sein? Allein im Fahrstuhl prustete Marie mindestens fünf Liter Luft aus den Lungen und lachte lauthals auf. Zu skurril war das Ganze abgelaufen, als dass sie sich weiter hätte darüber ärgern können. Wie scheffelten diese Leute bloß so viel Kohle? Sie konnte sich nicht vorstellen, dass Bello Schmidt ein Einzelausfall war. Rasch lief sie zur U-Bahn. Bloß weg hier!

Als der Zug in den vor Menschen wimmelnden Bahnhof einfuhr, konnte Marie gerade noch einen Stehplatz eine Armlänge vor der gegenüber-liegenden Schiebetür ergattern. Sie hob ihren Kopf und sah dabei geradewegs in die darin eingefasste Scheibe. Schlagartig zuckte sie vor Schreck zusammen! Der Zug raste durch den düsteren Tunnel, vor dessen Hintergrund das Glas ihre Gestalt deutlich widerspiegelte. Meine Güte, was glotzte ihr denn da entgegen? Leise ächzend setzte sie einen halben Schritt zurück, was ihr ein verärgertes Grummeln des Hintermannes einbrachte. Unter ihrem halb offenen Lodenmantel sah sie, pechschwarz kostümiert, wie ein Abziehbild von Weniger und Schmidt aus. Igitt! Als wäre sie bereits eine von denen! Sofort, wenn sie die Wohnungstür hinter sich zugezogen hätte, würde sie sich dieses krähenhafte Outfit vom Leib reißen, bevor sie sich noch den Kretinvirus einfing.

31

Der Bildschirm des Laptops flammte lautlos auf und Nina klickte sich mit der Maus ins VIPMail. Endlich ein paar Antworten auf ihre Bewerbungen! Durch das Fenster ihres Zimmers stahl sich nichts als das triste Grau der dichten Wolken, die sich bei den Händen zu halten schienen, um in stiller Eintracht ihre Farblosigkeit über die ganze Stadt zu verteilen. Aufgeregt heftete sie ihre Augen auf den Monitor. Für die Firma WorkIt PR wünschte ihr in einem Dreizeiler Frau Seesener alles Gute. Bei der KEL GmbH war es Frau Führau, die sich um die leidigen Absagen kümmerte. Ernüchtert lehnte sie sich zurück. Mit den unangenehmen Dingen schienen vorwiegend Frauen betraut worden zu sein, was wohl daran lag, dass überwiegend Damen an den Tastaturen um die Wette tippten, genauso wie sie selbst in ihren bisherigen Jobs.
Sie öffnete noch ein paar weitere Antworten in der irrwitzigen Hoffnung, doch noch einen Vorstellungstermin zu bekommen. Weit gefehlt, alle schienen dasselbe zu sagen: Du bist zu alt, du bist zu teuer. Warum sie trotzdem plötzlich anfing, still und leise vor sich hin zu grinsen, wusste sie nicht einmal selbst. Das mochte daran liegen, dass sie momentan in ihrem Inneren von einem Orchester mit Klaviertönen und Violinstreichern beglückt wurde und der Trommelwirbel ihr noch hier und da Schweißperlen durch die Poren jagte. Eine innere Stimme sagte ihr, dass das nicht allein an der morgendlichen Tablette mit dem Wirkstoff Levothyroxin-Natrium lag, sondern auch an dem nicht mehr vorhandenen Stress mit Jule und Rolf.
Plötzlich vibrierte ihr leise gestelltes Handy. Mit den Händen am Apparat sah sie auf dem Display ‚Jule' aufleuchten. Fröhlich meldete sie sich: „Hallo meine Kleine! Wie geht's dir?"
„Klasse, Mama, richtig klasse! Ich bin in einer halben Stunde bei dir. Bist du dann da?"
„Ja sicher. Ich freue mich."

„Bis gleich."

Klick! Bildete sie sich das ein oder hatte Jules Stimme einen säuerlichen Unterton gehabt? Egal, sie freute sich, dass ihre Tochter vorbeikam. Aber eines war klar, sie musste ihr heute unbedingt reinen Wein einschenken, bevor sie sich nachher eine Wohnung in Tempelhof anschauen würde. Ihre Tochter sollte endlich erfahren, dass sie und Rolf sich räumlich voneinander trennten. Ihre Miene verdüsterte sich. Sie würde Jule damit beruhigen, dass das nicht gleich die Scheidung bedeutete, sondern beiden Klarheit verschaffen sollte, wie sie sich ihre gemeinsame Zukunft vorstellten. Jule würde das sicher verstehen. Sie nahm sich vor, ihrer Tochter jegliche Angst zu nehmen, dass sich für sie etwas ändern könnte. Schon deshalb hatte sie sich eine kleine Altbauwohnung ausgeguckt, damit Jule und Rolf weiterhin in der Vier-Zimmer-Wohnung wohnen konnten und für die beiden alles blieb, wie es war.

Überhaupt hatte sie lange nicht mehr Rolfs sorgenabstinenter Blick vor ihren geistigen Augen gepiesackt. Das tat gut! Und er sollte gefälligst auch tun und lassen, was er wollte. Aber Jule war ihre Tochter. Und sie liebte sie über alles. War denn alles falsch gewesen, was sie aus Sorge um Jules Zukunft getan hatte? Diese ständigen Auseinandersetzungen über ihren Schuleinsatz, der Nina immer als zu wenig erschienen war und ihrem Mädchen ihrer Meinung nach die Zukunft verbaute. Ihr war, als wäre sie einen Marathon gelaufen, bei dem sie im Nirgendwo herumgeirrt war, anstatt sich Richtung Ziel zu bewegen. Aber was hätte sie denn tun sollen? Einfach die Hände in den Schoß legen und zusehen, wie alles den Bach runterging? Das Abi gab es eben nicht als Geburtstagsgeschenk.

Aber wie lief es bei Jule derzeit in der Schule? Sie hätte es zu gern gewusst, wenigstens rein informationshalber, ohne sich einzumischen. Bis auf das Referat, das gutgelaufen war, hatte sie keinen blassen Schimmer und traute sich auch nicht mehr nachzufragen. Schließlich war sie von zu Hause geflüchtet. Ob Rolf sich darum kümmerte? Nina lehnte sich in ihrem Stuhl zurück und starrte nachdenklich in die Luft. Wenn sie ganz ehrlich war und nicht ihre Angst um Jules Zukunft die Oberhand gewann, dann hatte sie inzwischen das Gefühl, dass ihr Mädchen genau wusste, was sie tat, auch ohne Mutters Coaching. Sie nahm sich vor, ihre Tochter in Zukunft zu motivieren und ihr zu helfen, wenn sie es von ihr verlangte. Es würde ihr zwar verdammt schwerfallen, aus allem die Finger herauszuhalten, aber das war für beide der bessere Weg.

Sie klickte sich aus VIPMail hinaus und weiter durchs Internet, um neue Stellenangebote ausfindig zu machen. Wenn sie an ihre eigene Jugend zurückdachte, war sie auch nicht superfleißig gewesen, aber in Jules Alter war ihr bereits klar gewesen, dass sie ein gutes Abitur haben wollte. Das hatte auch funktioniert. Auch wenn sie damals nicht vorgehabt hatte zu studieren, war sie in der glücklichen Situation gewesen, in einer von Schulabgängern wie von Ameisen überlaufenen Zeit sogar zwischen einigen Ausbildungsstellen wählen zu können. Vielleicht sollte sie ihr nachher davon erzählen, einfach so, ohne erhobenen Zeigefinger.

32

Jule saß mit offener weißer Daunenjacke über ihrem blauen Pullover und ihrer Bluejeans im Bus Richtung Wannsee. Über ihren am Pulli angeklemmten, briefmarkengroßen MP3-Player ließ sie sich von den Ärzten ins Ohr singen. Davon erreichte sie kein einziges Wort. Sie hätte es nicht einmal mitbekommen, wenn ihr der Ententanz in Endlosschleife ins Ohr gedudelt hätte. Sie war mit ihren Gedanken bei ihrer Mutter. Noch nie zuvor war sie so wütend auf sie wie heute! Es schnürte ihr schier die Luft ab, so sauer war sie. Papa hatte ihr gestern Abend erklärt, dass sich Mama eine Wohnung suchen wolle, als sie ihn gefragt hatte, wie das Treffen mit Mama in der Sauna gelaufen war. Prima, Mama, das hast du ganz klasse hingekriegt! Die Frau drehte langsam ab! Machte hier einen auf Midlife-Crisis! Papa sprang im Dreieck, zwar zeigte er nach außen Gemütsruhe, aber Jule war nicht blöd. Der war völlig durcheinander. Die Dame machte noch die ganze Familie kaputt! Mann, konnte die heute was erleben! Das konnte doch unmöglich wahr sein, dass sie sich mit fünfzig Jahren aufführte wie ihre Freundin Ella, die einen Tag meinte, als Anwältin die Berliner Gerichte unsicher machen zu wollen, und am nächsten Tag drauf und dran war, die Schule zu schmeißen, weil sie unbedingt frei nach dem Motto ‚Wer ist der dümmste Clown Deutschlands?' bei irgend so einer Talentshow rumhampeln wollte. Mama und Papa getrennt? Das konnte Mama doch nicht machen!

Jule verschränkte die Arme, starrte aus dem großen Fenster des Doppeldeckers, der an einem Waldstück vorbeifuhr, und kämpfte mit den Tränen. Noch vor einer Woche rannte sie mit ihr durch die Gegend, um ein Kleid für diese doofe Party zu finden, und machte sich scheinbar Sorgen, die passenden Schuhe dafür aufzutreiben. Und dann das, rumorte es in Jules Kopf weiter. Sie hatte sich mehr als alles andere auf diese Schulfeier gefreut. Die konnte ihr jetzt gestohlen bleiben. Sie hatte keine Lust mehr! Wenn ihre Eltern es nicht mal schafften, gemeinsam dort anzutreten, würde sie auch zu Hause bleiben. Und überhaupt ging ihr Fabian langsam, aber sicher auf den Wecker mit seinem ewigen Weggucken, wenn sie ihn ansah. Sollte der doch bleiben, wo der Pfeffer wächst, dieser Idiot. Konnte sich eine andere nehmen! Am besten Ella! Die würden dann beide ziellos umeinander herumlaufen wie die Bescheuerten. Mann, wie sie das alles ankotzte!

Der Bus stoppte mit einem Ruck und riss Jule aus ihren Gedanken. Mit einem Mal erkannte sie, dass sie aussteigen musste. Rasch schnellte sie von ihrem Sitz hoch, rannte zum Ausstieg und schaffte es gerade noch herauszuspringen. Ein paar Straßen weiter lag Maggies Villa. Wie sehr liebte sie dieses Haus direkt am Wasser, umgeben von Laub- und Nadelbäumen. Heute, Anfang März, bekam sie bei acht Grad eine leise Ahnung davon, wie schnell der Frühling zurück sein und sie bald wieder im Sommer ihre Bahnen durch den Wannsee ziehen würde. Bei Oma war ja auch alles in Ordnung, darauf konnte sie sich verlassen. Immer wenn sich Maggies Bild in ihr Gedächtnis schob, umspielte ein Lächeln ihre Mundwinkel. Wenn nur nicht ihre Ego-Mutter derart dämliche Ideen auf Lager gehabt hätte! Ihre Gesichtszüge verfinsterten sich augenblicklich mit fest aufeinandergedrückten Lippen.

Während sie der Villa immer näherkam, begann ihr Herz laut zu klopfen. Jule hatte schon viel Stress mit ihrer Mutter hinter sich, aber das hier war eindeutig die Härte! Wenn doch ihre Mutter die Schuldige an der ganzen Misere war, warum hämmerte ihr Herz dann wie wild? Irgendetwas sagte ihr plötzlich, dass sie umkehren sollte. Aber warum? Sie konnte sich ihre zwiespältigen Gedanken nicht erklären und stiefelte mutig auf das Eingangstor des Anwesens zu. Sie schaltete ihren MP3-Player aus und verstaute ihre Ohrstöpsel inklusive Gerät in ihrer Jackentasche. Auf dem Grundstück kam ihr Nina bereits entgegen, noch bevor sie mit dem Finger am Klingelknopf war. Stirnrunzelnd ließ sie die herzliche Begrüßung ihrer Mutter, die sie fest an sich zog und ihr einen warmen Kuss auf die Stirn verpasste, mit hängenden Armen über sich ergehen. Als Nina ihre Tochter freudestrahlend ansah, verschlug ihr der missmutige Gesichtsausdruck die Sprache.

„Ich möchte bloß wissen, wann du es mir sagen wolltest", platzte Jule heraus.

Nina wusste sofort, worum es ging. „Komm erst mal herein", schlug sie vor und lief voran ins Haus. Da Maggie mit ihrer gleichaltrigen Freundin Ingrid Weihenfels unterwegs war, hatten die beiden das Haus für sich. Jule feuerte ihre Jacke an die Garderobe, ohne darauf zu achten, ob sich irgendetwas in der Nähe befand, was dem strahlenden Weiß mit Schmutzflecken gefährlich werden konnte.

Langsam zog Nina ihren Mantel aus und deponierte ihn an einem Haken, genügend Abstand zu Jules Daunenjacke einhaltend. Ihr war nur allzu gut bekannt, was sie sich sonst anhören musste, sobald sich nur ein kleiner Krümel daraufsetzte. Da war sie eigen. Normalerweise.

„Letzte Woche wollte ich es dir schon sagen", beichtete Nina und setzte sich auf die Wohnzimmercouch.

Derweil sich Jule ihr gegenüber auf den Sessel platzierte, erklärte sie mit zitternder Stimme: „Mama, ich verstehe dich nicht. Ihr werdet euch scheiden lassen, oder? Das ist doch so!"

„Das werden wir nicht", erwiderte Nina bestimmt und wollte zu ihr, um sie in den Arm zu nehmen. Sie spürte, wie aufgelöst Jule war, und wollte mit der körperlichen Nähe instinktiv die Kluft zwischen ihnen schließen. Doch Jule wehrte mit beiden Händen ab, weshalb sie sich wieder zurückzog und setzte.

„Du denkst also wirklich, du könntest in eine eigene Wohnung ziehen und alles bleibt, wie es ist?"

„Nein, natürlich nicht. Es soll ja auch nicht bleiben, wie es ist. Deswegen bin ich doch weggegangen", versuchte sie, ihrer Tochter ihre Beweggründe verständlich zu machen, ohne sich über Details zu ihrer Beziehung mit Rolf auszulassen.

Sie wollte unbedingt vermeiden, dass Jule in die Querelen mit hineingezogen wurde.

„Was soll nicht so bleiben?", forschte Jule nach.

Ich will das alles nicht mehr, ich halte das nicht mehr aus, hätte Nina am liebsten geschrien. Doch dermaßen viele Ichs würden sie schuldig im Sinne der Anklage sprechen und das würde den Tatsachen nicht gerecht werden. Richtig wäre es, Jule zu sagen, dass Nina das Verhalten ihres Vaters, diese Ignoranz, diese Abgeklärtheit schrecklich fand und sie deshalb woanders leben wollte. Weil sie es ein für alle Mal nicht aushielt. Aber sie wollte keinesfalls Jule zwischen sich und Rolf bringen.

„Jetzt sagst du gar nichts. Das ist wieder typisch", stellte Jule ernüchtert fest, verschränkte die Arme und schüttelte energisch den Kopf.

„Jule, wenn ich einen anderen Weg wüsste, würde ich ihn gehen, glaub mir."

„Du hast einen anderen Mann, oder?", bohrte Jule nach und musterte ihre Mutter prüfend.

„Nein!", rief Nina sofort aus.

„Also, warum? Hat Papa eine andere?"

Wusste Nina das? Nein. Vorstellbar war es zwar, aber sie glaubte es nicht. „Das ist es nicht. Wir haben uns in der letzten Zeit auseinandergelebt. Und mir geht es wirklich nicht gut. Sieh mal, es soll doch nicht für immer sein."

„Schon klar", unterbrach Jule sie, „das kenne ich von Sarah. Bei ihren Eltern war es genauso wie bei euch. Eine Trennung auf Probe nannten die das. Und dann? Dann blieb es so. Und Sarah ging's richtig dreckig dabei."

„Was hältst du davon, wenn du heute Nachmittag mitkommst und mit mir zusammen die Wohnung anschaust? Dann erkennst du bestimmt, dass das nichts für die Ewigkeit ist", schlug Nina vor.

„Sicher nicht! Ich bin so enttäuscht von dir, Mama. Ich sollte immer alles richtig machen. Mann, wenn ich nur eine Hausaufgabe vergessen

habe, bist du ausgetickt. Und jetzt? Jetzt machst du alles falsch!"
Tränen bahnten sich den Weg über Jules Wangen.

Nina sprang unvermittelt auf und eilte zu ihr.

„Hau ab!", rief Jule sofort und hob abwehrend die Hand. Sie konnte das verlogene Getue ihrer Mutter nicht mehr ertragen, sich auf der einen Seite liebevoll zu geben und am Ende doch bloß an sich selbst zu denken.

Nina blieb einen Schritt vor ihrer Tochter stehen. Sie hatte das nicht gewollt. Sie hatte tatsächlich geglaubt, sie könnte Julchen unbeschadet aus der ganzen Sache heraushalten. Wie hatte sie nur so naiv sein können?

33

Nina warf noch kurz einen Blick zurück und prägte sich genau die Parklücke ein, in die sie ihren roten Golf hineingezwängt hatte. Mittlerweile hatte sie sich angewöhnt, immer zu gucken, wo sie parkte. Sie wollte nicht, wie so oft, hektisch und mit Schweißperlen auf der Stirn alle Straßenecken abklappern, um ihr Vehikel erst wiederzufinden, wenn sie bis aufs Hemd durchgeschwitzt war. Die Seitenstraße, in der die Maklerin in der freien Wohnung auf sie wartete, ging vom Tempelhofer Damm ab und war vorwiegend flankiert von fünfstöckigen Altbauten. Zum Teil waren sie wunderschön verziert mit liebevoll erhaltenem Stuck. Bei näherem Hinsehen stellte sie zufrieden fest, dass ihr größtenteils sorgfältig verputzte Mietshäuser entgegenblickten. Suchend schaute sie sich nach der Hausnummer 36 um, obwohl ihr im Moment alles andere als nach Wohnungsbesichtigung war. Allein ihr Gang, der mehr an ein Schleichen erinnerte, zeigte, dass sie ziemlich fertig war. Der Streit mit Jule hatte ihr stark zugesetzt. Seit Jule sich traurig und wütend zugleich von ihr verabschiedet hatte, tanzte der verfluchte Schwindel Tango in ihrem Kopf. Vorhin hatte sie gerade noch zum Bett taumeln können, bevor sie vielleicht noch umgekippt wäre. Brav war sie dort liegen geblieben, bis sich das Karussell langsam ausgedreht hatte. Nur gut, dass Margarete, unterwegs mit ihrer Freundin, weder den schrecklichen Disput mit Jule noch ihren bösen Zusammenbruch oben in ihrem Zimmer mitbekommen hatte. Heulina hatte wieder in furchtbar viele Taschentücher geschnäuzt. Sie wollte einfach nicht, dass Maggie sich Sorgen um sie machte. Auch das war ein Grund, aus der gemütlichen, wundervollen Villa auszuziehen. Sie fand, ihre Tante hatte ein Alter erreicht, in dem Nina sie schonen sollte.
Hier musste es sein! Sie blieb vor der Nummer 36 stehen, einem sandfarbenen Altbau mit breiten Stuckbordüren, und hielt nach Marie Ausschau, die unbedingt bei der Besichtigung dabei sein wollte. Wenn

es bloß nicht seit Stunden ununterbrochen in ihrem Ohr gefiept hätte! Dieser vermaledeite Tinnitus! Zwar wurde dieses elende Zahnbohrerpfeifen von der verkehrsstarken Geräuschkulisse etwas übertönt, war aber trotzdem laut genug, ihr den letzten Nerv zu rauben. Und sie hatte schon angenommen, dass dieses Gejaule nur noch auf leisen Sohlen in ihrem Hirn herumschleichen würde. Weit gefehlt! Ein stressiger Auslöser hatte gereicht, ihn wieder auf Trab zu bringen. Hurra, hier bin ich! Sie fragte sich nicht zum ersten Mal, warum sich die lästigen Dinge immer an ihr festkrallten wie eklige Blutegel und die schönen an ihr abperlten, als wäre sie von Kopf bis Fuß in einen aalglatten Neoprenanzug gewickelt. Zugegeben, in letzter Zeit hatte sich ihr kaum Angenehmes vorgestellt. Ganz nach dem Prinzip: Wenn schon Stress, dann richtig!

So weit das Auge reichte, war von Marie weit und breit nichts zu sehen. Dass sie sich verspätete, war eigentlich nicht ihre Art. Vermutlich steckte sie irgendwo im Stau fest. Mit Blick auf ihr Handy bemerkte sie, dass es schon zwei Minuten vor vier war. Sie hatte nicht vor, die Maklerin warten zu lassen und drückte wie verabredet den Klingelknopf mit dem Aufdruck ‚Knabe'. Marie konnte ja nachkommen, entschied sie, als sie die Tür aufdrückte, nachdem der Summer ertönt war. Sie starrte die gediegene Holztreppe hinauf, deren Stufenmatten sie wie rote Schnuten spöttisch anzugrinsen schienen. Drei Etagen ohne Fahrstuhl! Die mussten erst mal von der alten Frau erklommen werden. Und heute fühlte sie sich steinalt.

Stufe für Stufe schleppte sie sich hinauf. Irgendwo hatte sie mal gelesen, dass das ja einen Trainingseffekt haben sollte, wenn man öfter am Tag hoch und runter kletterte. Als Belohnung gab es dann Muskelmasse anstatt Fettpolster. Keine schlechte Vorstellung. Obwohl, so wie sie sich kannte, würde sie es sich trotzdem verkneifen, mehrmals täglich den Fuß vor die Tür zu setzen, wenn sie hier wohnte. Auch wenn es dafür noch so viel festes Fleisch gab. Es musste ja nicht gerade ihr

Körper sein, der in Stein gemeißelt wurde. Vor sich hin kraxelnd, beschlich sie das Gefühl, dass die Treppe kein Ende nehmen wollte. Beinahe so, als würde da oben jemand heimlich Stufen nachlegen. Oder war sie bereits am dritten Obergeschoss vorbei? Im selben Moment bemerkte sie, dass weiter oben, an einer offenen Wohnungstür, eine junge Frau auf sie wartete.

„Sie sind bestimmt Frau Landauer. Mein Name ist Richter. Frau Frey wartet bereits auf Sie", wurde Nina von der Dame begrüßt, deren schwarzer Wintermantel flügelartig um sie herumwehte.

Schön, dass Marie schon mal einen Blick auf die Behausung geworfen hat, anstatt unten auf mich zu warten, dachte sie leicht verärgert. „Ist das hier tatsächlich die dritte Etage?", fragte sie kurzatmig. Hoffnung keimte in ihr auf, dass sich die anzumietende Bude doch weiter unten befand.

„Ja sicher. Sie sind schon richtig. Kommen Sie doch bitte herein", forderte die nette Frau Richter sie auf.

Enttäuscht folgte sie der Maklerin mit dem peppigen blonden Kurzhaarschnitt in die Wohnung. Das hier waren für Nina mindestens gefühlte vier, wenn nicht sogar fünf Geschosse, so erschossen war sie. Nun hab dich mal nicht so, sagte sie sich. Das Schöne am Erklimmen war doch, dass man seine Oberschenkel spürte. Und das Treppenhaus war richtig hübsch. Nein, wie gepflegt, noch so richtig mit Holztreppengeländer, zwang sie sich zu denken. Ach Mist, ein Treppchen für den Oldie hätte auch gereicht! Das mit dem Schönreden hatte auch schon mal besser geklappt.

Sie trabte hinter der Maklerin her, deren schwarze Stoffhosen über schwarzen Stiefeln unter dem schwarzen Wollmantel hervorlugten, vorbei an der hölzernen Kastentür in düsterem Dunkelbraun. Na, wenn das keine aufmunternden Farben waren, die ihr da ins Auge stachen.

„Hi Nina", begrüßte Marie sie grinsend, gefolgt von einer kurzen Umarmung.

Marie war heute von Kopf bis Fuß trendig in Cognac gekleidet. Die taillierte Steppjacke, Cognac, die figurbetonte Stoffhose, Cognac, die Halbstiefel, Cognac. Heute in Schwarz, und wenn nur ihre Füße dringesteckt hätten, sie hätte es höchstens mit einer Pulle von dem überlebt, was sie gerade als Farbe am Körper trug. Besonders, wo sie wieder einer Berufskollegin in spe begegnete.

Als ihr Ninas erschöpfter Gesichtsausdruck entgegenschlug, klärte Marie sie auf: „Kein Fahrstuhl spart ungemein an Betriebskosten."

„Ach, Sie sind vom Fach?", erkundigte sich Frau Richter, die aus ihrer schwarzen Ledertasche eine schmale blaue Pappakte herauskramte. Blau, wie entzückend, dachten Nina und Marie gleichzeitig. Welch leuchtender Farbtupfer zwischen dem finsteren Kohlrabenschwarz!

„Nein", antwortete Marie schnell. „Aber als Mieter bekommt man ja auch so einiges mit."

Bloß inkognito bleiben, da konnte sie weitaus mehr ausrichten. Sie verzog unbemerkt das Gesicht zu einer Grimasse. Wenn sie als Maklerin unterwegs sein würde, entschied sie, gäbe es bei ihr keine Begräbnistracht!

Ganz in ihrem Element nickte die junge Frau und führte die beiden durch die Räumlichkeiten. Nina war angenehm überrascht, wie viel Tageslicht durch die Doppelkastenfenster hindurchschien. Sie schaute aus dem Wohnzimmerfenster, von wo aus sie direkt auf hochgewach-sene, noch kahle Baumwipfel sah.

„Schau mal, Marie, in ein paar Wochen werden die Äste sattgrüne Blätter durch die Luft schwenken."

„Schön", meinte Marie gedankenverloren. Sie war einzig und allein damit beschäftigt, die Wohnung auf Mängel zu inspizieren. Durch die beiden Zimmer war man mit wenigen Schritten hindurch. „Groß ist die Wohnung wirklich nicht", sagte Marie.

„Stimmt schon, aber auf den Flur entfällt nur wenig Wohnfläche. Dadurch sind die Zimmer größer", erwiderte Nina.

Marie behielt für sich, dass das zwar stimmte und sich die wenigen Meter hauptsächlich auf die Räume verteilten, größer wurden die dadurch allerdings auch nicht. Sie begutachtete wohlwollend das glänzende, neuwertige Parkett.

Nina hörte kaum, was die Maklerin ihr erklärte und ließ Marie den Vortritt. Sollten die beiden ruhig fachsimpeln.

Marie wandte sich an Nina: „Das Bad sieht sehr gepflegt aus. Gefliest und sogar mit Handtuchwärmer."

Nina besah sich die längs der Wand eingebaute Badewanne. Marie hatte recht, alles sah frisch und sauber aus.

„Etwas über fünfzig Quadratmeter hat das Büdchen. Das reicht mir völlig", erklärte Nina außer Hörweite der Wohnungsvermittlerin. „Ich kann mir ohne Weiteres vorstellen, hier eine Weile zu leben."

„Ich denke auch, für den Anfang reicht es", bestätigte Marie leise.

„Natürlich wäre ich viel lieber in Jules Nähe, aber das kann ich mir beim besten Willen nicht leisten. Außerdem habe ich mich vorher schlaugemacht und zwischen all den alten Mietshäusern gibt es ein größeres Kaufhaus, eine Markthalle und etliche kleine Geschäfte. Hier lässt es sich bestimmt gut aushalten."

Aber bislang hatte sie eben in Zehlendorf und Charlottenburg gelebt. War Zehlendorf freundlich und gediegen, so war sie in Charlottenburg wenige Meter von der lebhaften City entfernt gewesen.

„Von hier aus", begann sie, „muss ich, ob ich nun zu Rolf und Jule oder zu Margarete fahre, einen längeren Fahrweg in Kauf nehmen. Dafür habe ich aber auch nur eine Miete von etwas über sieben Euro pro Quadratmeter. Und wenn ich die Nebenkosten noch hinzurechne, kann ich mich damit gut anfreunden." Es war ohnehin nicht leicht, eine Bleibe zusätzlich zur Familienwohnung zu finanzieren. Aber sie hatte sich ausgerechnet, dass es einigermaßen hinhauen müsste. Und bald würde sie eh einen neuen Job haben. Dann sah die Welt gleich viel rosiger aus.

„Frau Landauer?", drang die Stimme der Maklerin an ihr Ohr. Irritiert schwang sie ihren Kopf in deren Richtung.

„Ich habe gerade gefragt, was sie beruflich machen", meinte Frau Richter.

Nina war es peinlich, dass sie die Frage nicht mitbekommen hatte. Obschon sie sich die ganze Zeit zusammenriss, spürte sie doch, dass es ihr nach dem Treffen mit Jule immer noch grottenschlecht ging. Es waren ja nicht allein Jules Worte gewesen, sondern das, was dahintersteckte. Ihre Tochter hatte ja recht, dass das Risiko einer Trennung auf Lebenszeit nicht wegzuwischen war. Aber sie wollte das wirklich nicht. Sie wollte verdammt und zugenäht Veränderung, sonst nichts.

„Ich bin gerade arbeits ..."

Weiter kam sie nicht, da sprang ihr flugs Marie ins Wort: „Frau Landauer ist mit mir zusammen in der Chefetage bei der AE Freiberg GmbH, einem Zulieferer für Automobil-Elektronik, angestellt." Lässig grinste Marie der jungen Frau mitten ins Gesicht.

Verwundert starrte Nina sie an. Was sollte das denn? Doch bevor sie den Mund öffnen konnte, um geistesgegenwärtig zu erklären, dass die Zeit dort gerade für sie zu Ende gegangen war, plapperte Marie wild drauflos: „Es ist eine Firma, in der Präzisionsarbeit großgeschrieben wird. Deshalb hat die Firma in der Fahrzeugindustrie einen sehr bekannten Ruf. Weit über die Landesgrenzen hinaus. Sicher kennen Sie AE?"

Frau Richter nickte eifrig. Logisch kannte sie die! Auch wenn Marie das Unternehmen gerade aus dem Hut gezaubert hatte.

Nina fuhr sich nervös mit der Hand über den Mund. Maries Märchenstunde war nix für Kinder und schon gar nix für sie. Das schien an der Guten allerdings vorbeizuflattern wie der schwache Wind vor den Fenstern, der es nicht einmal schaffte, ein Baumästchen seitwärts zu biegen.

„Wie gefällt Ihnen denn die Wohnung?", fragte Frau Richter mit auffällig geweiteten Augen, sichtlich an Ninas Meinung interessiert.

„Gut", erwiderte sie knapp. Sie musste sich von Maries Münchhausen-Story erst einmal erholen, begriff aber schnell, dass sie es mit ihrer Lüge gut gemeint hatte. Die griente zufrieden und zwinkerte ihr hinter dem Rücken der Maklerin verschwörerisch zu. Nina stand allerdings nicht der Sinn danach, diese dreiste Täuschung einfach so stehen zu lassen, konnte aber auch unmöglich ihre Freundin bloßstellen. Dann musste sie eben weitersuchen. Berlin bot genügend freie Wohnungen, da würde sich schon was finden lassen.

„Ich habe einen Anmeldebogen mitgebracht. Wenn Sie mögen, können sie ihn gleich ausfüllen." Frau Richter zückte einen DIN-A4-Bogen aus der Akte. „Es gibt mehrere Bewerber für diese Wohnung, aber wenn ich ehrlich bin, würde ich gern an Sie vermieten", gestand sie.

Argwöhnisch zog Marie eine Augenbraue in die Höhe.

„Das ist freundlich von Ihnen", meinte Nina gedehnt. Mit einer Flunkerei zu punkten, war einfach nicht ihre Sache.

„Unsere Firma versucht, so gut es eben geht, die Wohnungen solventen Mietern zu überlassen. Sie können sich nicht vorstellen, mit wie vielen Leuten ich tagtäglich zu tun habe, die sich die Mieten unserer Wohnungen überhaupt nicht leisten können, aber sie trotzdem anmieten wollen", sagte Frau Richter und sah die beiden Frauen mit offenem Blick an, wie jemand, der heilfroh war, zwischendurch mit Gleichgesinnten zu tun zu haben. Schließlich ärgerte sie sich tagtäglich darüber, Einkunftsbeträge zu addieren, für die sie nicht mal einen Taschenrechner zur Hand nehmen musste.

„Mit ziemlicher Sicherheit liegt das daran, dass es kaum noch bezahlbaren Wohnraum gibt", parierte Nina verärgert.

Aber die Maklerin steckte bereits nach wenigen Jahren Berufserfahrung mitten in einer harten Nussschale und nickte nur mitleidig. Offenbar hatte ihr Gegenüber von der bösen, kalten Welt hier draußen so viel

Ahnung wie ein Schmetterling vom Mäusefangen. Deshalb und weil sie mit Nina eines der seltenen, prima verdienenden Juwelen zwischen den Fingern hatte, verkniff sie sich jeglichen Kommentar. Betont konfliktfrei erwiderte sie: „Da haben Sie sicher recht."

Marie war beruhigt, war sie doch kurz skeptisch, so wie die junge Dame plötzlich um Nina herumscharwenzelte, ob mit der Bude vielleicht irgendetwas nicht stimmte. Ob nicht hinter den frisch geweißten Wänden ekliger Schimmel heimtückisch nur darauf lauerte, sich kurz nach dem Einzug wieder durch die Farbe zu fressen. Nein, offenbar wollte die Dame lediglich ihren Job machen und ihre Ruhe an der Front haben. Denn dort sah man es nicht gern, wenn an Leute vermietet wurde, die der Hausverwaltung mit scheußlichen Zahlungsausfällen Zornesfalten auf die Stirn meißelten.

Marie zückte, mit Zettel und Kugelschreiber bewaffnet, ein Laser-messgerät von der Größe einer Zigarettenschachtel aus der Handtasche und notierte das genaue Flächenmaß der einzelnen Räume. Derweil begann Nina, nachdem Frau Richter ihr einen Stift und die blaue Akte als Unterlage in die Hand gedrückt hatte, das Formular auszufüllen.

Die Maklerin drückte geistesabwesend auf ihrem Smartphone herum. Nina nutzte die Gelegenheit und schlich sich zu Marie, die gerade mit dem Kuli zwischen den Lippen das Bad ausmaß. Dabei setzte sie das militärgrüne Lasergerät an der einen Wand an, richtete es auf die gegenüberliegende, drückte ein Knöpfchen, woraufhin ein roter Laserpunkt auf der Fliese auftauchte.

„Und", flüsterte Nina ihr zu, „was bitteschön soll ich jetzt als Gehalt eintragen, du Schlaumeierin?"

Marie schüttelte schmunzelnd den Kopf, drückte noch mal aufs Knöpfchen und Nina danach das Wundergerät in die Hand, nahm Papphefter samt Blatt an sich und trug ‚ca. 2.500 Euro netto' ein. Sie reichte Nina beides zurück, nahm die grüne Schachtel mit Display wieder entgegen und erklärte ihr: „Der genaue Betrag muss erst noch in der Gehaltsabrechnung ermittelt werden." Sie sagte das, als handelte es sich um ein übliches Prozedere. Auf Heller und Cent gucken wir dann mal, was dabei rauskommt. Da schrauben wir einfach das Bruttogehalt etwas hoch. Alles kein Problem.

„Was?", zischte Nina verdutzt.

Genauso, wie Marie gerade korrekt Maß nahm, wollte sie eine Gehaltsabrechnung für Nina fälschen. Das schien für sie beides ein und dasselbe zu sein. Mehr Widerspruch ging in Ninas Augen nicht. Empörung machte sich in ihr breit.

„Du stehst heute aber auch auf der Leitung, Mensch", raunte Marie ihrer Freundin zu. „Ich mach das schon. Erklär ich dir später. Gib ihr einfach das Zettelchen zurück. Später kannst du dir dann in Ruhe überlegen, ob du hier überhaupt einziehen willst oder nicht. Aber wenn ja, dann sollst du die Wohnung doch auch bekommen, oder?"

Nina dackelte kopfschüttelnd zu Frau Richter und reichte ihr das ausgefüllte Papier. Es stimmte schon, sie brauchte weder Marie noch sich als Spinner zu outen. Das ging auch lautloser, wenn sie Frau Richter nachher einfach anrief und absagte. Die ganze Geschichte war ihr schon peinlich genug. Bloß raus hier! Doch Marie zog sie zu sich heran und ging mit ihr in aller Gemütsruhe noch einmal durch jedes Zimmer.

„Schau dir noch mal alles an", forderte Marie sie auf. Als ihr Ninas mürrischer Gesichtsausdruck entgegenprallte, meinte sie beschwichtigend: „Hey, entspann dich, Nina, und lass noch mal alles auf dich wirken."

„Du hast gut reden", gab Nina murmelnd zurück. „Es stimmt schon", musste sie zugeben, „sie ist hell und freundlich. Hier lässt es sich eine Zeit lang wohnen." Sollte ja nicht für den Rest ihres Lebens sein.

Wieder bei der Vermittlerin angelangt, strahlte diese Nina immer noch an, als gäbe es was zu feiern. „Ich würde sehr gern von Ihnen hören, Frau Landauer. Die Wohnung ist wie für sie gemacht", versicherte sie ihr eifrig.

Nachdem Nina nun wusste, dass die heimelige Hütte offenbar extra für sie gebaut worden war, machte sie sich nach dem Händeschütteln zum Abschied mit Marie zusammen auf den Weg nach draußen. Die beiden Freundinnen spazierten, ohne ein Wort zu sagen, den breiten Gehweg vor den dicht aneinandergedrängten Wohnhäusern entlang und sahen zu, wie Frau Richter sich in ihren locker in der Einfahrt geparkten Smart schwang und eilig davonfuhr, die nächsten, hoffentlich zahlungskräftigen Interessenten mit ihren hübschen Wohnungen zu beglücken.

„So, und jetzt erklärst du mir bitte, warum ich nicht dazu stehen soll, dass ich mich derzeit in einem Umbruch befinde und dabei nun mal arbeitslos bin", wollte sie endlich wissen, den Blick fest in Maries belustigte Augen gebohrt.

„Okay, du wolltest dich also lieber mit der Dame streiten und ihr begreiflich machen, dass bei Weitem nicht jeder mit wenig Einkünften ein Schmarotzer ist und du, obwohl du ja vielleicht auch bald zu denen gehören könntest, wohlgemerkt ‚könntest‘, eine ehrbare Frau von fünfzig Jahren bist, die immer hart gearbeitet hat und jetzt mal eine schlechte Phase durchläuft?"

„Wieso denn nun eine schlechte Phase? Ich verändere mich. Das ist doch wohl etwas ganz anderes. Und außerdem ist Arbeitslosigkeit nicht gleichbedeutend mit Zahlungsunfähigkeit. Selbst wenn ich mal weniger in der Tasche hatte, meine Miete habe ich immer gezahlt, egal, wie viel Geld ich danach noch übrighatte, so wie die meisten anderen das schließlich auch machen."

„Schön, Nina, ich glaub dir das blind. Und du meinst, dass Frau Richter das genauso gesehen hätte? Die rennt mit Vorurteilen ohne Ende durch die Gegend und du willst heute, hier und jetzt Aufklärungsarbeit bei ihr leisten und als lebendiges Beispiel einer Sozialstudie die Fahne für verantwortungsvolles Handeln hochhalten? Und am Ende bekommst du die Wohnung, weil du so ehrlich guckst?"

„Na und, warum nicht?"

„Schau mal", begann Marie in mütterlichem Ton, „die Maklerin kann sich doch selbst ausmalen, dass nicht alle, die arbeitslos sind oder nicht so viel verdienen, ihre Mieten nicht pünktlich zahlen. Aber sie erfährt nun einmal ausschließlich von den Säumigen, weil das genau die sind, die ihr die Verwaltung unter die Nase reibt. Sprich: Sie kriegt eins auf den Deckel, weil sie die falschen Mieter ausgesucht hat, die ihren Zahlungsverpflichtungen nicht nachkommen. Und immer hat die Verwaltung damit Ärger. Mahnungen, Klagen, Räumungen. Da leckt sie sich natürlich alle fünf Finger nach jemandem mit einem Einkommen von 2.500 Euro, der die Bude gleich dreimal bezahlen und sich daneben sogar noch ein Brötchen leisten kann. Ist doch logisch, oder?"

„Und dafür muss ich betrügen? Das kommt gar nicht infrage!" Entrüstung mischte sich in Ninas Stimme.

„Gut, irgendwann bekommst du schon eine Wohnung, die dir zusagt, selbstverständlich auch auf ehrlichem Wege. Schließlich kann man an ihrer Aussage unschwer erkennen, dass sie ihre Buden öfter an Einkommensschwächere abgeben muss."

Nina stimmte mit einem Kopfnicken zu. Endlich verstand Marie sie. Sie hatte noch nie in ihrem Leben betrogen. Warum also sollte sie es jetzt tun?

Marie blieb stehen und sah Nina ruhig in die Augen. „Dauert halt nur ein bisschen länger. That's life." Sie stieß einen inbrünstigen Seufzer aus und ließ ihre Arme theatralisch sinken.

„Das ist die erste Wohnung, Marie, und nicht die hundertste", gab Nina zu bedenken.

„Stimmt. Und bei der ersten bis zur x-ten Besichtigung willst du dann Überzeugungsarbeit leisten, dass du zu den Zuverlässigen gehörst, die ihre Miete immer brav zahlen, obwohl du gerade Arbeitslosengeld kassierst?"

„Ja, sicher." Sie behielt für sich, dass sie sich im Augenblick innerhalb der Sperrfrist befand, ohne Geldanspruch.

„Aber wir halten mal eines fest: Die nette Dame hat Vorurteile, die auf dich nie und nimmer zutreffen, richtig?"

„Ja", entgegnete Nina fest.

„Aber du hältst es für Betrug, wenn du ihr anstatt Argumente, für die diese Frau auf beiden Ohren taub ist, eine falsche Abrechnung gibst, mit der du genau dasselbe sagst, nur eben anders?"

Nina wusste, dass Marie recht und unrecht zugleich hatte. Der wahre Kern lautete einzig und allein: Sie war zuverlässig bis in die Fußspitzen, was die Maklerin beileibe nicht interessierte. Und zugegeben, der Betrug wäre ja nur dann einer mit Auswirkung, wenn sie den Preis für die zwei Zimmer nicht bezahlen würde. Das würde sie aber auf Biegen und Brechen!

„Sag mal, Marie, hast du so etwas schon mal gemacht?", forschte sie nach.

„Nein, so etwas noch nicht."

„Aber?"

„Nina, mit Außerirdischen wie dir habe ich wirklich selten zu tun. Ich bin einfach pragmatisch. Das ist alles." Damit setzte sie einen Schlusspunkt, richtete ihren Blick geradeaus und lief mit weit ausholenden Schritten, Nina neben sich, weiter.

Obwohl es nicht mehr lange dauern würde, bis die beiden auf nicht ganz legale Weise gegenüber Rolfs ehemaligem Geschäftspartner Jens, der durch seinen Betrug ganze Lebensentwürfe vernichtet hatte, zum Gegenschlag ausholten, machte es für Nina einen gewaltigen Unterschied. Jens hatte es verdient!

Aber für eine Wohnung zu betrügen und dann noch gegenüber jemandem, der ihr nichts getan hatte, war nicht ihre Sache. Dann würde sie eben weitersuchen. Ob Marie das nun kapierte oder nicht. Marie war nun mal anders als sie. Marie hatte einen verheirateten Liebhaber, Marie verkaufte die reinen Vorzüge eines Produkts, Marie wollte Jens die hoffentlich noch vorhandene Kohle vom Konto pusten,

Marie log einen Traumjob vom Himmel. Die beiden Frauen verabschiedeten sich voneinander und Nina machte sich mit ihrem Wagen auf den Weg zurück zur Villa.

Da kam ihr Chrissie, ihre Freundin aus Teenagerzeiten, in den Sinn. Der wäre ein derartiges Lügengebilde niemals eingefallen! Sie trat gerade noch rechtzeitig auf die Bremse, als die Ampel auf Rot schaltete, um mit ihren Gedanken gleich wieder abzuschweifen. Dumm war nur, dass sich Chrissie nur für Chrissie interessierte. Für sonst niemanden. Und ganz besonders blöd war, dass Nina mittlerweile erkannte, dass das wohl schon mit sechzehn der Fall war, als sich die beiden auf dem Gymnasium kennengelernt hatten. Nur damals war Chrissies Egozentrik noch nicht so stark ausgeprägt wie heute. Sie legte bei Gelb den ersten Gang ein und fuhr Richtung Autobahnauffahrt. Zu jener Zeit hatte Chrissie ihre Freundschaft gebraucht, heute nicht mehr. Sie schüttelte missmutig den Kopf. Die beiden hatten als Teenies und junge Frauen gemeinsam Partys unsicher gemacht und sich vor lauter Lachkrämpfen bauchkneifende Sit-ups schenken können. Damals. Beide noch ohne festen Partner. Offenbar hatte Chrissie deswegen ihre Freundschaft gebraucht. Es hatte ihr eben niemand außer Nina den Rücken gestärkt, so einfach war das.

Weiter vorn reihte sie sich in die linke Spur ein, um die Auffahrt nicht zu verpassen. Eigenartig, sie war doch Chrissie gegenüber niemals gleichgültig gewesen. Gut, die gesammelten Generalabzeichen in Bezug auf die prima Schulleistungen ihrer beiden Jungs, die schlechten hatten eindeutig die Lehrer zu verantworten, hatte sie mit den Jahren schweigend über sich schwappen lassen.

Aber, erinnerte sie sich stirnrunzelnd, wenn Chrissie sich mit echten Sorgen herumschlagen musste, ja, auch bei Stress mit den Lehrern oder wenn es Ärger mit Thomas gab, dann hatte Nina stets ein offenes Ohr für sie und half ihr. Ob es mitten in der Nacht war oder sie selbst bis zum Kinn im Mist steckte. Es war sogar so, dass es ihr durch den Kopf ging, als hätte sie den Schlamassel selbst am Hals. Das hielt so lange an, bis es ihrer Freundin wieder besser ging.

Sie huschte die Auffahrt mit ihrem Wagen hoch, trat das Gaspedal so fest wie möglich mit dem Fuß durch, damit sie sich oben mühelos in den laufenden Verkehr einfädeln konnte. Der alte Wagen brauchte so seine Zeit, um auf achtzig zu kommen. Sie musste höllisch aufpassen, denn Heulina verschleierte ihr mit aufkommenden Tränen die Sicht. Sie blinzelte schnell und verscheuchte die lästigen Blicktrüber. Dass Chrissie sie mit ihren Problemen derart hatte im Regen stehen lassen, verletzte sie zutiefst. Mehr als sie gedacht hätte.

Gemächlich fuhr sie auf der rechten Spur und war in Gedanken wieder bei Marie. Die war auch eigensüchtig, musste sich Nina eingestehen. Allerdings gab es zwischen Marie und Chrissie einen entscheidenden Unterschied: Marie interessierte sich für Nina. Und das war zur Abwechslung mal ganz schön.

34

Die Tannen flogen an ihnen vorbei, als Nina mit Marie auf dem Beifahrersitz über die A 24 Richtung Hamburg fuhr. Der wolkenverhangene Himmel thronte wie ein dichter Vorhang über Berlin und Brandenburg. Trotzdem stahlen sich einzelne Sonnenstrahlen durch die massigen Wolkenarme hindurch.

Nina lenkte den Wagen sicher über die Autobahn. Eigentlich müsste sie dazu viel zu müde sein. Sie hatte heute Nacht kaum ein Auge zugetan, so nervös war sie gewesen wegen der bevorstehenden Aktion, mit der die beiden Frauen Jens einen Tritt in den Allerwertesten verpassen wollten. Immer noch aufgewühlt, verschaffte ihr aber genau das die nötige Konzentration, die Fahrt zu überstehen.

Allerdings fragte sie sich zum x-ten Mal still und heimlich, ob sie den Plan tatsächlich genauso durchziehen konnte wie gedacht. Schließlich war ihre Rolle dabei nicht unwesentlich und, wie sie es auch drehte und wendete, kriminell noch dazu. Ob sich die Mission Jens nicht doch als ‚Mission Impossible' entpuppte?

Normalerweise hätte sie mit Marie über ihre Sorgen und Ängste gesprochen. Sie ließ es aber nicht allein deshalb bleiben, weil sie ihr schon im ‚Sundancer' damit die Ohren vollgesäuselt hatte, sondern auch, weil sie befürchtete, dass es Marie nicht sonderlich besser ging als ihr. Doch solange es bei einem Anflug von Ahnung blieb, fühlte sie sich weitaus gestärkter, als wenn sie gewusst hätte, dass Maries Nerven genauso flatterten wie ihre.

„Wie viel Sachen schafft dein Mühlchen eigentlich?", fragte Marie mit Blick auf die Tachonadel, die bei 130 Stundenkilometern wie festgebacken stehen blieb.

„Ich weiß nicht genau, vielleicht 150 oder 160. Aber dann kracht die Blechkiste, als würde jemand mit dem Hammer das Heck bearbeiten, und du verstehst dein eigenes Wort nicht mehr", erwiderte Nina, ließ ihre Augen über den Rück- und Seitenspiegel wandern, trat das Gaspedal mit voller Kraft durch und scherte nach links aus.

Maries Gesicht hellte sich schlagartig auf. Es brauchte nur wenige Sekunden und ihre Vorfreude wurde gebremst, als sie merkte, mit wie viel Mühe sich der Motor hochackerte. Von Davonjagen keine Spur.

„Siehste, braucht ein bisschen und du denkst, dir fliegt gleich das Blech um die Ohren", brüllte Nina nach rechts.

Marie nickte und signalisierte mit der Hand, sie solle bloß wieder runter vom Gas.

„Wird Zeit, dass du dir was Neues zulegst, oder?", meinte Marie, nachdem Nina das Tempo gedrosselt hatte und der rote Flitzer wieder auf der rechten Spur artig vor sich hinrollte.

„Na ja, den Anfang habe ich ja gemacht. Aber dieser Sandor ist einfach nicht mein Typ, zu glatt, zu undurchsichtig", bemerkte Nina mit verschmitztem Seitenblick auf Marie.

„Ich meine doch deine Karre", eiferte sich Marie.

„Ach so", konterte Nina, als hätte sie das nicht bereits gewusst und fing an zu lachen.

Marie knuffte ihre Freundin grinsend in die Seite.

„Für einen neuen Gebrauchten hätte es bislang schon gereicht, aber ich hänge an diesem Wagen. Überleg mal, was ich mit dem schon alles erlebt habe."

„Hm", machte Marie, „da fällt mir doch gleich dein schrecklicher Ehemann ein und ein kreischendes Gör namens Jule."

„Na, so übel ist Rolf auch wieder nicht. Und Julchen ist praktisch mit dem Auto groß geworden", empörte sich Nina.

„Hör ich da richtig? So übel ist dein Angetrauter auch wieder nicht?" Ein Schmunzeln legte sich auf Maries Gesicht.

Diesmal gab es einen freundschaftlichen Hieb in Maries Seite. Wenn Nina es sich recht überlegte, war Rolf wirklich nicht der Schlechteste. Aber das hatte sie ja auch zu keiner Zeit behauptet.

„Übrigens gibt es nicht nur Sandors auf dieser Welt", riss Marie sie aus ihren Gedanken.

„Nein, natürlich nicht. Es gibt auch noch verheiratete Männer, die ihre Frauen mit Marie betrügen", platzte Nina heraus.

„Das ist reines Schubladendenken, glaub mir. Das zwischen dem verheirateten Mann und mir ist ganz anders", entgegnete Marie unbedacht.

Was Nina wohl auch gesagt hätte, wäre sie an ihrer Stelle gewesen. Und sie war sich sicher, sie hätte es, genauso wie Marie, auch felsenfest geglaubt. Glauben wollen, traf es wohl eher. Ihr fiel nicht auf, wie sich Maries Gesicht zu einer verbissenen Mimik versteinerte.

Marie bereute es, auch nur eine Silbe darüber verloren zu haben. Sie hoffte inständig, dass Nina nicht weiter nachhakte.

Je weiter sie sich Hamburg näherten, umso mehr veränderte sich das Wetter. Durch die Windschutzscheibe sah Nina, dass sich der Himmel in ein herrliches Hellblau färbte und die Sonne hinunter schien, als kämen dicke Wolkenfelder in ihrem Repertoire nicht vor. Wenn ihnen jetzt keine Baustelle mehr in die Quere kam oder ein zäher Stau, müssten sie die 300 Kilometer von Berlin nach Hamburg in weniger als drei Stunden schaffen. Es hatte schon was für sich, mitten in der Woche morgens unterwegs zu sein, wenn alle anderen auf der Arbeit hockten, was Jens hoffentlich auch gerade tat. Außerdem eignete sich eine längere Autofahrt hervorragend zum Quatschen.

Marie berichtete von ihrem eigenartigen Vorstellungstermin bei Guardian & Guardian und nachdem Nina von Michaelas Karateeinlage erzählt hatte, mit der sie Sandor kreuzlahm gelegt hatte, kostete es die beiden viel Mühe, ihre Lachsalven einigermaßen unter Kontrolle zu bekommen. Wenn Gackina einmal ausgebrochen war, gab es kein Halten mehr.

„Meine Herren, ist der denn nur blöd?", ereiferte sich Marie, als sie sich wieder halbwegs beruhigt hatte.

„Wir sollten ihn danach fragen, wenn wir ihm das nächste Mal begegnen." Nina war froh, dass das ungute Kneifen in der Magengegend, das die leidige Geschichte bislang begleitet hatte, nicht auftauchte.

Hätte man sich auf der Autobahn nach Hamburg verfahren, wäre das ein Fall für den Arzt gewesen. Auf jedem der riesigen Autobahnschilder prangte der Stadtname, weiß und in großen Lettern, unübersehbar. In der Hamburger Innenstadt angelangt, wäre Marie allerdings lieber mit einem Navi in der Hand unterwegs gewesen. Leider hielt Nina das für total überflüssig, hatte sie doch extra einen nagelneuen Hamburger Stadtplan besorgt. Verzweifelt blätterte Marie darin herum, ohne selbst einen Plan zu haben, wie sie sich mit dem DIN-A4-großen, mindestens hundert Seiten umfassenden Ungetüm in einer Großstadt wie Hamburg zurechtfinden sollte. Schließlich war sie selbst erst wenige Male hier gewesen. Außerdem war sie in Gedanken mit dem viel wichtigeren Plan ‚Jens' beschäftigt, wodurch sie erst recht keine Lust hatte, einen Schnellkurs in Kartenlesen abzulegen. Verärgert quetschte sie das massige Buch zurück ins Türfach. Dort konnte es ruhig die nächsten hundert Jahre vor sich hin verrotten. Da kam ihr die rettende Idee! Wozu hatten kluge Köpfe solch wundervoll technische Errungenschaften aus der Taufe gehoben wie Navi-Apps? Die hatten ein Pünktchen, das genau wusste, wo es gerade war und wie es dahin kam, wo es hinwollte.

Mit hörbarer Erleichterung zückte sie ihr Smartphone. In Windeseile navigierte sie sich übers Internet nach Hamburg, gab den Jungfernstieg ein und schwupp hatte sie die nähere Umgebung vor Augen. Geplant waren ja nicht viele Örtlichkeiten, denen sie einen Besuch abstatten wollten. Aber was wäre, wenn sie sich verfahren würden oder einfach noch woanders hinmüssten? Da verließ sie sich lieber auf die Technik mit Satellit über dem Kopf als auf ein Gestrüpp an Zeichnungen. Mit denen kannte sich doch kein Mensch mehr aus!

„So, das hier ist die Abfahrt Hamburg-Süd. Marie, kannst du mal einen Blick auf den Zettel werfen?", fragte Nina.

Zettel, waberte es durch Maries Kopf, die das Ziel längst auf ihrem Display eingestellt hatte. Dann fiel es ihr wieder ein. Sie öffnete das Handschuhfach und förderte Ninas von Hand aufgelistete Wegbeschreibung bis zum Jungfernstieg zutage. Das sollte der Ausgangspunkt sein.

In putzsauberer Handschrift ging es da durch mehrere Straßen wie die Willy-Brandt-Straße und ‚Alter Fischmarkt', um dann irgendwann links in den Jungfernstieg abzubiegen. Sie schwieg eisern mit dem Papier in der Hand. Unauffällig legte sie ihr Smartphone darüber, in dem der rote Punkt ihr genau anzeigte, wo sie sich gerade befanden und wann sie in welche Straße abbiegen mussten. Sie grinste still in sich hinein und las Nina angeblich vom akribisch ausgearbeiteten Blatt vor, wohin sie fahren musste. Sie liebte diese Technik und fragte sich, ob Nina überhaupt mit diesem Minicomputer hätte umgehen können.

„Da vorn sehe ich schon die Alster", rief Nina begeistert aus. Sie wusste genau, dass sich linker Hand die Elbe befand. Sie hatte sich vor der Fahrt eingehend übers Internet kundig gemacht und freute sich, dass sie alles wiedererkannte. Vorbereitung war eben alles. Mit einem kurzen Seitenblick zu Marie hatte sie längst bemerkt, dass die heimlich an ihrem Smartphone herumspielte und von dort die Strecke ablas, anstatt sich auf ihren Streckenplan zu verlassen. Aber das machte nichts.

Wichtig war einzig, dass sie rechtzeitig ankamen. Die Zeiger der Cockpit-Uhr standen auf halb elf an diesem sonnigen Vormittag.

„Prima, dass wir derart zügig durchgekommen sind. Das hätte ich nicht vermutet", freute sie sich.

„Dadurch bleibt uns genügend Zeit, uns zurechtzufinden. Und ein Kaffee wäre auch nicht schlecht", meinte Marie zufrieden.

Nina folgte einem Hinweisschild zu einem der unzähligen Parkhäuser in der Hamburger Innenstadt. Dort angekommen, machte sich der riesige Vorteil ihres Uraltwagens, nicht so breit zu sein wie die neuen Autos, innerhalb der Parkbegrenzungen auf äußerst angenehme Weise bemerkbar. Während sich das junge gertenschlanke Paar zwei Stellplätze weiter aus ihrem taufrischen Audi A3 qualvoll und mit angehaltenem Atem schälen musste, weil die Parkhausbetreiber innerhalb der weißen Markierungen keinen Fingerbreit mehr Luft ließen als nötig, konnten Nina und Marie bequem einen Fuß vor den anderen setzen.

„So übel ist deine alte Karre wirklich nicht", bemerkte Marie anerkennend.

Bei den angenehm warmen Temperaturen ließ Nina die Knöpfe ihrer haselnussbraunen Lederjacke offen und sog vor dem Parkhaus die frische Luft tief ein. Es roch nach Wasser und Frühling. Derweil Marie mit den Fingern durch ihre lockere Föhnfrisur strich, überprüfte Nina den Inhalt ihrer Umhängetasche. An allererster Stelle stand das Handy, dann das Notebook und zuletzt ihre Brieftasche. Sie hatte extra die kleinere, zur Jacke passende Ledertasche gewählt, damit sie beweglich war, wenn es brenzlig werden würde.

Nina wusste, warum Marie sich mit Blick in den Handspiegel die Lippen glutrot nachzog und die Nase sorgfältig puderte. Sie musste für Jens attraktiv aussehen. Damals hatte er ihr zu Füßen gelegen. Und heute wollte sie die Glut neu entfachen.

„Baby, du siehst heiß aus", schnurrte Marie verrucht in ihr Spiegelbild und ließ ein keckes Augenzwinkern aufblitzen.

Sie war heute in eine besonders enge Bluejeans gezwängt, trug darüber eine hautenge rote Baumwollbluse, rote Pumps und eine taillierte Lederjacke – logisch – in Rot. Jens mochte es sportlich und sexy, hatte Marie ihrer Freundin heute Morgen vor der Abfahrt erklärt, als diese einen skeptischen Blick auf Maries Outfit geworfen hatte. Und dazu, wenn sich Nina recht an Jens zurückerinnerte, stand der Kerl auf kapriziöse Frauen, damit es ihm nie zu langweilig wurde. Marie schien auf den ersten Blick in diese Schablone hineinzupassen. Nina fand allerdings, wenn man sie näher kennenlernte, hatte sie weitaus mehr zu bieten als bloß das schicke Püppchen, das sie optisch so bravourös signalisierte.

„Lass uns zu den Alsterarkaden gehen. Da finden wir sicher ein gutes Café, in dem wir es uns erst mal gemütlich machen können", schlug Marie vor.

Nina war Maries Gemütsruhe beinahe unheimlich. Sie zeigte keinerlei Anzeichen von Nervosität. Im Gegensatz zu ihr. Sie selbst hatte das Gefühl, jeder könne ihr an der Nasenspitze ansehen, was sie heute noch vorhatte. Umso überraschter war sie, als sie Marie sagen hörte: „So cool wie du möchte ich auch sein."

Nina schluckte. „Na, mal gut, dass ich wenigstens danach aussehe. Wenn du nur eine leise Ahnung davon hättest, wie mir vor Angst die Knie schlottern, würdest du vermutlich sofort mit mir zurück nach Berlin fahren."

Mit verstohlenem Blick von der Seite fing Marie ihr ziemlich schief ausfallendes Lächeln auf und quittierte es schweigend mit einem Nicken.

Die beiden liefen über die Poststraße zu den Alsterarkaden. Dort blickten ihnen unzählige Rundbögen vor der Häuserreihe, direkt an der Alster gelegen, wie ein Stück Venedig entgegen. Die zwei steuerten ein gemütliches Café an und ergatterten einen frei gewordenen Ecktisch am Fenster.

Wäre Nina nicht so hypernervös gewesen, hätte sie sich wahrscheinlich an dem mediterranen Anblick dieser Kulisse erfreuen können. Aber es wollte ihr einfach nicht gelingen, sich zu entspannen. Im Gegenteil, sie wurde von Minute zu Minute zappeliger. Hoffentlich hört das bald auf, ging es ihr durch den Kopf.

Sie legte ihre Jacke rasch über den Sessel und bemerkte dabei nicht, wie sie lautlos auf das Parkett rutschte.

Besorgt schnappte sich Marie die Lederjacke und hing sie mit ihrer zusammen an die Garderobe. Mit elegantem Gang schritt sie an den Tisch zurück und nahm Nina offen ins Visier. Obwohl ihre Freundin einen beinahe sphinxhaften Gesichtsausdruck zur Schau trug, glühten ihr die roten Wangen wie ein Leuchtfeuer entgegen. Was das bedeutete, wusste sie mittlerweile genau: In Nina tobte ein Hurrikan mit Minimum dreihundert Sachen. Was ihr altersschwaches Vehikel nicht schaffte, erreichte sie spielend von einer Sekunde auf die andere. Augenblicklich durchzog Marie aufrichtiges Mitleid. Vielleicht hatte sie ihr doch zu viel zugemutet. Und im nächsten Moment wurde ihr klar, was das für sie selbst bedeuten könnte. Schließlich hing die gesamte Aktion vom reibungslosen Zusammenspiel beider Frauen ab. Schon deshalb musste sie sich irgendetwas einfallen lassen, um sie zu beruhigen.

Ob Marie mit fünfzig auch derart durch den Wind geblasen sein würde, mitten in den Wechseljahren? Na ja, wenn sie es vor sich selbst zugab, bemerkte sie schon mit ihren vierzig Jahren ein paar kleine Alterserscheinungen. Aber noch konnte sie die lässig überspielen.

„Gib mir doch mal das Notebook", forderte Marie ihre Freundin auf. Sie hatte es ihr extra für heute in die Hand gedrückt und ihr die einzelnen Funktionen ausgiebig erklärt. Marie ließ den Computer hochfahren, überprüfte den Akku und öffnete das Internet. Völlig aus dem Zusammenhang gerissen, sagte sie: „Wusstest du, dass Berlin und Hamburg gleichermaßen von den Alliierten zerbombt wurden? Und diese Stadt strahlt mindestens genauso schön wie unsere."

Dann schloss sie die geöffneten Programme, schaltete den Mini-PC aus und klappte ihn mit sanftem Klick wieder zu. Sie wollte die Stromzufuhr unbedingt schonen.

Nina erwiderte über die Alster blickend: „Unsere Vorgenerationen haben ganz schön was geschafft, das stimmt. Du kannst mir sicher sagen, aus welcher Epoche die Arkaden stammen, oder?"

Marie streckte unvermittelt ihren Rücken und schaute mit großen Augen auf: „Logisch, Klassizismus. Spätklassizismus, um genau zu sein. Nach den verspielten Schnörkeleien des Rokoko wollten die Leute damals sachliche Ordnung. Die römische und griechische Antike standen dabei Pate."

„Wobei die Stuckverzierungen an den Fassaden schon hübsch anzusehen sind."

„Wir sind ja heute auch von weitaus langweiligeren Gebäuden umgeben. Irgendwann wurde es mit der reinen Funktionalität eben übertrieben, wie das häufig mit Stilrichtungen der Fall ist."

Nina nippte an ihrem heißen Kaffee, den ihr die freundliche Bedienung gebracht hatte. „Du wirst mal eine gute Maklerin, Marie. Da bin ich mir ganz sicher. Und wenn's bei dieser Megafirma nicht geklappt hat, klappt's bei einer anderen."

Wer lenkte hier eigentlich wen ab, fragte sich Marie. Sie musste zugeben, dass sie mittlerweile auch ziemlich flatterig wurde. Vermutlich war ihr deshalb nichts anderes eingefallen als der Zweite Weltkrieg. Nicht gerade erheiternd. „Auf jeden Fall. Ein paar Bewerbungen habe ich noch in der Pipeline. Und in der Branche suchen die auch alle naselang." Was seinen Grund in einem hohen Verschleiß hat, dachte sie. Aber das spornte sie eher an. Sie würde sich eben mit geballten Fäusten durchboxen. So wie immer. Ihr Gesicht nahm einen eigensinnigen Ausdruck an. Sie wollte das. Alles andere war ihr viel zu langweilig. Da konnte sie sich ja gleich hektisches Kaugummikauen angewöhnen, nur um ein Lebenszeichen von sich zu geben.

Der Kaffee hatte Nina gutgetan. Ihr Blick war aufgeweckt und ein Lächeln umspielte ihre Lippen. Genauso rasch wie ganz normale Aufregung beinahe zur Panik angestiegen war, genauso schnell verzog sie sich und machte wacher Entspannung Platz. Wäre es nach ihr gegangen, hätte es immer so bleiben können. Morgen konnte sie ja chillen, wie Jule immer sagte. Sie überdachte in Gedanken Maries ausgetüftelten Plan in allen Einzelheiten, zückte ihr Handy und schlug vor: „Lass uns noch mal zum Klo und dann losgehen. Nicht, dass wir Jens verpassen."

„Mach dir keine Sorgen. Dass er heute im Büro ist, habe ich gecheckt. So cool Jens auf der einen Seite sein mag, so sehr hängt er an seinen lieb gewonnenen Gewohnheiten. Das kannst du mir glauben. Und zu Mittag geht er um Punkt eins. Du wirst sehen, du kannst deine Uhr danach stellen", erklärte Marie augenzwinkernd.

Vor dem Café faltete Nina einen kopierten Auszug aus dem Hamburger Stadtplan auseinander und schlug sofort die korrekte Richtung ein, gefolgt von Marie, die mit klappernden Absätzen und ihre Augen auf ihr Smartphone geheftet die anzusteuernde Straße eintippte.

In wenigen Minuten standen die zwei vor einem eindrucksvollen Bürogebäude, groß und gläsern. Die weitläufige Fensterfront sollte Transparenz und somit eine freundlich ausgestreckte Hand für die Kunden markieren. Egal, was sich dahinter verbarg. Betont absichtslos flanierten die beiden Frauen an dem Geschäftshaus vorbei. Da sahen sie es: AKG Invest AG. Unter diesem seriösen Namen trieb Jens also sein Unwesen! Nina deutete mit dem Kopf auf das blitzblank polierte Messingschild. Die beiden beschleunigten ihre Schritte und steuerten die nächste Seitenstraße an. Wie zwei Agenten zückten sie gleichzeitig ihre Handys aus ihren Handtaschen, verglichen die Uhrzeiten, überprüften den Ladestand.

„Jetzt geht's los", flüsterte Nina aufgeregt.

„Wir schaffen das, hörst du? Es geht um Gerechtigkeit, vergiss das bitte nicht. Und immer hübsch durchatmen", riet Marie, deren locker gemeintes Lächeln zu gequält rüberkam, als dass es ihr inneres Wirrwarr hätte verstecken können. Einem spontanen Gefühlsaufwall folgend, drückte sie Nina fest an sich. Dann trennten sich ihre Wege.

Derweil Nina weiter bis zur nächsten Straßenecke spazierte, lief Marie schnurstracks zu dem bulligen, in der Sonne glitzernden Geschäftshaus zurück. Nina fand schnell den kleinen Park. Alles lief wie geplant. Andererseits war bisher rein gar nichts passiert. Sie setzte sich auf eine freie Bank. Da sie abgebogen war, konnte sie Marie nicht mehr entdecken. Sie holte ihr Mobiltelefon aus der Handtasche und verstaute es vorsichtshalber griffbereit in der Hosentasche ihrer Bluejeans, die weitaus bequemer geschnitten war als Maries. Allerdings schien es Marie überhaupt nichts auszumachen, wie in eine zweite Haut verpackt zu sein. Nina wäre derart eingezwängt der Schweiß ausgebrochen.

Da sie keine Armbanduhr trug, zog sie das Handy wieder heraus und starrte auf die Uhrzeit. Es war zehn vor eins. Sie lehnte sich auf der Bank zurück und versuchte, sich auf die Minioase mitten in der Stadt zu konzentrieren. Ein hübsch mittig angelegter Rasen mit ein paar Büschen drum herum und insgesamt drei Sitzbänken. Für einen Augenblick hob sie den Kopf in die Sonne, die ihre Wärme auf Ninas Gesicht verteilte.

‚Drrring' dröhnte das Handy durch ihre Gehörgänge. Obwohl es nur auf Stufe drei eingestellt war, zuckte sie unwillkürlich zusammen, als hätte ihr jemand plötzlich auf die Schulter getippt. Ihr Herz begann lautstark zu hämmern. Maries Name erschien auf dem Display. Sie hatte ihn! Das mit dem tiefen Durchatmen praktizierte Nina sowieso seit Jahren. Das hätte ihr Marie nicht zu sagen brauchen. Sie hatte trotz dessen Mühe, ihr polterndes Herz zu beruhigen.

Marie erspähte Jens bereits von Weitem. Seine hochgewachsene Gestalt steckte in einem edlen eisgrauen Businessanzug. Seine Hände hatte er in den Hosentaschen vergraben. Sie hatte Glück, er war allein und schlenderte direkt in ihre Richtung. Mit Blick auf die andere Straßenseite, als würde sie sich die Gebäude interessiert anschauen, lief sie auf ihn zu, schwenkte langsam den Kopf in seine Richtung und schaute direkt an ihm vorbei. Sie wollte ihm diesen einen Lidschlag geben, in dem man jemanden erkannte und für sich entschied, ob man ihn an sich vorbeiziehen lassen oder mit lautem ‚Hallo' auf sich aufmerksam machen wollte.

„Hey!", rief Jens ihr in den Rücken, bevor sie dasselbe getan hätte, wäre er ihr nicht zuvorgekommen.

Ihr Kopf schnellte in seine Richtung und ihre blauen Augen schauten ihn zugleich überrascht und verzückt an wie ein zuckersüßes Baby, dem man die allererste Rassel vor die Linse hielt.

„Marie, das ist ja ein Ding! Was machst du denn hier?" Jens breitete freudestrahlend die Arme aus und zog sie an sich. Sie spürte, wie sein Herz aufgeregt stolperte.

Ja, was machte sie denn hier? Alles nach Plan, Kleiner, dachte sie kalt und es war ihr, als steckte sie jemand geradewegs in ein Eisfach. „Jens!", rief sie überrascht aus. „Himmel noch mal, was hat dich denn nach Hamburg verschlagen?"

„Ich bin schon vor einiger Zeit hierhergezogen. In Berlin habe ich es einfach nicht mehr ausgehalten", antwortete er. Ohne dich, setzte er in Gedanken nach. Beinahe im selben Moment fiel ihm wieder ein, was er getan und weshalb sie sich von ihm getrennt hatte. Ein Schatten legte sich auf sein Gesicht. Rasch verscheuchte er den nörgeligen Gedanken. Marie war hier! Und wie großartig sie aussah.

„Was meinst du, hast du Lust, mit mir essen zu gehen?", fragte er rundheraus und sah sie aus dunklen Augen an.

„Eigentlich bin ich mit einer Freundin verabredet. Aber weißt du was, ich rufe sie schnell an." Als sie Jens gesehen hatte, hatte sie bereits Ninas Telefon angewählt, damit sie Bescheid wusste. Jetzt konnte sie ihr in seinem Beisein getrost berichten, dass sie mit ihm essen gehen würde.

Nina antwortete ruhig durch den Hörer, dass sie den beiden auf den Fersen sei. Von Weitem konnte sie ihn erkennen. Hochgewachsen und mit kurzem, leicht gegeltem Haar lief er lässig neben Marie her, die ihr mit der rechten Hand auf Pohöhe unbemerkt zuwinkte.

„Ich bin für drei Tage zu Besuch bei Sandy, einer guten Bekannten",
erklärte sie ihm. Dann schaute sie ihn strahlend an: „Was für ein
glücklicher Zufall, dich hier zu treffen."

Ihre Freude traf ihn mitten ins Herz. Er vergaß alles um sich herum.
Vergaß ihre Auseinandersetzungen. Vergaß ihre Trennung. Sie war hier,
bei ihm. Er konnte sein Glück kaum fassen. Überschattet wurde seine
Verzückung nur von einem kleinen, in der Ecke seines Bewusstseins
lauernden Gedanken. Ihm war klar, dass sie Berlin für keine andere
Stadt der Welt auf Dauer verlassen würde, höchstens für New York.
Aber selbst das traute er ihr nur für den absoluten Ausnahmefall zu. Sie
liebte Berlin und er war sicher, Berlin liebte sie.

Wüsste Marie nicht genau, wie egoistisch er insgesamt tickte, hätte er
durch seine überbordende Freude, sie wiederzusehen, vielleicht eine
Tür in ihrer Gefühlswelt öffnen können. Schließlich hatte er dort über
Jahre einen festen Platz gehabt. Doch wenn für Marie etwas vorbei war,
dann war es das auch. Und ganz besonders im Fall Jens. Wer
geschäftlich und privat nicht nur seinen eigenen Vorteil herausschlagen
wollte, sondern dabei auch noch andere in den dreckigsten Schlamm
warf, war für sie nicht den Funken eines netten Gedankens wert.

Nina sah, wie die beiden in ein nahe gelegenes Restaurant spazierten,
und harrte der Dinge, froh, dass sie heute einen warmen Tag erwischt
hatte und ihr die Warterei nicht die Kälte in die Glieder trieb. Ob sie
Jens auch so hätte vorführen können, wie Marie das tat? Vermutlich
hätte sie ihn spätestens jetzt angebrüllt und ihm die Meinung gegeigt.
Nur genutzt hätte es rein gar nichts. Da war es schon besser, wie Marie
taktieren zu können.

Vermeintlich souverän triefte Jens in Wahrheit nur so vor Überheblichkeit, während er versuchte, der Restaurantleiterin für ein stattliches
Trinkgeld einen reservierten Fenstertisch abzuschwatzen. Doch die ließ
sich nicht erweichen.

Froh über seinen fehlgeschlagenen Versuch, bat Marie ihn freundlich: „Ich würde gern dort hinten sitzen". Sie wies auf ein lauschiges Plätzchen im rückwärtigen Teil des Lokals. Von dort gab es keinerlei Sicht nach draußen. Und das war hervorragend. Obwohl Marie wusste, dass ihre Freundin nicht so dumm wäre, direkt an dem Laden vorbeizurauschen, war ihr weitaus wohler, wenn Jens nicht den Hauch einer Möglichkeit hatte, sie vielleicht doch noch zu sichten. Sie setzte sich mit ihm an den Zweiertisch und hatte das Gefühl, dass er sie die ganze Zeit anstarrte.

„Es ist richtig warm hier drinnen", meinte sie, zog ihre Jacke aus und streckte die Hand nach seinem Jackett aus, das er eigentlich gar nicht ausziehen wollte. Höflich schlüpfte er aus dem Jackett und reichte es ihr. Hätte das nicht geklappt, hätte sie bedauerlicherweise etwas darüber schütten müssen.

Derweil sie die Jacken an den Garderobenhaken hängte und zu Jens zurückkehrte, nutzte er die Gelegenheit, seinen durchtrainierten Körper unter einem eng anliegenden hellgrauen Hemd zur Schau zu stellen. Augenscheinlich sollte Marie mal schön gucken, dass sich unter dem Schlips noch genau derselbe muskulöse Körper befand wie vor Jahren.

Sie bestellte für sie beide einen halben Liter Rotwein und für sich selbst zusätzlich ein Glas Wasser. Endlich stand der Wein auf dem Tisch. Jens bedeutete der Bedienung, dass er selbst einschenken wolle, was er auch tat.

„Ich hätte nicht gedacht", begann Marie und hob ihr Glas, „dass ich dich jemals wiedersehen würde." Sie sah ihm tief in seine dunkelbraunen Augen und beugte sich weit zu ihm hinüber.

Seine Mundwinkel zuckten nervös, dermaßen überrumpelt war er von Maries Säuselei. Himmel, freute er sich, diese Frau wiederzusehen. Sie hätte jedes Wort in diesem berauschenden Tonfall und mit diesem durchdringenden Blick sagen können, er hätte nichts begriffen, wäre nur verzückt von einem Liebesschwur, der keiner war. Da fühlte er etwas Nasses auf der Haut. Irritiert bemerkte er Maries schuldbewussten Augenaufschlag und sah an seinem Ärmel eine blassrote Färbung.

„Geh schnell und spül es unter dem Wasserhahn aus", riet sie ihm.

Während er, immer noch neben sich, tat wie ihm geheißen, flüsterte sie mit kulleräugiger Unschuldsmiene: „Es tut mir leid. Ich hoffe, du bekommst es wieder heraus."

Er winkte kurz weltmännisch ab, bei so viel Süßholz konnte er gar nicht anders, und hastete zur Toilette.

So schnell sie konnte, lief sie zur Garderobe, stellte sich davor, sodass niemand beobachten konnte, wo sie hineingriff. Sie holte seine Brieftasche und einen Schlüsselbund aus der Innentasche des eisgrauen Seidenfutters. An den Tisch zurückgekehrt, steckte sie beides in ihre Umhängetasche. Dann lief sie zum Damen-WC. Auf dem Weg dorthin stieß sie beinahe mit ihm zusammen. „Hast du alles rausbekommen?", fragte sie leise und mit Schuldbewusstsein in der Stimme.

„Na klar. Mach dir keine Sorgen", sagte er und küsste sie leicht auf die Wange. Mehr traute er sich nicht. Noch nicht. Als sie ihm daraufhin ihr bezauberndstes Lächeln schenkte, begab er sich mit entrücktem Grinsen zurück an den Tisch.

Die Plätze um ihn herum waren gut besetzt und entweder wurde genüsslich gespeist oder die Karte eingehend studiert. Jens tat weder das eine noch das andere. Auch die Zeit, schließlich befand er sich in der Mittagspause, war ihm egal. Hauptsache, Marie würde ihm gleich wieder gegenübersitzen. Die wundervolle, zauberhafte Marie.

Im Waschraum zu den Toiletten kramte sie freimütig in Jens' Brieftasche herum, als wäre es ihre eigene, und fand schnell, wonach sie suchte. Dieses alte Gewohnheitstier, dachte sie schmunzelnd. Die Geheimzahlen waren, genauso wie früher, geschickt in die kleinste Ecke des Futters gekritzelt. Und zwar, wie sie sich gut erinnerte, in umgekehrter Reihenfolge. Perfekt! Sie schrieb die Daten sorgfältig ab und zückte ihr

Telefon. „Rechte Seite", sagte sie nur, als sie Ninas Stimme am anderen Ende hörte. Sie war nämlich nicht allein in dem Raum, was sie von vornherein berücksichtigt hatte.

Sie verstaute Jens' Lederetui samt Schlüsselbund wieder in ihrer Tasche und den ordentlich zusammengefalteten Zettel in der Gesäßtasche ihrer Jeans. Was hatte er damals gemeint? Niemand käme auf die Idee, dass jemand in der eigenen Brieftasche alles aufbewahrte, was einen Dieb zum Kontenklau einlud. Stimmt, einem Langfinger würde so etwas im Traum nicht einfallen. Ach, mein Lieber, wenn du wüsstest.

Sie schritt auf Jens zu, der ihr erwartungsvoll entgegenblickte. Er schien von ihr paralysiert zu sein. Jedenfalls hatte er nichts bemerkt. Sie setzte sich und fummelte umständlich an ihrem Smartphone herum. „Ich hab hier keinen Empfang", seufzte sie.

„Zeig doch mal her", meinte Jens und streckte die Hand aus.

„Ach, lass mal. Ich gehe kurz raus und versuche, ob es da besser funktioniert." Auf dem Weg zum Ausgang sagte sie zart und klangvoll: „Jens, bestellst du für mich bitte ein Filet medium und einen Salat. Du weißt doch, wie ich es mag."

Marie musste ein komisches Handy besitzen, seines, das er aus der Hosentasche zutage förderte, zeigte alle Netzbalken an. Wer weiß, bei welchem Anbieter Marie gebucht hatte, sagte er sich, nahm die Speisekarte und begann, sich sein Mittagessen auszusuchen. Dabei dachte er an ihre letzten Worte, er wisse doch, wie sie es mag. Wie hatte er diese Frau bloß gehen lassen können?

Wenn Nina daran zurückdachte, was sie mit Marie vorher alles durchgekaut hatte, war das zwar an Penibilität kaum zu übertreffen, zahlte sich aber jetzt schon aus. Darunter war auch, was links und rechts vor einem Haus bedeutete. Marie hatte vorgegeben, dass es sich dabei eindeutig um die Ansicht handelte, wenn man vor dem Gebäude stand. Dadurch war klar, dass Nina nicht an der ausladenden Fensterreihe des Restaurants vorbeimusste. Die Gefahr, dass Jens sie

247

entdecken könnte, schwebte die ganze Zeit wie eine Gewitterwolke über ihr. Zwar hatten die beiden auch dafür eine Erklärung parat, aber ob er ihnen die abkaufen würde, war fraglich. Dumm war er nicht. Sonst hätte er seinen Geschäftspartnern nicht dermaßen perfide deren Existenzen ruinieren können. „Alles klar?", fragte Nina, die mit einem Blick hektische Röte auf Maries Gesicht ausmachte. Viel anders als ihr ging es ihrer Freundin wohl auch nicht.

„Ja, alles klar. Alles läuft nach Plan. Meine Herren, ist der Typ ein Gewohnheitsmensch. Komplett alles, was wir brauchen, befand sich in der Brieftasche. Jetzt hoffe ich nur, dass alles richtig passt. Viel Glück, Nina."

Nachdem Marie zusah, wie Nina die Schlüssel, die Bankcard und den Zettel in die Tasche geworfen hatte, drückte sie ihr mit beiden Händen fest die Hand. Sie sah ihr kurz nach, wie sie flink um die Ecke bog, bewaffnet mit dem kopierten Stadtplan. Gut, wenn der nicht ausreichen sollte, konnte sie immer noch kurz zum Auto ins Parkhaus und sich den Hamburger Plan rausnehmen. Außerdem sollte sie ja jetzt mit dem Taxi fahren, denn Jens' Wohnung befand sich einige Kilometer von hier entfernt. Und seine Anschrift auf dem Personalausweis stimmte mit der von Marie über das Internet recherchierten Adresse überein.

Tja, mein Guter, dachte sie, es gibt für uns keine Überraschungen, außer für dich. Auf ihren hochhackigen Absätzen stolzierte sie zurück an den Tisch, warf den Kopf in den Nacken und setzte ein Lächeln auf, das diabolischer nicht hätte sein können.

Nina warf sich auf den Rücksitz des Taxis, das sie vom Straßenrand zu sich herangewunken hatte.

„Wo soll's denn hingehen, junge Frau?", fragte der Taxifahrer, der mit glitzerndem Strahleblick und schneeweißem Zahnpastalächeln aussah wie ein Student im fünfzehnten Semester.

Nina wusste zu gut, was dieses ‚junge Frau' bedeutete: Sie war alt. Uralt. Fossil. Ach was, sogar längst dem Humus wieder entstiegen. Verweht in alle Winde. Asche zu Asche. Staub zu Staub. Sie nannte ihm eine Querstraße vor Jens' Adresse. Das war eben 1-a-Recherche à la Marie und Ninas perfekte Vorbereitung. Eine Melodie vor sich hin pfeifend, stellte der Fahrer am Radio einen Musiksender ein. Damit es der greisen Lady nicht zu laut wurde, drehte er rücksichtsvoll den Ton etwas leiser. Es wurde immer ärger! Erst dieses blöde ‚junge Frau', das niemand zu einer tatsächlich jungen Frau sagen würde. Niemals! Und dann das Dimmen der stampfenden Beat-Tönchen. Nina schüttelte verärgert den Kopf.

Mit quietschenden Reifen stoppte der Fahrer den Mercedes und Nina zahlte dem breit grinsenden Kerl sein Salär, brav mit ein paar Euro Trinkgeld aufgerundet. Eigenartig nur, dass er ihr seine Visitenkarte in die Hand drückte mit den Worten: „Rufen Sie mich an, wenn Sie wieder einen Flitzer brauchen." Gedankenverloren nickte sie höflich. Sie war bereits damit beschäftigt, sich in der Straße in Hamburg-Bergedorf zu orientieren, damit sie in die zutreffende Richtung lief und Jens' Wohnhaus nicht verpasste. An der nächsten Ecke, inmitten kleiner Mehrfamilienhäuser, wurde sie fündig: ein modernes Vier-Etagen-Haus aus den Neunzigern, umgeben von noch winternackten Laubbäumen. Mit vorsichtigem Blick in alle Richtungen fingerte sie Jens' Schlüssel aus ihrer Tasche. Hoffentlich war es der richtige. Nina konnte nicht glauben, dass alles so glattgehen sollte. Sie steuerte auf das Haus zu, als gehörte sie dorthin und wäre kein Fremdkörper, den man besser mit Argusaugen ins Visier nehmen müsste. Eine ältere Frau trat aus dem Haus und grüßte sie mit einem knappen ‚Moin', was Nina ihr gleichtat. Mit freundlichem Lächeln die offene Tür in Empfang nehmend, versuchte sie, einen Blick auf das Klingeltableau zu erhaschen. Himmel noch mal, wo wohnte der Kerl bloß? In der obersten Reihe fing sie Jens' Nachnamen ‚Bleuer' ein und schlüpfte durch die Tür, bevor die grauhaarige Frau sich doch noch umdrehte und sie mit Fragen löcherte. Auf jeden Fall würde sich die alte Dame später an sie erinnern können. Aber sie sollte sich darüber keine Gedanken machen, sondern lieber schnell zusehen, dass sie erledigte, wozu sie hierhergekommen war.

Klugerweise nahm sie den seitlich in dem blitzsauberen Treppenhaus liegenden Aufzug. Sie wollte möglichst nicht noch mehr Augen begegnen. Im Dachgeschoss angekommen, gab es nur zwei Türen. Nach den vielen Namen auf dem Klingelschild unten an der Eingangstür zu urteilen, wohnten ansonsten pro Etage mehrere Mietparteien. Sie schloss die schwere Eichentür zu Jens' Wohnung auf und zog sie langsam hinter sich zu, leise, aber nicht flüsternd, damit niemand auf die Idee kommen sollte, sie würde sich hier hineinstehlen.

Für einen kurzen Moment atmete sie hörbar aus. Da! Plötzlich vernahm sie ein klickendes Geräusch. Verdammt, befand sich womöglich jemand in der Wohnung? Angestrengt, ohne sich auch nur einen Schritt von der Tür wegzubewegen, horchte sie in die Wohnung hinein. Rein oder raus? Was sollte sie nur machen? Wieder dieses Klicken. Diesmal hörte sie noch ein nachfolgendes ‚Klack'. Wenn sie jetzt abhaute, konnten sie und Marie zwar noch nach Plan B agieren, aber dann hätte Jens, auch wenn er es vermutlich nicht gegen die beiden benutzen würde, etwas gegen sie in der Hand. In seinen Computer einzusteigen, war erste Priorität. Nur wenn das fehlschlug, würden sie das eigene Notebook zu Hilfe nehmen. Außerdem musste Nina vielleicht noch an seinen Schreibtisch. Es half alles nichts. Sie musste herausfinden, woher dieses Geräusch kam und wer es verursachte.

Auf einmal kreischte lautes Motorengeräusch von draußen bis hinauf in die Wohnung. Elektrisiert zuckte sie zusammen. Vor dem Haus versuchte anscheinend jemand erfolglos, sein Motorrad zu starten. So sehr sie sich auch anstrengte, bei dem Radau war es unmöglich, einen erneuten Laut wahrzunehmen. Mit angehaltenem Atem schlich sie durch die Wohnung, ohne das kleinste Geräusch von sich zu geben. Im

Gegensatz zu Maries High Heels trug sie feste braune Wildlederschuhe, die nicht mal raschelten. Sie überlegte kurz, wie schnell sie mitsamt Türöffnen davonpesen könnte, wenn sie sich vor jemand Unbekanntem aus dem Staub machen müsste. Klick!

Das Herz schlug ihr bis zum Hals. Auf jeden Fall hatte sie das Überraschungsmoment auf ihrer Seite. Los, geh, befahl sie sich. Dieses Klicken kam eindeutig aus dem Zimmer auf der linken Seite. Die Tür war angelehnt. Klick!

Nina fuhr zusammen. Sie bemerkte nicht, dass ihr der Schweiß den Rücken hinunterlief. Behutsam zog sie die Tür einen Spaltbreit auf. Klack!

Sie hätte am liebsten vor Schreck aufgeschrien und hoffte, dass, wenn sie rennen musste, ihr die Beine vor lauter Bibbern nicht den Dienst versagten. Sie traute sich nicht zu atmen, als sie die Tür weiter aufzog. Klick!

Die Angst fuhr wie ein Stromschlag durch ihren ganzen Körper.

Da sah sie es: Auf dem Schreibtisch am Fenster stand, unschuldig vor sich hinschwebend, ein Newton-Pendel mit aufeinanderschlagenden Kugeln. Jens!

Nina schüttelte entgeistert den Kopf. Sie war schon froh, wenn ihr Tinnitus eine Konzertpause einlegte, und dieser Idiot stellte sich an Fäden hängende Kugeln mitten auf den Schreibtisch, die nichts Besseres zu tun hatten, als den lieben langen Tag ein regelmäßiges und nervtötendes ‚Klick, klack' abzugeben.

Sie schob einen Finger zwischen die gerade davonfliegende Edelstahl-kugel und den beherzt wartenden. Ruhe. Stille. Sie würde einen Teufel tun, dieses Ding wieder in Gang zu setzen. Jetzt musste sie nur noch durch die anderen Räume huschen, um sich zu vergewissern, dass außer ihr niemand hier war. Erst nachdem sie sich wieder einigermaßen beruhigt hatte, bemerkte sie, wie riesig Jens' Behausung sich, mit zusätzlicher Ausdehnung durch einige Gauben, bestimmt über die

Hälfte der Grundfläche des Hauses erstreckte. Es gab nur noch ein großes Schlafzimmer mit zerknüllter Decke und Kopfkissen auf der einen und glatt gestrichenem Bettzeug auf der anderen Seite. Leer.

So, jetzt konnte es losgehen! Sie lief durch das weitläufige Zimmer, das auf der einen Seite in einen Wohnbereich, nach vorn in einen Flur und auf der anderen in eine offene Küche unterteilt war. Die blitzte mindestens genauso unbenutzt wie die von Marie. Überhaupt hätte die dunkelblaue Ledercouch auch von Marie dort hingestellt sein können. Die beiden hatten unverkennbar den gleichen Geschmack, modern und kühl. Und Jens ging es finanziell gut genug, dass er sich diese Riesenwohnung leisten konnte. Nina hoffte nur, dass er dafür nicht das veruntreute Geld benutzt und sie am Ende davon gekauft hatte.

Es war kurz nach zwei, als sie auf der anthrazitfarbenen Arbeitsplatte des Bürotisches Jens' Laptop liegen sah, der nur auf sie zu warten schien. Es war gut gewesen, dass sie mit Marie alle Details des Planes besprochen hatte. So war sie in Gedanken die ganze Sache zig Mal durchgegangen und fühlte sich einigermaßen sicher. Beinahe, als hätte sie alles schon einmal hinter sich gebracht.

Der PC fuhr hoch. Sie merkte, wie sich die Hitze unter ihrer Jacke staute, streifte sie ab und legte sie über die Lehne des Lederchefsessels, auf den sie sich setzte. Die Tür hinter ihr stand sperrangelweit offen und sie war froh, dass der Motorradfahrer sein Bike entweder gestartet hatte oder aber für heute schweigen ließ. Sie musste auf jedes noch so kleine Geräusch achten, damit ihr niemand plötzlich unerwartet im Nacken saß. Es machte sie schon kribbelig, dass das Leder unter ihrem Allerwertesten bei der kleinsten Bewegung knarzte.

Sie kramte aus ihrer Tasche den von Marie beschriebenen und zusammengefalteten Zettel und die Kontokarte. Marie hatte gemeint, dass Jens gewohnheitsmäßig nichts änderte, was sich bislang bewährt hatte. Wie im Übrigen alle Männer. Und sie hatte recht behalten. Dieser Depp schien alle Passwörter, Konten und weiß der Himmel was noch alles für wichtige Informationen in seiner Brieftasche verstaut zu haben. Nur so hatte Marie ihr alle Informationen zustecken können. Schön, dass der Kerl neben einer cleveren auch noch eine dämliche Seite hatte. Nina tippte ‚Bleuer2020' ein. Nichts rührte sich.

Dann ‚eiramil576'. Das war es! Sie war drin! Moment mal. Nina stutzte. Irgendetwas an dieser Buchstabenkombination kam ihr bekannt vor. Egal. Marie hatte ihr erklärt, dass ihr Jens damals ganz stolz erzählt hatte, das geklaute Geld bei der Specubank gebunkert zu haben. Dann wollen wir doch mal sehen, ob es noch drauf ist.

Nina ging auf die Website der Bank, gab die Kontonummer vom Zettel ein und tatsächlich, die fragten nach dem Passwort.

‚207mamablue77' tippte sie weiter ein. Die Kontodaten erschienen auf dem Bildschirm. Sie traute ihren Augen kaum! Rund 305.000 Euro! Sie schluckte, als sie die Summe sah. Bestimmt steckten in dem Betrag angehäufte Zinsen. Der hatte aus der Kohle tatsächlich noch mehr gemacht. Wo Geld ist, kommt mehr dazu, hieß der Leitspruch. Und sie hatte den Beweis vor Augen, dass das stimmte. Eigentlich müsste sie das gesamte Konto abräumen, wenn sie allein daran dachte, wie viel Verlust Rolf und sie durch den hastigen Wohnungsverkauf zusätzlich gemacht hatten! Sie hätten erheblich mehr dafür bekommen, wenn sie mehr Zeit gehabt hätten. Und von den durch den Schornstein geblasenen Erwerbsnebenkosten ganz zu schweigen. Auf der anderen Seite stand Jens von den 250.000 Euro ja auch sein Anteil zu. Wobei, dass diesem Schmalspurgangster überhaupt etwas von dem Geld gehören sollte, konnte nun wirklich nicht sein, nach dem, was er nicht nur Rolf und ihr, sondern auch Harald mit seiner fiesen Unterschlagung angetan hatte. Nichts und überhaupt nichts sollte der bekommen!

Jetzt rüber auf die linke Leiste zum Banking. Sie hätte so gern das Konto kaltgemacht, leer gefegt, platt getreten. Aber trotz allem brachte sie es nicht über sich, mehr als die 250.000 Euro als Überweisungsbetrag einzugeben. Sie konnte es einfach nicht. Deshalb tippte sie die genaue

Summe ein und als Empfänger die Kontonummer inklusive Bankleitzahl des damals eigens eingerichteten, zwischenzeitlich gähnend leeren Bankkontos, über das Rolf und Harald die Firmenschulden abgewickelt hatten. Was würde Rolf für Augen machen! Und Harald erst. Alles lief so leicht, dass sie es kaum fassen konnte. Marie hatte ihr gesagt, man müsse nur sein Brieftaschensystem kennen. Jens habe immer eine mit Reißverschlussfächern und wenn man nur lange genug darin herumkrame, dann werde man auch fündig.

Abrupt erstarb ihr siegessicherer Gesichtsausdruck. Verflixt, das Banking-System wollte eine Antwort auf die Frage ‚Wie heißt Ihre Mutter mit zweitem Vornamen?‘ haben. Sie suchte den Zettel ab, aber da fand sie nur Zahlen- und Buchstabenkombinationen. Ein Hitzeschwall schoss ihr bis zur Stirn. Sie zog ihr Handy aus der Tasche und rief Marie an. „Alles paletti. Ich bin drin", erklärte sie ihrer Freundin, die am anderen Ende überrascht und fröhlich tat, als hätte sie einen alten Bekannten am Ohr. Sie war also noch mit Jens zugange.

Arme Marie. Nina hoffte, sie bald erlösen zu können.

„Es gibt ein Problem. Das Onlinesystem will wissen, wie Jens' Mutter mit zweitem Vornamen heißt. Hast du eine Ahnung?", fragte Nina mit zusammengebissenen Zähnen.

„Lass mich nachdenken", kam es lachend aus dem Hörer. „So ad hoc fällt mir dazu wirklich nichts ein. Am besten, ich melde mich noch mal."

Ninas anfängliche Befürchtung, Marie könnte diese Info nicht parat haben, bestätigte sich fatalerweise. Logisch, wer kannte bitteschön einen zweiten Vornamen? Den ersten zu kennen plus Nachnamen, okay, aber einen zweiten? Soweit Nina wusste, hatten diese Online-Banksysteme immer mehrere Fragen. Was, wenn sie gleich rausflog und danach eine andere, ebenso unmögliche Frage beantworten musste? Nervös ruderte sie mit der Maus hin und her, damit das Programm wach blieb und sie nicht gnadenlos rauswarf.

Eine weitere hundsgemeine Frage und der bislang gut funktionierende Plan würde einfach so in die Mülltonne wandern.

Von draußen vernahm sie das übliche Rauschen vorbeifahrender Fahrzeuge. Drrring! Blitzartig zuckte sie zusammen! Mensch, Nina, das ist dein Telefon, maßregelte sie sich kopfschüttelnd. Ihre Nerven waren eben nicht die besten. Wobei es bisher besser lief, als sie es sich vorgestellt hatte.

Marie war am anderen Ende und flüsterte ihr ‚Olga' ins Ohr.

„Verstanden, Olga", gab Nina kaum hörbar zurück.

„Was?", zischte ihr Marie ins Ohr, die sie offenbar nicht verstanden hatte.

Ach ja, sie musste ja nicht flüstern. „Olga", tönte sie laut und deutlich in den Minischlitz ihres Telefons, „ich habe verstanden!"

„Okay", erwiderte Marie. „Ganz kurz: Der Typ sieht beinahe so aus, als würde er mir gleich einen Heiratsantrag machen. Und in ein Hotel will er mit mir auch. Mach bloß hinne. Lange kann ich den nicht mehr hinhalten."

„Wohin ...", weiter kam Nina nicht, da hatte Marie die Verbindung bereits gekappt. Sie hätte schon gern gewusst, in welchem Hotel sie absteigen wollten. Man konnte ja nie wissen, was noch alles passieren würde.

Jetzt bloß schnell dat Olgersche eintippen, damit die Überweisung rausgehen konnte. Jetzt blinkten die TAN-Balken auf. Sie atmete hörbar aus, während sie die Bankcard in den mitgebrachten Kartenleser steckte. So ruhig wie möglich hielt sie den TAN-Generator an den Monitor. Doch ihre Hände begannen vor Aufregung zu zittern. Zwar nur leicht, aber es reichte, dass eine Datenübertragung unmöglich war. Sie überprüfte ihre Atmung. Und richtig, sie ging flach und schnell. Also erst einmal ruhig die Luft rein in die Lungen und wieder raus. Komm schon, Nina, die ganze Kiste konnte doch unmöglich an schlotternden Fingern scheitern! Endlose Sekunden verstrichen, bis ihre Hände endlich ruhig genug waren. Zack! Die Daten erschienen auf dem Display des Chipterminals. Dabei wirkte die Summe von 250.000 Euro astronomisch auf sie, obwohl die ihr unschuldig wie jede beliebige Zahl entgegenstarrte.

Jetzt musste sie nur noch die Transaktionsnummer eingeben. Bei der vorletzten Ziffer angekommen, hörte sie plötzlich, wie die Haustür aufgeschlossen wurde. Verdammt! Hektisch gab sie die letzte Nummer ein und drückte Enter. Was sollte sie jetzt tun? Glühende Hitze wallte ihr bis zu den Haarwurzeln. Wenn es über ihrem Haupt gequalmt hätte, sie wäre nicht verwundert gewesen. Sie warf einen kurzen Blick auf den Monitor und nahm vor lauter Aufregung nicht wahr, was darauf zu sehen war, traf gerade noch das X oben rechts und zog den Deckel des Laptops hinunter. Klick! Eingerastet. Verflucht, dass auch alles ein Geräusch von sich geben musste! Panisch schnappte sie sich ihre Tasche, warf das Lesegerät mitsamt Kreditkarte hinein und schlich zur Tür. Sie zog sie langsam zu sich heran und versteckte sich dahinter. Klappernde Schritte waren zu hören. Auf dem schicken Parkett hallte es besonders laut. Gut, dass Ninas Treter lautlos wie Wattebäusche waren. Sie glaubte wahrzunehmen, dass die Kühlschranktür geöffnet wurde. Da der Eingang offen einsehbar mit dem Wohnzimmer und dem Küchenbereich verbunden war, konnte sie sich unmöglich vorbei-schleichen und die Kurve kratzen. Scheiße, scheiße, scheiße! Sie wusste nicht einmal, ob es mit der Überweisung tatsächlich hingehauen hatte. Okay, Nina, bewahr die Ruhe, atme tief ein und aus, bleib ganz ruhig! Ein Stuhl wurde zur Seite geschoben. Gut, die Person hatte sich offenbar an den Esstisch gesetzt. Nina konnte zwar unmöglich zur rettenden Wohnungstür, aber sie konnte unbemerkt hinüber ins Schlafzimmer.

Ohne auch nur den klitzekleinsten Laut von sich zu geben, huschte sie ins gegenüberliegende Schlafzimmer. Auch dort hatte die Tür offen gestanden. Sie lehnte sie an. Wer auch immer da draußen war, es handelte sich bei den klappernden Absätzen offenbar um eine Frau. Nina musste sich etwas einfallen lassen. Vermutlich blieb ihr nur wenig Zeit, bis die Unbekannte zur Tür hereinschneite. Sie musste sich beeilen!

Und tatsächlich, zwei Minuten später ging die Tür auf. Erst stierten zwei große blaue Augen fassungslos auf das Bett, dann kam es einen Atemzug später: „Aiiihhhhhh!"

Der Schrei zerfetzte förmlich die Luft zwischen Nina und der giraffenartig hochgewachsenen Gestalt im Türrahmen.

Nina lag unter der Bettdecke neben der verwurstelten Hälfte und tat gähnend ein Auge auf. „Was machen Sie hier?", schnurrte sie scheinbar halb verschlafen. Ihre Haare waren art- und sachgerecht verwuschelt und die Szene konnte eindeutiger nicht sein. Sie blickte der Dame mit den knabenhaften Modelmaßen aus zusammengekniffenen Augen entgegen und meinte: „Leider kann ich Ihnen nicht sagen, wo Sie die Reinigungsmittel finden. Aber die Vermutung liegt nahe, dass sie draußen in der Kammer verstaut sind." Ein winziges Kämmerchen hatte doch wohl jede Bude, oder? Und im hochheiligen Schnarchzimmer war das garantiert nicht zu finden.

Die junge Frau, die mindestens fünfzehn Jahre nach Nina den ersten Schrei getan hatte und heute vermutlich den zweiten, japste nach Luft. Als sie wieder ein bisschen Sauerstoff in der Lunge hatte, schrie sie mit hysterischer Entrüstung in der Stimme: „Ich putze hier nicht! Ich bin Jens' Freundin!"

„Bitte?", spielte sich Nina hervorragend auf, den Oscar als beste Hauptdarstellerin sicher, „Jens hat eine Freundin? Das kann doch gar nicht sein."

Gut, an den Dialogen ließe sich noch feilen. Aber ihr Hochschrecken, die Decke schützend vor den Körper gehalten, damit die Zuckerschnute nicht ihren bekleideten Unterkörper sah, konnte sich echt sehen lassen.

„Also, das ist doch …", stammelte die blonde Frau, deren hübsche Locken dabei hin und her wippten.

Tja, ein paar Jahre mehr auf dem Buckel, meine Süße, und du würdest jetzt die Hitzewallungen deines Lebens kriegen, dachte Nina und versuchte, ein hämisches Grinsen zu unterdrücken. Nina schaute sie jetzt aus hellwachen Augen an und schüttelte ihre dunkle Mähne in königlicher Manier. „Wenn Sie bitte die Tür hinter sich schließen würden. Ich möchte mich gern ankleiden."

Ihre Stimme erreichte die Frau mit dem halb offenen Mund und den unzähligen Fragen auf der Zunge in tiefem, volltönendem Klang. Die konnte gar nicht anders, als zu tun, was die schöne Dame ihr befal, machte auf dem Absatz kehrt und ließ die Tür ins Schloss fallen.

Nina fuhr sich mit den Fingern flugs durch die Haare, zog sich ihre Bluse wieder an und schnappte sich ihre Tasche. Halt! Ihre Jacke fehlte noch. Bevor sie nach draußen ging, atmete sie tief ein. Ihre feste Stimme hatte selbst sie überzeugt. Und das sollte gefälligst auch so bleiben und nicht in nervöses Piepsen umschlagen. Nina, mach weiter so, feuerte sie sich an. Außerdem musste sie die Laufsteg-Else davon abhalten, sofort Jens anzurufen, falls sie es nicht schon getan hatte.

Und tatsächlich, sie erfasste mit einem Blick das Handy am Ohr der Frau, die ihren Kopf zu ihr schwang, als sie ihrer ansichtig wurde: „Der kann was erleben, das schwöre ich Ihnen! Wie lange geht das schon so?"

Wenn Nina die Situation richtig erfasste, ging der Liebste nicht ans Telefon, denn die Hochaufgeschossene steckte das Handy zurück in die Hosentasche ihrer roten Jeans.

„Sie wollen bitteschön verzeihen, dass ich mit Ihnen über Details der Beziehung zwischen Jens und mir nicht weiter sprechen werde." Nina ging hoch erhobenen Hauptes an der Frau vorbei.

„Ach, so ist das. Sie wollen einfach Reißaus nehmen. Wollen Sie nicht wissen, was Jens hier für ein Spiel mit uns beiden treibt?"

„Nein, eigentlich nicht." Sprach's und schritt hoheitsvoll in das Arbeitszimmer. Am liebsten hätte sie noch einen Blick auf den Laptop geworfen, aber das ließ sie lieber bleiben. Es wäre zu gefährlich, wenn ihre vermeintliche Kontrahentin sie dabei erwischte und ihre Scharade vielleicht doch noch durchschaute. Deshalb griff sie sich rasch ihre Jacke von der Lehne des Ledersessels und lief so ruhig wie möglich zurück in den Flurbereich.

Die Frau kam ihr bereits entgegen und starrte sie halb feindselig, halb interessiert an. Es schien, als wüsste sie mit Ninas Reaktion nichts anzufangen.

Denn einerseits fand sie es widerlich, eine, wie sie glaubte, splitterfasernackte Frau in dem Bett vorzufinden, in dem sie sonst mit Jens schlief, und andererseits sprach die zwar ein paar Jährchen ältere, aber zugegeben sehr schöne Frau wie eine gebildete Dame, der man lieber nicht auf die Füße trat. Allerdings passte ihr Gegenüber schon deshalb nicht in Jens' Beuteschema. Soweit sie wusste, stand er auf blonde und blauäugige Frauen. Wenn der sich einbildete, dass sie dem Klischee entsprechend zu blöd wäre, ihm Paroli zu bieten, hatte er sich geirrt, aber ganz gewaltig!

Nina schlüpfte in ihre Jacke und machte sich auf den Weg zur Tür.

Mit einem Mal schnellte die lange Frau vor und stellte sich zwischen sie und den rettenden Ausgang. Ihre Wut hatte wohl den unaufhaltsamen Aufstieg bis in den letzten Winkel ihrer Hirnwindungen erreicht. „Ich will verdammt noch mal wissen, was hier gespielt wird!", krakeelte sie schrill.

„Sind Sie sicher, dass Sie das wollen?", fragte Nina gelassen und kniff dabei die Augen gefährlich zusammen. Das war nicht mal gespielt. Sie hasste es, wenn sie jemand einsperren und zu irgendetwas zwingen wollte.

„Ja, sicher", beharrte die Frau.

„Sie lassen mich jetzt sofort durch diese Tür gehen", forderte Nina sie bedrohlich leise auf und belegte sie mit einem Blick, der ein eindeutiges ‚Oder' markierte.

Schweigend trat Madame Haute Girafe beiseite.

Geistesgegenwärtig warf Nina Jens' Wohnungsschlüssel auf den Glastisch, was ein markerschütterndes Klirren nach sich zog. Die Blondgelockte hätte später nicht sagen können, warum, schließlich war sie Nina bei Weitem körperlich überlegen, dennoch ließ sie die andere, deren Blick kaum düsterer hätte sein können, davonziehen.

Als Nina zur Tür heraus war, hörte sie lautstarkes Poltern aus Jens' Wohnung. Die Stimme seiner Angebeteten brüllte durch das ganze Haus: „Dieser verdammte Scheißkerl!"

Dann schepperte eine Ladung Geschirr auf den Boden, dass es bis in den zweiten Stock krachte, in dem Nina sich auf der Treppe nach draußen befand. Recht so, dachte sie, der Kerl hat es verdient. Sie grinste breit, dann fing sie vor Erleichterung an zu lachen. Gackina war wieder da! Ach, wie sie die liebte! Hoffentlich hatte das mit der Überweisung geklappt, ansonsten wäre alles umsonst gewesen. Egal, Nina, du warst spitze, lobte sie sich hochzufrieden.

Vor dem Haus untersuchten zwei junge Männer ein Motorrad und versuchten herauszufinden, wieso es lauthals brüllte, sich jedoch keinen Meter fortbewegte. Als sie die über das ganze Gesicht strahlende Nina aus dem Gebäude treten sahen, schauten sie auf und lächelten anerkennend. Dabei funkelten deren Augen heller als der gleißend leuchtende Scheinwerfer an dem Bike, der als einziges Teil hervorragend funktionierte. Ehe sie sich Gedanken darüber machen konnte, ob das schon wieder so ein mitleidiges Grienen oder einfach nur ein nett gemeintes war, kam ein Taxi auf sie zugefahren. Es hatte vorn an der Ecke gestanden und darin saß der Bursche von vorhin, den sie in die Berufskategorie ‚Student auf Lebenszeit' eingestuft hatte.

„Hey, wo wollen Sie hin, junge Frau?"

Nicht schon wieder! Ach, was sollte es, sie stieg ein und ließ sich zum Jungfernstieg fahren, von wo aus sie leicht in das wenige Straßen entfernte Parkhaus zurückfinden würde. Sie wollte nicht, dass er ihre genaue Fährte auf eine spätere Nachfrage hin hätte wiedergeben können. Vorstellbar war es zwar nicht, dass Jens Nachforschungen über die komische Frau anstellen würde, die sich in seinem Bettchen geräkelt, an seinem Laptop herumgespielt und womöglich von seinem Tellerchen gegessen hatte. Schließlich lag das in seinem eigenen Interesse. Aber man konnte ja nie wissen. Sie rief Marie an, die jedoch nicht ranging. Dann schrieb sie ihr eine kurze SMS: ‚Alles erledigt. Komm bitte ins Parkhaus.'

Am Hafen angekommen, belegte der Taxifahrer Nina mit einem Strahleblick und räusperte sich leicht verlegen: „Wollen Sie heute Abend mit mir ausgehen?"

Von wegen fossil, vom Winde verweht und so weiter! Der hatte sich nicht allein zu einem kleinen Mittagspäuschen an die nächste Straßenecke gestellt, sondern auf sie gewartet. Und weswegen? Der wollte mit Old Lady um die Häuser oder weiß der Himmel wohin ziehen. Das hätte Rolf mal sehen sollen. Rolf, guck, der will und du? Na ja, das, was der Jungspund von ihr wollte, kriegte Rolf ja auch prima hin. Und das, was sie wollte, hätte der Strahleweißzahn mit seinen dreißig Lenzen auch nicht draufgehabt.

„Danke für die Einladung." Artige Nina, brave Nina. Ein ‚Aber mein Mann hätte sicher was dagegen' schenkte sie sich. Mittlerweile bezweifelte sie das nämlich. Deshalb sagte sie: „Vielleicht, wenn ich das nächste Mal wieder in Hamburg bin." Stark, Nina, du machst dich! Das sieht ja beinahe nach Flirtoffensive aus. Und das, obwohl du dich keinen Deut für den hübschen Kerl interessierst. Aber man kann ja mal so tun, mal gucken, wie das wirkt.

Während sie aus dem Taxi kletterte, schüttelte sie den Kopf über sich selbst. Irgendwie musste sie sich schleunigst wieder daran erinnern, wie ihr Leben ohne Rolf war, vor so vielen Jahren. Vor einem ganzen Leben. Traurig schlich sie am Hafen vorbei zurück ins Parkhaus. Da konnte der Himmel noch so blau gefärbt über ihrem Haupt hocken, wenn Deprina sich mit Frustgedanken über Rolf meldete, sah sie keine Sonne mehr.

Mechanisch zog sie ihr Telefon aus der Jeanstasche. Keine Nachricht von Marie. Hoffentlich dauerte es nicht allzu lange, bis sie sich bei ihr melden würde. Zielsicher fand sie ihr Auto wieder. Das mit dem Nochmal-Zurückschauen und sich ein paar Einzelheiten wie Parkdeck und Stellplatznummer merken, funktionierte ganz gut.

War das ein Tag! Nina ließ den Fahrersitz mit einem Griff an den Hebel bis zur Rückbank gleiten und machte es sich gemütlich. So ließ sich das Warten auf Marie gut aushalten.

Nachdem die Anspannung der letzten Stunden langsam von ihr wich, spürte sie bloß noch bleierne Müdigkeit. Und das Allerschönste war, dass sich wieder ein zufriedener Ausdruck auf ihr Gesicht legte und dortblieb. Sie hatten es geschafft! Maries Plan war aufgegangen. Und nicht nur das. Nina war über sich hinausgewachsen. Wenn jetzt noch das Geld auf dem Konto war, dann hatte sich alles mehr als gelohnt und diese fiese Type von Jens konnte in die Röhre gucken. Schade nur, dass sie sein dämliches Gesicht nicht sehen konnte. Weder wenn er direkt in den Scherbenhaufen in seiner schicken Bude latschen, noch wenn er auf sein Konto starren würde.

Während sie sich noch fragte, was sie mit der Blondlocke angestellt hätte, wäre die ihr nicht freiwillig aus dem Weg gegangen, klappten ihre Augenlider zu wie sanft heruntergelassene Jalousien. Und ehe sie es bemerkte, war sie eingeschlafen.

Lächelnd streckte sie sich auf dem Fahrersitz. Verschlafen wanderte ihr Blick auf das Armaturenbrett. Die Zeiger der Uhr standen auf kurz vor vier. Obwohl ihr Nacken verspannt ziepte, fühlte sie sich zufrieden und erfrischt. Wenn es nach ihr gegangen wäre, hätte sie sich lieber nicht gefragt, warum Marie immer noch nicht hier war. Es war so selten, dass sie sich wohlfühlte. Verdammt, irgendetwas musste da schiefgegangen sein. Ihr Handy schwieg auch beharrlich. Sie drückte auf dem Touchscreen des Geräts auf ‚Marie' und ahnte gleichzeitig, dass ihre Freundin wieder nicht erreichbar sein würde. Diesmal wartete sie, bis die Mailbox ansprang. „Hey, Marie, was ist los? Ich warte immer noch im Parkhaus auf dich und es ist bereits vier Uhr." Sie hatte, während sie sprach, das ungute Gefühl, dass ihre Nachricht Marie nicht erreichen würde. Weder jetzt noch später.

Was sollte sie bloß tun? Weiter abzuwarten, war auch keine Lösung. Aber wo sollte sie Marie suchen? Hotels gab es in Hamburg wie Sand am Meer. Andererseits musste sie irgendwo anfangen. Wer weiß, was Marie in der Zwischenzeit passiert war. Komm schon, mahnte sie sich, bisher ist alles so prima gelaufen, da wird sich der Rest auch schon finden. Das hatte Maggie ihr immer gesagt, wenn sie an sich zweifelte. Tja, damals hatte es sich vielleicht um eine Klassenarbeit in Mathe oder ein Chemie-Referat gedreht, aber heute ... Wenn Maggie auch nur den leisesten Verdacht gehegt hätte, was sie hier gerade trieb, sie hätte ihr die Leviten gelesen. Ob sie ihr jemals davon erzählen würde? Vermutlich nicht. Jedenfalls nie und nimmer in allen Einzelheiten und schon gar nicht wahrheitsgetreu. Also am besten überhaupt nicht, beschloss sie. Margarete war nämlich die gesetzestreueste Dame der Welt, die sie kannte. Und die liebste. Und die beste. Ach, Maggie.

Sie ließ kurzerhand den Motor an. Ihr war, als hätte sie irgendetwas vergessen. Aus dem Augenwinkel sah sie ihre Ledertasche auf dem Beifahrersitz. Ihr Handy verharrte immer noch stumm in ihrer Hosentasche. Alles da. Sie fuhr zur Ausfahrt des Parkhauses. Erst als sie der Parkscheinautomat anstarrte, wusste sie, was ihr entgangen war: Sie hatte nicht bezahlt. Dass ihr aber auch immer irgendetwas durch die Lappen ging. Verärgert schaltete sie den Rückwärtsgang ein. Schön, dass es so was wie einen gewohnheitsmäßigen Automatismus gab und ihre Augen gerade noch den Rückspiegel streiften, bevor sie das Gaspedal durchtrat. Hinter ihr hatten sich einige Fahrzeuge versammelt, von denen sie ansonsten mit ihrem Heck zumindest dem ersten eine dicke Beule mitten in die Frontschürze gerammt hätte.

Sie schaltete den Motor ab, sprang aus ihrem Wagen und spazierte mit einem entnervten Gesichtsausdruck, als hätte ihr jemand ans Bein gepinkelt, zu ihrem Hintermann.

„Irgend so ein Trottel hat mir meine Brieftasche geklaut und ohne Parkschein komme ich hier nicht raus", log sie, wenngleich sie der Trottel war. War sie zuerst auf ein angesäuertes männliches Gesicht gestoßen, belegte sie der Mann jetzt mit mitleidiger Miene.

Sie sah zu, wie die drei Fahrzeuge hinter ihr im Schneckentempo zurückkrochen, damit sie noch mal umdrehen konnte. Mit Winkearm aus dem heruntergekurbelten Fenster heraus bedankte sie sich bei den freundlichen Herrschaften und sah zu, wie sie wieder aufs nächste Parkdeck kam. In gekonnt zackiger Manier huschte sie mit dem Wagen in eine Lücke, suchte den nächsten Automaten und zahlte ganze vierundzwanzig Euro. Das mit dem Flunkern fand Nina äußerst entspannend. Dank Marie konnte sie daran mittlerweile richtig Gefallen finden.

Sie fuhr an dem Restaurant vorbei, in dem Marie mit Jens zugange gewesen war, und sah sich nach einem Hotel in der Nähe um. Wenige Meter entfernt wurde sie fündig. Mit den Parkmöglichkeiten war es in der Hamburger Innenstadt nicht anders als in Berlin. Praktisch unmöglich. Also stellte sie ihr rotes Gefährt wenige Meter vor dem Eingang ab. Das ‚Courage' war ein Hotel der Mittelklasse mit gemütlich eingerichtetem Eingangsbereich, ohne viel Chrom, Glas oder Marmor, sondern mit Wohnzimmersesseln und Stoffcouches, auf denen sich einige Gäste mit I-Pads, Laptops, Zeitungen oder Handys beschäftigten. Am Tresen der Lobby erwartete Nina eine dunkelhaarige Frau Mitte zwanzig mit geschäftsmäßig freundlichem Gesichtsausdruck.

„Was kann ich für Sie tun?", fragte sie Nina.

„Guten Abend, Frau Nasrella. Hat meine Freundin, Marie Frey, heute bei Ihnen eingecheckt?" Nina hatte ihren Namen von dem schwarzen Schildchen am Revers des Blazers abgelesen.

„Einen Augenblick bitte", entgegnete Frau Nasrella und tippte zu Ninas Erstaunen ohne Vorbehalt Maries Namen ein. Dann meinte sie kopfschüttelnd: „Es tut mir leid, aber eine Frau Frey ist bei uns nicht verzeichnet."

Enttäuscht senkte Nina den Kopf und hakte einer Eingebung folgend nach: „Marie ist mit ihrem Freund unterwegs. Vielleicht haben die zwei aus einer Laune heraus andere Namen angegeben."

Doch auch nach einer kurzen Beschreibung der beiden musste die Concierge passen. Nina blieb nichts anderes übrig, als weiter zu suchen. Sie kurvte durch die Gegend und klapperte die umliegenden Hotels ab. Einige Portiers machten ihr unmissverständlich klar, dass sie ihr um keinen Preis Auskunft erteilen würden, was sie einige Male mit herzerweichend traurigem Gesichtsausdruck entkräften konnte. Zwischendurch wiederholte sie fortwährend den verzweifelten Versuch, Marie übers Telefon zu erreichen. Alles umsonst, die beiden blieben wie vom Erdboden verschluckt.

„Marie, wo steckst du bloß", flüsterte Nina hinter dem Steuer geklemmt. Sie konnte unmöglich ganz Hamburg absuchen. Außerdem wusste sie im Moment nicht, in welchem Bezirk sie selbst gerade steckte. Sie beschloss, dass es keinen Sinn mehr hatte, weiter nach ihrer Freundin zu suchen. Schließlich konnte sie auch in einem der Gasthäuser gewesen sein, die ihr vorschriftsmäßig keine Info erteilt hatten. Außerdem hatten die beiden für den Fall, wenn sie einander nicht erreichen konnten, abgesprochen, dass jeder allein nach Hause fahren sollte. Vielleicht war Marie ja deswegen mittlerweile auf dem Weg nach Berlin, weil sie, anstatt weiter im Parkhaus auf Marie zu warten, durch ganz Hamburg gekurvt war, ging es Nina durch den Kopf.

In der Zwischenzeit verschleierte der nahende Abend den Himmel in trübes Grau. Lautes Grummeln machte sich in Ninas Magen breit. Sie musste unbedingt etwas essen, bevor sie sich auf den Heimweg machte. In Hamburg wollte sie auf keinen Fall bleiben. Es machte einfach keinen Sinn. Oder sollte sie sich ein Hotelzimmer nehmen, falls Marie doch noch auftauchte und sie erreichte? Sie stellte ihren Wagen an den Straßenrand und hielt fröstelnd nach einem kleinen Imbiss Ausschau. Falls Marie sie auf dem Rückweg nach Berlin erreichen würde, konnte sie immer noch umkehren. Und wenn nicht, würden sie sich eben zu Hause wiedersehen, beschloss sie.

Sie fand eine gut besuchte italienische Imbissbude und bestellte dort als Allererstes einen heißen Kaffee. Als der duftend und dampfend vor ihr auf dem runden Bistrotisch stand, ließ sie sich dazu eine Tomatensuppe mit ein paar Brotscheiben bringen. Ihr Handy gab während der ganzen Zeit keinen Mucks von sich. Und den Klingelton hatte sie extra auf volle Lautstärke gestellt. Aufgewärmt stieg sie in ihren Wagen.

Sie musste jetzt hellwach bleiben für die mindestens drei Stunden bis nach Hause. Sie startete das Auto und hoffte inständig, dass Marie einen Weg gefunden hatte, ohne Blessuren von dem verliebten Jens davonzukommen. Wenn Nina nur daran dachte, dass der Kerl ihrer Freundin ungewollt auf die Pelle rückte, obwohl Marie das mit Sicherheit den Brechreiz in die Kehle trieb, drohte gleich die Tomatensuppe postwendend wieder hochzukommen. Bloß ruhig Blut und einen kühlen Kopf bewahren! Sie hatte vorhin zwei Straßen weiter das Autobahnschild nach Berlin entdeckt und steuerte darauf zu. Womöglich saß Marie bereits im Zug nach Hause und hatte sie nur deshalb nicht erreichen können, weil ihr Smartphone aus irgendwelchen Gründen den Geist aufgegeben hatte.

35

Jule fühlte sich großartig, wie sie in das argentinische Restaurant hineinspazierte, ihren Vater gentlemanlike hinter sich im Schlepptau. Hoch erhobenen Hauptes beantwortete sie den zuvorkommenden Gruß des Kellners mit einem leichten Nicken. So machte das eine Dame von Welt!

Rolf stellte sich neben sie und zeigte auf einen Tisch im hinteren Teil des rustikal eingerichteten Raumes, in dem von den zwei Dutzend Tischen über die Hälfte besetzt war. Auf den Tisch mit betont lockerem Hüftschwung zuschreitend, öffnete Jule den Reißverschluss ihrer schneeweißen Winterjacke. Die warme, nach gegrilltem Steak duftende Luft kroch ihr bereits bis auf die Haut.

Rolf konnte ein Schmunzeln nicht unterdrücken, wie seine vierzehnjährige Tochter vor ihm herumstolzierte, mit etwas linkischen Bewegungen zwar, aber der Manier einer jungen Frau dicht auf den Fersen. Seufzend ließ er sich auf den gepolsterten Stuhl fallen. Es war verdammt schade, dass die Kinderzeit so kurz vor dem Aus stand. Das Bild seines kleinen blond gelockten Mädchens mit Ninas dunkelbraunen Augen, die aus einem spitzbübischen Gesicht heraus lachten, tauchte in seiner Erinnerung auf. Vorbei. Die Locken waren schon lange weg, das Kind hätte ruhig noch ein wenig bleiben können. Er beobachtete, wie sie sich ihm gegenübersetzte und nahm sie dabei vorsichtig ins Visier. Die Bedienung reichte den beiden die Speisekarten. Jule bedankte sich und Rolf freute sich, als er sah, dass der kindlich unbedarfte Ausdruck in ihrem Gesicht noch nicht ganz verschwunden war. Jule durchforstete mit flinken Augen die Karte nach ihrem Lieblingsessen, Filet mit diesem leckeren französischen Salat, der Mama und ihr immer so gut schmeckte. Ihre Lieblingsvorspeise, Riesenchampignons mit Sahnesoße zum Reinlegen, entdeckte sie zuallererst. Die teilte sie sich immer mit Mama. Schade, dass sie nicht dabei war, sonst hätte sie es bestellt.

Papa musste sie gar nicht erst fragen, der ließ sich immer ein Riesensteak Marke XXL auf einem extra großen Teller vor die Nase stellen, ohne Salatblättchen, höchstens mit gebackenen Kartoffelecken und stark gewürzt.

„Warst du hier schon mal mit Mama essen?", fragte sie.

„Ich glaube nicht", antwortete Rolf und legte seine Karte zur Seite.

Er hatte seine Tochter zu ihrer großen Überraschung von der Schule abgeholt und bei ihr sofort spontane Begeisterung geerntet, als er vorgeschlagen hatte, beim Argentinier in der Nähe zu Mittag zu essen.

„Woher wusstest du, wann ich Schulschluss habe?"

Rolf zuckte kaum merklich zusammen. Touché! Hatte er sich wirklich so wenig um seine Familie gekümmert, dass Jule es für völlig abwegig hielt, dass ihr Vater wusste, wo ihr Stundenplan in ihrem Zimmer deponiert war?

„Ich weiß immer, wie lange du Schule hast." Er versuchte, sich seine Enttäuschung nicht anmerken zu lassen, und fragte: „Sag mal, Jule, wie läuft es denn derzeit im Unterricht?"

„Jetzt ist Mama nicht da und du fängst an zu stressen!" Jule hatte die besondere Gabe, blitzschnell von null auf hundert zu kommen, schneller als jeder Ferrari.

„Mama ist zurzeit kaum zu Hause, da muss ich mich um dich kümmern."

„Kaum zu Hause ist gut. Also mit der Futterversorgung bin ich ja einverstanden. Von mir aus können wir jeden Tag essen gehen. Aber wenn du mir den Nachmittag mit doofen Schulfragen versauen willst, hast du schon mal gut damit angefangen." Rolf fragte sich, wer auf diesem Erdball die einmalige Kunst beherrschte, sich um seine Kinder zu kümmern, ohne sie dabei auf die Palme zu bringen. Er jedenfalls kannte dafür kein Rezept. Außer Schweigen. Und Schweigen gab es erst ab fünfundzwanzig oder dreißig. Oder nie? Er musste grinsen bei dem Gedanken daran, was Jule zu einer bitterbösen Miene reizte, war es für sie doch eindeutig, dass ihr Vater sie wieder mal nicht ernst nahm.

Checkten die Alten nie, wenn man erwachsen war? Dann musste man es ihnen eben beibringen, beschloss Jule lautlos. Wenn der jetzt tatsächlich dachte, dass er Mamas Nervplatz einnehmen konnte, hatte er sich gewaltig geschnitten. Sie vermisste ihre Mutter, ihr Lachen, ihre vertraute Stimme, aber was sie überhaupt nicht vermisste, war ihre Stresserei. Die konnte ihr mehr als gestohlen bleiben.

Sie bestellten und Rolf entschied, einen zweiten Anlauf zu nehmen und sich nicht noch einmal von seiner Tochter zurechtweisen zu lassen. Es wäre doch gelacht, wenn er das nicht hinkriegen würde.

„Jule, ich halte dir jetzt keine Predigt über deine Zukunft und dergleichen. Das weißt du selbst am besten. Alt genug bist du jedenfalls. Aber ich möchte über deine schulischen Aufgaben informiert sein. Das kannst und wirst du mir nicht absprechen."

Jules Wangen röteten sich vor Wut. „Papa, ich krieg das alleine hin. Das solltest du mittlerweile wissen. Es gibt wohl Wichtigeres als meine Schulnoten, oder?"

„Was meinst du damit?"

Bums, da hatte sie ihn! Schön abgelenkt, alter Papa. Ätsch! „Du und Mama, das meine ich." Jule verschränkte die Arme vor der Brust und spürte im selben Augenblick, dass hinter ihrem gewollten Ausweichmanöver mehr steckte, als sie zugeben wollte.

Rolf lehnte sich zurück, nahm sein blitzendes Messer vom Tisch und schien es in allen Einzelheiten eingehend zu studieren. „Ja, Mama und ich", kam es lang gezogen.

Jule machte große Augen. Was, mehr hatte er dazu nicht zu sagen?

Rolf ließ das Messer aus den Fingern gleiten und schaute seiner Tochter mitten in die Augen.

In diesem Moment hätte er sich nichts sehnlicher gewünscht, als dass sein Julchen nicht Ninas wunderschön geschwungene, zuweilen feuersprühende Augen gehabt hätte. Das machte die Sache für ihn nicht leichter.

„Weißt du, ich glaube, deine Mutter braucht einfach ein wenig Zeit für sich", begann er und Jule ahnte um die Wichtigkeit seiner Worte, nicht umsonst war aus ‚Mama' jetzt ‚deine Mutter' geworden. Und das verhieß nichts Gutes.

„Schon, aber aus ‚ein wenig Zeit' wird jetzt, dass sie in eine eigene Wohnung zieht", gab Jule zu bedenken.

„Selbst wenn das geschieht, ist das kein Weltuntergang, Jule. Wir müssen sie ihren Weg gehen lassen. Ich bin mir sicher, dass sich alles wieder einrenken wird."

„Ehrlich, Papa, glaubst du das wirklich?"

Bevor Rolf antworten konnte, wurden die duftenden Teller vor ihren Nasen abgestellt.

„Ich hab ihr jedenfalls meine Meinung gesagt. Sie macht doch alles kaputt", ereiferte sich Jule.

„So etwas solltest du nicht zu ihr sagen", meinte Rolf. „Dazu gehören immer zwei. Und das ist kein Kalenderspruch, sondern die Wirklichkeit. Sie muss jetzt mit so vielen Dingen klarkommen. Einen neuen Job muss sie sich jetzt auch noch suchen." Und sie hat von ihrer Autoimmunthyreoiditis erfahren, was sie erst richtig durcheinanderbringt, dachte er und schwieg.

„Vielleicht hast du ja recht, Papa."

Mit seiner Aussage traf er sie mitten in ihre leise wispernden Gewissensbisse, gegen die sie sich bislang zur Wehr gesetzt hatte. Ohne Erfolg, wie sich jetzt zeigte. Das schlechte Gewissen machte sich jetzt erst recht breit. Die Vorwürfe gegen Mama waren vermutlich doch zu happig gewesen. Sie starrte auf seinen Teller und als sie neben dem Steak diese bis zur Unkenntlichkeit gewürzten Kartoffelecken ausmachte, musste sie unweigerlich grinsen. Sie pikste sich eine kleine Ecke auf die Gabel und biss vorsichtig hinein. Die Dinger erinnerten geschmacklich nicht mal mehr an eine Kartoffel. „Ach, Papa, was du immer isst."

„Das schmeckt", verteidigte er sich lachend.

Plötzlich sah Jule ihn traurig an. „Trotzdem", sie hielt kurz inne und beugte sich zu ihrem Vater vor, „ich will nicht, dass ihr beide euch trennt."

Ihr Vater nickte und senkte den Blick. Sonst stürzte er sich regelrecht auf sein Stück Fleisch, aber heute schien ihm dieses Vergnügen vergangen zu sein.

Als Jule ihn dann noch leise fragte: „Was willst du eigentlich, Papa?", ließ er die Gabel wieder sinken, die er gerade aufgenommen hatte.

Fest sah er seine Tochter an. „Ich will, dass alles wieder in Ordnung kommt", sagte er mit dünner Stimme.

Jule erschrak. Das hatte sie nicht gewollt. Ihr starker Papa. Ihr Schutzwall. Der, den nichts umhaute. Ihr Papa, jetzt mit den Nerven wenige Schritte vor dem Abgrund. Das schrie nach einem erneuten Schwenker. Deshalb sagte sie, als wäre ihr das eben wieder eingefallen: „In Physik, da verstehe ich so eine blöde Formel nicht. Ella kapiert das auch nicht. Dass man sich die auch alle auswendig merken soll." Sie verdrehte die Augen. Komm schon, Papa, hau dein Steak rein, forderte sie ihn in Gedanken auf.

Er räusperte sich. „Die musst du mir nachher unbedingt zeigen." Nur allzu gern nahm er ihren Hilferuf nach Normalität auf. „Aber jetzt erzähl mir doch, wie es um deine Suche nach einem Paar passender Schuhe steht. Ein schickes Kleid hast du ja schon."

Jule freute sich, schließlich war diese Feier in ein paar Wochen für sie überlebenswichtig, auch wenn ihr dieses Gefühl zeitweilig abhandengekommen war. Ella hatte schon ihr gesamtes Outfit im Schrank und ihr fehlten immer noch die passenden Schuhe zu dem megageilen Kleid. Während sie mehrere Salatstückchen auf ihre Gabel pikte, sah sie zu, wie auch ihr Vater zu essen begann. Na, wenn ihn das glücklich machte, sich mit ihr nachher den Physikhefter vorzuknöpfen, sollte es ihr recht sein. Aber das mit den Schuhen …

„Ich hab da einige im Internet gesehen, bei Fix-Send. Kann ich dort welche bestellen?", fragte sie, die Gunst der Stunde nutzend.

„Wenn du willst, sicher", erwiderte Rolf.

Vor lauter Schreck krachte ihr ein Husten durch die Kehle. Mit all den zermalmten Salatstückchen in Hals und Mund musste sie aufpassen, dass sie nicht alles gesammelt auf den Tisch spie. Rolf sprang auf, doch sie wehrte mit beiden Händen ab.

„Schon vorbei", krächzte sie.

Wer konnte denn mit dieser Antwort rechnen? Dieselbe Frage hätte sie ihm noch vor ein paar Wochen stellen sollen! Bei einem Internetanbieter High Heels bestellen? Undenkbar! ,Dann wirst du mit Werbung nur so zugeschüttet' oder ,Ich sehe dich schon beim Postamt mit einem Turm aus Paketen, die wieder zurückmüssen', hätte er gewettert. Ihr Gesicht leuchtete freudestrahlend. Die Dinge hatten, simpel ausgedrückt, mindestens zwei Seiten, sinnierte Jule. Und das mit der Bestellung war eindeutig die positive.

36

Margarete hatte den Frühstückstisch im Wintergarten gedeckt. Von hier aus hatte sie eine herrliche Aussicht über die Wiese bis hinüber zum Wannsee. Nina schaute hinauf zu dem frühlingsblauen Himmel. Es war, als hätte sie den aus Hamburg mit nach Berlin genommen. Obwohl gerade mal einstellige Plustemperaturen den ausklingenden Winter entlarvten und es bis zum Frühling noch eine Weile dauerte, schwebten die Vorläufer bereits über Berlin.

Sie goss Maggie und sich eine duftende Tasse des frisch gebrühten Kaffees ein. Nach der Tortur nach Hamburg und über fünf Stunden wieder zurück nach Berlin, mitsamt Stau und Baustellen, hatte sie sich in dieser Nacht in einem köstlich schweren Schlaf erholt. Am liebsten hätte sie Margarete von ihrem gestrigen Abenteuer berichtet. Es lag ihr so sehr auf der Zunge, dass sie sich fast nicht beherrschen konnte. Aber nur fast. Maggie hätte ihr bei so viel krimineller Energie vermutlich den Marsch geblasen. Sie musste still in sich hineingrinsen.

Maggie beobachtete ihre Nichte interessiert. „War es gestern schön mit Marie in Hamburg?"

Mit der heißen Tasse an den Lippen schüttete sie einen großen Schluck auf den Tisch anstatt in den Mund. Das Wort ‚Hamburg' hatte gereicht, sie aus der Fassung zu bringen.

„Super, ganz klasse", antwortete sie und wischte so beiläufig wie möglich mit der Serviette den Tisch trocken. Schnell schob sie hinterher: „Wir waren an den Arkaden. War ein richtig netter Ausflug."

Bemerkte sie Argwohn in Maggies Blick oder bildete sie sich das bloß ein? Ach, wenn Maggie stutzig wurde, sagte sie das auch.

„Und was habt ihr noch gemacht?", hakte Maggie nach, eine Brötchen- hälfte mit Marmelade bestreichend.

Damit sie Zeit herausschinden konnte, nippte sie ausgiebig an ihrer Kaffeetasse. „Wir waren noch am Hafen und ..." Da wurde sie von einem weit entfernten ‚Drrring' unterbrochen. „Hört sich an wie mein Telefon. Ich muss mal kurz nach oben." Froh darüber, sich keine unverfängliche Geschichte aus den Fingern saugen zu müssen, sprang sie von ihrem Stuhl auf und hastete die Stufen hinauf in ihr Zimmer. Kurz bevor sie an ihrem Handy war, das am Ladekabel hing, verebbte der letzte Klingelton.

Mal gut, dass der Lautstärkeregler noch voll aufgedreht war, sonst hätte sie nicht mitbekommen, dass jemand sie erreichen wollte. Hoffentlich war es Marie, hoffte sie inbrünstig, während sie auf dem Gerätedisplay herumdrückte, um herauszufinden, wer gerade angerufen hatte. Dabei bemerkte sie, dass wieder alle fünf Ladebalken angezeigt wurden, nachdem es noch während der Rückfahrt kein Lebenszeichen mehr von sich gegeben hatte.

Mehrere Anrufe hatten sich in der Zeit, als es außer Betrieb war, angehäuft. Marie war mit ihrer Nummer nicht dabei, sonst wäre ihr Name angezeigt worden. Vielleicht hatte sie ja versucht, Nina von einem anderen Anschluss aus zu erreichen. Deshalb stellte sie eine Verbindung zur gerade eingegangenen Nummer her. Ihr Herz klopfte bis zum Hals, so sehr hoffte sie, dass sich die Freundin am anderen Ende melden würde.

„Mrrurreld", hörte Nina leider bloß eine Männerstimme in der Leitung.

„Landauer", meldete sich Nina, „mit wem spreche ich bitte?"

„Meinfeld hier", drang die Stimme fröhlich zu ihr durch. „Das ist aber schön, dass ich Sie erreiche, Frau Landauer."

Hübsch. Sie konnte sich keinen Reim darauf machen, wer das war.

„Sicher wissen Sie bereits von Frau Wittler, dass ich mich sehr gern mit Ihnen treffen würde."

Sabine? Meinfeld? Treffen? Peng! Da war es. Hatte doch gar nicht mal so lange gedauert. Mensch, Nina, Old Lady! Die Sache mit dem Gedächtnis lief bei ihr nicht gerade on top. Unter dem Haaransatz flog zurzeit viel zu viel durcheinander.

Dr. Alois Meinfeld, seines Zeichens Geschäftsführer ihres alten Arbeitgebers Prelight Solutions GmbH. Was wollte der von ihr? Sie hatte sich nicht bei ihm gemeldet. Das war doch Aussage genug, oder etwa nicht? Bevor sie etwas erwidern konnte, schlug er bereits vor: „Was halten Sie davon, wenn wir uns treffen würden? Ohne Umschweife: Ich will Sie wieder in meinem Team haben, Frau Landauer."

In seinem Team! Das hörte sich klasse an. Wenn es mal eines gewesen wäre, würde sie vermutlich immer noch auf ihren vier Buchstaben bei Prelight vor ihrem Bildschirm hocken. Ninas linke Augenbraue hüpfte richtungsweisend in die Höhe. „Das ist sehr nett von Ihnen, Dr. Meinfeld, aber ..."

„Ach, kein Aber, Frau Landauer. Ich schlage vor, dass wir uns bei einer Tasse Kaffee in meinem Büro unterhalten. Ich bin mir sicher, dass wir uns handelseinig werden."

Womit handelte Nina eigentlich? Ach ja, ihre Arbeitskraft war ja so etwas wie eine Ware. Sie war bestimmt nicht auf den Kopf gefallen, aber bei so viel Freundlichkeit konnte sie ihm einen Termin unmöglich abschlagen, oder doch? Marie hätte sich bestimmt mit frechem Grinsen im Gesicht bedankt und erklärt, dass sie jetzt bei Porsche im Vorstand als erste Sekretärin arbeitete. Ach was, Marie hätte sogar noch einen draufgelegt und ihm klargemacht, dass sie für das doppelte Gehalt einfach nicht hatte ‚Nein' sagen können, was der liebe Dr. Meinfeld doch sicher verstehen könne.

Aber das wäre gelogen gewesen. Die Wahrheit war, dass Nina entweder keine Antworten auf ihre Bewerbungen bekommen oder Absagen gesammelt hatte wie andere Halsketten. Aber Prelight? Warum hörte sie nicht auf ihren ersten Impuls, bedankte sich manierlich und hüpfte zusammen mit ihrer Augenbraue um die Wette?

Aber Dr. Meinfeld war nicht umsonst Geschäftsführer, denn er nannte ihr gleich einen Termin. Perplex blätterte sie in ihrem Tischkalender und hatte natürlich nicht nur an besagtem Tag alle Zeit der Welt, sondern auch ansonsten viel zu viel davon. Schade. Es wäre ihr weitaus lieber gewesen, wenn ihr Terminkalender aus allen Nähten geplatzt wäre. Als sie sich freundlich von Dr. Meinfeld verabschiedet hatte, fragte sie sich mit Blick auf den schmalen Papierkalender, was der Gute von so einer antiken Person wie ihr wollte. Sie hatte nicht mal einen elektronischen Dater. Quatsch, noch schlimmer, sie bediente nicht mal ihr Handy als Kalender, sondern kritzelte alles noch auf Blätter, auf die in Schriftgröße 42 das Datum und dick und fett der Wochentag gedruckt war, damit Oma Nina auch ja keinen Tag verwechselte. Groß genug bis plus 4,5 Dioptrien.

Himmel, Nina, schalt sie sich unnachgiebig, macht sich das Schisshäschen wieder bemerkbar oder warum triffst du dich mit dem netten alten Herrn auf ein Plauderstündchen? Vermutlich war das wieder eine von diesen heillos verfahrenen Situationen, in denen von allem etwas bunt durcheinanderpurzelte und ihr nichts anderes übrig blieb, als sich ihrem Schicksal zu beugen und hinzudackeln. Was hatte sie denn zu verlieren? Nichts.

Sicher?

Ach was, viel wichtiger war es, Marie zu erreichen. Nicht, dass sie in Hamburg doch noch verschüttgegangen war. Obwohl es natürlich noch eine andere, viel plausiblere Erklärung dafür gab. Nina drückte gedankenverloren auf Maries Nummer. Wieder nur die Mailbox. Sie verzichtete, nochmals draufzusprechen.

Also dann, die nächste Nummer. Da hatte jemand auf ihre Mailbox gesprochen. Während sie die Nachricht abhörte, öffnete sich ihr Mund und wollte einfach nicht wieder zufallen. Was war das denn? Oh, Marie, wenn ich dich zu fassen kriege, kreischte Nina lautlos in sich hinein. Das war die Maklerin Frau Richter, die ihr zwei Auswahltermine durchgab, damit sie, nachdem sie doch so freundlich gewesen sei, ihr die Gehaltsabrechnung zukommen zu lassen, mitsamt Personalausweis den Mietvertrag für die Wohnung unterschreiben könne.

Kopfschüttelnd warf sie das Telefon auf den Schreibtisch. „Die kann was erleben! Das gibt es doch nicht! Marie, wo steckst du?"

Marie hatte tatsächlich die bodenlose Dreistigkeit besessen, eine gefälschte Abrechnung an die Maklerin zu schicken. Ohne Nina zu fragen! Ohne ihr auch nur Bescheid zu geben! Rolf, rette mich! Wo bist du? Mit dem Gedanken an ihn ließ sie ihren Laptop hochfahren und loggte sich in das alte Geschäftskonto ein. Das Geld war definitiv nicht drauf. Gut, das war nichts Ungewöhnliches. Heute war Freitag. Jetzt musste sie also bis mindestens Montag durchzittern, ob der Transfer geklappt hatte.

In ihrer Fantasie hatte sie sich vorgestellt, dass sie mit dem Kontoausdruck zu Rolf fahren, ihm das Papier auf den Tisch legen und seelenruhig zusehen würde, wie er große Augen bekam, als hielte er einen faustgroßen Diamanten in der Hand. Sie hatte sich irrsinnig darauf gefreut und jetzt dauerte alles länger als gedacht. Schade, sie hätte ihn gern wiedergesehen, zumal sie ihn bei dem unerwarteten Treffen in der Sauna ziemlich abweisend behandelt hatte. Womöglich sogar ein wenig unfreundlich. Ja, gut, vielleicht ein bisschen böse.

Sie öffnete gerade ihren E-Mail-Account, als Margarete hinter ihr in der Tür stand.

„Ist unser gemeinsames Frühstück ausgefallen?", fragte sie.

„Nein, ich komm gleich wieder runter", erwiderte Nina. Und einem plötzlichen Einfall folgend, sagte sie: „Guck mal, ich frage gerade meine E-Mails ab. Wollen wir doch mal sehen, ob sich jemand auf meine Bewerbungen gemeldet hat."

Maggie schien sich sichtlich zu freuen, als sie sich neben Nina stellte, die ihr einen Stuhl zuschob, damit sie sich setzen und genau verfolgen konnte, was vor ihr auf dem Bildschirm ablief. Nina wurde mit einem Mal bewusst, wie es wohl Maggie gehen mochte, wenn sie sich schon altertümlich fühlte. Sie nahm sich vor, sie öfter, wenn sie es selbst auch wollte, am Computer mit einzubeziehen. Außerdem liebte sie es, ihre

277

Tante bei sich zu haben, auch wenn sie ihr derzeit einiges verheimlichen musste. Nicht einmal Maries Urkundenfälschung, geschweige denn Ninas Kontoräumaktion konnte sie ihr beichten. Über Marie hätte Maggie sicher nur den Kopf geschüttelt, aber dass Nina kriminelle Selbstjustiz durchzog, ohne einen Deut schlechtes Gewissen, hätte bestimmt großes Unverständnis bei ihr ausgelöst. Und Nina konnte nicht sagen, ob sie das je hätte wieder kitten können oder ob immer ein Funken Misstrauen zwischen ihnen gestanden hätte. Darauf wollte sie es auf gar keinen Fall ankommen lassen.

„Siehst du, hier flattert auch immer Werbung rein", erklärte sie ihrer Tante, während sie die Werbemails löschte. Dann las sie eine Absage vor. Mittlerweile war das zur Routine geworden. Dann aber stutzte sie. Die Werbefirma imagex wollte sie persönlich kennenlernen und bedeutete in ihrer Mail, dass sie sich am Montag um neun Uhr zu einem Telefon-Interview melden solle. „Siehst du, Maggie, bevor die jemanden in ihre heiligen Hallen lassen, wollen sie denjenigen erst mal am Telefon auf Herz und Nieren testen, ob sich der Zeitaufwand überhaupt lohnt."

„Die Zeiten haben sich eben geändert, Nina. Aber dumm finde ich es trotzdem. Ein Gespräch, bei dem man sich nicht in die Augen sehen kann, ist doch bedeutungslos. Du solltest dir überlegen, ob du dort anrufst."

„Wie du schon gesagt hast, die Zeiten haben sich geändert. Komm, wir gehen wieder runter, bevor der Kaffee endgültig kalt ist."

Zurück am Tisch biss Nina genüsslich in ein halbes Brötchen, das üppig mit Nougatcreme bestrichen war. Maggie hatte immer ein Glas vorrätig, weil sie genau wusste, dass Jule das supersüße Zeug praktisch inhalierte und Nina auch hin und wieder zugriff.

Maggie stellte gerade frischen Kaffee auf den Tisch, als sie meinte: „Aber anstrengend ist so etwas doch, oder?

„Was meinst du damit?", fragte Nina vorsichtig.

„Die Fahrt nach Hamburg. Marie ist doch bestimmt auch ganz schön fertig, oder?"

„Ja, ja, Marie schläft sicher heute den ganzen Tag durch", versicherte Nina mit unschuldigen Augen Marke Schokoplätzchen.

Margarete wandte den Blick nach draußen in den hellen Tag hinein. „Wie lange kennen wir uns jetzt?", fragte sie leise. Nina schrak zusammen. Das war die Frage aller Fragen. Eindeutig darauf ausgerichtet, dass man dem anderen verdammt noch mal nichts vormachen sollte.

„Ich weiß nicht, was du meinst", unternahm Nina den Versuch zu retten, was zu retten war.

„Doch, Nina, das weißt du ganz genau. Du verschweigst mir etwas. Das meine ich."

Nina biss sich auf die Unterlippe. Schön verraten. Eindeutiger ging es nicht. Aber sie wollte Maggie nicht belügen. Also nur eine Teilwahrheit? Nein!

„Du hast recht, ich verschweige dir nicht nur etwas, sondern eine ganz gehörige Menge. Einfach, weil es besser so ist."

„Für dich oder für mich?", fragte Maggie besorgt.

„Für uns beide. Vertrau mir einfach."

„Das mache ich immer, das weißt du."

Ja, das wusste sie. Wenn sie sich auf jemanden rückhaltlos verlassen konnte, dann auf Maggie. Spontan lief sie zu ihr und drückte sie liebevoll an sich. Heulina preschte ohne Vorwarnung vor und ließ ein paar Kullertränen die Wangen hinuntertropfen, als hätte sie direkt unter dem Augenlid stets eine Pipette randvoll vorrätig. Maggie verstand. Sie bohrte nicht weiter nach. Womit hatte Nina diese Frau nur verdient? Sie und Friedrich waren für sie wie eine Festung mitten im Sturm. Im Stillen versprach sie, dass sie ihr beizeiten alles erklären würde. Sie wusste in diesem Augenblick, dass Maggie sie verstehen würde. Ohne Wenn und Aber.

Sie löste ihre Umarmung sanft und tupfte sich mit dem Taschentuch die Tränen von der Wange. Sie hatte sich gerade wieder hingesetzt, da drückte Margarete fest ihre Hand.

„Ich hoffe so sehr, dass ihr bald wieder eine Familie seid", sagte sie.

Nina antwortete nicht. Was hätte sie auch sagen sollen, nachdem sie in eine eigene Wohnung ziehen wollte, Rolfs Art und Weise sie überwiegend nervte und Jule ihr die ganze Schuld für den Bruch zuschob. Und obschon Jules Vorhaltungen sie anfangs sehr verletzt hatten, nahm sie es auf Dauer nicht so schwer, wusste sie doch, dass ihre Tochter sich bald wieder beruhigen würde. Und wenn Nina ihr einen neuen Bruno oder ein kleines Miezekätzchen in die Hand drücken würde, wäre bestimmt wieder alles im Lot. Allein die Vorstellung, wie Jule sich über ein kleines Fellknäuel freuen würde, ließ sie innerlich jubilieren. Das war eindeutig die beste Idee seit Urzeiten! Nach dem Frühstück stiefelte sie wieder auf ihr Zimmer und schaute sich die weiteren Telefoneingänge an. Rolf hatte angerufen. Jule auch. Die mussten sich irgendwie für gestern Abend, als ihr Handy saftlos auf dem Beifahrersitz gelegen hatte, verabredet haben. Keine weitere Nummer leuchtete ihr entgegen, die sie nicht kannte und die auf Marie hätte schließen können. Sie legte das Handy zur Seite und klickte mit der PC-Maus noch mal auf das Geschäftskonto. Nichts. Nur diese blöden 60 Euro.

Sie könnte sich mit den auf dem Zettel in ihrer Hosentasche notierten Daten in Jens' Konto einloggen und nachsehen, ob die 250.000 Euro bei ihm abgebucht worden waren. Aber dann wäre das Eindringen in seine Wohnung völlig sinnlos gewesen und der Weg würde direkt zu ihrer IP-Adresse führen. Ob sie noch einmal mit ‚Olga' hineinkäme, war zudem fraglich.

Hauptsächlich jedoch wollten Marie und sie unbedingt verhindern, dass man sie offiziell zurückverfolgen konnte. Nur wenn es gar nicht anders gegangen wäre, hätten sie sich über Maries Notebook ins Konto geschlichen. So wie die Dinge jetzt lagen, sah es aus, als hätte er von ganz allein seine Schuld beglichen. Netter Jens! Sein schlechtes Gewissen hatte ihn einfach nicht mehr schlafen lassen, da wollte er reinen Tisch machen. Nina huschte ein Grinsen übers Gesicht.

Logisch, wenn Jens das Loch auf seinem Konto bemerkte, wäre es für ihn nicht schwer, eins und eins zusammenzuzählen und zu kombinieren, dass Marie hinter alldem steckte. Bis zu Nina war es dann nicht mehr weit. Aber was sollte er dann tun? Die Polizei einschalten? Sich damit selbst ausliefern? Nein, so dumm war er nicht. Da ging ihm der Selbstschutz über alles, versicherte sich Nina.

Sie loggte sich aus dem Account aus und ließ den Computer herunterfahren. Sie hatte keine Lust, noch mehr groteske Antwortmails auf ihre Bewerbungen zu Gesicht zu bekommen. Mit hinter dem Kopf verschränkten Armen lehnte sie sich auf ihrem Stuhl zurück. Was, wenn Marie doch umgekippt war? Wenn Jens sie umgedreht hatte? Mensch, Nina, deine Gedanken sind so was von hundsgemein, tadelte sie sich. Wie konnte sie nur auf diese absurde Idee kommen? Marie würde ihr niemals derart mies in den Rücken fallen. Da fiel ihr wieder die gefakte Gehaltsabrechnung ein. Halt, damit wollte sie ihr einen Gefallen tun. Aber warum eigentlich? In Berlin gab es genug freie Buden. Auf die eine kam es nun wirklich nicht an. Und so klasse war die nun auch wieder nicht. Warum mischte sich Marie dermaßen unverdrossen ein, obwohl sie Ninas Meinung zu dem Thema kannte? Vermutlich wollte sie ihr wirklich bloß auf die Sprünge helfen. Weiter nichts. Komische Gedanken, die da durch ihren Kopf kreisten. Sie fuhr am besten nachher zur Wilhelmsaue, um zu gucken, ob Marie zu Hause angekommen war.

37

Warmes Schummerlicht breitete sich in dem exklusiv eingerichteten Schlafraum aus und tauchte den auf dem riesigen Bett ausgestreckten durchtrainierten Körper des Mannes in einen appetitlichen Bronzeton. Für diese Illusion, ansonsten nur durch zwei Wochen Karibik erzielbar, blätterte Jens für die zwei Zimmer im Fünfsternehotel ,Princess', mitten in Hamburg, gern 450 Euro hin. Zusätzlich sorgten schwere Brokatvorhänge dafür, dass störendes Tageslicht vor den mannshohen Fenstern hängen blieb. Wer hätte das gedacht, dass er Marie je wiedertreffen würde und dann noch hier in Hamburg. Für sie hätte er noch viel mehr lockergemacht. Außerdem hatte sie, keinen Widerspruch duldend, darauf bestanden, das gemeinsame Essen zu bezahlen. Nur mit einer Boxershorts bekleidet, tat ihm die wohlige Wärme in dem durchgeheizten Zimmer gut. Er merkte, wie er die ganze Zeit grinste, als hätte er einen Hauptgewinn gezogen. Nicht einmal der Funken eines Gedankens brachte ihn auf seine derzeitige Freundin Natascha. Die hätte ihn gnadenlos geviertelt, mindestens mit scharfer Klinge seines Lieblingskörperteils beraubt, wenn sie ihn so in freudiger Erwartung vor sich hin schwelgen sah. Im Gegenteil, er dachte einzig daran, welch höllisches Glück er doch hatte, mit der Frau ein paar Stunden zu verbringen, die ihm mit einem bloßen Lächeln immer noch von jetzt auf gleich den Verstand raubte. Wäre das damals mit der Firma in Berlin nicht passiert, wären sie vermutlich immer noch ein Paar. Ein Seufzen kam über seine Lippen.

Er griff nach seinem Champagnerglas, das auf dem Glastisch stand. Was Marie wohl so lange im Badezimmer machte? Frauen. Obwohl sie eigentlich nie viel Zeit vor dem Spiegel verbrachte. Brauchte sie auch nicht, sie war einfach wunderschön, egal, was sie anhatte, egal, ob sie geschminkt oder ungeschminkt war. Es reichte ihr wiegender Gang und dieses verdammt freche Grinsen, das ständig ihren Mund umspielte und ihre blauen Augen zum Leuchten brachte. Ach Marie, dachte er, nippte an dem prickelnden Champagner, stellte das Glas wieder ab und träumte auf der weichen Bettdecke von dem, was ihn gleich mit der Frau seines Herzens erwartete.

Mit einem Mal vernahm er ein dumpfes ‚Klong‘, gefolgt von einem wütenden Fluchen aus dem Bad, das vom angrenzenden Wohnzimmer aus zu erreichen war. Bevor er nachschauen konnte, was da vor sich ging, spielte sein Handy ‚Sweet Home Alabama‘. Sicher wollte seine Sekretärin wissen, wo er blieb. Er schwang seine Beine aus dem Bett, kramte das Telefon aus seiner Jacketttasche und wollte das Gespräch schon annehmen, als er gerade noch ‚Natascha‘ auf dem Display aufblitzen sah. Verdammt, das hatte ihm noch gefehlt! Wenn er sie jetzt wegdrückte, gäbe es später eine riesen Szene. Und so hoffte er auf Nataschas wohlbekannte Ungeduld, die sie bitte gleich wieder auflegen ließ. Puh, Glück gehabt, die Musik brach ab. Jetzt nur rasch auf lautlos stellen, denn Natascha würde unter Garantie so lange nerven, bis sie ihn erreicht hätte.

Die Tür zum Wohnzimmer hatte Marie zugezogen, bevor sie ins Bad gegangen war, deshalb hörte Jens nur irgendwelche undefinierbaren, leisen Geräusche. Gleich würde sie bei ihm sein. Gleich würde er sie in seinen Armen halten.

Vorsichtshalber rief er in seinem Büro an: „Frau Meisfeld, ich nehme gerade an einer äußerst wichtigen Besprechung teil. Sieht nach einem finanzkräftigen Neukunden aus. Canceln Sie doch bitte für heute alle meine Termine."

„Sehr gern, Herr Bleuer. Ich wünsche Ihnen viel Erfolg." Die Frau war klasse. Fragte nicht weiter nach, sondern tat, was er anwies. Meine Perle, dachte er zufrieden, legte das Telefon weg und machte es sich wieder auf der weichen Decke gemütlich.

Er musste seiner guten Seele, Frau Meisfeld, achtundfünfzig, loyal bis in die Haarspitzen, supergepflegt, einsame Spitze an den neuesten

Computerprogrammen, unbedingt eine Gehaltserhöhung zukommen lassen. Erst gestern hatte sie vorbildlich weit nach zehn Uhr abends das Meeting begleitet, das sich bis zwei Uhr in der Frühe hingezogen hatte. Hätte dieser Christiansen nicht ein derart ausuferndes Portfolio vertrauensvoll in seine Hände gelegt, wären Jens allerdings tausend Gründe eingefallen, die Besprechungszeit zu achteln. Aber so reichte dem Mann nicht allein Jens' Konvolut an Ausarbeitungen, auch nicht seine Mighty-Point-Präsentation, nein, er wollte jedes Detail genauestens von ihm höchstpersönlich erläutert haben. Irgendwie konnte er den Mann ja verstehen, er würde auch nicht einfach ein paar Millionen in fremde Hände geben, von denen er nicht wusste, was der andere damit anstellte. Bei dem Gedanken an den gestrigen Beratungsmarathon überkam ihn eine bislang unbemerkte Müdigkeit, die durch sämtliche Glieder floss. Ehe er sich's versah, war er eingeschlafen.

Verflixt, er musste eingenickt sein. Mit schweren Augenlidern drehte er sich zur Seite und suchte neben sich vergeblich nach Marie. Während er ins Wohnzimmer tapste, lauschte er nach jedem noch so kleinen Laut, der ihm einen Hinweis auf ihren Verbleib gegeben hätte. Auch im Bad war keine Spur von ihr. Langsam beschlich ihn das unschöne Gefühl, dass sie nicht mehr hier war.

„Marie", rief er halblaut durch alle Zimmer. Keine Antwort. Bestimmt war sie beleidigt abgehauen, als sie ihn auf dem Bett hatte schlafen sehen. An ihrer Stelle hätte er vermutlich dasselbe getan. Schließlich musste sie gedacht haben, er hätte bloß laues Interesse an ihr, mehr nicht. Verärgert über sich selbst, dass er ein paar aufregende Stunden mit ihr vermasselt hatte, schlüpfte er in seinen Anzug.

Automatisch griff er nach seinem Handy. Als hätte sie ihn dort angerufen haben können. Sie kannte doch überhaupt nicht seine Nummer. Stattdessen zeigte sich dort eine gigantische Zahl von 187 Anrufen. Alle von Natascha! Er stöhnte laut auf. Die junge Dame war mehr als kapriziös. Sie war nervig! Wenn er nicht zu sehr mit seinen Gedanken an Marie beschäftigt wäre, hätte er sie stehenden Fußes angerufen und ihr die Meinung gegeigt. Was bildete sie sich ein, ihm wie eine Schwachsinnige hinterherzutelefonieren? Tickte die jetzt völlig aus?

Mit Blick in den Badezimmerspiegel strich er sich durch seine schwarzen Haare. Hier gab es für ihn nichts mehr zu suchen. Er zog sich an und verließ missmutig das Hotelzimmer. Am Fahrstuhl stellte er fest, dass sich davor einige Gäste versammelt hatten. Das Letzte, was er wollte, war, anderen Augenpaaren zu begegnen, die ihm seine üble Laune an der Nasenspitze ansehen konnten. Deshalb lief er die mit rotem Teppich überzogenen Stufen hinunter, obwohl er sich in der dritten Etage befand. In der zweiten wollte er gerade seinen Gang beschleunigen, als er einen erbosten älteren Herrn mit wabbeligem Schmerbauch im Bademantel bemerkte, der zwei mit Werkzeugkoffern bewaffneten Handwerkern Platz machte. Jens sah, dass es sich dabei um das Zimmer direkt unter seinem handelte. Neben dem feisten Glatzkopf tauchte eine blutjunge Rothaarige in rosa Satinnegligé auf, die den jungen Installateuren einen zweideutigen Blick zuwarf. Tja, dachte Jens, dem Kerl ging es auch nicht besser als ihm. Der hatte sich offensichtlich auch auf ein Schäferstündchen mitten am Tag gefreut und wurde dabei empfindlich gestört. Er hörte noch, wie der Mann zeterte: „Sehen Sie zu, dass Sie die scheiß Verstopfung so schnell wie möglich beseitigen! Ich zahl doch hier nicht die ganze Kohle, um irgendwelche Hausknechte zu beaufsichtigen."

Beim Empfang angekommen, wollte Jens rasch noch die Rechnung mit seiner Bankcard berappen.

„Ich sehe gerade, dass Ihr Zimmer bereits bezahlt worden ist", erklärte der Portier, nachdem er auf dem Computermonitor die Zimmernummer aufgerufen hatte.

Noch bevor er sie öffnete, schob Jens stirnrunzelnd seine Brieftasche wieder in die Innentasche seines Jacketts und verließ das Hotel.

Er hatte keine Lust, zurück ins Büro zu gehen. Lieber wollte er erst nach Hause und vielleicht am Abend noch mal dorthin. Möglich, dass er sich einfach früher hinlegte und richtig ausschlief. Heute rechnete in der Firma sowieso niemand mehr mit ihm. Mit hochgezogenen Schultern lief er zur Tiefgarage unter dem Bürokomplex, der die AKG Invest beherbergte. Normalerweise durchströmte ihn eine Art übermütiger Stolz, wenn er das moderne Gebäude vor sich auftauchen sah. Aber heute spürte er bloß dumpfe Niedergeschlagenheit und wollte so schnell wie möglich in seine Wohnung. Dort konnte er in Ruhe über die ganze Situation nachdenken. Marie, wo steckst du nur, fragte er sich. Vielleicht lohnte es sich ja, von ihr zu erfahren, weshalb sie ohne ein Wort verschwunden war. Was hätte dagegengesprochen, wenn sie ihn aufgeweckt hätte? Verwirrt schüttelte er den Kopf. Oder hatte er sie mit seinem Einschlafen derart brüskiert, dass sie wütend und beleidigt davongetrabt war?

Mittlerweile wich das Himmelsblau dem langsam herannahenden Abend und verlor dabei stetig an Farbe. Jens parkte seinen schwarzen Mercedes SLK vor dem Haus und stürzte beinahe zur Eingangstür. Er brauchte jetzt unbedingt sein gemütliches, friedvolles Zuhause. Wie selbstverständlich fühlte er in Gedanken bereits seinen Schlüsselbund in der Hand, während er in der Jackentasche herumwühlte. Aber da war nichts. Hektisch begann er, in den restlichen Taschen herumzukramen. Nichts. Kein Schlüssel da. Er verbarg für einen kurzen Augenblick seinen Kopf in der Hand und schloss seine Augen. Was war heute nur los? Jetzt war auch noch sein Hausschlüssel weg. Blitzartig fiel ihm ein, dass er seinem Nachbarn Rudi in grauer Vorzeit einen Zweitschlüssel gegeben hatte, falls Jens seinen verlegen sollte. Hoffentlich war er zu Hause! Er drückte auf den Klingelknopf ‚Vorlauer'. Der Summer ging sofort, registrierte er erleichtert.

Oben angekommen, freute er sich, den etwas behäbigen Rudi zu Gesicht zu bekommen. Obwohl Jens ihn ganz in Ordnung fand, wurmte ihn seine lahme Art. Im Gegensatz zu Rudi war jede Schnecke im Blitztempo unterwegs. Nach einer gefühlten Ewigkeit und zig mit Rudi ausgetauschten Nettigkeiten schloss er erleichtert seine Wohnungstür auf. Endlich zu Hause! Wie froh war er, dass er diesen heimeligen Zufluchtsort besaß. Marie war wie vom Erdboden verschluckt, sein Wohnungsschlüssel wer weiß wo. Der Ärger der letzten Stunde fiel von ihm ab wie ein zu eng geschnittener Dreireiher und ein entspanntes Gähnen drang über seine Lippen. Er hatte die Tür noch nicht ganz aufgeschoben, da traf ihn der Schlag!

„Was ist das denn?", schrie er entgeistert.

Rudi, der mit stoischem Blick vor seiner eigenen Wohnungstür verharrte, schoss, also besser schlich, was bei ihm allerdings ein Hervorschießen bedeutete, an Jens' Seite.

Was sich hinter der Tür vor den beiden auftat, war unfassbar! Es war die übelste Verwüstung, die Jens jemals unter die Augen gekommen war.

„Rudi, die Schweine haben bei mir eingebrochen!", rief er, immer noch fassungslos.

Vor ihnen lagen zigtausend Porzellanscherben, gespickt mit Kristall-splittern, dazwischen geworfene Kochtöpfe und Edelstahlpfannen, die mit Sicherheit dazu benutzt worden waren, das sündhaft teure Geschirr und die einst erlesenen Gläser barbarisch zu zerdeppern.

Rudi rieb sich nachdenklich seinen dünnen Zickenbart, als müsste er erst jeden Buchstaben einzeln sortieren, bevor er einen Gedanken zuwege brachte.

„Na, was meinst du", fragte er gedehnt, „sollen wir da mal die Polizei anrufen?"

Jens wollte schon nach seinem Telefon greifen, als er mitten auf dem gläsernen Esstisch einen Zettel liegen sah, auf dem ihm ganz offensichtlich jemand in riesigen Druckbuchstaben eine Nachricht hinterlassen hatte. „Sieh dir das an, Rudi! Diese Vandalen haben mir Grüße hinterlassen!" Er musste seine Wut im Zaum halten und watete vorsichtig durch den Scherbenhaufen. Er griff nach dem Blatt Papier und blieb wie eine Marmorstatue stehen. In großen Lettern prangte ihm das Wort ‚Arschloch' entgegen. Und ganz fein und klitzeklein stand darunter in unverkennbar geschwungener Handschrift ‚Natascha'. In seinem Kopf begann sich alles zu drehen. Der Schlüsselbund mit dem goldenen J als Anhänger lag auf dem Tisch. Das war eindeutig seiner, den er normalerweise stets bei sich trug, und nicht Nataschas.

„Was haben die Einbrecher denn für dich aufgeschrieben?", fragte Rudi nichts ahnend und in einer Art teilnahmslosem Singsang. Es fehlte bloß noch, dass er mit verträumtem Blick an seinem Bart herumzwirbelte.

Jens konnte sich gerade noch beherrschen, den armen Kerl nicht zusammenzubrüllen, so sauer war er. Mit zitternder Stimme bat er: „Bitte geh, Rudi. Ich melde mich später bei dir". Er schob den beinahe gleichaltrigen Mann vor die Tür, als müsste der den Weg nach draußen gezeigt bekommen.

Jens war zweiundvierzig und hatte so ein Chaos, veranstaltet von einer durchgeknallten Psychopathin, die sich seine Freundin nannte, noch niemals erlebt. Und er konnte nicht behaupten, dass er wenige Frauen an seiner Seite gehabt hatte. Während er tief Luft holte, rief er Nataschas Nummer auf seinem Handy auf.

Er wollte gerade loslegen, sie zusammenstauchen, sie rundmachen und endlich seine grenzenlose Wut von der Leine lassen, da kam sie ihm zuvor und kreischte durchs Telefon: „Du bist das Allerletzte, du Arsch!"

Seine Erwiderung fiel nicht besser aus: „Du hast wohl nicht alle Tassen im Schrank, bei dem, was du hier veranstaltet hast!" Worauf sie entgegnete: „Ich schon, aber du hast keine mehr, Arsch!"

Klick. Eingehängt.

Die hatte seine Bude demoliert und machte ihn am Ende auch noch fertig? Sollte das etwa bedeuten, dass sie ihn zusammen mit Marie gesehen hatte? Aber wie war sein Schlüssel hierhergekommen? Er war sich sicher, dass er ihn heute Morgen eingesteckt hatte.

Während er einen Stuhl zur Seite schob, klirrte und knirschte es zwischen dem Splitterhaufen. Verstört ließ er sich auf den Sitz fallen. Seine Hirnzellen veranstalteten eine nach der anderen in einem Höllentempo Bungee-Jumping in die tiefste Bodenlosigkeit. Nach oben zurückgefedert wurden sie nicht.

Plötzlich fiel ihm auf, dass es eigenartig ruhig in seiner Wohnung war. Irgendetwas fehlte. Er sprang von seinem Stuhl auf und lief in sein Arbeitszimmer. Das Pendel stand still und unbeweglich da. Gedankenverloren stupste er mit dem Zeigefinger gegen die vordere Kugel. Mit gekräuselter Stirn bemerkte er den halb offenen Laptop. Sacht klappte er ihn auf. Er war auf Stand-by.

Verflucht, jemand hatte seine Finger daran gehabt! Natascha! Der Computer war so eingestellt, dass er sich nach zehn Minuten von allein aus dem Internet verabschiedete, wenn sich niemand mehr darin bewegte. Rasch rief er die Startseite auf und sah sich den Verlauf an. Das durfte nicht wahr sein!

Natascha war auf der Website seiner Bank gewesen. Er versuchte, so ruhig wie es ihm in dieser Situation möglich war, sein Bankkonto aufzurufen.

Dann sah er seine schlimmsten Befürchtungen bestätigt. 250.000 Euro hatte diese miese Schlampe abgeräumt! Er krabbelte unter den Schreibtisch. Seine Finger flatterten nervös, als er mit dem Daumen gegen eine bestimmte Stelle des Holzbodens drückte. War es für den Unwissenden ein einfaches Brett, entpuppte sich daraus ein hand-breites Viereck, das lautlos nach innen klappte. In dem dahinter befindlichen Fach war ein Briefumschlag mitsamt sämtlichen Bank-interna mit Klebeband befestigt, unangetastet.

Wieder hervorgekrochen, griff er nach seiner Brieftasche. Wie gewohnt, lag alles darin. Nein, halt, seine Bankcard war verschwunden. Wie zum Teufel konnte das sein? Da ging ihm blitzartig die Lampe auf, gleißend hell. Es waren noch knapp 55.000 Euro auf dem Konto. Und es fehlten exakt 250.000 Euro. Wieso hatte sie das Konto nicht vollständig plattgemacht? Schlagartig prasselten Bilder auf ihn ein: Marie, Berlin, Rolf, Harald, 250.000 Euro! Maries eigenartiges Nachfragen nach dem zweiten Vornamen seiner Mutter.

Er keuchte auf vor Entsetzen. Nein, bitte nicht Marie! Und was in aller Welt hatte Natascha damit zu tun? Ein Zittern überfiel seinen Körper. Er hätte in diesem Moment nicht sagen können, ob dabei seine unbändige Wut oder maßlose Erschöpfung die Oberhand gewann.

Verloren und ungemein erstarrt, glotzte er mitten durch die Luft und das Einzige, was in sein schwach erleuchtetes Bewusstsein drang, war ein unaufhörliches ‚Klick, klack, klick, klack, klick, klack.'

38

„Mensch, Nina, komm herein!", rief Marie erleichtert an der geöffneten Wohnungstür, zog die Freundin zu sich in den Flur und drückte sie fest an sich. „Es hat geklappt! Es hat geklappt!", jubelte sie hüpfend.

Nina fiel ein Stein vom Herzen, ihre Mitstreiterin wohlbehalten vor sich zu sehen. „Das werden wir noch sehen. Noch ist das Geld nicht auf dem Konto. Aber was ist bei dir passiert? Ich habe stundenlang im Parkhaus auf dich gewartet", fragte sie nach Atem ringend, weil sie die Treppen vor lauter Aufregung nach oben gesprintet war, als sich unten an der Haustür der Summer gemeldet hatte.

„Das glaubst du mir eh nicht", entgegnete Marie lachend.

Und dann erzählte sie Nina bei einer duftenden Tasse Kaffee, dass ihr das Smartphone auf der Hoteltoilette aus der Hand gerutscht und mitten ins Klo gefallen war, als sie Nina gerade anrufen wollte. Geflucht hatte sie wie ein Marktweib, das könne sie ihr aber sagen! Wenn das mal nicht eine Verstopfung gegeben hatte. Marie war jedenfalls heilfroh gewesen, dass Jens bei dem Tumult nicht sofort angerannt gekommen war.

„Und dann liegt der Kerl doch schlafend auf dem Bett. Da habe ich natürlich die Gunst der Stunde genutzt und mich davongeschlichen. Na ja, ohne Telefon habe ich dich nicht erreichen können. Deine Nummer hatte ich auch nirgendwo notiert."

„Die Tücken der Technik", bemerkte Nina.

„Wohl wahr. Als ich dann im Parkhaus angekommen bin, war von dir keine Spur mehr zu sehen. Dann habe ich mich an unsere Absprache erinnert, dass, wenn wir einander verloren hätten, jeder für sich nach Hause fahren würde."

„Und das hast du dann auch getan."

„Schon, aber frag mich nicht, wann ich den Bahnhof erreicht habe."

„Liegt der so weit von der Innenstadt entfernt?"

„Vermutlich gar nicht mal." Marie stellte die Kaffeetasse auf den geschwungenen Wohnzimmertisch. „Aber stell dir bloß mal vor, ich suche den Bahnhof, ja? Ich frage mich bei den Passanten durch und einer erklärt mir gleich den ganzen Weg. Kannst du dir vielleicht zwanzig bis dreißig Straßen auf einmal merken?"

Nina schüttelte verständnisvoll den Kopf.

„Siehst du, ich auch nicht. Der Nächste holt einen zerknüllten Plan aus seiner Hosentasche. Hat er wohl ausgedruckt, weil er vor ein paar Tagen was gesucht hat. Also, jedenfalls gibt der mir den Wisch und zeigt mir genau, wo der Bahnhof eingezeichnet ist. Damit bin ich erst recht herumgeirrt."

„Das hast du davon, wenn du dich immer auf deine Navi-App verlässt."

„Danke für die Belehrung", stöhnte Marie auf, „aber stimmt schon. Jedenfalls habe ich irgendwann ein Schild mit der Aufschrift ‚Hauptbahnhof' entdeckt und ihn dann endlich gefunden."

„Das war dann Sightseeing ganz besonderer Art."

„Das kann man wohl sagen", bemerkte sie stirnrunzelnd. „Und dann bin ich mit dem ICE zurück nach Hause gefahren." Augenblicklich hellte sich ihre Miene auf: „Und du? Ich hab deine Nachricht gelesen. Allerdings erst lange, nachdem du sie abgeschickt hattest. Das Essen hat ewig gedauert. Dann sind wir noch spazieren gegangen und Jens hat auf ein Fünfsternehotel bestanden. Als ich dir später von dort antworten wollte, ist das ja buchstäblich ins Wasser gefallen."

Nina sagte nachdenklich: „Sieht so aus, als wollte Jens dich so lange wie möglich um sich haben."

Marie schnitt eine Grimasse. „Aber jetzt erzähl doch mal. Wie hast du das alles hingekriegt?"

Jetzt war es an Nina, ihre Geschichte zu erzählen. Als sie bei der Haute-Couture-Girafe angelangt war und wie die sie in Jens' Bettchen erwischt hatte, brüllten die beiden vor Lachen. Und als sie ihr ausgiebig das Scheppern aus Jens' Bude beschrieb, wie Miss Model vermutlich das gesamte Geschirr zerkleinert hatte, bogen sie sich auf der Couch und hielten sich die Bäuche.

„Ich sterbe!", schrie Marie und konnte sich kaum wieder beruhigen.

Als sich die zwei einigermaßen wieder gesammelt hatten, schlug Marie vor: „Das müssen wir feiern, Nina. Heute Abend gibt's eine Party!"

„Noch wissen wir doch gar nicht, ob das Geld verbucht ist."

„Na und? Erstens können wir mit den Daten ins Konto rein und nachschauen. Und zweitens können wir es damit auch einfach noch mal überweisen."

„Eine Kleinigkeit hast du dabei wohl vergessen. Die Frage nach dem zweiten Vornamen seiner Mutter wird vermutlich das nächste Mal nicht auftauchen. Dafür aber eine andere, die wir nicht beantworten können."

„Hm, da hast du natürlich recht. Aber möglich wäre es, dass dieselbe Frage noch mal erscheint. Und wer weiß, vielleicht kann ich ja eine andere beantworten."

„Lass mal gut sein. Wir warten bis Montag. Aber mal etwas ganz anderes, meine Liebe", hob Nina mit unüberhörbarem Tadel in der Stimme an. „Ich habe einen recht eigenartigen Anruf von Frau Richter erhalten."

„Frau Richter, welche Frau Richter?"

Hatte die Gedächtnis-Erosion bei Nina auch schon mit vierzig angefangen?

„Die Maklerin", erinnerte sie Marie und holte tief Luft, derweil sie zusah, wie Marie sich mit großen Augen an ihre Berufskollegin in spe erinnerte. Wenn Nina jetzt dachte, dass bei Marie in wie auch immer gearteter Weise Schuldbewusstsein aufkeimte, irrte sie gewaltig.

„Das hab ich klasse hinbekommen, oder?", erklärte Marie nicht ohne Stolz.

„Super, Marie, echt super. Worüber haben wir eigentlich nach der Wohnungsbesichtigung gesprochen?"

293

„Ach komm, Nina, sei doch nicht so kleinlich."

„Ehrlichkeit bezeichnest du also als kleinlich?"

„In dem Fall eindeutig ja. Ich sag dir was: Je eher du eine eigene Wohnung hast, umso besser", schoss sie hervor und biss sich gleich darauf auf die Lippen, was Nina entging.

„Ich lebe doch momentan nicht gerade in einem Obdachlosenasyl. Wozu die gesteigerte Eile?"

Marie wich ihrem Blick aus. „Einfach, damit alles vorankommt."

Nina verstand im Augenblick gar nichts mehr. Klar wollte sie eine eigene Bleibe, aber überstürzen musste sie nun wirklich nichts. „Nicht um jeden Preis, Marie. Das muss nicht sein."

Plötzlich legte Marie ihre Hand auf Ninas und sah sie ernst aus blauen Augen an. Hatte sie etwa Mitleid mit ihr? Gab sie mit ihren fünfzig mittlerweile das Abbild eines ausgestopften Relikts fürs Naturkundemuseum ab?

Marie zog ihren Arm zurück und fuhr sich mit der Hand durch das Haar. „Lass uns heute Abend Party machen", schlug sie aufgeräumt vor. „Wir haben gestern so viel geschafft."

„Sollten wir nicht erst darauf anstoßen, wenn wir das Ergebnis schwarz auf weiß sehen?"

Darauf meinte Marie nur achselzuckend: „Dann feiern wir eben noch mal."

39

Der März konnte sich mit seinen freundlichen zehn Grad plus durchaus sehen lassen, bemerkte Nina. Hätten die Schäfchenwolken nicht ein gutes Stück von der Sonne abgebissen und vor dem Himmel herumgelungert, könnte der Ausblick vor dem kleinen Café nicht klarer sein. Während sie durch die Scheibe sah und die zur Mittagszeit an diesem Samstag Vorüberspazierenden beobachtete, freute sie sich, dass Jule gleich bei ihr sein würde. Am liebsten hätte sie auch den Abend mit ihr verbracht, aber ihre Tochter hatte an einem Samstagabend eindeutig Besseres vor, als sich mit ihrer Mutter zu langweilen. Außerdem war Nina froh, dass sich die Wogen wieder geglättet hatten, sonst wäre Jule ihrer Einladung ins Café nicht so entspannt gefolgt, wie sie es getan hatte.

Nina fragte sich, ob sie ihr ruhig anvertrauen sollte, was sie in Hamburg bewegt hatte. Ihre Mutter als Jamie Bond unterwegs in geheimer Mission! Marie hätte es längst hinausposaunt, ganz sicher. Aber Nina hoffte noch viel zu sehr, dass die Transaktion der 250.000 Euro geklappt hatte, als dass sie es wusste. Sie hasste selbst nichts mehr, als wenn man ihr irgendwelche vagen Vermutungen als tatsächliche Erfolge unterjubelte. Deshalb rief sie auch nicht noch einmal bei Rolf an. Der schien sowieso untergetaucht zu sein. Sie hätte sich eher die Zunge abgebissen, als ihrer Tochter etwas zu erzählen. Obwohl sie höllisch darauf brannte, hinauszuschreien: ‚Hey, guckt mal, wir haben dem Schmalspurganoven eins auf die Mütze gegeben und ihm die Kohle wieder abgeluchst!‘.

Mit Blick auf ihr Handy bemerkte sie, dass sich Jule verspätete. Ein eindeutiger Fingerzeig dafür, dass sie ihrer Mutter wieder etwas unverkrampfter gegenübertrat. Sie hielt mit beiden Händen ihren heißen Milchkaffee umklammert, dabei kam ihr das gestrige Treffen mit Marie wieder in den Sinn. Irgendwie war sie eigenartig gewesen. Erst himmelhochjauchzend und dann zwar nicht gerade zu Tode betrübt, aber doch ziemlich nachdenklich. Und danach wieder dieser fröhliche Schwenk, heute Abend unbedingt auf die Piste gehen zu wollen. Vermutlich war Marie einfach nur ausgelaugt von dem ganzen Tohuwabohu.

Mit einem Mal schwang die Tür auf und Chrissie kam hereinspaziert. Ehe Nina sie begrüßen konnte, verschwand sie, an den riesigen Knöpfen ihres Lodenmantels hektisch herumfingernd, mit starrem Tunnelblick zur Garderobe. Sie schien Nina noch nicht bemerkt zu haben. Mit gehetzter Miene lief sie zu einem freien Tisch am anderen Ende des Lokals, stellte dort ihre Tasche ab und kam mit weit ausholenden Schritten auf Nina zu. Sie hatte sie also doch gesehen.

„Hallo Nina", grüßte sie nervös. „Du, sei mir nicht böse, aber ich habe gar keine Zeit für dich. Dir geht es doch gut, ja?" Sie ließ Nina keine Zeit zu antworten, sondern prasselte weiter auf sie ein: „Ich treffe mich hier mit der Biolehrerin von Alex und Tom. Die habe ich so gut wie in der Tasche." Dabei zwinkerte sie eine Spur zu überheblich, als hätte sie eine äußerst clevere Taktik parat, geeignet, die gesamte Menschheit nach ihrer Pfeife tanzen zu lassen.

Nina wusste, dass sich dahinter nichts anderes als eine plumpe Manipulationsattacke verbarg, die durchsichtig war wie eine hauchdünne Gardine vor offenem Fenster. „Ja, schon klar", beeilte sich Nina zu sagen und winkte ab, dass ihre Freundin verschwinden könne. Es konnte schon sein, dass man bei genauerem Hinsehen erkannte, dass Nina das selbstherrliche Gequassel von Chrissie nur noch schwer ertragen konnte.

Aber mit dem Hingucken war das so eine Sache. Jedenfalls bei Chrissie. Mit lässigem Fingerwinken, den Kopf von Nina abgewandt, rauschte sie an ihren Tisch zurück.

Ninas Miene hellte sich augenblicklich wieder auf, als sie Jule ins Café kommen sah.

Chrissie sprang erfreut von ihrem Sitz auf und stürzte auf das Mädchen zu. „Frau Brestenmann!", rief sie der jungen Frau direkt hinter Jule überschwänglich zu. „Hallo Jule", brachte Chrissie kurz zustande, während sie die von derart lautstarker Aufmerksamkeit irritiert dreinblickende Lehrerin an den freigehaltenen Tisch schob.

„Wie ist die denn drauf?", fragte Jule ihre Mutter und verdrehte die Augen. Nina drückte ihre Tochter erst mal ganz fest an sich, was sich Jule gern gefallen ließ.

Derweil Jule ihre weiße Winterjacke über den Stuhl legte und sich die beiden setzten, erklärte ihr Nina: „Das ist eine Lehrerin von Tom und Alex und ..."

„Sag nichts", polterte Jule dazwischen, „Beavis und Butt-Head sind auf der Highscore-Liste nicht mehr zu finden und Mami geht schleimen." Jule schüttelte angewidert den Kopf.

Nina dachte für sich zwar an Max und Moritz, aber Jules dröge Figuren trafen es auch ganz gut.

Jule beugte sich verschwörerisch zu ihrer Mutter hinüber. „Gleich stürmt sie der armen Frau direkt in den Enddarm hinein. Juchhu!"

Nina begann zu lachen und erweiterte die Szene: „Am besten mit Lämpchen im Händchen, damit es die fürchterliche Spiegelung beim Onkel Doktor entbehrlich macht."

Jule lachte lauthals auf, froh darüber, dass ihre Mutter die vermeintliche Freundin nicht wie üblich in Schutz nahm.

Nina stimmte in das Lachen ihrer Tochter mit ein. So gab es für die Pädagogin ein beruhigendes Untersuchungsergebnis aus erster Hand und Chrissie konnte schon mal vorgebräunt in den Urlaub fahren. Schließlich sollte jeder was davon haben, dachte Nina, die ihre hundsgemeine Fantasie lieber für sich behielt.

„Tom und Alex können eigentlich gar nichts dafür", beteuerte Jule, nachdem sie sich wieder beruhigt hatte, „die sind ganz in Ordnung."

„Das stimmt", bestätigte Nina.

Sofort zerplatzten die lustigen Gestalten, zurück blieb Chrissie. Ganz in Braun und mit Lämpchen im Händchen.

„Ich bin froh, dass ich an einer anderen Schule bin als die beiden. Stell dir mal vor, wir hätten Chrissie da auch noch an der Backe."

Recht hatte sie, weshalb Nina zustimmend nickte. „Da gibt es aber andere Chrissies", gab Nina grinsend zu bedenken. Mit Seitenblick zum gegenüberliegenden Tisch sah sie, wie Chrissie sich weit zur Lehrerin vorbeugte. Sie kleisterte der schüchternen Frau, schlank mit halblangem glattem Haar, mit einem Wortschwall regelrecht die Ohren zu.

„Schon", warf Jule lachend ein, „aber die kennen wir nicht persönlich. Denen können wir aus dem Weg gehen."

Wieder brannte bei beiden ein Lachen auf. Da hatte Chrissie unfreiwillig doch noch etwas Gutes getan. Eine einhellige Meinung schweißte prima zusammen.

Allerdings musste Nina sich eingestehen, dass sie noch vor ein paar Wochen gar nicht kapiert hätte, wie ihre Freundin Jule und sie gerade abgekanzelt hatte. Besser noch, sie hätte sogar Verständnis für deren Oberwichtig-Treffen gehabt. Bei dem Gedanken daran wurde ihr ganz schwindlig, was dank L-Thyroxin erfreulicherweise nicht mehr bei jeder Kleinigkeit vorkam. Eine Freundin langsam, aber sicher als eine zu erkennen, die in Wahrheit gar keine war, konnte sie nicht gerade als Kleinigkeit bezeichnen. Während Jule sich einen Kakao bestellte, dachte Nina daran, dass sie an der angeblichen Freundschaft zu Chrissie unbedingt etwas ändern musste. So eine Verbindung sollte auf Dauer etwas Ergiebiges für beide Seiten sein und einem nicht ständig Kopfschmerzen bereiten. Angespornt durch die Offenheit ihrer Mutter, hakte Jule nach: „Wie war sie eigentlich selbst früher in der Schule?"

Nina stockte für einen Moment, bevor sie antwortete. Ja, ihre Freundin hatte sich mehr oder weniger durchs Abi geschleppt, immer unter hartnäckigem Antreiben ihres strengen Vaters. „Nicht so gut, aber auch nicht so schlecht", antwortete sie daher diplomatisch.

„Ah ja", meinte Jule und verzog dabei das Gesicht zu einer belustigten Miene.

Wenn Nina es recht bedachte, hatte Chrissie alles andere als Lust gehabt, das Abi zu machen. Sie hatte viel lieber nach der 10. Klasse eine Ausbildung als Schneiderin beginnen wollen. Aber ihre Eltern hatten sich dagegengestemmt wie eine fünf Meter dicke Wand, hart und unnachgiebig. Eigentlich hätte sie Nina leidtun müssen. Aber diesmal mischte sich ein anderes Gefühl hinzu. Es verletzte sie, mit welch offener Gleichgültigkeit Chrissie mit ihr umsprang. Sie wollte mit ihr darüber sprechen, sobald sich die Gelegenheit dazu ergab.

Sie wischte den Gedanken beiseite und beobachtete, dass Jule mit ihren Gedanken kilometerweit weg zu sein schien. Plötzlich belegte sie ihre Mutter mit eindringlichem Blick: „Kannst du dir vorstellen, wie wichtig diese Feier für mich ist?"

„Natürlich, deshalb müssen ja noch die passenden Schuhe her, falls du sie nicht schon gefunden hast."

„Ach, Mama", Jule winkte gedankenverloren ab, „da mach dir mal keine Sorgen." Es gab nämlich einen Grund, warum sie sich zur Verabredung mit ihrer Mutter verspätet hatte. Auf dem Weg zum Bus war sie mit dem Lieferservice regelrecht zusammengestoßen und hatte geistesgegenwärtig gefragt, ob der etwas für sie hätte. Und wie der hatte!

„Mama, hast du Lust, mir bei meinem Outfit zu helfen?" Jules Gesicht glitzerte vor Aufregung.

„Na klar!", rief Nina aus. Froh darüber, dass ihr Kind sie überhaupt für irgendetwas brauchte, wartete sie, bis Jule ihren Kakao austrank. Mit einem ‚Ciao' zu Chrissie, die nicht mal aufblickte, als sie die Hand hob, was mehr an ein Wegscheuchen als an eine Abschiedsgeste erinnerte, verließen die beiden das Café. Armes Fräulein Lehrerin, dachte Nina.

Im Auto meinte Jule, Nina solle ruhig nach Hause fahren. Nach Hause. Das hörte sich für Nina eigenartig an. Sie verkniff sich die Frage, ob Papa auch da sei. Da musste sie jetzt durch. Sie atmete tief ein und legte mit ihrem Wagen einen rasanten Start hin. Jule beobachtete ihre Mutter mit irritiertem Seitenblick, als sie merkte, dass deren Fahrstil nicht etwa ruhig wie sonst, sondern flott weiter ging, bis sie zügig und geschickt in eine Parklücke direkt vor dem Mehrfamilienhaus einscherte. War das ihre stets besonnene Mutter, die sonst eher gemächlich durch Berlins Straßen kutschierte? Aber Jule ging noch etwas anderes im Kopf herum. Bei ihrem letzten Treffen hatte sie ihrer Mutter ziemlich zugesetzt. Das hatte die auch verdient, fand sie, aber eben nicht so superstrong.

Die beiden stiegen aus, als eine Stimme ihnen zurief: „Guten Tag, Frau Landauer, sieht man Sie auch mal wieder." Frau Kornstein stromerte mit ihrem Flohbündel die Straße entlang. Nina zwang sich ein Lächeln auf die Lippen und grüßte die alte Dame, der Wolfilein, wie immer an der Leine zerrend, zeigte, wo es langging.

Nina hatte sich bereits weggedreht, als die Stimme der Nachbarin ihr eindringlich in den Rücken fiel.

„Wohnen Sie gar nicht mehr hier?"

„Wie kommen Sie denn darauf?", fragte Nina und machte ein erstauntes Gesicht.

„Ich habe Sie schon seit einiger Zeit nicht mehr gesehen. Die anderen Nachbarn übrigens auch nicht." Leichter Vorwurf mischte sich in Frau Kornsteins Stimme.

„Da können Sie mal sehen, was so eine Diät ausmacht. Erst gestern bin ich darauf angesprochen worden, dass man mich gar nicht mehr hört, wenn ich laufe. Aber ich bitte Sie, Frau Kornstein, bin ich etwa vorher wie ein Elefant herumgetrampelt?" Auf ihrem Gesicht zeichnete sich echte Empörung ab.

„Aber nein! Was die Leute immer so reden. Machen Sie sich mal nichts daraus. Übrigens steht Ihnen die schlanke Linie sehr gut." Beschwichtigend winkte die alte Dame mit der Hand ab.

„Vielen Dank. Bis bald", meinte sie breit grinsend und trabte davon.

Jule stand bereits an der offenen Haustür, kicherte und überlegte, wie lange das eigentlich her war, dass Mama humorvoll wie gerade eben daherkam, wobei Jule sie mit einer solch witzigen Lachnummer noch nie erlebt hatte. Erzählte sie der blöden Kornstein mit ihrem doofen Köter doch glatt was von irgendwelchen weggeschmolzenen Pfunden. Jule fand, solch lustige Schwindeleien könnte sie ruhig öfter von sich geben.

Nina und Jule stiegen die Stufen hinauf. Alles war so vertraut. Das breite Treppenhaus, die hellen Steinstufen frisch gebohnert. Und doch fühlte sie sich wie ein Fremdkörper. Sie trottete hinter ihrer Tochter her wie ein ungebetener Gast. Die zwei hängten im Wohnungsflur Jacke und Mantel an den Garderobenhaken. Erleichtert bemerkte Nina, dass Rolf nicht zu Hause war. Ihm ohne Vorankündigung zu begegnen, war ihr nicht geheuer. Womöglich hätte er sich in seiner Seelenruhe gestört gefühlt!

Jule sauste in ihr Zimmer, in der Erwartung, dass ihre Mutter hinterherkam. Doch ehe Nina ihrer Tochter folgte, schweifte ihr Blick vom Wohnzimmer zum Arbeitszimmer hinüber. Normalerweise wäre sie direkt an den Schreibtisch gegangen und hätte erst mal den Computer hochgefahren. Normalerweise.

Alles fühlte sich eigentümlich und gleichzeitig gewohnt an. Nina beschlich das Gefühl, als hinge sie in einer Zwischenwelt. Weder das eine noch das andere traf zu. Und noch etwas fiel ihr auf: Die Wohnung roch irgendwie anders als sonst. Na klar, hier war eindeutig über Tage hinweg nicht gekocht worden. Ging also auch ohne. Und sie hatte sich immer den Kopf zermartert, für alle gemeinsam das Richtige zu brutzeln.

„Schau mal, Mama." Jule stand in ihrem Zimmer und deutete auf eine wahre Invasion aus unzähligen Kartons.

„Was ist das?", platzte Nina heraus.

„Schuhe", meinte Jule beiläufig, als wäre es das Normalste der Welt, mit einer Masse an Kisten das Kinderzimmer in ein Schuhlager umzu-funktionieren.

Nina schluckte eine tadelnde Bemerkung hinunter.

„Papa weiß Bescheid", schob Jule schnell hinterher, als ihr der bestürzte Gesichtsausdruck ihrer Mutter entgegenschlug.

Na dann! Das hätte Nina früher im Leben nicht für möglich gehalten, dass sie sich sogar darüber freute, damit nichts zu tun zu haben. Offenbar wussten die beiden schon, was sie da machten. Eine vage Ahnung beschlich sie, wie leicht und unbeschwert sich Rolf immer gefühlt haben musste, wenn sie ständig alles allein entschieden hatte, was Julchen so durfte und was nicht.

„Na, dann wollen wir mal anfangen. Hol mal dein Kleid aus dem Schrank", forderte sie Jule auf und musste zugeben, dass sie sich freute, mit ihr zusammen die ganzen Pakete zu durchforsten.

Freudestrahlend umschlang Jule ihre Mutter und sagte: „Es tut mir leid. Wegen letztens. Du weißt schon."

Nina musste aufpassen, dass Heulina nicht vor lauter Rührung anmarschierte. Sie räusperte sich. „Wir kriegen das alles hin, das verspreche ich dir."

So was Ähnliches hatte Papa auch zu ihr gesagt, dachte Jule und wollte in diesem Augenblick einfach daran glauben. Aber eins musste sie noch loswerden. „Ihr kommt doch zusammen zur Schulfeier, oder?", fragte sie vorsichtig.

„Klar", entgegnete Nina betont flapsig. Wie sie einen unbeschwerten Abend zusammen mit Rolf bewerkstelligen sollte, wusste sie zwar nicht, aber irgendwie würden sie das schon hinbiegen. Plötzlich tauchte das Bild von ihr, Jule und Rolf vor ihren Augen auf, alle schick gekleidet und glücklich lächelnd. Und am allerliebsten noch mit Maggie dabei. Nina seufzte, so schön war das. Alles reine Illusion, holte sie sich in die kalte Realität zurück.

„Mama? Ich wollte dich noch was fragen."

„Schieß los", forderte Nina ihre Tochter auf. Jeder Gedanke weg von Rolf war ihr herzlich willkommen.

Jule strich sich eine lange blonde Strähne aus der Stirn und nahm ihre Mutter mit eindringlichem Blick in Beschlag.

Nina ahnte nichts Gutes. Hätte sie sich womöglich doch mehr nach Jules derzeitigen Zensuren erkundigen sollen? Auf alles gefasst, hielt sie die Luft an.

„Na ja", druckste Jule herum.

Oje, das Kind war bereits in den Brunnen geplumpst, lag dort mit gebrochenem Bein und wartete auf Mamas Rettung. Ninas Blut krabbelte bis zu den Wangen empor. Hitze breitete sich unter ihrem roten Pullover aus und verteilte erste Schweißperlen zwischen den Brüsten. „Nun sag schon, was ist los?", krächzte sie halblaut, um Fassung bemüht.

„Diese Jungs in unserer Klasse sind alle total bescheuert!", polterte Jule mit einem Mal los.

Was? Jungs? Wer? Wann? Wie? Wo? Nina brauchte ein paar Sekunden, bevor sie kapierte, dass es nicht um ein Notendrama erster Akt ging.

Jule begann mit den Händen zu fuchteln und sagte: „Ich verstehe einfach nicht, wieso die zu beknackt sind, um irgendetwas zu checken."

„Was sollen die denn checken?", wollte Nina sichtlich erleichtert wissen.

Ohne auf ihre Frage einzugehen, fuhr Jule fort: „Nehmen wir mal zum Beispiel den Fabian. Der geht übrigens in meine Nebenklasse. Immer wenn ich den angucke, schaut der weg. Einfach so."

„Und du findest ihn gut, oder?"

„Na ja, so richtig weiß ich das gar nicht. Er sieht einfach cool aus. So richtig cool, Mama."

Ah ja, ‚so richtig cool' musste bedeuten, dass es keinen Cooleren neben ihm gab. Beinahe biblisch. So weit, so gut. „Wenn ich das richtig verstehe, würdest du gern wissen, ob du ihn klasse finden könntest?", tastete sich Nina vorsichtig an das heikle Thema heran. Bloß nicht die naheliegende Frage aufwerfen, ob es Jule nicht eher Kopfzerbrechen bereitete, ob er sie klasse fand oder nicht, sagte sie sich. Das würde hundertprozentig nach hinten losgehen.

Jule bedachte ihre Mutter mit zweifelndem Blick, als bräuchte die dringend Nachhilfe im Fach ‚Männer' und könnte nicht ansatzweise begreifen, wovon sie redete.

„Alle achten Klassen kommen zur Fete", erklärte sie deshalb nachsichtig, „und er wird auch dabei sein."

Deshalb das schicke Kleid. Deshalb tausende von Schuhkartons, begriff Nina. Wie war das noch mit einem neuen Haustier? Eine kleine fellweiche Schisskanone Marke Bruno oder eine, die der Couchgarnitur auf leisen Pfoten ein neues Stickmuster verpasste?

„Eigentlich ist es so", begann Jule umständlich, „ich weiß einfach nicht, ob der auf mich steht." So, nun war es raus.

Nina ging auf ihre Tochter zu, nahm sie bei den Schultern und sah sie eindringlich an. „Fabian schaut immer weg, sobald du seinen Blick suchst?"

„Ja."

„Mit allen möglichen Kumpels und Mädchen redet er aber frei von der Leber weg?"

„Ja."

„Es sieht ganz danach aus, als würde er auf dich stehen, Jule." Jule sah ihre Mutter an, als wäre die nicht ganz bei Trost.

„Weil er mich überhaupt nicht sieht, ja? Was ist das denn für eine Logik, Mama?"

„Moment mal, er sieht dich ja, aber er guckt schnell weg, sobald du ihn anschaust. Das ist etwas ganz anderes, als jemanden überhaupt nicht wahrzunehmen."

„Du meinst, er traut sich nicht, weil er mich gut findet?" Der Zweifel in Jules Stimme war unüberhörbar.

„Sieht ganz danach aus."

„Sicher?"

„Nein, sicher ist das nicht."

Jule atmete hörbar aus. Jetzt wusste sie genauso viel wie zuvor.

„Das", meinte Nina, „bekommst du nur heraus, wenn du ihn ansprichst."

„Tolle Idee!", prustete Jule und tippte sich an die Stirn.

„Bestimmt gibt es bei der Feier Damenwahl. Ihr probt ja sozusagen euren Abschlussball. Und dabei forderst du ihn dann zum Tanzen auf."

„Und wenn er ,Nein' sagt? Wenn er mich gar nicht will?"

„Das ist ein Risiko. Dafür brauchst du viel Mut. Aber wenn du es nicht tust, bleibst du auf ewig mitten im Zweifel stecken." Nina war bewusst, wie oberschlau sich das für Jule anhören musste, trotzdem war es einfach nur wahr. Wie viel Mut man brauchte, sich ohne Feuerlöscher in der Hand vor die lodernde Flamme zu stellen, wusste sie nur allzu gut.

„Mama, dein Telefon", riss Jule sie aus ihren Gedanken.

Für jedermann unüberhörbar, schaffte es Nina immer wieder, das Bimmeln einfach zu ignorieren. Rolf war am anderen Ende der Leitung. Jetzt bloß nichts falsch machen! Schließlich saß ihr Julchen gegenüber. Sie hielt mit zitternder Hand das Handy ans Ohr, derweil sie ihrer Tochter dabei zusah, wie sie die ersten Kartons öffnete.

Rolf räusperte sich: „Hast du heute Abend Zeit?", fragte er ohne langwierige Ouvertüre.

Schwang da Hoffnung in seiner Stimme mit oder bildete sie sich das bloß ein? In diesem Augenblick hätte sie nicht sagen können, warum sie so reagierte, aber es war nicht mehr zu ändern: „Heute kann ich leider nicht. Ich bin schon mit Marie verabredet." Also doch Party!

„Das ist schade. Na, wir telefonieren wieder", reagierte er in neutralem Ton und schob hinterher: „Viel Spaß euch beiden heute Abend."

40

Wenigstens hatte sich Nina mit Marie auf eine Bar einigen können. Nach Disco war ihr heute nicht zumute. Sie wollte sich lieber unterhalten. Während sie mit ihrem Wagen in zweiter Reihe vor Maries Wohnung verharrte, ging ihr durch den Kopf, dass sie gar nicht wusste, warum sie sich heute Abend überhaupt ins Nachtleben stürzte, und bemerkte ganz nebenbei, dass Marie zwei Riesensporttaschen im Kofferraum verstaute.

Nicht mal die Kohle war auf dem Konto. Also was zum Henker gab es da zu feiern? Und dann dieses kurze Telefonat mit Rolf, das ihr durch den Kopf spukte. Sie kapierte immer noch nicht, warum sie sich derart sonderbar ihm gegenüber verhalten hatte und sich nicht mit ihm treffen wollte. Eine Möglichkeit war sicherlich, dass sie das Bild vor ihrem geistigen Auge unbedingt erfüllen wollte, ihm wortlos den Kontoauszug mit den 250.000 Euro unter die Nase zu halten. Sie malte sich sein erstauntes Gesicht aus. Aber das war es nicht allein. In ihrem Magen grummelte es, wenn sie daran dachte, mit ihm allein zu sein.

„Neunzehn Jahre", murmelte sie. Ein mehr als frustrierendes Ergebnis einer langen Beziehung.

„Was auch immer du vor dich hin brabbelst, bieg mal da vorn rechts ab", dirigierte Marie sie durch Berlins Straßen.

Nina verließ sich blind auf Maries Ortskenntnisse. Hauptsache ein nettes Lokal ohne viel Radau.

Durch Kreuzberg ging es weiter nach Friedrichshain. Da tauchte plötzlich das Hotel ‚Risingsun' vor ihnen auf. Bislang hatte Nina von diesem exklusiven Haus, in dem mittlerweile die gesamte Prominenz abstieg, nur gehört. Zwischen grauen Altbauten und vereinzelten Geschäften sah es aus wie aus einer anderen Welt. Als hätte jemand mit einem eleganten Handstreich die geschwungene Wellenform des mit hellblauem Kuppeldach gekrönten Gebäudes kreiert. Es leuchtete in ungleichmäßigem schimmerndem Orange, als würde es von einem Sonnenaufgang mitten im Sommer Tag und Nacht angestrahlt. Ob Rolf das Hotel kannte, fragte sich Nina.

Vom unterirdischen Parkhaus fuhren sie mit dem Fahrstuhl ins Erdgeschoss. In der eleganten Lobby steuerte Marie direkt auf eine schwere Schiebetür zu, grinste den Türsteher an, grüßte ihn mit ‚Hallo Lobster' und führte Nina ins heilige Reich. Es war prima, dass sich Nina auf einen netten, ruhigen Abend, ein bisschen Quatschen, vielleicht ein Glas Wein, gefreut hatte. Was allerdings wie weggeblasen war, sobald die beiden ihre Mäntel an der Garderobe abgegeben hatten. Sphärische Rhythmen, wie aus dem Weltall hierher gezaubert, flirrten um sie herum. Mit beschwingtem Gang lief sie neben Marie, umflort von blauem Licht, als wären sie mitten im Ozean. Das Stimmengewirr und die Musik vereinten sich zu einer interessanten Geräuschkulisse, die sie als äußerst angenehm empfand. „Das ist wirklich eine ganz bemerkenswerte Bar", stellte sie bewundernd fest.

Worauf Marie erklärte: „Berlin ist eben die geilste Stadt der Welt. Für jeden gibt's die Location, die er haben will. "

Im Gegensatz zu ihr kannte sich Marie aus und wusste, wo es spannend zuging. Sie nahm sich vor, irgendwann mit Rolf auf Erkundungstour zu gehen.

Die Bar war bestimmt zwanzig Meter lang. Aber das Besondere daran war, dass die Tische davor allesamt wie unzählige Kleeblätter zueinander angeordnet waren. Wenn man nicht gerade mit einer ganzen Reisegruppe einkehrte, musste man mit fremden Gesichtern in Kontakt treten, ob man wollte oder nicht. Tolle Idee, fand Nina. Sie bemerkte nicht, wie Marie und sie von einigen Männerblicken taxiert wurden. Marie hatte schließlich vor dem Treffen angeordnet, sich heute schick zu machen. Das kleine Schwarze hatte hergemusst und Nina war bei diesem Ambiente, extravagant und trendig, nun klar, warum.

„Es scheint, als wären alle Plätze besetzt. Wir können uns dort drüben an den Tresen stellen", schlug sie vor.

Marie winkte ab, nahm sie bei der Hand und setzte sich mit einem breit lächelnden ‚Hallo' einfach mit ihr an einen Tisch.

Sich beeindruckt umsehend, bemerkte Nina, wie das sonnige Orange, das bereits die Fassade des Gebäudes zierte, alle paar Sekunden sanft über die Gäste hinwegwaberte.

„Hier sind wahre Illusionisten am Werk", bemerkte Marie. „Eine fantastische Atmosphäre, mitten im Meer und trotzdem im Sonnenlicht."

Verzückt hielt sich Nina an ihrer kleinen Handtasche fest. „Das müsste Rolf sehen!", rief sie begeistert aus.

„Komm, lass uns endlich auf unseren Erfolg anstoßen", schlug Marie fröhlich vor.

„Aber für mich bitte ohne Alkohol. Ich möchte mit dem Auto nach Hause fahren."

Marie nickte zustimmend und bestellte bei dem herannahenden Kellner zwei alkoholfreie Cocktails.

„Marie, wie machen die das? Man kann sich unterhalten, ohne zu schreien, und gleichzeitig dominiert die Musik über die Gesprächskulisse."

„Ich vermute, die haben hier unzählige Lautsprecher unter den Tischen integriert. Beinahe so, als wärst du zu Hause, hättest die Box ein paar Handbreit von dir entfernt auf Normallautstärke gestellt. Das hat den gleichen Effekt."

Sobald die Drinks gebracht wurden, prosteten sich die beiden zu. Das führte an den miteinander verbundenen Tischen aus mehreren Kehlen gleichzeitig zu einem lautstarken ‚Cheers'. Fröhlich lachten die zwei die Umsitzenden an.

Nina bemerkte, wie unterschiedlich die eng beieinandersitzenden Gäste waren. Das lag nicht allein an den Alterssprüngen von bis zu zwanzig

Jahren, sondern auch an dem Kontrast zwischen modebewusstem Outfit und gewollt legerem.

„Auf uns als unschlagbares Team", sagte Marie und stellte ihren bunten Cocktail zurück auf den Tisch.

„Und", bekräftigte Nina, „egal, was auch dabei herauskommen wird, das haben wir super hinbekommen."

„Aber eines finde ich jammerschade", meinte Marie bedauernd, „ich hätte wirklich zu gern Jens' Gesicht gesehen, als er seine Wohnungstür aufgeschlossen hat. All die hübschen Scherben über den Fußboden verteilt." Sie seufzte gespielt mitfühlend.

Gerade wollte Maries Nebenmann, in Jeans und edlem Hemd von ‚Famos', ein Gespräch mit ihr einfädeln, als eine Frauenstimme direkt neben ihr kreischte: „Das gibt's doch nicht! Nina und Marie!"

Verdutzt schaute Nina direkt in Michaelas Gesicht.

„Seid ihr auch heute das erste Mal hier?", fragte Michaela

„Ich schon", erwiderte Nina. „Ist Sabine auch dabei?"

„Nicht nur", antwortete Michaela und trat einen Schritt zur Seite. Hinter ihr erschien Sandor, dann Sabine, gefolgt von Georg.

Sabine schob sich zu Nina vor. „Wir suchen uns ein paar Sitzplätze. Habt ihr Lust, zu uns zu stoßen?", fragte sie.

„Gern", sagte Nina. Sie war neugierig, was sich in der letzten Zeit zwischen den Vieren entwickelt hatte.

Während sich das Quartett entfernte, meinte Marie mit frechem Grinsen: „Interessant, oder?"

Doch bevor sich die zwei in wilden Spekulationen ergehen konnten, mischte sich ‚Famos' wieder ein. „Hallo, seid ihr das erste Mal hier?" Zweifellos wollte er mit dieser außergewöhnlich originellen Frage unbedingt ein Gespräch mit Marie herauskitzeln.

Marie antwortete lakonisch: „Nein." Für einen geübten Zuhörer hätte sich diese Antwort auf alles bezogen, was da noch kommen sollte. Nicht so für ‚Famos', wie ihn Nina im Stillen nannte.

„Also, ich möchte mich erst einmal vorstellen. Ich bin der Marty. Also eigentlich heiße ich Martin. Und das ist Stephan. Ihr könnt ihn ruhig Steve nennen."

Wie hip, was ‚Famos'-Marty da ungefragt preisgab.

„Wir sind auf jeden Fall öfter hier. Es ist immer ganz lustig."

War das eine Ankündigung oder eine Drohung? Bloß jetzt nach den affig gekürzten Vornamen keine biederen Nachzügler à la Schulze oder Heinzelmann, beschwor Nina. Wenngleich ihre Augen belustigt nur darauf lauerten. Steve, eben noch mit einer knapp Dreißigjährigen zugange, nahm augenblicklich Marie und Nina ins Visier und ließ die Dame links liegen. Nina schätzte die beiden auf höchstens vierzig, besah sich deren kunstvoll mit Gel und Haarspray zu einer verwegenen Sturmfrisur zusammengeklebte Stylings und fragte sich, wie lange die beiden wohl dafür vor dem häuslichen Spiegel verbracht hatten.

„Na, wie findest du die zwei?", flüsterte Marie ihr ins Ohr, worauf Nina demonstrativ mit den Augen rollte.

„Und was ist mit dir?", wollte sie von Marie wissen.

„Geht so. Klasse sehen sie jedenfalls aus."

Wenn die beiden klasse aussahen, die Nina morgen zwischen zehn anderen niemals wiedererkennen würde, weil die in ihren Augen allesamt gleich aussahen, dann kannte sie sich nicht mehr in der Welt aus. Also Rolf hieß Rolf, der machte auch keinen ‚Rälf' oder ‚Rä' draus und der klaute ihr auch nicht wertvolle Zeit im Bad. Und Maggie war sowieso eine Ausnahme. Ihr hatte sie vor zig Jahren die Kurzform verpasst, da war Nina noch ein Kind. Das hatte mit coolem Deckmantel, so wie bei den zwei Grinsebacken, nichts zu tun. Meine Herren, da leuchteten aber richtig famose Vorurteile auf ihrer Stirn. Aber so fühlte sie nun mal. Allerdings war das für Marie vielleicht eine Chance auf ein Kennenlernen. Nina konnte sich kaum vorstellen, dass die Beziehung zwischen ihr und diesem rätselhaften Geliebten noch lange andauern würde.

Ausgerechnet Sabine rettete sie aus der unsäglichen Situation. Schon saßen Marie und Nina bei Sabine und den anderen am nächsten riesigen Tischgebilde. Innerlich rieb sich Nina die Hände, so wissbegierig war sie auf die ungewöhnliche Vierer-Konstellation.

Während Sabine mit einer superengen schwarzen Stoffhose und tief ausgeschnittenen Bluse unterwegs war, versuchte sich Michaela, ebenfalls elegant in Schwarz, mit knielangem Kleid, zusammengehalten von einem handbreiten goldenen Gürtel. Zufrieden erkannte Nina, dass ihr dieses Outfit hervorragend stand und sie nicht mehr aussah, als hätte sie sich gramgebeutelt in Sack und Asche gehüllt. Ihren beiden Mädels in nichts nachstehend, steckten Georg und Sandor adrett in dunklen Anzügen.

Kurzatmig sagte Sabine: „Georg hatte die Idee, mit uns ins ‚Risingsun' zu gehen. Einfach klasse, dass ihr zwei auch hier seid."

Das erklärte aber immer noch nicht die miteinander verknüpfte Quadriga. Nina konnte unmöglich gleich mit der Tür ins Haus fallen und nachfragen. Plötzlich glaubte sie, ihren Augen nicht zu trauen! Sah sie das richtig, dass Sabine an ihr vorbeischielte und nichts Besseres zu tun hatte, als sich nach den gepimpten Butterköpfen von eben, Steve und Marty, den Kopf zu verrenken? „Wollen die beiden Jungs nicht auch zu uns rüberkommen?", fragte Sabine mit Unschuldsmiene und den Hörnerv strapazierendem Girlie-Klang, anstatt sich Georgs verliebten Augen zu widmen.

„Nein, die fühlen sich da drüben ganz wohl", wehrte Marie blitzschnell ab, bevor Nina etwas erwidern konnte. Soll einer aus Marie schlau werden, dachte sie verwundert. Sie war davon ausgegangen, dass sie die beiden ganz gut fand.

„Schade", kam es lang gezogen von Sabine, deren schmachtender Ausspruch bei Georg säuerliches Stirnrunzeln hervorrief. Sabines gleichmütigem Gesichtsausdruck ließ sich entnehmen, dass sie sich weder einer Schuld noch Verpflichtung ihm gegenüber bewusst war.

Offenbar war er unterwegs, das zu ändern. Nina wünschte ihm viel Spaß dabei und einen langen Atem. Er war eben kein Akademiker oder wenigstens hübsch jung, so wie sich Sabine ihren Traumprinzen vorstellte.

Der Abend wurde noch angenehm launig. Nina und Marie fanden es überaus unterhaltsam, wie Michaela den großmäuligen Sandor, in seine ehemalige Widersacherin verliebt bis über beide Ohren, genüsslich an der langen Leine zappeln ließ. Kluge Frau. Und Sabine hatte Augen für alles und jeden, nur nicht für Georg. Jetzt reichte es Nina! So konnte das unmöglich weiterlaufen.

„Sabine", begann Nina, obwohl sie selbst Einmischungen hasste wie eine stinkende Müllkippe vor ihrer Nase, „merkst du denn nicht, dass Georg dich mag?"

„Georg", säuselte Sabine geistesabwesend, damit beschäftigt, ein paar junge Burschen zu hypnotisieren, damit wenigstens einer von denen hoch zu Ross angeritten kam und sie mit starken Armen zu sich auf den Sattel ziehen würde.

„Ja, Georg", meinte Nina, die sich das Sabin'sche Elend nicht weiter mit ansehen mochte.

„Weißt du, wie viele Georgs mich schon enttäuscht haben?" Sie sah Nina plötzlich sehr eindringlich an. Ohne eine Antwort abzuwarten, fuhr sie fort, wunderbarerweise wieder in femininer Akustik: „Hier ein Schlosser, klar Schlossermeister, Himmel, was für ein Unterschied! Da ein Musiker. Tolle Zeit. Auf der anderen Seite ein Lebenskünstler. Ich weiß nicht, was der außer einem mäßigen Abitur sonst noch hingekriegt hat. Ach so, ja, Fotografieren war seine große Leidenschaft. Von dem einen betrogen, vom anderen beklaut, der Dritte schaffte gleich beides zusammen. Und jetzt fragst du nach Georg, ja?" Sie zog einen Flunsch und trank einen großen Schluck aus ihrem Glas, in dem eine Mixtur aus Hochprozentigem und regenbogenbunten Säften steckte. „Wieder jemand mit einfachem Job. Nein, sag nichts, Nina. Ich weiß schon. Wer bin ich denn eigentlich? Ja, auch eine mit simplem Auskommen, aber auch eine, die das alles, was hinter ihr liegt, nicht noch einmal durchmachen will. Verdammt noch mal!" Tränen stiegen ihr unaufhaltsam in die Augen. Die ersten trudelten bereits ihre braun getünchten Wangen hinunter. Das hatte Nina nicht gewollt. Und schon gar nicht gewusst. Ja, dass Sabine das eine oder andere Mal enttäuscht worden war, hatte sie noch im Hinterkopf. Dass sie aber die dummdreiste Gemeinheit der Männer aus ihrer Vergangenheit mit deren Berufen gleichsetzte, war ihr nie bewusst gewesen. Sie reichte Sabine ein Tempo, mit dem sie sich, auf ihr Make-up bedacht, die Tränen sorgsam trocknete. Mit einem hatte Sabine sicher recht: War jemand im Herzen ungebildet, handelte der unempfindlich anderen gegenüber, denn sie gingen ihm schlichtweg am Allerwertesten vorbei. Aber reine Informationsfresserei mit akademischem Abschluss brachte nicht automatisch Gentlemen zum Vorschein. Am liebsten hätte Nina ‚Guck dir Jens an!' geschrien.

Aber nicht allein er fiel ihr spontan als mahnendes Gegenbeispiel ein. Wenn sie an Susanne, eine liebe Freundin, dachte, wurde ihr ganz schlecht. Deren Angetrauter, Diplom-Betriebswirt Frankwart Steinhäuser, hatte Susanne mit den gemeinsamen Zwillingen wegen einer ihm untergebenen und äußerst eifrigen Buchhalterin verlassen. Und das, nachdem er sie ein dreiviertel Jahr betrogen und ihr zwischendurch versichert hatte, da wäre rein gar nichts. Das würde sie sich alles nur einbilden. Dann der Klassiker: Lippenstift auf dem weißen Hemdkragen. Platzierten die Damen den dort heimlich, während ihr Geliebter unter der Dusche stand?

Irgendwann, kurz vor Schluss, kam fremdes penetrantes Damenparfum dazu. Nina hatte damals überlegt, ob die freundliche Kontoristin ihren vollgefüllten Flakon über Frankwarts Sakko ausgeschüttet hatte, nachdem Susanne nach ein paar Monaten immer noch nichts geblickt hatte. Frei nach dem Motto: ‚Riechst du jetzt endlich den verkohlten Braten, oder nicht?'

Daraufhin hatte Frankwart, wohlerzogen, sehr gebildet, mit feinsten Manieren - der hätte locker einen Knigge aus dem Stegreif rezitieren können -, nichts gesagt. Als der Gute als i-Tüpfelchen seiner häuslich verweilenden Ehefrau, gestresst von einem aufgeweckten Jungen und einem kecken Mädchen von zwei Jahren - für Frankwart kam ein Kindergarten bis zur Einschulung im Übrigen unmöglich infrage -, Hotelabbuchungen innerhalb ihres gemeinsamen Wohnortes Berlin auf dem Gemeinschaftskonto präsentiert hatte, hatte sie keine Fragen mehr an Frankwart, der ihr sowieso weder frank noch frei geantwortet, sondern die ganze Zeit über abwartend geschwiegen hatte. Susanne hatte ihn damals kurzerhand vor die Tür gesetzt. Sie hatte das einmal so beschrieben: Der ist davongetrottet wie ein Siebenjähriger, der gerade beim Bonbonklauen am Kiosk erwischt worden war.

So war das mit der Bildung, sinnierte Nina. Zu gebildet, um sich hartnäckigen Auseinandersetzungen zu stellen. Am liebsten hätte sie Sabine davon erzählt. Die hätte das wahrscheinlich als rein erfundene Aufmunterungsgeschichte gewertet.

Nina schmunzelte gedankenverloren vor sich hin. Susanne arbeitete mittlerweile als erfolgreiche Anwältin in einer Praxis mit vier weiteren Kollegen. Und die Buchhaltungskraft, jetzt selbst mit Baby auf dem Arm und zwischen vier Wände verbannt, schlotterte, ob Frankwart jetzt nicht dasselbe mit ihr abziehen würde, was die zwei in heller Eintracht zuvor gegenüber Susanne getrieben hatten.

Ach ja, es gab schon hier und da so etwas wie Gerechtigkeit. Nein, diese wundervoll wahre Geschichte konnte sie Sabine unmöglich auftischen. Die würde sie ihr nie und nimmer abkaufen. Nina konnte sich ein diabolisches Grinsen nicht verkneifen, wenn sie daran dachte, wie Susanne ihrer Mutterpflicht alle zwei Wochen nachkam und ohne Murren ihre beiden überaus agilen Kiddies bei Frankwart ablieferte.

Besagte Buchhalterin konnte jetzt ohne jegliche Zuhilfenahme eines Rechners an nur einer Hand abzählen, dass eins und zwei gleich drei sind. Und die drei schnuckeligen Kleinen, vor Gesundheit strotzend stets im Einsatz, sollten die Dame wohl des Öfteren an den Rand eines Nervenzusammenbruchs treiben.

„Erklär mir mal bitte, was daran so witzig ist? Lustig ist das alles nicht", meinte Sabine beleidigt, als sie Ninas breites Grinsen wahrnahm.

„Ich würde dir gern sagen, worüber ich mich im Augenblick amüsiere. Aber das erzähle ich dir lieber ein anderes Mal. Also, wenn ich dich richtig verstanden habe, arbeitest du dich frei nach dem Ausschluss-prinzip vor: Du schaust erst, ob der Herr deiner Wahl einen tollen Job hat, vorzugsweise mit abgeschlossenem Studium, und dann ... Ja, was kommt dann?"

Sabine nickte eifrig. Ganz in ihrem Element klärte sie Nina auf: „Genau, also erst gucke ich natürlich, wie der Typ angezogen ist. Teuer oder billig. So, dann soll er natürlich gut aussehen. Also, so einen mit Schlabberwampe will ich nun auch nicht."

Nö, so was schon gar nicht. Wozu dann das ganze Bauchweg-Training. Dreimal pro Woche. Fröhlich fuhr sie fort: „Wenn der sich dann auch ein bisschen für mich interessiert, frage ich ihn, was er so macht."

Ah, ja. Das wäre dann die Sache mit dem Job.

Aufgeräumt erklärte sie weiter: „Wenn er in einer Führungsposition arbeitet, prima, und wenn er auf dem besten Wege dorthin ist, auch gut." Sabine beschloss ihre Aussagen mit einem kräftigen Schluck von ihrem schillernd leuchtenden Mix.

Nina schüttelte kaum merklich den Kopf. „Und das sind dann die, von denen du mir montags immer berichtet hast."

„Ja", entgegnete Sabine, erpicht auf Ninas jubilierende Zustimmung ob ihrer wundersamen Strategie.

Jetzt hieß es, vorsichtig zu sein! Nina prostete ihrer ehemaligen Arbeitskollegin zu, ließ das fruchtige Getränk langsam ihre Kehle hinunterrinnen und bedachte Sabine mit einem undurchdringlichen Blick.

„Was hat sich denn bislang daraus ergeben?", fragte sie betont neutral.

„So richtig noch nichts. Aber mit meinem Plan bin ich ja auch erst seit einem halben Jahr unterwegs."

„Kann es sein, dass die netten Herren der Schöpfung das Gefühl haben, du suchst einen potenten Bewerber?"

„Also Nina!", rief Sabine gespielt entrüstet aus.

Da begriff Nina, wie Sabine den Satz verstehen musste.

„Ich meine einen mit viel Geld, der dir wöchentliche Shoppingtouren und wer weiß was noch alles finanziert."

„Ach, das meinst du. Nein, das glaube ich nicht."

„Nicht? Also wenn man mich von oben bis unten taxieren und dann als Erstes nach meinem Beruf fragen würde, dann käme ich schon auf so eine Idee."

„Vielleicht hast du recht", gab Sabine nachdenklich zu. „Darüber muss ich mir mal Gedanken machen."

„Was hältst du davon, wenn du nach jemandem Ausschau hältst, der dir sympathisch ist, einfach gut gefällt, und dann guckst du, wie er sich verhält. Geht der nett mit seinen Mitmenschen um? Hat er ein freundliches Lächeln für dich übrig?"

„Und dann find ich den gut und das ist wieder so ein Loser."

„Die drei Kerle, von denen du vorhin berichtet hast, hatten die irgendetwas gemeinsam?"

Sabines Augen begannen zu leuchten: „Ja, das waren richtige Draufgänger. Da brauchte ich mich gar nicht so anzustellen, die haben mich angebaggert und zum Lachen gebracht. Bis dann das heulende Elend kam." Ihre signalroten Lippen schmollten vor Enttäuschung.

„Das wäre doch schon mal ein Ansatz: keine Draufgänger, keine Schwätzer. Da blickst du doch heute viel besser durch, oder?"

„Und wie", eiferte sich Sabine.

„Das habe ich mir gleich gedacht. Und wie gefällt dir jetzt Georg?"

Sabine besah sich den Mann, der ihr gegenübersaß und sich aufmerksam mit Marie unterhielt. „Er gefällt mir doch schon lange, Nina. Aber ich weiß nicht so recht. Du meinst wohl, ich könnte ihn ein bisschen genauer unter die Lupe nehmen?"

Nina sagte nichts, ihre zustimmende Miene umso mehr. Sabine hatte eine Heidenangst, wieder einem Hallodri zum Opfer zu fallen, und sich eine mathematische Gleichung über Äußerlichkeiten plus Bildung plus Geld plus Jobposition gleich Alphatraumtyp zurechtgelegt. Dass die allerdings nicht aufging, merkte sie langsam selbst.

„Schau dir Michaela an", meinte Nina, „Sandor frisst ihr förmlich aus der Hand."

Michaela lief der bitter vom Hof gejagte Sandor wie ein kleines Hündchen hinterher, das nach Rinderdrops schmachtete. Wie er sie ansah! Herrlich, fand Nina. Michaela würde ihm schon den Marsch blasen, wenn der wieder seine flinken Finger nach anderen Ladys ausstreckte.

„Sandor!", rief Sabine halblaut aus. „Wer will den denn haben?"

Nina entgegnete: „Na hör mal, so lammfromm ist er bestimmt auszuhalten."

Mit einer wegwerfenden Handbewegung setzte Sabine nach: „Den kann sie ruhig behalten."

Hörte Nina da etwa Neid heraus oder bildete sie sich das nur ein? Egal, aber eines musste sie sich eingestehen, sie verstand Sabine jetzt wesentlich besser als früher. Sabine war nicht bloß eine aufgetakelte Blondine, die auf Wohlstand aus war, sondern eine Frau mit verflucht vielen Ängsten, die ihre Hände einzig und allein nach einem Quäntchen Glück ausstreckte und sich dabei nicht wieder die Finger verbrennen wollte.

Marie wandte sich zu Nina. „Wollen wir gehen? Ich bin ganz schön müde."

„Gute Idee. Die vier haben eh genug miteinander zu tun." Komisch, dachte Nina und musterte Marie kurz von der Seite, bei ihr wäre sie niemals auch nur ansatzweise auf die Idee gekommen, ihr irgendwelche Ratschläge zu erteilen. Marie hatte alles fest im Griff. Auch wenn das nicht hundertprozentig hinkommen konnte. Schließlich gab sie sich mit einem verheirateten Mann ab, mit dem sie sich nirgendwo in der Öffentlichkeit blicken lassen konnte. Und sie schätzte Marie nicht so ein, dass ihr das überhaupt nichts ausmachte. Trotzdem war ihr klar, dass Marie eine Stärke besaß, von der sie sich gut und gern eine Scheibe abschneiden konnte.

Nina steuerte den Wagen Richtung Wilhelmsaue. Sie wollte Marie zu Hause absetzen, bevor sie zu Maggie fuhr.

„Lass uns doch eine Abkürzung nehmen", schlug Marie vor und lotste Nina durch die Stadt.

„Übrigens", begann Marie, „Herr Weniger von Guardian & Guardian hat sich bei mir gemeldet. Stell dir vor, der hat sich, ohne mich überhaupt danach zu fragen, rein vorsorglich für das Schmidt'sche Vorgehen in Sachen Vorstellungsgespräch bei mir entschuldigt."

„Das gibt es doch gar nicht! Dann weiß er genau, dass dieser Herr Schmidt solche Gespräche nicht führen kann", bemerkte Nina.

„Da vorn links", wies Marie sie an und fuhr fort, „genauso ist es. Aber jetzt kommt das Wichtigste: Er will mich unbedingt in seinem persönlichen Team haben! Es gibt nur ein klitzekleines Problem. Mich wollen noch zwei andere Maklerbüros."

Nina kurvte durch Straßen, bei denen sie sich in der Dunkelheit nicht erinnern konnte, hier jemals entlanggefahren zu sein. „Du hast vielleicht ein Glück!"

„Vergiss nie, dass diese Maklerfirmen eine wahnsinnig hohe Fluktuation haben. ‚Rein und raus' lautet die Devise. Deshalb ist das gar nicht außergewöhnlich. Trotzdem gibt es mir natürlich ein gutes Gefühl."

„Für wen wirst du dich denn entscheiden?"

„Ich denke, ich werde mit Guardian zusammenarbeiten. Sie sind in Berlin die Größten und außerdem konnte ich höchstpersönlich feststellen, dass dort auch nur mit Wasser gekocht wird. Also, wenn da noch mehrere Schmidts umherwandern ...“

Die beiden brachen in Gelächter aus.

„Wie steht es denn bei dir?“, wollte Marie wissen und dirigierte Nina, „die nächste rechts.“

„Bislang habe ich zwölf Bewerbungen am Start. Mittlerweile würde ich mich schon über einen einzigen Vorstellungstermin freuen. Allerdings ist für Montag ein Bewerbungstelefonat angesetzt. Mal gucken, was dabei herauskommt. Das ist ein bisschen unpersönlich, findest du nicht?“

Marie verzog verständnislos das Gesicht „Ich mag so etwas auch nicht.“

„Nächste Woche werde ich mich wieder gezielt mit den aktuellen Stellenangeboten beschäftigen und mich so lange bewerben, bis für mich das Richtige dabei ist.“

Sie hielt einen Augenblick inne und starrte durch die Frontscheibe. Wohin waren sie nach Maries Streckenanweisung geraten? Jedenfalls kam ihr in dieser Gegend nichts auch nur annähernd bekannt vor.

„Siehst du“, riss Marie sie aus ihren Überlegungen, „und ich habe die Qual der Wahl, obwohl ich gar nicht aus dem Maklerbereich komme. Und das hauptsächlich, weil in der Branche die Leute kommen und gehen, wie das kaum anderswo der Fall ist.“

„Und vermutlich gibt es keine festen Verträge.“

„Genauso ist es. Deshalb können die auch so gut wie jeden erst einmal nehmen. Es könnte ja sein, dass ich meinerseits Kontakte zu Haus- oder Wohnungsbesitzern oder sogar Kaufinteressenten habe.“

„Trotzdem willst du dich in die Höhle des Löwen begeben?“

„Wohl eher ins Haifischbecken, Nina. Aber ...“, Marie machte eine Pause, „als kluger Delfin.“ Dann lachte sie schallend.

„Wenn das mal gut geht. Aber wenn ich mir überlege, wie cool du in Hamburg warst ...“

„Na, und was ist mit dir? Du stehst mir in nichts nach.“ Und Marie meinte, was sie sagte. „Da vorn ist ein Parkplatz, halt bitte an“, rief Marie, die eine Lücke ausfindig gemacht hatte.

„Es ist stockduster und ich weiß nicht, wo wir uns hier befinden. Klär mich mal auf.“

„Du erkennst die Straße tatsächlich nicht? Dann lass dich einfach überraschen.“

Vor dem stuckverzierten Altbau, bloß von ein paar schwachen Laternen der tiefschwarzen Dunkelheit entrissen, begriff Nina plötzlich. „In dem Haus dort drüben befindet sich die Wohnung, die wir uns gemeinsam angesehen haben.“ Ihre Überraschung war ihr anzumerken, begleitet von der unausgesprochenen Frage, was sie hier wollten.

Mit freudestrahlender Miene holte Marie die beiden Sporttaschen aus dem Kofferraum und drückte ihr eine in die Hand. Ohne auf Ninas Reaktion zu warten, lief sie auf das Haus zu und schloss die schwere Holztür auf. Nina brauchte nicht mehr zu fragen. Was jetzt folgte, ahnte sie bereits.

Beharrlich stumm, was Marie zu einem irritierten Seitenblick veranlasste, stieg sie hinter ihrer Freundin die drei Treppen hinauf. Oben angekommen, stellte sie zufrieden fest, dass Marie genau wie sie nach Luft rang. Diesmal hatte sie mitgezählt. Es waren tatsächlich bloß drei Etagen, die ihr nach wie vor wie vier oder fünf vorkamen. Fein, so hohe Decken zu haben.

Derweil Marie die Wohnungstür öffnete, fragte sie: „Du willst ja gar nicht wissen, wie ich an die Schlüssel gekommen bin.“

Nina sagte nichts, sondern schob sich an ihr vorbei, um endlich die schwere Tasche loszuwerden. Marie zog die Tür hinter sich ins Schloss und war froh, dass ein paar Glühbirnen von der Decke baumelten und der Strom nicht abgestellt war.

Nina wanderte durch die Räume und drehte alle Heizkörper auf. Im Wohnzimmer, das an der Straßenseite lag, packte Marie die hinaufgeschleppten Taschen aus. Zum Vorschein kamen zwei Luftmatratzen, Decken, Kopfkissen, ein paar mit Snacks gefüllte Plastikdosen, Mineralwasser, zwei Sektkelche und zwei Flaschen Champagner.

Nina musste nicht einmal ihre Lippen zusammenpressen, damit kein Laut darüber kam. Mit nichtssagendem Blick prüfte sie mit der Hand, ob die Heizung unter den Fenstern funktionierte. Sie spürte unter ihrer Handfläche, wie sie langsam warm wurde. Sie öffnete die Knöpfe an ihrem langen nachtblauen Mantel und stellte sich ans Fenster. Der Blick nach draußen verriet ihr, dass die Gegend zwar dicht bewohnt, trotz dessen am Abend sehr ruhig war. Aus der hoch gelegenen, sicheren Behausung wirkten die funzeligen Straßenlaternen sogar romantisch auf sie, weil sie angenehm warmes Licht spendeten und nicht störend grell durch die Fenster leuchteten.

Marie stellte sich neben sie. „Und?", wollte sie wissen.

Nina drehte sich langsam und bedächtig zu ihr um und gab immer noch keinen Ton von sich.

„Bist du sauer?", fragte Marie, die etwas betreten dreinschaute.

Nina legte nur den Kopf ein bisschen schief. Weder aus ihrem Blick noch ihrem Gesichtsausdruck konnte Marie lesen, was sie gerade dachte.

„Nun komm schon, brüll mich an oder mach sonst irgendetwas, aber schweig mich nicht so an", forderte Marie sie auf, bereit, Schelte einzustecken.

Nina löste sich von der Fensterfront und besah sich die von Marie mitgebrachten Utensilien, die geradezu nach Picknick schrien.

Marie hatte eine viel zu unruhige Natur, als dass sie Ninas nicht vorhandene Reaktion, die einem Eisblock glich, noch weiter aushalten konnte, weshalb sie sich vor ihr aufbaute. „Also, sag schon was", brachte sie mit Nachdruck hervor.

Doch Nina schwieg weiter.

Darauf sagte Marie: „Okay, ich hab dich überrumpelt, ja. Einen Mietvertrag gibt es allerdings nicht, keine Sorge. Du darfst ein paar Tage zur Probe wohnen. Ist doch prima, oder? Dann kannst du herausfinden, ob dir die Hütte überhaupt zusagt." Hilflos schlenkerte sie mit den Armen. „Das ist auch schon alles. Ich wollte dich damit überraschen."

Nina atmete tief durch, dann warf sie ihren Mantel achtlos in die Ecke und setzte sich auf die luftleere Matratze. Sie spürte den harten Boden am Hinterteil. Ein eng anliegendes Kleid war zum Campen höchst ungeeignet. Doch Marie zappeln zu lassen, fand sie mehr als gerecht. Sollte die einfach mal gucken, wie es sich anfühlte, wenn man nichts ahnend in etwas hineinstolperte. Ein blitzendes Wortgewitter hätte Marie charmant abgeschmettert, ohne Frage. Aber Ninas beharrlichem Schweigen hatte sie nichts entgegenzusetzen. Nina fand, dass ihre unerwartete, eisige Reaktion genau die richtige Strafe für Marie war. Das schien sie regelrecht kirre zu machen und darüber breitete sich in Nina geradezu eine teuflische Genugtuung aus, wovon ihr ausdrucksloses Gesicht nicht die Spur verriet.

Mit nervös flatternden Händen hockte sich Marie auf die zweite Plastikmatratze und starrte auf die Champagnerflaschen.

Nina hatte ihr offensichtlich die gute Laune verdorben. Gut so! „Gib mal bitte den Champagner", forderte Nina sie tonlos auf. Marie schaute verwundert auf und reichte ihr die Flasche, dankbar, dass Nina ihr ein paar Worte zugeworfen hatte. Nina ließ geschickt den Korken knallen. Geistesgegenwärtig hielt Marie die beiden Kelche unter die Flasche, aus der Nina die prickelnde Flüssigkeit strömen ließ. Marie fing gerade wieder an zu lächeln, als Nina ihr fest in die Augen sah, als würde sie geradewegs hindurchbohren. Maries Lächeln gefror.

Betont feierlich begann Nina: „Auf Marie, die cleverste und hinterhältigste Betrügerin, die mir je untergekommen ist und ..." Ihr entging nicht, wie sich ein düsterer Schatten auf Maries Gesicht legte und sie betreten vor sich hinstarrte. Dann fuhr sie ungerührt, den Blick kühl auf Marie gerichtet, fort: „… die ihre zweifelhaften Fähigkeiten offenbar auch sehr gern uneigennützig zum Einsatz bringt. Cheers, Marie!"

Plötzlich brach aus Nina ein lautes Lachen hervor, was in lärmendes Grölen ausuferte, als sie in Maries verdutztes Gesicht sah.

Marie, unzweifelhaft mit rascher Denke ausgestattet, stets auf alle möglichen und unmöglichen Situationen vorbereitet, brauchte geschlagene zehn Sekunden, um zu begreifen, was Nina da gerade von sich gegeben hatte. Erleichtert stimmte sie in die Lachsalve ihrer Freundin mit ein.

Nachdem die beiden ausgepowert an ihren Gläsern nippten, sagte Marie sichtlich gelöst: „Und ich dachte schon, ich wäre zu weit gegangen und hätte deine Freundschaft verloren."

Nina bemerkte, wie Marie sich mit dem Finger eine Träne aus dem Augenwinkel tupfte. Freundschaft, dachte Nina, ein wunderschönes Wort, ein wunderschöner Gedanke. Spontan drückte sie Marie für einen kurzen Augenblick an sich. „Du hast aber auch Ideen", meinte sie nachsichtig.

Marie sah sie ernst an: „Eines musst du mir glauben, so etwas mache ich sonst nicht, jedenfalls nicht im Privatbereich, geschäftlich sieht's da wieder anders aus, zugegeben. Aber ich möchte dir wirklich nur auf die Sprünge helfen, weil ich glaube, dass dir ein wenig Schützenhilfe guttun würde."

Nina wollte im Augenblick gar nicht wissen, was Marie damit im Einzelnen meinte und schenkte beiden lieber von dem Champagner nach. Der am Gaumen kribbelnde Alkohol tobte sich bereits munter in ihrem Blut aus. Sie fühlte sich herrlich! So ungewohnt leicht, mit freundlichen Nebelschwaden vor den Augen.

41

Ihre Augenlider waren schwer, als hätte sie dort jemand über Nacht heimlich einzementiert. Sie war Alkohol einfach nicht gewohnt. Wenn, dann hatte sie gemeinsam mit Rolf abends vielleicht zwei Gläser Wein getrunken, aber nur, weil er von einem Kunden einen leckeren Tropfen geschenkt bekommen hatte. Mühsam setzte sie sich auf, während ihre Pupillen durch zwei schmale Schlitze hervorlugten. Mehr Licht konnten ihre Augen unmöglich aushalten.

Sie seufzte leise. Bei dem Gedanken, sie und Rolf in stiller Eintracht im Wohnzimmer weinselig bei Kerzenschein beieinandersitzend, röteten sich sanft ihre Wangen. In solchen Mußestunden hatten sie dann über dies und das geplaudert. Meist darüber, was in der vergangenen Woche alles passiert war. Das war schön. Mit einem Mal fiel ihr auf, dass ihr seit ewigen Zeiten nicht mehr sein stoischer Blick, nachdem sie ihm von ihrer Hashimoto-Thyreoiditis berichtet hatte, durch den Kopf gegeistert war. Das war alles kilometerweit entfernt. Gerade so, als würde sie die Szene als Dritte, vollkommen Unbeteiligte, beobachten.

Vorsichtig zur Seite schauend, entdeckte sie über die zwei leeren Flaschen Champagner hinweg, dass die Matratze neben ihr leer war. Marie war offenbar irgendwo in der Wohnung unterwegs. Sicher war sie im Bad und wischte mit ein paar Tropfen Wasser und Taschentüchern in ihrem Gesicht herum, als verzweifelter Versuch sich aufzufrischen. „Marie", krächzte Nina. Dieser mickrige Laut war als kräftiger Ruf über den Flur hinweg bis ins Badezimmer geplant. Blöd, so ein Kater. Der hockte nicht nur im Mischpult direkt unter dem Scheitel, sondern auch auf den Stimmbändern und rückte nicht ein kleines Stückchen beiseite. Was sie im Liegen nicht bemerkt hatte, aber bei dem Versuch, sich aufrecht hinzustellen, glasklar wurde, war, dass sie ihre Beine, stocksteif wie in Stein gehauen, keinen Schritt vorwärtsbewegen konnte. Deshalb gab sie auf, sich weiter auf die Füße zu stellen, und ließ sich zurück auf ihr weiches Kissen sinken. Hinter ihrer Stirn drehte sich alles. Die kleinen grauen Zellen tanzten Polka vor Vergnügen. „Marie?", kam es kleinlaut aus ihrem Mund, mehr ging nicht. Aber Marie meldete sich nicht. Sie lauschte angestrengt und hörte dasselbe wie gerade eben: nichts.

In Zeitlupe drehte sie sich zur Luftmatratze hinüber, auf der ihre Freundin geschlafen hatte, und sah neben der aufgeworfenen Decke einen Zettel. Mit ausgestrecktem Arm langte sie hinüber und hielt ihn sich vor Augen.

‚Liebe Nina, damit die Wohnung auf dich wirken kann, lass ich dich allein. Was du zum Frischmachen brauchst, findest du in den Taschen. So long, Marie.'

Sie hatte sich also aus dem Staub gemacht. Auch gut. Und so unrecht hatte sie gar nicht. Schließlich wollte Nina ja eine Zeit lang allein leben. Ohne Rolf, ohne Julchen. Die Seele baumeln lassen und für die Nerven eine Pause einlegen. Wenn sie dann so richtig zur Ruhe gekommen wäre, würde sie gucken, wie Rolf und sie in Zukunft miteinander leben wollten, oder, wenn sie ganz ehrlich zu sich selbst war, ob sie überhaupt noch sollten. Doch bevor sie sich mit dem ‚Sollten' weiter beschäftigen konnte, klappten ihre Augenlider zu. Friedlich schlummerte sie wieder ein.

Nach zwei Stunden saß sie mit klarem Blick auf der Matratze und gähnte genüsslich. Mal sehen, was Marie noch alles in den riesigen Weiten der Sporttaschen verborgen hatte. Dabei musste sie an gestern Abend zurückdenken, als Marie eine Fußluftpumpe in Form einer Miniatur-Ziehharmonika hervorgezaubert und blitzschnell die beiden Matratzen mit Luft gefüllt hatte. Danach war es urgemütlich geworden. In zwei mitgebrachte Schlafanzüge aus flauschigem Flanell gehüllt, hatten die beiden Champagner gesüffelt, Weintrauben, Erdbeeren, Baguette und Käse dazu verspeist und bis tief in die Nacht hinein geredet.

Sie freute sich, dass Marie an den reumütigen Morgen nach dem Gelage gedacht hatte. In einer Kosmetiktasche entdeckte sie Waschutensilien und ein paar Schminksachen. Als Halbtote musste sie nicht vor die Tür gehen. Marie war schon eine tolle Freundin. Die hatte Einfälle, da musste man erst draufkommen, dachte Nina grinsend. Sie hievte sich langsam in die Senkrechte und stellte erleichtert fest, dass ihr Kopf den Sturm auf hoher See überstanden und weitaus festeren Boden als vorhin unter den Füßen hatte. Unter ihren Fußsohlen breitete sich wohlige Wärme aus. Kalt war es hier jedenfalls nicht.

Gewaschen und in ihr Kleid von gestern geschlüpft, spazierte sie durch die Wohnung. Das sollte also ihr Domizil werden, wenn sie wollte. Ob es hier tatsächlich so hell war, wie es der erste Eindruck versprochen hatte? Trotz Tageslicht war es bestimmt zu dunkel. Sie knipste die nackte Deckenglühbirne aus und erwartete trübes Schummerlicht. Nichts da! Frohlockende Helligkeit leuchtete durch die Fenster. Super. Ein düsteres Apartment wäre für sie keinesfalls infrage gekommen. Bedrückt schlich sie weiter.

Wirklich nett, die Wohnung, fand Nina. Die würde auf jeden Fall für sie allein reichen. Zwei Räume und das war es. Prima. Richtig gut. Sie nickte vor sich hin und verwandelte dabei ihren trübsinnigen Gesichtsausdruck in einen betont zufriedenen. Nee, schon schön, die Wohnung. Also Rolf und Jule würden sich hier bestimmt wohlfühlen. Ach was. Die brauchten das hier ja gar nicht toll zu finden, sie würde hier sowieso allein wohnen. Das Schlafzimmer war groß genug für eine französische Liege und einen Kleiderschrank. Wirklich gut. Ja. Und fürs Wohnzimmer konnte sie sich endlich eine Couch ganz nach ihrem Geschmack aussuchen. Die brauchte gar nicht groß zu sein. War ja nur für sie.

Klar kam Jule mal vorbei oder Marie oder einer ihrer Freunde und Bekannten. Waren ja doch einige im Laufe der Jahre zusammengekommen. Sie musste lächeln, als sie dabei an ihre Geburtstagsfeier vor ein paar Wochen zurückdachte. Zig Leute hatte sie eingeladen.

Freunde, mit denen sie engeren Kontakt hatte, gute Bekannte von früher, die sie mochte, aber kaum sah und sich umso mehr gefreut hatte, alle bei der Gelegenheit um sich zu haben. Dafür hatte sich der fünfzigste Geburtstag geradezu angeboten. Die Hütte hatte ja voll sein sollen. So richtig gefeiert hatten sie. Rolf und sie hatten getanzt und gelacht. Jule war mit Ella im Schlepptau anfangs cool und blasiert durch die Menge gestakst, bis sie später dann auf der Tanzfläche mit allen zusammen ausgelassen herumgehopst waren, obwohl der DJ eine Menge CDs aufgelegt hatte, von denen die beiden im Leben noch nichts gehört hatten. Das war ein schöner Abend, eine schöne Nacht gewesen. Alle zusammen.

Gut, hier und da würde sie sicher irgendjemand irgendwann mal besuchen. Das war klar. Schon deshalb sollte die Couch auch wieder nicht zu klein sein. Aber das Schicke daran war, fand Nina, dass sie bei Farbe und Material machen konnte, was sie wollte. Sie musste sich von nichts und niemand reinreden lassen. Das war schon klasse!

Von diesem Gedanken der grenzenlosen Freiheit beseelt, stiefelte sie ins Bad. Sie konnte tun und lassen, was sie wollte!

Blitzartig fing sie in dem vom Vormieter zurückgelassenen Uralt-Spiegelschrank ihren Gesichtsausdruck ein. Erschrocken machte sie einen Satz zurück! Was ihr da entgegenblickte, war alles andere als eine Frau, die sich höllisch darauf freute, endlich ihre eigene Wohnung ganz nach ihrem eigenen Gutdünken zu gestalten. Was sie da vor sich sah, war Heulina in Hochform, nur ohne dicke Tränenkugeln. Dermaßen von Trauer überzogen starrte ihr das eigene Gesicht entgegen. Heulina, du alte Flennbacke, bleib bloß, wo du bist, mahnte sie, sonst setzt es was, hast du verstanden? Es ist verdammt noch mal schön, endlich die heiß und innig herbeigesehnte Unabhängigkeit leben zu dürfen. Besser ging es nicht. Jawoll!

Warum dann nur dieses schreckliche Gesicht? Wie ein Gespenst, das nicht mehr nach Lust und Laune spuken durfte, sah sie aus. Möglich, dass ihr Blut noch zu stark mit Champagner kontaminiert war. Das wird es sein! Ja, warum war sie nicht gleich darauf gekommen? Zu viel Alkohol, zu wenig Schlaf. Sie hielt ihren Kopf betont aufrecht, während sie die Luft aus den Matratzen ließ, alle sieben Sachen zusammenpackte und in Maries Taschen verstaute. Maggie, ich komme! Mal gucken, wie das Wetter am Wannsee ist. Meine Herren, war sie bescheuert! Hallo Nina, jemand zu Hause, fragte sie sich stumm und schüttelte über sich selbst den Kopf. Als wäre Tempelhof nicht in Berlin.

In Schuhen und Mantel, die Taschen neben sich an der Wohnungstür, drehte sie sich noch einmal um. Die Wohnung war wirklich hübsch, hell und ruhig, trotzdem recht zentral gelegen. Aber irgendetwas fehlte. Nicht nur heute, es würde immer etwas fehlen: Rolf und Jule. Ihre Familie.

Es war nicht Heulina, die ihr jetzt die Tränen in die Augen trieb. Ein tiefer, vom Grunde ihrer Seele aufsteigender heißer Schmerz raubte ihr den Atem und floss in flammenden Tränen über die Wangen. Eigenartig, aber diese Tränen wollte sie gar nicht verscheuchen, sondern es war, als hätte sie regelrecht auf sie gewartet.

Nachdem sie die Wohnungstür sorgfältig abgeschlossen hatte, lief sie mit klarem Blick die unzähligen Stufen hinunter, die ihr weniger vorkamen als sonst, verstaute die Taschen im Kofferraum ihres Wagens und drehte sich noch einmal zum Haus um. Es war tatsächlich ein wunderschönes, sandfarbenes Anwesen, das einen mit freundlichem Gesicht empfing. Durch ein Fenster konnte sie sehen, wie jemand einen Deckenfluter anknipste und sich in dem Raum das warme Licht wie flüssiges Gold ausbreitete. Wie eine unausgesprochene Einladung. Für jemanden, auf den man wartet, der sowieso kommt, immer da sein wird.

Sie lächelte und stieg in ihr Auto. Sie wusste nicht, wann sie sich das letzte Mal so befreit gefühlt hatte.

42

Lauthals kreischte der Wecker, dass es in Ninas Ohren dröhnte. Sein Crescendo befand sich bereits am höchsten Punkt. Sie musste die freundliche Anfangsmelodie verpasst haben. Das Ding war ja schrecklicher als ihr Handygerassel. Ihre Hand schlug automatisch auf das Haupt des Übeltäters. Warum wollte sie heute, an diesem friedvollen Montagmorgen eigentlich aus dem Bett krauchen? Sie hatte schließlich keinerlei Verpflichtung, die sie hinaustreiben konnte. Keinen Job, keine Termine.

Sie schwang ein Bein nach dem anderen unter der weichen Decke hervor, da fiel ihr bei dem Stichwort ‚Job' wieder ein, dass sie um Punkt neun Uhr einen Telefontermin mit imagex hatte. Mit Mühe und Not bekam sie ihre Augenlider hoch. Kein Wunder nach dieser Nacht, unterbrochen von viel zu viel Zeit ohne Schlaf anstatt mit. Manchmal hatte sie das Gefühl, sie müsste Wache halten, hätte irgendetwas noch nicht erledigt. Bereits gestern hatte sie sich geschworen, nie wieder eine zweite Flasche, egal, von welchem alkoholischen Gebräu, zu öffnen und schon gar nicht davon zu trinken, auch nicht zu zweit. Insgesamt war eine ganze Flasche Champagner eindeutig zu viel für sie gewesen. Gestern war sie dermaßen fertig gewesen vom Abend zuvor, dass sie sich den ganzen Sonntag nur von einer Ecke in die andere geschleppt hatte. Sie musste ein schreckliches Bild abgegeben haben, Margarete hatte sich schon Sorgen um sie gemacht. Das war eben die Quittung für diesen betörenden Zauber aus goldenem Prickeln und ausgeblendetem Hirn. Im Augenblick schön, aber hinterher kam die jaulende Qual.

Nach einer erfrischenden Dusche ging es ihr schon etwas besser. Sie lief hinunter in die Küche, um sich einen Toast und einen Kaffee zu machen. Himmel, war das plötzlich warm. Stieg ihr ohne erkennbaren Grund schon wieder ein Hitzestrom bis zur Stirn? Es sah ganz danach aus, als würde diese blöde Innenheizung in ihrem Körper anspringen, wie sie gerade lustig war. Während sie nach der Kaffeedose griff, kam ihr in den Sinn, dass das doch ein gefundenes Fressen für die Energieindustrie wäre. Die verkabeln uns Weiber einfach und speichern unsere haltlose Energie nutzbringend für die Stromversorgung. Und wie gefragt dieses Konzept erst bei Sportlern wäre. Noch bevor sie die Idee zu Ende gedacht hatte, riss sie sich den Pullover förmlich über den Kopf. Befreit atmete sie tief durch. Mit der Hand durch die Haare streichend, sah sie durch das Küchenfenster nach draußen.

Träumte sie oder zeigten sich tatsächlich erste Knospen? Versonnen öffnete sie das Fenster und blickte mit zufriedenem Lächeln auf die Vorboten des Frühlings. Dabei strömte herrlich frische Luft hinein. In Jeans und Büstenhalter spürte sie, wie ihr die angenehm kühle Luft um den Oberkörper wehte, weit weg vom kalten Winter, hin zum ersehnten Frühling.

Mit dem Pullover über dem Arm, dem Teller und der Kaffeetasse in Händen lief sie gut gelaunt die Treppe hinauf in ihr Zimmer. Ihr Frühstück wanderte auf den Schreibtisch und ihr Pulli achtlos auf das zerwühlte Bett. Rasch griff sie sich ein Baumwollshirt aus dem Kleiderschrank und streifte es über. Dabei warf sie den Laptop an, der sich mit leisem Knarzen zu Wort meldete. Mit Blick auf die Uhr sah sie, dass sie in wenigen Minuten bei imagex anrufen musste. Sie vermutete, dass üblicherweise die Firmen bei solchen Bewerbungsgesprächen durchklingelten, aber sie hatte dummerweise vergessen, in ihrer Bewerbung ihre Nummer anzugeben.

Schade, dass sie jetzt keine Zeit mehr hatte, vorher noch in das alte Geschäftskonto von Rolf hineinzuschauen, um endlich herauszufinden, ob es mit der Überweisung funktioniert hatte. Allein der Gedanke daran ließ ihr Herz aufgeregt hämmern, als würde sie gerade ein Trommelsolo zum Besten geben.

Noch während sie die Nummer von imagex ins Telefon tippte, überkam sie ein schlechtes Gewissen, denn sie hatte überhaupt keine Lust auf dieses völlig bescheuerte Gespräch. Ihr fiel dieses ach so moderne Getue jetzt schon auf den Wecker, von wegen Telefon-Interview! Was sollte das, dass sich keiner mehr Zeit nehmen wollte, den anderen in Ruhe kennenzulernen, sondern ganz nebenbei, zwischen ein paar Mausklicks und einer Tasse Kaffee, ernsthaft interessierte Bewerber aussortierte? Wenn das schon so anfing, konnte dabei nichts Gutes herauskommen, beschloss Nina, die gerade vom Sekretariat der für die Bewerbungen Abgesandten, Frau Schüller, mit einem ‚Frau Schüller befindet sich gerade im Gespräch. Bitte bleiben Sie am Apparat, ich werde Sie gleich durchstellen.' zum Ausharren gezwungen wurde.

Was danach kam, sollte nicht besser werden.

„Guten Morgen, Frau Landauer, pünktlich wie die Maurer, würde ich sagen, hahaha", gab Frau Schüller von sich, die Nina nach ihrer hellen und kräftigen Stimmlage zu urteilen auf Mitte dreißig schätzte, auch wenn der Spruch sehr altbacken war. Vermutlich um dem Oldie Nina sprachlich gerecht zu werden.

Punkt 1: Auflockerung des Gesprächs. Erledigt. Häkchen.

Dann folgten die üblichen Fragen, was Nina bewogen habe, sich ausgerechnet bei imagex zu bewerben.

Na, liebe Frau, dachte Nina, weil ihr nach jemandem gerufen habt, du Dösbaddel, und weil es eine unendliche Auswahl an Stellenangeboten gibt, dass man sich ruhig die leckeren Rosinen rauspicken kann. Und ihr seid so eine, eindeutig, glasklar, ohne Zweifel. Innerlich stöhnte sie auf und antwortete ganz artig: „Ich möchte mich gern beruflich verändern. Und da ich mich für die Werbebranche sehr interessiere, habe ich mich auf Ihre Annonce beworben."

„Laut Ihren Bewerbungsunterlagen sehe ich da auch keine Schwierigkeiten. Sie haben bislang in verschiedenen Bereichen gearbeitet. Und ich kann mir vorstellen, dass Sie sich rasch einarbeiten werden. Wie finden Sie denn unsere Internetpräsenz?", forschte Frau Schüller nach.

„Sie gefällt mir sehr gut. Besonders einfallsreich finde ich die optische Gestaltung der Unterseiten mit Bildern aus Ihren bisherigen Aufträgen."

Schleim. Nina schaute tatsächlich kurz unter sich auf den Boden, ob sich dort nicht bereits ein schmieriger Schandfleck befand.

Punkt 2: Einleitung. Erledigt.

Mit einem Mal räusperte sich Frau Schüller merklich und hob zum letzten Schlag auf ihrer Frageliste an: „Frau Landauer, Sie befinden sich ja bereits in einem fortgeschrittenen Alter."

Du bald auch, wenn du nicht vorher das Zeitliche segnest, dachte Nina.

Frau Schüller fuhr kühl fort: „Für uns wäre es natürlich besser, wenn Sie über einen gewissen Zeitraum arbeitslos wären, dann würden wir für Sie einen Zuschuss bekommen."

Ach so, konstatierte Nina, die Tattergreisin sollte nicht nur flott und fehlerfrei arbeiten, sondern gern zusätzlich Geld auf den Tisch legen.

„Mittlerweile geht das vielleicht auch schneller. Sie müssten darüber mit Ihrem Arbeitsberater sprechen, sofern Sie bereits beim Amt waren."

Nina holte hörbar tief Luft. Nicht einmal ihr Blut wallte auf. Ruhig und gelassen sagte sie: „Frau Schüller, Sie werden verstehen, dass ich arbeiten möchte, um Geld zu verdienen, und nicht, um welches mitzubringen. Ich werde Sie jetzt nicht fragen, wie alt Sie sind, und werde es tunlichst unterlassen zu erfahren, wie alt Sie noch werden wollen. Deshalb kurz und bündig: Machen Sie's für die Zukunft besser, jedenfalls als heute."

Punkt 3: unerledigter Hauptteil. Dafür aber sofortiger Übergang zu Punkt 4: Verabschiedung. Abgehakt.

Sprach's und drückte den roten Knopf am Telefon, mit dem sie am liebsten den Auslöser für eine Bombe direkt unter Frau Schüllers Allerwertesten gezündet hätte, aus dem ihr eine hundert Meter tiefe Fäkaliengrube um die Ohren gesaust wäre.

Nach Ende des Gesprächs wusste Nina nur eines: Wenn diese dreiste Art und Weise die heutige und allseits gepriesene moderne Arbeitswelt widerspiegelte, dann wollte sie da nicht mitspielen. Nina musste draußen bleiben. Wird nicht mal als Letzte gewählt. Ätsch!

Prelight steckte seine Mitarbeiter doch auch nicht in die Eistruhe. Das war der eindeutige Beweis dafür, dass es noch andere Unternehmen gab.

Du meine Güte, Dr. Meinfeld, wann hatte sie den Termin mit ihm?

Hektisch blätterte sie ihren Kalender auf dem Schreibtisch durch und fand, wonach sie gesucht hatte. Puh, das Treffen mit ihm sollte nächste Woche stattfinden. Dr. Meinfeld hatte sie damit einfach überrumpelt. Ihr stand alles andere als der Sinn danach, ihm gegenüberzusitzen, nur, um ihm dann doch eine zwar freundliche, aber eindeutige Absage zu erteilen. Na ja, geschmeichelt fühlte sie sich schon, dass er unbedingt an ihr festhalten wollte. Aber Prelight war bereits Lichtjahre von ihr entfernt und sie wollte auf keinen Fall mehr zurück. Aber wollte sie etwa in ein Unternehmen wie imagex? Bei dem Gedanken kräuselte sich ihre Stirn. Die hatten sie zwar nach den ersten Sätzen angewidert, andererseits konnte dort trotz dessen ein gutes Betriebsklima herrschen. Auch wenn Frau Schüller, von Frohsinn und Nächstenliebe weit entfernt, das nicht gerade in die Welt hinausposaunte. Und sollte man nicht für ein gutes Betriebsklima gern noch etwas mitbringen? Keine selbst gebackenen Kekse, nein, wie wäre es mit harter Währung? Schöne Zeiten, diese Zeiten. Ohne mich!

Sie beschloss, dass es nicht ausschließlich Firmen wie imagex gab, auch nicht in der Werbebranche. Plötzlich übermannte sie das Gefühl, dass auch ein anderer Job nicht das Ende der Fahnenstange bedeuten und sie ohnehin nach einiger Zeit wieder weiter wandern würde. Was wollte sie eigentlich? Die Antwort war eine Erinnerung an dieses Bild: Rolf und sie als Team. Resigniert schüttelte sie den Kopf. Bloß diesen schönen Gedanken so schnell abstreifen, wie er aufgetaucht war. Sie sollte sich lieber mit dem Hier und Jetzt befassen und nicht mit alten Kamellen aufhalten.

Also, auf jeden Fall musste sie sofort Dr. Meinfeld absagen, und zwar ohne sich wieder von ihm um den Finger wickeln zu lassen. Damit sie es sich nicht noch aus purer Höflichkeit anders überlegen konnte, rief sie kurzerhand bei ihm an. Ohne Umschweife sagte sie ihm, dass sie sich bereits anderweitig umgeschaut habe, von seinem Angebot jedoch äußerst angetan sei, aber trotzdem auf eine weitere Zusammenarbeit in seiner Firma verzichten wolle. Nach dem Gespräch fühlte sie sich munter und frei, als hätte sie gerade einen ausgedehnten Spaziergang an der frischen Luft rund um den Wannsee hinter sich. Prima Idee! Sie würde nur noch rasch ihren angebissenen Toast auffuttern und dann mit Maggie eine Runde ums Wasser spazieren.

Aber halt! Wie konnte sie das nur vergessen? Sie musste unbedingt einen Blick auf das Konto werfen, bevor sie nach unten ging. Wieder gab ihr Herz unaufhaltsam ein Konzert von sich, laut und kräftig, als ob ihre Handflächen wild auf zwei Bongos herumtrommelten. Nervös nahm sie einen Schluck von dem inzwischen abgekühlten Kaffee und navigierte sich im Internet bis zu besagtem Konto, das ihr in wenigen Sekunden aufzeigen würde, ob Maries und ihre Mühen gefruchtet hatten oder umsonst gewesen waren.

Mit angehaltenem Atem starrte sie auf die Kontoanzeige. Starr und ohne auch nur mit der Wimper zu zucken, stellte sie hoch konzentriert ihre Augen um eine Dioptrie schärfer. Kein Zweifel! Blitzartig schoss sie von ihrem Stuhl hoch und brüllte so laut, wie sie konnte: „Jaaaaa!" Sie hüpfte herum wie ein wild gewordener Teenager, der den Schlüssel zu Einsen ohne Lernen entdeckt hatte.

Am liebsten wäre sie zu Maggie hinuntergerannt, hätte sie gedrückt, geküsst, sich wie die Indianer mit ihr im Kreis gedreht und ihr davon erzählt. Sie konnte sich gerade noch im Zaum halten, wollte sie ihr doch alles schonend beibringen und dabei bei der Wahrheit bleiben. Das kostete Zeit und Muße und dem konnte sie in ihrem überhitzten Jubeltaumel unmöglich gerecht werden.

Marie! Sie musste unbedingt Marie anrufen.

„Marie!", brüllte Nina durch den Apparat. „Es ist drauf. Wir haben's!"

„Geil!", schrie Marie zurück. „Ich hab's gewusst, oder? Hab ich's gesagt, oder nicht?", rief sie vollkommen aufgelöst durch die Leitung.

„Das muss ich Rolf zeigen! Der wird Augen machen. Mensch, Marie, das haben wir sauber hingekriegt!"

„Und wie!"

Jetzt wollte Nina so schnell wie möglich mit Rolf sprechen, dann fiel ihr ein, dass er vermutlich im Büro vor dem Computer saß und über irgendwelchen Plänen brütete. Nein, sie musste bis heute Abend warten. Aber dann.

Was war das für ein Gefühl! Gigantisch! Sie hätte die ganze Welt umarmen können und konnte gar nicht beschreiben, wie glücklich sie darüber war, dass Rolf sein wohlverdientes Geld zurückbekam und es für ihn und Harald doch noch so etwas wie Wiedergutmachung geben sollte.

Überglücklich machte sie sich auf den Weg zu Margarete und fühlte sich nicht mehr wie auf dem Gang zum Schafott, dazu war sie viel zu fröhlich. Vielleicht blieb der Schockzustand bei ihrer Tante ja aus und sie würde mit einem moralischen Stirnrunzeln davonkommen.

Maggie stieß ein helles Lachen aus, weswegen Nina ihre liebste aller Maggies auf dem gesamten Globus verwundert anschaute. „Das habt ihr sehr gut gemacht", bekräftigte Margarete ihre Reaktion auf Ninas Berichterstattung über die geniale Mission ‚Jens'.

Sie hätte nicht sagen können, ob es an ihrer eigenen Hochstimmung lag, dass ihre Maggie sich zu solch unerwarteten Begeisterungsstürmen hinreißen ließ. Es konnte natürlich eine Rolle spielen, dass in ihrer Schilderung ganz viel ‚böser Jens' und als Kontrast noch mehr ‚Gerechtigkeit' vorgekommen war. Sie schaute Maggie abwartend an. Wenigstens mit ein bisschen Schelte hatte sie gerechnet. Kam denn gar nichts mehr?

„Aber", setzte Maggie mit erhobenem Zeigefinger nach.

Hatte sie es sich doch gedacht! Jetzt kam die Moralpredigt. Mit unbewegtem Gesichtsausdruck hob sie ihren Kopf, bereit, sich dem Unausweichlichen zu stellen.

Maggie fuhr mit ernster Miene fort: „Dass mir das nicht zur Gewohnheit wird, Ninchen". Sie brach erneut in schallendes Gelächter aus.

Nina drückte ihre Tante fest an sich, froh darüber, dass sie ihre Ansicht von Jens' Missetaten teilte und ihr nicht mit dem Lehrerstock aufs Haupt klopfte.

„Und nun?", wollte Maggie wissen.

„Heute Abend treffe ich mich mit Rolf. Ich will ihn überraschen. Und ich bin gespannt, was er zu dem Kontoauszug sagen wird." Ninas Augen leuchteten Maggie entgegen wie 1.000-Watt-Spots.

Ihre Tante nickte nachdenklich und ein zartes Lächeln umspielte ihre Mundwinkel. Sie hatte doch immer gewusst, dass alles wieder gut werden würde.

Nina hockte vor ihrem Laptop und checkte die E-Mails. Eigentlich wären noch weitere Bewerbungen fällig, aber dazu müsste sie erst einmal im Internet nach neuen Stellenangeboten recherchieren. Heute nicht, beschloss sie. Erstens steckte ihr imagex noch in den Knochen. Zweitens war sie nicht gewillt, sich ihre supergute Laune durch Anforderungsprofile irgendwelcher Firmen verhageln zu lassen. Nur, damit die dann die Nase rümpften, wenn sie die Unterlagen der Old Lady vor Augen hatten.

Da fiel ihr eine Mail auf, deren Absender sie beim besten Willen nicht einordnen konnte. NL Corporation. Wer war das denn? Tatsächlich schien sie sich dorthin beworben zu haben. Warum sonst hätte sie für morgen eine Einladung zum Vorstellungsgespräch in Zehlendorf bekommen sollen? Es war ihr schleierhaft, um was für ein Unternehmen es sich überhaupt handelte. Sie scrollte die Adressaten der abgesandten Bewerbungen durch und konnte keine NL Corporation ausfindig machen. Eigenartig, aber womöglich waren die als Assessment-Center von einem der von ihr angeschriebenen Betriebe zwischengeschaltet worden und sortierten die Jobanwärter aus. Ganz nach: Die guten ins Töpfchen, die schlechten ins Tönnchen, aber ins graue, nicht ins gelbe. Zur Wiederverwertung ungeeignet.

Im Betreff wurde ‚Ihre Bewerbung‘ genannt, allerdings ohne Datum und als kaufmännische Angestellte. Sie hätte gewusst, wenn sie sich in einer ihrer E-Mails als solche beworben hätte. Mit zwei Mausklicks war sie im Internet und suchte dort nach NL Corporation. Unter der Abkürzung NL blinkte ihr die astronomische Zahl von knapp 1,5 Milliarden entgegen. Mitsamt Zusatz ‚Corporation‘ und dann noch in Berlin fand sie nichts. Was soll’s, überlegte sie, dann würde sie morgen dort antraben. Irgendetwas mit einer Bürotätigkeit musste es ja zu tun haben, also brauchte sie sich nicht weiter vorzubereiten und würde das Gespräch einfach auf sich zukommen lassen. Mal sehen, ob die auch von der alten Omi harte Münzen vor die Füße geworfen haben wollten, damit sie dort arbeiten durfte. Frau Schüller inklusive der von ihr repräsentierten Firma imagex würde ihr wohl noch eine ganze Weile im Gedächtnis bleiben.

Sie zückte ihr Handy und wollte schon Rolfs Nummer aufrufen, als sie kurz innehielt. Ihr Atem ging eine Spur schneller als normalerweise und auch ihr Herz polterte gegen ihre Brust. So eine Aufregung, weil sie ihren Ehemann anrufen wollte! Noch vor ein paar Wochen hatten sie Tisch und Bett miteinander geteilt und jetzt waren sie voneinander entfernt, als stünden ganze Kontinente zwischen ihnen. Dass das so schnell gehen konnte, hätte sie nicht im Traum gedacht, geschweige denn geahnt.

Jetzt nimm dich zusammen, mahnte sie sich. Sie wollte ihm doch unbedingt die 250.000 Euro präsentieren, und zwar höchstpersönlich. Der würde Augen machen! Die aufsteigende Freude darüber fegte mit einem Handstreich die sperrige Nervosität weg. Sie tippte auf Rolfs Nummer. Nach einem kurzen Freizeichen meldete sich die Mailbox.

Das war mehr als ungewöhnlich. Er ging immer ans Telefon, selbst wenn er nur kurz Bescheid sagte, dass er gleich zurückrufen müsste. Hatte er sie etwa einfach weggedrückt? Sie versuchte es noch einmal. Mit demselben Ergebnis. Sie schüttelte irritiert und leicht verärgert den Kopf. Selbst wenn er jetzt zu Hause wäre, er hatte sein Handy immer griffbereit in der Hosentasche oder höchstens eine Armlänge von sich entfernt. Sie brauchte sich also nicht die Mühe zu machen, daheim anzurufen.

Enttäuscht legte sie das Handy auf den Schreibtisch und blickte aus dem Fenster. Der Abend begann gerade, sich mit verwaschenen Wolken über die Stadt zu legen und den Tag mit angenehmen zehn Grad ausklingen zu lassen. Vorhin war sie mit Margarete noch ein Stück am Wannsee entlangspaziert und hatte gemeinsam mit ihr die frische Luft genossen.

Sie sollte sich jetzt nicht den Tag verderben lassen, nur weil sie Rolf nicht sofort erreichen konnte und nicht alles so ablief, wie sie es sich ausgemalt hatte. Nämlich, dass sie nach Hause fuhr und ihm das phänomenale Ergebnis ihrer Hamburg-Tour unter die Nase halten und er aus dem Staunen gar nicht mehr herauskommen würde.

Vielleicht erreichte sie ihn in einer Stunde oder er würde sie in der Zwischenzeit zurückrufen. Schließlich konnte er ihre Rufnummer ja unschwer erkennen.

Obwohl sie es versuchte, konnte sie ihre Enttäuschung nicht abstreifen wie einen Handschuh, sondern begann zu grübeln. Jäh sprang sie von ihrem Stuhl auf, lief durch das Zimmer und rief Marie an. Vielleicht hatte sie Lust, sich mit ihr zu treffen. Dabei wollte Nina sie keineswegs als Lückenbüßerin ausnutzen, sondern mit ihr Gedanken austauschen. Schlussendlich war sie in dieser ganzen Geschichte ihre Mitstreiterin. Zudem vermied sie es, ihre anderen Freunde ins Vertrauen zu ziehen. Mit ein paar unverbindlichen E-Mails hatte sie zwischenzeitlich bei dem einen oder anderen ein Lebenszeichen von sich gegeben. Conny hatte derzeit Stress mit dem Vermieter, unter dessen Dach sie ihren Waschsalon betrieb. Der verlangte urplötzlich eine horrende Miete. Wenn der damit durchkam, würde das Conny finanziell die Beine wegziehen. Schon deshalb hatte ihre Freundin nicht weiter nachgebohrt, was bei Nina los war. Und Nina war heilfroh gewesen, sich mit anderen Problemen auseinandersetzen zu können. Das lenkte prima von den eigenen ab.

Froh, dass Marie sofort abnahm, fragte sie ohne Umschweife: „Wollen wir uns treffen? Ich muss unbedingt etwas unternehmen, sonst platzt mir der Kopf."

Nach einer kurzen Pause erwiderte Marie: „Es tut mir leid, aber heute kann ich nicht."

„Das ist schade. Leider erreiche ich Rolf nicht und das macht mich schier verrückt."

„Wie gesagt, heute leider nicht", sagte Marie mit aufrichtigem Bedauern in der Stimme.

Es entstand eine Pause, nach der Marie meinte: „Mein Liebster kommt heute Abend. Du weißt ja, viel Zeit haben wir nicht miteinander."

„Das ist doch völlig in Ordnung. Du kannst ja schließlich nichts dafür, dass mein Plan für heute nicht aufgegangen ist. Aber mit dir hätte ich frei über alles reden können. Wir befinden uns ja sozusagen in einem Geheimbund."

Marie kicherte: „Geheimbund trifft es genau. Schade. Lass uns morgen noch mal reden. Und vielleicht erreichst du Rolf ja später doch noch."

„Bestimmt", entgegnete Nina und versuchte, ihren Frust hinter einer unbekümmerten Tonlage zu verbergen.

Das Blöde an der ganzen Kiste war, dass Nina, selbst wenn sie gewollt hätte, mit keinem anderen darüber sprechen konnte. Nicht bevor Rolf Bescheid wusste. Sonst könnte sie sich ihre Überraschung gleich an den Hut nageln. Auch wenn derjenige ihm nichts verraten würde, wusste sie doch, dass der Knalleffekt, auf den sie sich diebisch freute, trotzdem verflogen wäre. Zudem sollte sie sich reiflich überlegen, ob sie irgendeinem Dritten überhaupt davon erzählen sollte. Sie durfte nicht vergessen, dass die ganze Aktion eine kriminelle gewesen war. Und selbst wenn derjenige, der sich diese abenteuerliche Geschichte anhörte, nicht sofort daran dachte, würde es ihm später von ganz allein in den Sinn kommen, dass Nina gemeinsam mit Marie ziemlich gaunerhaft vorgegangen war. Das wäre alles andere als klug.

Also musste sie abwarten. Wenn ihr das doch bloß nicht so schwerfallen würde, denn sie war viel zu hippelig, um mit Margarete entspannt einen Krimi zu schauen. Ihre Gedanken wanderten zu Marie, die heute ein Stelldichein mit ihrem verheirateten Lover hatte. Ein bisschen beneidete sie Marie darum. Nina hätte einiges darum gegeben, ein unbeschwertes Rendezvous mit einem Mann genießen zu können. Wirklich mit ‚einem Mann' oder hatte sie dafür nicht ein festes

Bild von jemand Bestimmtem im Kopf? War es nicht Rolf, mit dem sie gern leicht und beschwingt ein paar schöne Stunden verbracht hätte? Ja, doch, wenn sie alle Querelen, die sie miteinander hatten, einfach links liegen lassen könnten, wäre das eine wundervolle Idee.

Hätte sie sich einfach aufs Bett gelegt und vielleicht ein paar Stunden vor sich hingedöst, anstatt das Telefon sofort in die Hand zu nehmen, wäre alles ganz anders gekommen. So aber mussten die Dinge den furchtbaren Verlauf nehmen, den sie nahmen. Niemand drückte die rote Stopp-Taste, hielt die Zeit an oder stellte die Weichen in eine andere Richtung.

Sie rief zu Hause an und hoffte, dass Jule wenigstens abhob.

„Jule Landauer", meldete sich die klare Mädchenstimme ihrer Tochter.

„Hallo meine Süße", begrüßte Nina sie und freute sich, ihr Julchen am Ohr zu haben.

„Mama, na, was ist los bei dir?"

„Nichts, außer ein selten dämliches Bewerbungsgespräch. Ich versuche eigentlich, Papa zu erreichen."

„Warte mal, er hat gesagt, dass es heute später wird."

Was ja nichts Neues war, dachte Nina.

„Jetzt fällt's mir wieder ein. Genau, er hat gesagt, er muss unbedingt für morgen etwas vorbereiten. Er hat wohl einen total wichtigen Termin. Der war richtig aufgedreht. Irgendwie anders als sonst. Aber lustig anders. Weiß du, was ich meine?"

Nina nickte am anderen Ende, was Jule natürlich nicht sehen konnte. „Hört sich gut an", brachte sie mühevoll hervor. Strahlemann Rolf, berstend vor Glück. Ulkiges Bild, was sich da vor ihrem geistigen Auge aufbaute. Mit diesem Mann kannte sie sich nicht mehr aus!

Kaum die Kinnlade wieder in Position gebracht, so sehr war sie ihr runtergeklappt, brachte sie es fertig, mit Jule über ihr Schüller-Telefonat und sogar über Jules Schulleistungen zu sprechen. Dort lief alles genauso, als wenn Nina ihr die Hölle unterm Hintern heiß gemacht hätte. Sie musste wohl oder übel einsehen, dass es auch ohne mütterliche Peitsche vernünftig lief. Beinahe hatte sie erfolgreich verdrängt, dass Rolf fröhlich und frohlockend in Berlin herumturnte und offenbar keine Lust verspürte, mit ihr auch nur eine Silbe zu wechseln und sie vermutlich tatsächlich bei dem Telefonversuch vorhin weggedrückt hatte, als Jule plötzlich aufschrie:

„Jetzt fällt mir noch was ein! Der muss einer Marie was zum Putzen besorgen. Genau, das hat er noch gesagt. Und als ich von ihm wissen wollte, wer denn jetzt Marie wäre und wieso überhaupt putzen, da ist er schnell abgehauen. Stell dir vor, jetzt muss Papa sich auch noch darum kümmern, dass die Büros sauber sind."

Zong!

Es klatschte direkt gegen Ninas Stirn, als wäre eine riesige Pranke dagegen gedonnert. Eine Marie, sprang es ihr durch den Kopf. Jetzt bloß nicht ausrasten, bevor das Telefon nicht ausgeknipst war, bat sie sich selbst unter Aufbietung all ihrer Kräfte. Und sie schaffte es tatsächlich, sich von Jule so normal es ihr in dieser Situation überhaupt möglich war zu verabschieden. Der Trottel traf sich mit einer anderen Frau! Das musste dem einfach so herausgerutscht sein zwischen all seinem Frohsinn oben und dem Spaß in der unteren Region. Wie hatte sie nur so verdammt blöd sein können? Da hatte sie sich in dubiose Abenteuer gestürzt, nur damit der Herr das Firmengeld wiederbekam. Und nicht nur das! Sie wollte ihm klar vor Augen führen, dass die Architektenfirma nicht wegen trostloser Erfolglosigkeit die Müllkippe hinuntergepurzelt war. Guck, Rolf, Harald und du, ihr seid einem miesen Betrug aufgesessen! Und jetzt? ‚Was zum Putzen besorgen‘, vermutlich hatte Jule da etwas falsch verstanden. Wahrscheinlich wollte er mit einer Marie etwas verputzen. Dieser miese Kerl! Wann war er mit ihr das letzte Mal bei Kerzenschein in einem Restaurant gewesen? Wann hatte er ihr überhaupt das letzte Mal richtig zugehört? Und wann, bitteschön, hatte er ihr gezeigt, dass er sie liebte? Das war also die Antwort!

Sie lief in ihrem Zimmer auf und ab. Unbändiger Zorn wütete in ihrem Inneren. Wenn ich den zu fassen kriege, rauschte es zwischen ihren Ohren. Das Soprangetöse, das sich zwischen ihren Ohrmuscheln dazugesellte, nahm sie nicht wahr.

Und dann, als wäre ein fieser Knoten, von heimtückischen Fingern geschickt verknüpft, geplatzt, begriff sie, was das alles wirklich zu bedeuten hatte. Hatte sie ihrer Tochter denn nicht richtig zugehört? Doch hatte sie. Geisterte nicht die ganze Zeit ein Name in ihrem Hirn umher? Der Name lautete ‚Marie'!

Verdammt, schoss es durch Ninas ganzen Körper, als hätte sie den Mittelfinger an der Hochspannungsleitung. Dann fiel das Kartenhaus endgültig in sich zusammen und glasklar kam heraus: Es war Rolf! Er war der verheiratete Liebhaber von Marie. Deshalb durfte Nina nicht einmal den Ärmel des Jacketts von dem Typen erhaschen, als er bei Marie war. Schwindel drehte sich wild in ihrem Kopf, als wirbelte der als bunter Kreisel über einen spiegelglatten Fußboden.

Das hatte es also mit Maries hartnäckiger Wohnungsdrängelei auf sich! Alle Register hatte die Dame gezogen, damit Nina die Bude auf sicher bekommen sollte. Dafür hatte sie vor nichts zurückgeschreckt. Nicht einmal vor Betrug. Nina lief in ihrem Zimmer aufgelöst umher, während ihr die Schädeldecke zu explodieren drohte. Und Nina, die dumme Kuh, hatte auch noch geglaubt, das hätte Marie aus reiner Nächstenliebe für sie gedeichselt.

Verdammt, jetzt wusste sie auch, warum Marie mit einem Mal nach Jahren so mir nichts, dir nichts auf die Idee gekommen war, Jens das unterschlagene Geld wieder abzujagen. Natürlich! Damit könnten Rolf und Marie in eine exquisite Zukunft starten, so wie es für die luxusverwöhnte Marie gerade gut genug war.

Was Marie in der Hütte mit ihr gemeinsam mit Moët Chandon besiegelt hatte, würde sie zusammen mit Rolf hundertprozentig mit einer ganzen Kiste Dom Pérignon feiern. Wie hatte Nina nur so verflucht bescheuert sein können? Stressina war zu raketenhafter Hochform aufgelaufen, konkurrenzlos höher als das HB-Männchen. Die roten Blutkörperchen schienen sich aus dem Rest ihres Körpers verabschiedet und allesamt unter ihren Wangen versammelt zu haben. Ihr war klar, was sie jetzt zu tun hatte. Den beiden würde sie die Suppe gehörig versalzen, darauf konnten die süßen Turteltäubchen Gift nehmen! Ruhig und ach so erwachsen, was ihrer Meinung nach ohnehin viel zu oft mit reiner Gefühllosigkeit und Konfliktunfähigkeit verwechselt wurde, würde sie ihnen nicht das rosige Liebesfeld überlassen, so viel stand fest!

Ninas Hände ballten sich zur Faust. Beinahe hätte sich Heulina mit dicken Krokodilstränen gemeldet, wäre da nicht ihre grenzenlose Wut, die ungeahnte Kräfte in ihr freisetzte und mit Heulina in dieser Sekunde überhaupt nichts am Hut hatte. Sie schnappte sich ihre Umhängetasche und lief hinunter, wo sie kurz Maggie begegnete, die ihr nur erstaunt nachsah, als sie mit einem genuschelten ‚Ich muss noch was erledigen' ihre Jacke vom Haken riss und davonrannte, als würde ihr der Leibhaftige im Nacken sitzen.

Mit zitternden Fingern steckte sie den Zündschlüssel ins Schloss ihres Wagens und hätte es gleich bleiben lassen können, sich beruhigen zu wollen. Wenn einer wusste, wie wichtig es war, nicht aufgeregt durch Berlins Straßen zu kutschieren, dann war sie es. Auch wenn ihre Eltern schuldlos bei dem Autounfall ums Leben gekommen waren, hatte sie dieser furchtbare Schicksalsschlag einschneidend geprägt, sodass sie im Straßenverkehr immer mit höchster Sorgfalt unterwegs war. Sogar der Versuch, tief ein- und auszuatmen, brachte im Augenblick rein gar nichts. Sie hatte das Gefühl, ihr ging die Luft gerade bis zum Hals und direkt darunter befand sich eine Schranke, durch die nichts mehr hindurchdrang.

So wie sie ihren roten Golf zufälligerweise genau vor Maries schwarzen Audi geparkt hatte, drückte sie mit dem Daumen auf den Klingelknopf, als würde sie ihn durch das Tableau pressen wollen.

Sie wusste nicht, wie sie es schaffte, die drei Treppen hinaufzuhechten, ohne mit rasselndem Atem in die Knie zu gehen, aber sie stand bereits vor Maries Tür, als diese gerade dabei war, sie zu öffnen.

Der überraschte Gesichtsausdruck Maries schlug Nina entgegen wie die größte fleischgewordene Lüge, die sie je vor Augen gehabt hatte.

Nina konnte gerade noch ein „Was soll ..." von sich geben, als sie sah, wie Marie erschrocken auf etwas neben ihr starrte und sie gleichzeitig jemand von hinten grob in die Wohnung stieß. Die Tür fiel krachend ins Schloss! Nina fuhr herum und da stand Jens, hoch aufgerichtet wie ein geisterhafter Schatten, vor den beiden Frauen. Er musste eine halbe Treppe höher nur darauf gelauert haben, dass Marie die Tür öffnete, um sich Zutritt zu verschaffen.

„So meine Lieben, jetzt erzählt ihr mir, wie ihr dazu kommt, mir mein Geld zu klauen?", zischte er wütend, während er die beiden mit langsamen Schritten vor sich hertrieb.

Nina war viel zu überrascht, als dass sie sofort hätte parieren können, hatte sie doch vorgehabt, Marie eine Szene hinzulegen, die sie niemals wieder vergessen sollte. Wenigstens diesen einen Abend wollte sie ihr gründlich vermasseln. Insgeheim hatte sie natürlich gehofft, dass Rolf schon bei ihr war. Schließlich sollten beide etwas davon haben.

„Was soll das, Jens?", begegnete Marie ihm mit fester Stimme, sobald sie den ersten Schreck verdaut hatte.

„Du weißt ganz genau, wovon ich spreche", gab er bis oben hin mit Zorn angefüllt von sich.

Mittlerweile standen die drei mitten in Maries elegantem Wohnzimmer. Der Esstisch war für zwei Personen gedeckt und in der Mitte wartete eine Kerze darauf, stimmungsvoll aufzuleuchten.

„So ihr zwei Hübschen, jetzt reden wir mal Tacheles. Ihr rückt die Kohle raus und ich verschwinde, als wäre nichts passiert. Ist das ein Deal?", unterbreitete er ihnen seinen vermeintlichen Vorschlag, der eher einer keinen Widerspruch duldenden Aufforderung gleichkam.

Nina war vollkommen durcheinander. Sie war hier, um Marie und am besten gleich auch Rolf den Garaus zu machen, und nun stand dieser Vollidiot Jens vor ihr und wollte offenbar sein Geld zurück. Sie spürte, dass sie sich wieder in den Griff bekam, denn Stressina ließ ihr Blut rasant hochkochen.

„Du Trottel willst dein Geld zurück? Allen Ernstes? Was hältst du eigentlich von einer satten Anzeige gegen dich? Wegen Veruntreuung, Betruges und jetzt auch noch wegen Hausfriedensbruch und Bedrohung?", sagte Nina und stiefelte dabei auf ihn zu, dass er zwei Schritte nach hinten zurückwich.

„Das wagt ihr nicht!", entgegnete Jens, der sauer darüber wurde, dass er sich für Sekunden von Nina hatte einschüchtern lassen. Ohne Vorankündigung drehte er sich zu Marie und packte sie unsanft bei den Schultern, die wie versteinert stehen blieb. Noch bevor er seinem physischen Druck weitere aggressive Verbalattacken folgen lassen konnte, verpasste ihm Nina ganz nach Michaelas ausgezeichneter Lehrstunde in der Villa einen harten Tritt in die Kniekehle und zog ihn gleichzeitig mit aller Kraft zu Boden. Vollkommen fassungslos starrte er am Boden liegend die beiden Frauen an.

„Wenn du noch einmal einen von uns anfasst, mein Lieber, wirst du dein blaues Wunder erleben, das schwöre ich dir", sagte Nina in einer eiskalten Ruhe, die Jens einen Schauer über den Rücken trieb.

Er sah ihre dunklen Augen über sich funkeln und blieb dort, wo er war.

„Marie", begann er zu jammern, „wie konntest du mir nur so etwas antun? Ich habe dir vertraut." Ich habe dich geliebt, dachte er, ohne diesen Satz über seine Lippen zu bringen.

„Du hast deine engsten Freunde betrogen, Jens, und du wusstest bereits damals, was ich davon halte. Habe ich dich nicht gebeten, endlich reinen Tisch zu machen? Haben wir uns letztendlich nicht deswegen getrennt?" Marie sah ihn angewidert an.

„Verschwinde lieber, Jens, bevor ich die Polizei rufe", forderte Nina ihn auf und sah zu, wie er sich aufrappelte.

Marie spürte, dass sie Jens' Wutattacke gebannt hatten und er in sich zusammengefallen war. Das war ein Bild! Dazu passte nur ein Titel: Jens im Jammertal.

Nina kramte in ihrer Handtasche herum und förderte eine Bankcard zutage, die sie wie einen ausgestreckten Mittelfinger hoch in die Luft hielt. „Die gehört dir", sagte sie und warf die Karte zu Jens, der sie mit fahrigen Händen auffing.

Wie ein schrotgespickter Hund stolperte er aus Maries Wohnung. Draußen vor der Tür wischte er sich ein paar Tränen aus dem Augenwinkel. Er hatte ursprünglich vorgehabt, sein Geld wiederzuholen und Marie einen gehörigen Schrecken einzujagen. Sie sollte nie wieder auf die glorreiche Idee kommen, ihn zu hintergehen. Und jetzt das! Die beiden hatten den Spieß einfach umgedreht und er hatte das alles mit sich machen lassen, hilflos wie ein kleiner Schuljunge. Aber es hatte auch seinen Grund, warum er sich nicht mehr gewehrt hatte, gestand er sich ein. Marie und Nina hatten nicht nur recht, dass ihm das Geld nicht zustand, überdies bohrte sich ein glühender Schmerz in seine Magengrube. Er senkte den Kopf. Mehr noch, als dass das Geld futsch war, tat es höllisch weh, dass Marie ihn benutzt und ihm Gefühle vorgegaukelt hatte, nur um an das Geld zu kommen. Für einen Moment dachte er daran zurück, wie rasch er das Passwort für den Kontozugang geändert hatte und das zu seinem Desktop: eiramil576. Die beiden letzten Buchstaben hatten für ‚i love' gestanden und ‚eiram' bedeutete in umgekehrter Reihenfolge ‚Marie'. Noch in Hamburg hatte es ihn mitten ins Herz getroffen, als er kapiert hatte, dass Marie null und nichts von ihm persönlich gewollt hatte, sondern ihre freudige Überraschung über das angeblich zufällige Wiedersehen ein reines Schauspiel war.

Mit ihren tatsächlichen Empfindungen für ihn hatte das alles nichts zu tun gehabt. Im Gegenteil, er hatte gerade erlebt, wie sehr sie ihn verachtete. Konnte er ihr das verübeln?

Zurück in Hamburg würde er sich sofort in neue lukrative Geschäfte stürzen. Den finanziellen Verlust wollte er so bald wie möglich ausgleichen. Und dann ging es ab ins Hamburger Nachtleben, damit er sich mit einer neuen Freundin trösten konnte. So eine Furie wie Natascha würde er sich jedenfalls nie wieder ans Bein binden. Ach Marie, dachte er wehmütig und jagte in die Dunkelheit davon.

45

Marie wollte gerade nach Ninas Händen greifen, als die sich von ihr wegdrehte.

„Danke Nina. Das war ziemlich stark von dir, wie du den Kerl niedergestreckt hast."

„Hab ich von Michaela gelernt", antwortete Nina einsilbig.

„Komm, lass uns einen Kaffee trinken. Das war eben ganz schön heftig", schlug Marie vor und lief zur Küchenzeile.

„Fragst du dich nicht, warum ich zu dir gekommen bin?", wollte Nina wissen.

„Jetzt wo du's ansprichst, ja. Warum bist du denn vorbeigekommen?"

„Weil die dusselige Nina eben gar nicht so dusselig ist, wie sie aussieht."

„Ich verstehe nicht, was du meinst."

„Natürlich nicht, Marie, nein, du verstehst mich nicht."

„Was ist los mit dir?"

„Gut, dann reden wir mal Klartext. Du schläfst mit meinem Mann und willst mir weismachen, dass du nicht weißt, was los ist?"

„Was?", polterte Marie. „Ich schlafe mit Rolf? Mensch, Nina, das war alles zu viel für uns beide. Komm, setz dich erst mal."

„Lass einfach das freundschaftliche Getue. Du bist äußerst clever, Marie, das muss ich zugeben. Aber irgendwann kommt alles heraus. Das müsste selbst dir klar sein."

„Ach, du meinst, der verheiratete Mann ist dein Rolf, ja? Denkst du das wirklich?"

„Marie, warum treibst du dieses miese Spiel jetzt sogar noch weiter, obwohl ich die Wahrheit kenne? Dass ich nicht mal die Haarspitzen von dem Kerl sehen durfte. All das nette Getue, damit ich die Wohnung bekomme. Und die 250.000 Euro? Die kommen euch doch auch zupass, oder?"

„Das traust du mir also wirklich zu?" Marie senkte den Kopf. Sie stand vor Nina mit hängenden Schultern wie eine reuige Sünderin, was in Nina nur noch mehr die Gewissheit nährte, dass ihre vermeintliche Freundin schuldig im Sinne der Anklage war.

Doch es war zu spät für ehrliches Bedauern. Viel zu spät. Nina wandte sich von Marie ab und wollte gerade, ohne ein weiteres Wort zu sagen, gehen.

Plötzlich surrte Maries lammfromme Klingel. Sie zog ihre Schultern nach hinten und bedeutete Nina stehen zu bleiben, indem sie sacht ihren Arm berührte. „Warte", sagte sie und ihre Stimme klang dabei ungewöhnlich rau und leise, „jetzt ist ohnehin alles egal."

Nina sah ihr nach, wie sie zur Wohnungstür lief und den Summer für die Eingangstür an der Straße betätigte. Sollte es tatsächlich sein, dass er ...? Weiter traute sich Nina nicht zu denken. Ihre Augen weiteten sich vor Aufregung und Angst.

Gleich würde sie vor Rolf stehen! Und der hatte garantiert keinen Schimmer, was ihn gleich bei seinem heiß ersehnten Schäferstündchen erwartete. Was würde Nina tun? Ihre maßlose Wut, die ihr noch vor einer Stunde den Verstand vernebelt hatte, war wie verflogen und einer traurigen Enttäuschung gewichen. Nach Jens' Auftritt war sie so erschöpft, dass sie am liebsten zu Maggie in die Villa gefahren wäre und sich nur noch aufs Bett geworfen hätte.

Sie hörte, wie Rolf die Treppen hinaufhastete. Wann, fragte sie sich, war er das letzte Mal Treppenstufen hinaufgerannt? In ihrer Gegenwart jedenfalls seit Urzeiten nicht. Aber nicht einmal das konnte ihren Zorn neu entfachen. Selbst eine schwache Glut war nicht mehr vorhanden, geschweige denn loderndes Feuer, das jetzt noch Flammen werfen konnte.

Jetzt hörte sie ihn auch noch pfeifen. Hatte er überhaupt jemals vor sich hin gepfiffen? Gesummt hatte er, aber gepfiffen? Himmel, musste der fröhlich sein, beinahe schäumend vor Glück, wie der Kerl wie ein junger

Hüpfer zu seiner wartenden Geliebten eilte. Nina hatte keine Kraft mehr, ein heißes Verbalgeschoss auf ihn abzufeuern. Sie stand nur da, die Augen weit geöffnet, damit ihr nicht entging, wie er sie ansehen würde, wenn er ihr in wenigen Sekunden gegenüberstand.

Die Tür schwang auf. Mit letzter Kraft pulsierte ihr Blut rascher durch die Adern und ihr Herzschlag schien wieder etwas schneller zu gehen. Aber es nutzte nichts. Sie war saft- und kraftlos und schwor sich, sofort zu verschwinden, nachdem Rolf durch die Tür gekommen war, am besten noch während seiner ersten Schockstarre.

Wie rücksichtsvoll von Marie, bemerkte Nina zynisch, dass sie ihn nicht an der Tür umarmte und küsste, sondern ihn offensichtlich schweigend passieren ließ. Ein frischer Windzug erfasste sie durch den offenen Türspalt. Ein Schauer lief ihr über den ganzen Körper. Sie hörte seine Schritte auf sich zukommen. Seine Gestalt zeichnete sich langsam von der Dunkelheit des Flures ab. Waren Ninas Augen eben noch groß wie reife Kastanien, erreichten sie bei seinem Anblick die Größe erntefrischer Mandarinen. Unerbittlicher Schwindel ergriff sie, ließ sie taumeln, er griff nach ihrem Arm, hielt sie fest, sie schüttelte seine Hand ab, schwankte zur Couch und ließ sich darauf fallen.

„Du?", krächzte Nina fassungslos.

Es war nicht Rolf, der sich mit den Fingern verlegen durch das dichte schwarze Haar fuhr. Es war Thomas, der Mann ihrer besten Freundin. Chrissies Mann. In der Zwischenzeit hatte Marie die Tür geräuschlos ins Schloss gleiten lassen und war neben die beiden getreten. Sie sagte nichts. Stattdessen holte sie ein Glas Wasser und hielt es Nina unter die Nase. Die griff dankbar danach und trank einen großen Schluck. Sie war froh, dass der Taumel genauso rasch wieder verschwand, wie er gekommen war.

„Thomas! Ich glaub das nicht", begann Nina, die ihre Stimme mühsam wiedergefunden hatte.

Mittlerweile saßen ihr Marie und Thomas gegenüber. Die zwei sahen nicht gerade schuldbewusst drein, vielmehr so, als würden sie sich Sorgen um Ninas Gesundheitszustand machen.

„Ich weiß zwar nicht, wie es dazu kommen konnte, dass du hier bist, Nina, aber ich muss gestehen, dass ich sogar froh darüber bin", erklärte Thomas ruhig.

„Das ist eine etwas längere Geschichte, die ich dir später erzähle", warf Marie genauso unaufgeregt ein.

Die beiden taten gerade so, als wäre das die normalste Situation der Welt, stellte Nina fest, und das ärgerte sie, obwohl sie erleichtert war, dass es nicht Rolf war, der ihr gegenübersaß.

Thomas räusperte sich: „Marie ist mehr für mich, als ich sagen kann", begann er und schenkte Marie einen zärtlichen Seitenblick, die ihn neutral erwiderte, als hätte ihr Telefonanbieter ihr gerade hundert Freieinheiten geschenkt. Das kümmerte ihn allerdings nicht im Geringsten. Im Gegenteil, er ließ es sich nicht nehmen und fasste liebevoll nach ihrer Hand und hielt sie fest, damit sie ihm ihre nicht entziehen konnte.

„Und was ist mit Chrissie?", zerschnitt Nina den anheimelnden Augenblick.

Anstatt auf ihre Frage zu antworten, sagte er: „Du kennst sie nicht, Nina. Sie hat sich in den letzten Jahren sehr verändert. Dir zeigt sie, genauso wie allen anderen, eine Fassade, die lange nicht mehr ihr wahres Ich widerspiegelt."

„Ach ja", mutmaßte Nina, „die alte Leier und dahinter steckt wahrscheinlich bloß, dass du gern etwas Frischeres an deiner Seite hättest. Nicht die olle Ehefrau, die sich mit Haushalt und Kindern herumschlägt."

„Entschuldige", unterbrach er sie leicht verärgert, „aber du weißt wirklich nicht, wovon du sprichst. Rede doch einfach mal Klartext mit deiner Freundin, dann wirst du begreifen, was ich meine."

Nina dachte kurz nach. „Mich geht das alles nichts an. Es steht mir nicht zu, überhaupt etwas dazu zu sagen" Sie schüttelte den Kopf, weil sie einerseits tatsächlich meinte, was sie sagte, und es andererseits zum Kotzen fand, dass ihre Freundin derart mies hintergangen wurde. „Ich werde euch jetzt in Ruhe lassen. Marie, ich habe mich geirrt und das tut mir schrecklich leid. Aber was ich jetzt vor mir sehe, geht mir auch nahe." Mit diesen Worten erhob sie sich.

„Bitte bleib hier", forderte Marie sie auf.

Nicht nur deshalb ließ sie sich wieder auf die festen Polster sinken. Hinzu kam, dass ihre Knie wie Pudding wabbelten und sie sich im Sitzen weitaus sicherer fühlte als im Stehen.

Ohne großen Wortwechsel brachte Marie Thomas zur Tür, der sie fest an sich zog und ihr einen langen Kuss auf den Mund drückte. Die zwei achteten darauf, dass diese zärtliche Intimität vor Ninas Blicken verborgen blieb.

Marie setzte sich ihr gegenüber auf den Sessel und sah sie aus undurchdringlichen tiefblauen Augen an.

Nina ließ nicht lange auf sich warten und sagte: „Es tut mir wirklich sehr leid, dass ich geglaubt habe, ihr beide, du und Rolf, wärt ein Paar."

„Du kannst dir gar nicht vorstellen, wie entsetzt ich war, dass du so eine Riesensauerei von mir angenommen hast", meinte Marie und senkte traurig den Blick.

Nina beugte sich ein wenig vor. „Alles hat plötzlich so gepasst. Dass ich Rolf nicht erreicht habe, oder sagen wir besser, dass er nicht an sein Handy gegangen ist, als ich ihn angerufen habe. Dann hat mir Jule etwas von einer Marie erzählt, der Rolf irgendwas zum Putzen besorgen sollte. Und dann lief alles ab wie ein Film." Nina fühlte sich hundsmiserabel, denn das, was sie Marie da unterstellt hatte, wäre an Impertinenz nicht mehr zu toppen gewesen. Hilflos saß sie da und konnte kaum ihre widerstreitenden Gefühle zwischen eigenem Schuldbewusstsein und der Loyalität zu Chrissie sortieren.

Was hatte sie Marie nur damit angetan, dass sie die ihr in der kurzen Zeit so vertraut gewordene Freundin mit ihrem ungeheuerlichen Verdacht in das unterirdischste, stinkendste Schlammloch getaucht hatte, das es überhaupt gab?

Marie kochte eine Kanne Kaffee und war froh, sich mit dieser vertrauten Kleinigkeit ablenken zu können. „Also weiß Rolf noch nichts von dem Geld, oder?"

„Nein", flüsterte Nina. Und weil sie nicht zulassen wollte, dass Marie ihr den Gefallen tat und vom wesentlichen Thema ablenkte, fuhr sie fort: „Ich kann dich nur wiederholt um Verzeihung bitten, dass ich dir ein derart böses Spiel zugetraut habe."

„Ich werde darüber hinwegkommen", meinte Marie nüchtern und hantierte neben dem Herd mit den Kaffeetassen herum.

„Was würdest du an meiner Stelle mit Chrissie machen? Ihr brühwarm auftischen, dass Tom eine andere hat, oder einfach schweigen?"

„Ich würde es ihr auf jeden Fall sagen", erklärte Marie unumwunden. Und sie nahm gleich vorweg: „Und das liegt nicht in meinem Interesse. Meinetwegen kann es mit Tom so weitergehen wie bisher. Aber du bist ihre Freundin und da gibt es keinen anderen Weg."

Beschämt blickte Nina zu Boden, als würde sie die einzelnen Parkettplatten eingehend studieren. Als Freundin hatte man eben ehrlich zu sein. Darauf hätte sie auch bei Marie vertrauen sollen.

Verdammt noch mal, was hatte sie bloß angerichtet? Sie spürte zwar, dass Marie mit ihr kein Kinderspiel aus beleidigtem Racheakt treiben und ihr verzeihen würde, wie das unter erwachsenen Freunden, die sich in den anderen hineinversetzen konnten, der Fall war. Aber genauso ahnte sie auch, dass es noch eine Weile dauern würde, bis sie ihr Vertrauen wieder ganz für sich gewinnen konnte. Dass Nina das Ganze furchtbar leidtat, war von jeder einzelnen Linie in ihrem zerknirschten Gesicht abzulesen.

Vor Maries riesiger Fensterfront verharrte der Nachthimmel in schwarzer Finsternis, dessen fest verwobene Wolken Nina nur erahnen konnte, weil ihr kein einziger Stern entgegenleuchtete. Wie eine arme Sünderin, die einem Bettler die letzten Cents aus der speckigen Sammelmütze geklaut hatte, saß Nina vor Marie auf der Ledercouch. Sie wirkte so blass, dass sie sich kaum von der weißen Garnitur abhob.

Marie wagte einen für ihre Verhältnisse schüchternen Vorstoß, war sie doch sonst nicht zurückhaltend, wenn es um klare Aussagen ging. „Nina, ich muss dir etwas sagen", begann sie leicht gequält.

Nina schaute kaum auf und erwartete jetzt den berechtigten Hammerschlag mitten auf den Schädel. Verflucht noch eins, den hatte sie mehr als verdient, sagte sie sich, und schien ihr Haupt in demütiger Straferwartung noch ein klein wenig vorzustrecken. Am liebsten hätte sie sich sofort verdünnisiert und erst später, vielleicht in ein paar Tagen, Wochen oder Monaten wieder gemeldet. Allerdings war ihr bewusst, dass es besser sein würde, jetzt eins auf den Deckel zu bekommen. Später würde sie sich vermutlich nie wieder bei Marie blicken lassen, dermaßen schämte sie sich für ihre haltlosen Unterstellungen.

„Also, was ich sagen will, Nina, ist, dass du recht hast."

Ja, sie hatte recht, geisterte es durch Ninas wirre Gedankenwelt. Mensch, sie hatte alles falsch gemacht, was man nur falsch machen konnte und jetzt schien Marie sie auch noch trösten zu wollen. „Marie, ich weiß, was bei mir im Oberstübchen schiefgelaufen ist, glaub mir", erklärte Nina ohne Umschweife.

„Nein, du hast völlig richtiggelegen. Ich habe das mit der Wohnung forciert, damit alles ein bisschen schneller vorangeht."

Nina horchte auf. Jetzt bitte nicht noch eine Hiobsbotschaft, bettelte sie inständig.

„Ja, du solltest endlich in deine eigenen vier Wände. Mensch, Nina, du siehst doch den Wald vor lauter Bäumen nicht", sagte Marie, deren Stimme mit jedem Wort nachdrücklicher wurde.

„Ich verstehe nicht, was du meinst", erwiderte Nina verhalten.

Marie begann mit den Händen zu fuchteln. „Als wir beide zusammen unterwegs waren, wie viele Kerle hast du da eigentlich angeschaut?"

Nina zuckte verwirrt mit den Schultern. Das war doch das Letzte, was sie je gewollt hatte. Wieso kam sie ihr jetzt damit?

„Sag ich doch! Du hast ja nicht mal einen Blick auf einen einzigen Knackhintern geworfen!", triumphierte Marie über Ninas teilnahmslose Reaktion. „Du willst von deiner Familie weg, respektive von Rolf, der sich überhaupt nicht für dich interessiert. Und was machst du? Lenkst dich ab, bist aber in Gedanken ständig bei ihm! Richtig?"

Marie hatte gar nicht vor, Ninas Antwort abzuwarten, und legte ungerührt nach: „Mach doch mal die Augen auf! Du willst gar nicht irgendwohin ziehen. Jedenfalls nicht ohne Rolf und schon gar nicht ohne Jule. Ich wollte dir mit meiner Aktion einfach die Augen öffnen. Ich habe mir gedacht: Je schneller sie kapiert, dass sie sich auf dem falschen Dampfer befindet, desto besser."

„Du wolltest gar nicht, dass ich da einziehe?", versuchte sich Nina, deren Gedanken gerade in chaotischer Anarchie wild durcheinander brüllten.

„Das war mir offen gesagt herzlich egal. Ich dachte bloß, je eher du versuchst, deinen angeblichen Wunsch nach grenzenloser Freiheit zu erfüllen, umso schneller seid ihr drei wieder zusammen. Das ist es doch, was du wirklich willst. Nur soll es nicht so sein wie bisher. Und das kannst du, und ich glaube, das weißt du selbst am besten, nur mit Rolf gemeinsam erreichen und nicht, indem du die Flucht ergreifst und hoffst, Abstand und Zeit werden es schon richten."

„Du wolltest mir helfen, wieder zu Rolf zurückzufinden?"

„Ja."

46

An diesem späten Vormittag begleiteten Sonnenschein und angenehme Wärme den Spaziergang von Nina und Chrissie mitten durch den Charlottenburger Jungfernheidepark. Die Laubbäume ringsherum ließen ihre grünen Knospen um die Wette sprießen.

„Eigentlich habe ich gar keine Zeit für lange Ausflüge", erklärte Chrissie, die für ihre langsamen Laufbewegungen viel zu hektisch bis kurz hinter die Kehle atmete. Sie machte auf Nina einen nervösen Eindruck. Wie immer, wenn sie es genau nahm.

„Ich weiß, wie viel du zu tun hast, Chrissie", meinte Nina verständnisvoll. „Die Arbeit für die Schule nimmt dich ganz schön in Anspruch, oder?"

„Das ist auch so", beharrte Chrissie ein wenig zu laut. „Wenn du wüsstest, wie stressig das ist. Da kommst du nicht mal mit einem Vollzeitjob hin."

„Ich würde so etwas auch nicht machen. Helfen ja, aber so wie du dich hineinkniest, das ist schon bewundernswert", bestätigte Nina die Leistung ihrer alten Schulfreundin. Obwohl sie tatsächlich meinte, was sie sagte, kam sie sich trotzdem ein bisschen so vor wie bei Sabine, wenn die immer hatte hören wollen, wie toll ihre Männergeschichten waren.

„Was gibt es so Wichtiges, dass du dich unbedingt mit mir treffen wolltest?", fragte Chrissie mit unüberhörbarer Ungeduld in der Stimme. „Geht es um Rolf? Trennt ihr euch jetzt endgültig?"

Bildete sich Nina das ein oder steckte in Chrissies letzter Bemerkung ein desinteressierter Gähner? Komm, Nina, maßregelte sie sich, das bildest du dir ein. Mach bloß nicht denselben Fehler wie bei Marie.

Deshalb antwortete sie wahrheitsgetreu: „Noch ist alles in der Schwebe."

„Aha. Und was willst du dann mit mir besprechen?"

Nina beobachtete, wie Chrissie unwillig über die Wiese stakste, während sie mit festen Schritten neben ihr lief. Es tat ihr leid, dass sie ihre Freundin gleich mit der hässlichen Wahrheit konfrontieren musste. Die hätte sie ihr liebend gern erspart. Sie spürte, wie sich ihr Magen zusammenkrampfte. „Es geht um dich und Thomas", begann sie.

„Was soll's da schon geben?", entgegnete Chrissie gereizt.

„Es tut mir leid, dass ich dir das sagen muss, aber er hat eine andere." Jetzt war es raus! Nina hielt besorgt den Atem an.

Plötzlich brach Chrissie in lautes Gelächter aus. „Ach nein! Na, so was aber auch! Das ist aber eine Neuigkeit." Kalter Zynismus triefte aus jedem einzelnen Wort.

Nina blieb wie erstarrt vor Chrissie stehen. „Wie, du weißt es?"

„Und ob. Aber ich frage mich ehrlich gesagt, was dich das angeht", ging Chrissie sie ohne Umschweife hart an.

„Ich habe es gestern erst erfahren und fand es wichtig, dich zu informieren."

„Schön, das hast du ja jetzt."

Nina war es bleischwer gefallen, als sie daran gedacht hatte, ihrer Freundin von Toms Untreue zu erzählen. Hin und her hatte sie überlegt, wie sie es ihr schonend beibringen konnte. Aber dafür gab es weder die richtigen Worte noch den richtigen Zeitpunkt. Sie hatte mit einem Zusammenbruch von Chrissie gerechnet, mit allem, aber nicht mit dieser Kaltschnäuzigkeit, die sich auch noch gegen sie zu richten schien.

„Nina, schau mich nicht so an, als wärst du wie vom Donner gerührt. Wenn du ganz ehrlich bist, meine Liebe, dann freust du dich doch darüber, oder?"

Als hätte ihr Chrissie links und rechts eine schallende Ohrfeige verpasst, starrte Nina sie an. „Wie kannst du nur so etwas denken?"

„Wie kann ich denn?", kam es mit unüberhörbarer Ironie von Chrissie zurück.

„Vielleicht ist es besser, wir fahren nach Hause und du beruhigst dich erst einmal", schlug Nina vor, die jetzt die Erklärung in Händen hielt: Chrissie stand unter Schock. Anders war ihr bizarres Verhalten nicht zu erklären.

„Puh, Nina, meine heilige Freundin, meine Moralapostelin. Ich weiß, dass du dich über meine Niederlage freust. Wie immer, würde ich sagen. Früher in der Schule schon. Nicht nur, dass du besser warst als ich, nein, du hast mich deinen Erfolg auch spüren lassen. Die Arme warst du bei meinen Eltern. Die, die ihre eigenen Eltern verloren hatte und trotzdem so gut in der Schule war. Dann deine ach so wundervolle Ehe mit Rolf. Ha, jetzt geht die in die Brüche. Oh wie schrecklich, oh wie traurig. Bei Nina klappt's mal nicht wie am Schnürchen." Aus bösen Augen blitzte Chrissie sie an.

Nina glaubte, ihren Ohren nicht zu trauen. War sie mitten in einem Albtraum gefangen? Plötzlich kehrte sich alles um. Weiß wurde zu Schwarz. Himmel zu Hölle. Freundschaft zu Hass. Chrissies Wut und Häme umklammerten Nina wie riesige Pranken. Es gab kein Zurück mehr.

„Du", schrie Chrissie plötzlich hysterisch und zeigte mit dem ausgestreckten Zeigefinger auf Ninas linke Brust, als würde sie ihr ein Schwert mitten ins Herz rammen, „hattest immer einen tollen Job, warst so verdammt fleißig. Hach, dass ich nicht lache! Und ich war das kleine Puttelchen, das zu Hause am Herd versauert und sich mit Lehrern und Eltern herumschlägt. Einen lauen Jahresapplaus habe ich bei der Elternversammlung bekommen, wenn mich genau die wiedergewählt haben, die eh keinen Bock auf den Mist hatten. Und du? Du hast dich einen Dreck um meine Schularbeit geschert. Schöne Freundin."

„Ich habe mich immer für dich interessiert", hörte sich Nina flüstern, als würde ihre Stimme durch eine dichte Nebelwand zu ihr hindurchdringen.

„Ganz klar, Nina. Und für meine Söhne natürlich auch. Ich habe mich abgestrampelt, dass sie gute Noten auf ihre Zeugnisse bekamen. Aber das hat wohl nie irgendjemanden auch nur ansatzweise gekümmert."

Nina hatte ihre Freundin nie belogen, sie würde es auch heute nicht tun. „Ja, das stimmt. Das trifft auch auf mich zu. Wenn du den Lehrern fast schon bis zur Speiseröhre raufkriechst, damit Tom und Alex bessere Zensuren bekommen, finde ich das schrecklich. Das habe ich dir aber schon vor Jahren gesagt. Damit hast du deinen Söhnen klar gezeigt, was du von ihren eigenen Leistungen hältst. Aber sonst habe ich dir immer zugehört, an deinen Sorgen und Problemen Anteil genommen." Sie hörte ihre eigene Verteidigungsrede und ärgerte sich in der nächsten Sekunde, dass sie sich nicht nur auf Chrissies an den Haaren herbeigezogenen Vorhaltungen einließ, sondern obendrein zu einer beleidigenden Gangart hatte provozieren lassen.

„Ich hab's doch gewusst!", jaulte Chrissie triumphierend auf, „In den Hintern krauche ich denen, bis hoch zur Speiseröhre. So hübsch hast du es bisher nie formuliert. Na schön."

Nina schüttelte den Kopf und schwieg. Was jetzt anmaßend war, darüber hätten sie sich früher ausgeschüttet vor Lachen, hätten den Ernst dahinter akzeptiert, keinen Affront daraus gestrickt, froh, dass die eine der anderen reinen Wein einschenkte. Aber das gehörte der Vergangenheit an.

Chrissie holte tief Luft: „Eines will ich dir noch sagen: Ich habe auch einen anderen, und zwar seit fast einem Jahr. Und, meine Liebe ..." Sie legte eine kleine Kunstpause ein, bevor sie fortfuhr: „... er ist ganze fünfzehn Jahre jünger als Thomas."

Nina hatte den Eindruck, als suchte Chrissie Neid in ihren Augen, den sie aber nicht finden konnte. Wäre sie in der Lage gewesen, noch irgendetwas zu erkennen, sie hätte maßloses Entsetzen und irrsinnige Enttäuschung gesehen.

Blitzartig schoss Nina ihr eigenes bescheuertes Verhalten gegenüber Marie durch den Kopf, das vor Ungerechtigkeit nur so gestrotzt hatte. Hatte sie sich nicht selbst völlig verrannt und es hinterher bitter bereut? Natürlich! Vermutlich ging es Chrissie gerade auch so wie ihr und sie suchte bloß einen Blitzableiter für diese verfahrene Situation mit ihrem Mann, der sie mit einer anderen betrog. Plötzlich war Nina felsenfest davon überzeugt, dass Chrissie völlig durcheinander war. Ansonsten hätte sie nicht so verletzend dahergeredet. Niemals!

„Chrissie, es tut mir leid für dich und Thomas."

„Das ist jetzt nicht dein Ernst, oder? Du kommst mir doch jetzt nicht mit der Mitleidstour?"

„Ich kann mir einfach nicht vorstellen, dass du wirklich meinst, was du gerade gesagt hast."

„Doch, Nina. Ich denke schon seit Jahren genau so! Ich habe mir aber immer gedacht, dass uns trotz allem irgendetwas verbindet. Vielleicht so etwas wie Freundschaft?"

„Das ist doch auch so."

„Nein, ist es absolut nicht. Ich merke jetzt, dass du mir mit deiner ewigen Richtigmacherei gehörig auf den Wecker fällst. Weißt du, ich habe Freunde, die mir wirklich etwas bringen."

„Wenn das so ist", meinte Nina tonlos und zuckte mit den Schultern. Sie war völlig fertig.

„Ja, ist es."

Bevor Nina auch nur eine Silbe von sich geben konnte, stolperte Chrissie mit kurzen flinken Schritten davon.

Nina stand da wie einer der umstehenden Bäume, fest verwurzelt, unfähig, sich auch nur einen Schritt von der Stelle zu rühren. Sie sah der Frau nach, von der sie Jahrzehnte lang geglaubt hatte, sie wäre ihre beste Freundin. Mit der sie gelacht, Geheimnisse geteilt und der sie am meisten vertraut hatte.

Dabei hatte Chrissie das die ganze Zeit über ganz anders gesehen. Sie unterstellte Nina Missgunst und Überheblichkeit. Und das seit Jahren. Nicht Wohlwollen und Freundschaft, so wie es der Realität entsprach. Nina drehte sich um ihre eigene Achse und lief weiter geradeaus auf die Lichtung zu, die den Blick auf einen kleinen See, mittendrin ein Teppich aus unzähligen Sträuchern, vor ihren Augen freigab. Am Wasser angekommen, lief sie über den feinen Sandstrand, dessen Boden zwar nicht mehr frostig hart, aber auch noch nicht sommerweich war, sodass ihre Füße nicht darin versanken. Mit einem Mal wusste sie, warum in den letzten Jahren immer wieder Störgefühle aufblitzten, wenn ihr Chrissie in den Sinn kam. Ihre Freundin hegte einen heimlichen Groll gegen sie und das über Jahre hinweg. Oder sogar schon immer?

Sie wusste es nicht, aber eines wusste sie ganz sicher: dass Chrissie ein Zerrbild von ihr hatte. Sie hatte sich niemals besser oder erfolgreicher gefühlt als sie. Im Gegenteil. Oft hatte sie gedacht, dass sie sich von ihrem lockeren Gleichmut ruhig selbst etwas annehmen könnte.

Nina schob sich eine Haarsträhne aus dem Gesicht. Keine Tränen von Heulinchen versuchten, sich durch ihre Augen zu drängeln. Eher fühlte sie sich wie betäubt, als würde sie unter einer faustdicken Glasglocke stecken. Trotz dessen war ihr klar, dass sie Chrissie aus ihrem Leben streichen würde, nicht sofort, nein, das wäre viel zu schmerzhaft. Sie sah vor ihrem geistigen Auge, wie sie ihr zum Geburtstag gratulieren oder ihr ein frohes Weihnachtsfest wünschen würde und dann, irgendwann, würde das auch einschlafen.

Sie sog die frische Luft tief ein. Egal, warum Chrissie so geworden war, so von ihr dachte, einfach egal, aber sie tat ihr damit verdammt weh. Und eine Freundschaft sollte auf Dauer etwas Schönes und nicht etwas Schmerzhaftes sein.

Sie ließ ihren Blick über das ruhige Wasser hinweggleiten. Es war eine sehr schöne Lichtung, fand Nina, umgeben von zuverlässig Arm in Arm beieinanderstehenden Bäumen.

47

Unweit der Familienwohnung, in der Clayallee, fand Nina die Zehlendorfer Firma NL Corporation, die sich an der Hauswand zwischen Unternehmensschildern aus Messing auf einem laminierten DIN-A-4-Blatt äußerst billig präsentierte. Von dem Pseudoschild stachen ihr daumenbreite schwarze Druckbuchstaben ins Auge. Na, das kann ja was werden, ging es ihr durch den Kopf, derweil sie in beigefarbenem Hosenanzug mit schmaler Collegetasche unter dem Arm in das Haus hineinspazierte.

Vermutlich war das Unternehmen ganz neu am Markt, erklärte sie sich dessen danebengegangenen öffentlichen Auftritt. Oder legten sie schlicht und ergreifend keinen Wert auf ein repräsentatives Schild? Was war das überhaupt für ein Betrieb? Der hübsch verspiegelte Lift brachte sie in die zweite Etage und des Rätsels Lösung ein Stück näher.

Mit weit ausholenden Schritten lief sie den Gang entlang und fand die Tür, an der ein bedauernswertes Abbild des Firmenschildes klebte. Sie drückte den Klingelknopf und die Tür wurde aufgeschwungen, als hätte die junge rothaarige Frau direkt dahintergestanden und auf sie gewartet.

„Setzen Sie sich doch bitte kurz hin", bedeutete ihr die Frau flapsig, deren Haare, gekonnt gestylt, zu Berge standen.

Nina beobachtete, wie die in Jeans und Turnschuhen steckende Angestellte in einen hinteren Raum lief und sie mit: „Sie ist da." ankündigte, worauf eine Männerstimme ‚Danke, Marie' mehr krächzte als sprach.

Jetzt oder nie! Sie könnte unbemerkt die Flucht antreten. Es war niemand zu sehen. Sie brauchte nur ihren Hintern von diesem unwirtlichen Plastikstuhl zu lüften und schnellen Schrittes davonzueilen. Denn eines war sicher: Es konnte nicht besser werden. Unmöglich.

Und nach Assessment-Center sah das Ganze nicht aus. Sie sah sich schon an einer alten mechanischen Schreibmaschine mit hoch aufragenden, schwerfälligen Tasten Marke Gartenzaun die Finger wund tippen. Nichts mit Rechner, gefälligen Office-Programmen und flacher Tastatur. Sie fragte sich Augen rollend, was man sich als alte Frau alles antun musste, nur um einen neuen Job zu ergattern.

Da ertönte weiter hinten durch die von der plastikbesohlten Rothaarigen offen gelassene Tür eine männliche schnarrende Stimme: „Frau Landauer, wenn Sie bitte nähertreten wollen."

Entweder war der Mann heiser oder er hatte einen mächtigen Kloß im Hals. Aber was, wenn er so aussah, wie er sich anhörte? Na, dann Prost Mahlzeit! Außerdem besaß der Typ nicht einmal so viel Anstand, aus seiner Buchte herauszukommen und sie höflich hineinzubitten. Nina, wo bist du nur hineingeraten? Ihre Gesichtszüge markierten Verdrossenheit pur. Und wenn sie sich ganz fix auf leisen Sohlen davonschlich? Noch war die Gelegenheit günstig.

Sie hätte später nicht sagen können, warum, aber sie tat wie ihr geheißen und wollte dieses unliebsame Vorstellungsgespräch so schnell wie möglich hinter sich bringen. Mitsamt ihrer miesepetrigen Miene, geeignet, dieser Kaschemme eine glatte Sechs als Qualitätsmerkmal zu verpassen, damit jeder bereits an der Hauseingangstür vorgewarnt wurde, lief sie auf die geöffnete Tür zu.

Sie trat hindurch, da stockte ihr der Atem. Die Augen weit aufgerissen, war sie es jetzt, die krächzte: „Rolf?"

„Wie du siehst", bestätigte er, klar tönend und mit schelmischem Grinsen im Gesicht, lief um den Schreibtisch herum und nahm sie vorsichtig in die Arme, als könnte sie bei dem geringsten Druck zerbrechen.

„Aber ... ich verstehe das alles nicht", stotterte Nina.

„Setz dich doch erst mal", schlug er vor und platzierte sich locker auf die Tischkante.

Da saß sie nun in einem gemütlich weichen Ledersessel und schwieg eisern, was ihr schwer genug fiel. Sollte Rolf endlich erklären, was dieses theaterreife Schauspiel zu bedeuten hatte.

„Wo fange ich am besten an?", begann er. „Also, ich arbeite seit über einem Jahr daran, wieder eine eigene Firma aufzubauen, mit dir zusammen. Bitte sag jetzt nichts", drängte er, obwohl Nina keinen Pieps von sich gegeben hatte und es auch nicht vorhatte, bis Rolf ihr nicht alles haarklein auseinanderdividiert hatte.

„NL Corporation", sagte er grinsend, „bedeutet Nina Landauer Corporation. Ein reiner Fantasiename, um dich hierher zu locken. Die Überraschung ist mir gelungen, oder?" Er erwartete keine Antwort und fuhr rasch fort, damit sie ihn nicht unterbrechen konnte: „Vor einem Jahr habe ich einen Controlling-Kurs an einer Wirtschaftsakademie besucht und vor vier Tagen habe ich die Prüfung bestanden. Deshalb hatte ich so wenig Zeit für dich und Jule und auch abends kaum noch Energie, auch nur einen Fuß vor die Tür zu setzen. Nie wieder soll es passieren, dass wir durch meine Unkenntnis in eine Schieflage geraten. Und noch etwas sehr Wichtiges: Mein derzeitiger Job wird mir für zwei Jahre freigehalten und ich habe bereits einige sehr lukrative Aufträge für unsere neue Firma. Ich weiß, dass ich dich damit überrumple, aber ich hoffe, dass es für dich eine schöne Überraschung ist und du mit an Bord kommst. Ich möchte dich als meine wichtigste Mitarbeiterin wiederhaben, genauso wie damals, erinnerst du dich noch?"

Sie nickte. Und wie sie sich daran erinnerte!

Er flüsterte: „Das waren die schönsten Berufsjahre meines Lebens, damals mit dir zusammen." Dann räusperte er sich: „Natürlich können wir die Zeit nicht zurückdrehen, aber so soll es ja auch nicht sein. Wir beide sind viel erfahrener und wenn wir zwei noch einen Funken von dem damaligen Enthusiasmus entfachen können, wäre das mehr, als ich überhaupt erwarte. Und ich will dir noch etwas sagen: Deine Krankheit hat mich wohl interessiert und du interessierst mich. Ich will, verdammt noch mal, dass wir beide zusammenbleiben und an einem Strang ziehen." Er ließ sich vom Tisch gleiten und zog sie zu sich hoch. „Ich liebe dich", sagte er und küsste sie zärtlich auf den Mund.

Vielleicht, so dachte Nina, lag sie ja irgendwo im Koma, möglicherweise in einem elendigen Krankenhauszimmer, launetötend weiß bis in die kleinsten Ritzen, von mindestens drei Mitinsassinnen umzingelt, und träumte das alles nur. Na klar, sie halluzinierte. Wunschträume waren schließlich erlaubt. Ohne sich aus seiner Umarmung zu lösen, legte sie ihren Kopf in den Nacken, sah ihren Mann an und begriff langsam: Es war kein Traum, es war Wirklichkeit. Und doch fragte sie sich, nein, lieber fragte sie gleich Rolf: „Warum hast du mich nicht in deine Pläne einbezogen? Das hätte doch alles viel leichter gemacht."

„Ich wollte nicht, dass du dir Sorgen machst. Erst wollte ich klarstellen, dass ich allein die volle Verantwortung übernehmen kann und ein Sicherheitsnetz für uns drei haben werde. Nie wieder wird mir eine solche Pleite passieren, wie sie mit Harald und Jens abgelaufen ist. Das schwöre ich dir! Wir haben Jens einfach zu viel alleine machen lassen. Die Abschlagszahlungen für einzelne Bauabschnitte hätten viel eher angefordert werden und viel höher ausfallen müssen, Sicherheiten und Kontrollen hätten besser laufen müssen. Jetzt jedenfalls weiß ich, was zu tun ist, damit Schaden begrenzt werden kann."

Nina öffnete ihre Tasche und zog einen Umschlag heraus, während Rolf weiter beteuerte: „Wir haben so viel verloren und es war meine Schuld und ..."

Bevor er auch noch ein Wörtchen weitersprechen konnte, hielt sie sich den Zeigefinger vor die Lippen und bedeutete ihm, still zu sein. Verwundert sah er, wie sie ein Blatt Papier aus dem Kuvert zog und ihm unter die Nase hielt. Erst starrte er ungläubig darauf, wusste nichts damit anzufangen, dann riss er ihr das Papier förmlich aus der Hand.

„Woher stammt das Geld?", fragte er überrascht.

„Rolf, weder du noch Harald habt damals Fehler gemacht. Ihr wart erfolgreich und eure gemeinsame Firma war mehr als gesund. Jens hat euch damals hintergangen und satte 250.000 Euro veruntreut. Das Geld haben Marie und ich wiedergeholt. Und 100.000 Euro davon lassen sich doch gut als Startkapital für die Landauer Arc GmbH verwenden, oder? Ich finde den Namen prima und du?"

Sie musste ihm bis ins kleinste Detail berichten, wie Jens das Geld beiseitegeschafft hatte und wie Nina und Marie es zurückgeholt hatten. Als sie am Ende ihres Vortrags angelangt war, schüttelte Rolf ungläubig den Kopf. „Weißt du, was mir viel wichtiger ist als die Firma, als das Geld?"

Nina schaute ihn fragend an.

„Das bist du, wir beide. Was ich damit sagen will, ist, dass ich möchte, dass wir beide wieder eine Einheit sind, dass wir wieder zusammen sind, als Paar und als Geschäftspartner. Was sagst du?"

Beinahe hätte sie ‚Ja!' geschrien, doch irgendetwas hielt sie gewaltsam zurück. War das jetzt nicht alles ein bisschen überstürzt, sollte sie sich nicht lieber in Ruhe Gedanken darüber machen, überlegen, wie man das am besten angehen sollte, auch für Jule?

Rolf stand auf ihre Antwort wartend vor ihr.

Plötzlich wurde die Stille von einer hellen Mädchenstimme durchschnitten: „Das ist ein Risiko. Dafür brauchst du viel Mut. Aber wenn du es nicht tust, bleibst du auf ewig mitten im Zweifel stecken."

Nina schnellte herum und sah in das lächelnde Gesicht ihrer Tochter.

„Nein, Mama, ich habe auch nichts gewusst. Erst seit heute", kam Jule ihr zuvor, verschränkte die Arme und wartete, was ihre Mutter jetzt tun würde.

„Komm her", raunte Nina ihrer Tochter zu, die ihr in die ausgestreckten Arme lief.

Dann drehte sie sich gemeinsam mit Jule zu Rolf und sagte leise: „Ich liebe dich, Rolf", und zog ihn zu sich und Jule heran, „und dich, du kleine Schlaumeierin." So standen die drei in inniger Umarmung, als könnte nichts und niemand dazwischentreten. Nina hatte spätestens seit der spontanen Übernachtung in ihrer vermeintlich neuen Wohnung begriffen, dass sie die beiden um nichts in der Welt wieder hergeben wollte. Und jetzt wusste sie: Die zwei würden auch sie niemals aufgeben.

Aber halt! Gab es da nicht noch einiges, ganz Wichtiges zu klären?

48

„Marie, mein Schatz", flötete Franzl Marie entgegen, als sie den Fuß über die Ladenschwelle setzte. „Ich freue mich schon den ganzen Vormittag auf unseren Termin!"

Nur wer Franzl kannte, wusste, dass das auch stimmte. Und Marie kannte ihn.

„Wie immer begebe ich mich in deine virtuosen Hände", meinte sie und ließ ihre Stimme dabei divenhaft flirren. Sie genoss dieses Spiel und sie mochte den lang aufgeschossenen Kerl mit seiner komischen Altherrenfrisur, die eigentlich hipp und supermodern wirken sollte.

Er half ihr aus der leichten Lederjacke und fragte: „Wo hast du deine schöne Freundin gelassen? Ich habe gehofft, du würdest sie mitbringen."

Marie setzte sich auf den gewohnten Frisierstuhl. „Vielleicht das nächste Mal."

Ja, vielleicht. Seit Nina und Marie sich in der letzten Woche einige Male getroffen und sich gründlich ausgesprochen hatten, war zwischen den beiden wieder alles gut. Vergessen das Misstrauen, verstanden Ninas Tohuwabohu in der verschlungenen Masse unter ihrem dichten Haaransatz namens Gehirn. Kapiert und abgehakt. Die zwei hatten einander bereits viel zu gern, als dass sie auf ihre Freundschaft verzichten wollten. Und woher bitte hatte Nina wissen sollen, dass die gute Fee in Rolfs neuem Büro auch Marie hieß und tatsächlich Putzzeug gebraucht hatte?

Marie strich sich eine Haarsträhne aus der Stirn und sah zu, wie sich die Haut darüber nachdenklich kräuselte. Eines war ihr wirklich eigenartig in einem der Gespräche vorgekommen: Was Nina wohl damit gemeint hatte, als sie sagte, sie würde Marie niemals zutrauen, dass die einem Mann absichtlich Lippenstift auf den weißen Hemdkragen schmadderte oder sogar ihr Eau de Toilette auf sein Revers sprenkelte. Sie musste unbedingt noch mal nachhaken, was es damit auf sich hatte. Das war zwischen all den Gesprächen irgendwie untergegangen. Marie schüttelte den Kopf. Als würde sie ihr sündhaft teures Wässerchen durch die Gegend sprühen. Niemals!

Sie besah sich im Spiegel, während Franzl begutachtend einzelne Strähnen ihrer Haarpracht in die Höhe hielt und wieder sanft aus den Fingern gleiten ließ.

„Ich weiß gar nicht, was ich dir heute antun kann, meine Liebe. Du siehst wie immer perfekt aus", gab er ratlos von sich.

„Schick machen sollst du mich. Siehst du nicht, dass mein Naturblond mal wieder etwas Nachhilfe aus der Tube nötig hat?", gab sie gespielt verzweifelt von sich.

„Aber nein! Willst du dir die Struktur verderben?", erwiderte Franzl entrüstet.

„Na gut, aber wenigstens waschen und föhnen ist doch heute drin, oder?"

„Selbstverständlich, meine Liebe. Damit kann ich immer dienen."

„Siehst du, und das kannst du jetzt öfter tun, als dir wahrscheinlich lieb ist."

Franzl schaute ihr über den Spiegel in die Augen: „Dafür bin ich jederzeit bereit. Wobei ich bemerken muss, dass du selbst das auch sehr gut hinbekommst."

„Sicher, aber nicht so toll wie du, Franzl. Und jetzt, wo ich in die Maklerbranche einsteige, muss ich immer tipptopp aussehen", erklärte Marie.

„Das ging ja rasend schnell mit dem neuen Job", stellte Franzl erstaunt und zugleich erfreut fest.

„Na, ich bin ja auch richtig gut", sagte sie, nicht ohne dabei zu lachen.

„Und in einem Jahr werde ich meine eigene Immobilienfirma eröffnen. Du bist hiermit herzlich zur Eröffnungsparty eingeladen."

„Danke, meine Liebe." Anerkennend nickte er ihr zu und rollte sie zum Rückwärtsbecken.

Sie ließ sich von Franzl die einshampoonierte Kopfhaut sanft massieren und freute sich, dass sie das Startkapital mit den zusätzlichen 50.000 Euro schneller beisammenhatte als gedacht. Und das nur, weil ihr Nina, Rolf und Harald die Summe als Prämie, ohne ihren Widerspruch überhaupt gelten zu lassen, einfach auf ihr Konto überwiesen hatten. Sie lächelte still in sich hinein, indes Franzl ihr Haar mit warmem Wasser abspülte, denn sie musste daran denken, wie Nina ihr klammheimlich die Kreditkarte aus der Tasche stibitzt, ihre Kontonummer notiert und sie wieder unbemerkt zurückgelegt hatte. Da hatte sie ihrer Freundin ja was beigebracht!

Zurück vor dem Spiegel, mit Handtuchurban auf dem Kopf, fragte sie sich allerdings, was das mit Thomas und ihr noch werden sollte. Sie seufzte. Schließlich hatte der Chrissie endgültig in den Wind geschossen und sich wie ein kleiner Junge darüber gefreut, endlich mit ihr ganz und gar zusammen sein zu können. Allerdings war ihr überhaupt nicht klar, ob sie das genauso wollte wie er. Franzl drückte ihr mit dem samtweichen Handtuch und zarten Fingerbewegungen das Haar trocken, was sie gar nicht richtig genießen konnte, war sie doch in Gedanken damit beschäftigt, dass sie jetzt nicht nur Thomas, sondern auch noch seine beiden Bälger am Hals hatte. Seine Frau hatte nämlich gemeint, jetzt wäre er mal dran und sie müsse eh schauen, wo sie bleibe. Jetzt machte die Party mit ihrem jungen Lover und Marie musste sich die Blagen antun. Aber nicht mit ihr!

Andererseits war es gestern Morgen gar nicht so übel mit den dreien gewesen. Sie hatten ausgiebig gefrühstückt. Danach war Marie irgendwie das Gefühl nicht losgeworden, dass die drei Herren sie unentwegt angestarrt hatten. Bis sie kapiert hatte, dass die von ihr hören wollten, was als Nächstes dran war. Natürlich hatte sie das weidlich ausgenutzt und das Triumvirat die Küche aufräumen lassen und sich währenddessen ein ausgiebiges Bad gegönnt. Sie musste grinsen. Schließlich sollte man seinen Mannen ausreichend Zeit zur Erledigung unliebsamer Arbeiten lassen und sie tunlichst nicht dabei stören.

Abends hatte sie Tom junior und Alex an der von den beiden mitgebrachten Spielkonsole beim Bogenschießen locker in die Tasche gesteckt. Tja, Marie wusste eben, was sie mit wem zu spielen hatte und bei Geschicklichkeitsspielen war sie sowieso unschlagbar. Vielleicht würde es ja doch nicht allzu anstrengend werden, zumal die drei bereits stubenrein waren, ganze Sätze bilden konnten und vorwiegend in ihrer alten Familienwohnung leben würden.

Maries Gedanken schweiften bereits wieder in eine andere Richtung, weshalb sie Franzl fragte: „Sag mal, kennst du jemanden, der eine entzückende Zwei-Zimmer-Wohnung in Tempelhof mieten würde?"

„Ad hoc nicht, aber ich kann mich ja umhören", entgegnete er und ordnete mit konzentriertem Blick und einem großzackigen Kamm Maries nasse Strähnen.

„Ich möchte einer Kollegin gern einen Gefallen tun und außerdem sind Kontakte das Wichtigste in dieser Branche." Nebenbei bemerkt hatte Marie das Büdchen für Nina von Anfang an als viel zu lütt empfunden. Für ihre Freundin hatte sie sich die ganze Zeit über mindestens eine schicke Vier-Zimmer-Wohnung vorgestellt. Und die hatte sie ja bereits, mit Mann und Kind. „Da nimmst du aber auch ein paar Kärtchen von mir mit, ja?", erwiderte Franzl erfreut.

„Logisch. Und wenn ich erst am Verkaufen bin und du mir Kunden bringst, gibt`s auch eine hübsche Provision für dich", versprach sie.

„Das hört sich doch supi an für einen armen Friseur wie mich."

Marie zog eine Grimasse: „Mir kommen gleich die Tränen, Franzl."

In einem Jahr würde Marie ein ganzes Netzwerk aus Informanten gebildet haben, da war sie sich sicher, und jedermann in Berlin würde ihren Namen nicht nur kennen, sondern in allen Tonlagen trällern.

„Franzl, ich gebe einen Champagner aus. Wir müssen unbedingt auf meine aussichtsreiche Zukunft anstoßen."

Was sich Franzl nicht zweimal sagen ließ und eine Assistentin um den leckersten Champagner und die schicksten Gläser bat. Sie freute sich auf ihren großen Siegeszug in Sachen Immobilien, obwohl sie bislang weder mit dem vielversprechenden Herrn Weniger noch mit dem drüsendöseligen Herrn Schmidt einen einzigen Tag zusammengearbeitet hatte. Und darauf, dass sie in spätestens einem Jahr ihr eigenes Büro beziehen würde. Was wohl ihre Eltern sagen würden, von denen sie so viel über erfolgreiche Firmenführung gelernt hatte, wenn sie sich ihnen bald als erfolgreiche Geschäftsfrau präsentieren würde?

Ein fröhliches Grinsen überzog ihr Gesicht, als sie das eiskalte Champagnerglas aus den Händen der jungen Frau entgegennahm. Mit einem heiteren ‚Cheers!' klirrten Franzl und Marie ihre Gläser aneinander und wünschten sich gegenseitig eine glorreiche Zukunft.

Heute Abend, wenn sie sich mit Nina zum Essen traf, würde sie mit ihr alles haarklein bequatschen. Mal sehen, was sie für besser hielt, ob Marie mit ihrem Laden lieber nach Mitte oder doch an den Ku'damm gehen sollte.

Der Föhn summte leise über ihrem Haupt, mit dem Franzl ihre Haare auf Sturm frisierte, nur um sie hinterher in eine absichtslose Form zu bringen. Es brauchte schon viel Geschick und noch mehr Mühe, keinen festgebackenen Hefeteig auf dem Kopf zu fabrizieren, sondern lockeres Styling, das es leicht mit dem Vogue-Cover aufnehmen konnte. Und wenn einer diese fingerfertige Kunst beherrschte, dann Franzl. Jeder hatte eben sein spezielles Fachgebiet, auf dem er Weltklasse war, sinnierte Marie und nahm einen großen Schluck aus dem Champagnerglas.

49

Der Wecker klingelte Nina unsanft aus dem Bett. Mit einem Fuß noch in der entspannten Traumwelt, stellte sie sich unter die Dusche und spürte den belebenden Wasserstrahl auf ihrer Haut. Langsam, aber sicher holte sich ihr Körper seinen tiefen Schlaf wieder. Zwar in kleinen Schritten, aber immerhin. Sie wachte nicht mehr jede Nacht auf und rollte sich von einer Seite auf die andere. Das wurde stetig weniger. Ein deutlicheres Zeichen dafür, dass sich ihre gesamte Lebenssituation verbessert hatte, gab es nicht. Familie, Job, Liebe. Alles war auf einen guten Weg gebracht. Es war ein ganzes Stück Arbeit gewesen, die feisten Wolken beiseitezuschieben. Die hatten in der letzten Zeit oft genug nichts Besseres zu tun gehabt, als alles hinter sich zu verstecken oder wie ein Wirbelsturm einen wilden Tango zu tanzen. Jetzt, wo alles geklärt war, hatte sie den Himmel wieder strahlend blau vor Augen.

Sie schwor sich, in Zukunft nicht mehr so lange zu warten, bis ihr das Wasser bis zum Hals stand, sondern die Dinge zeitiger anzupacken. Das war heilsamer, als vor lauter Verzweiflung zu rotieren.

Gerade als sie mit einem Bein aus der Wanne war, klopfte es an der Badezimmertür. Sie öffnete und Jule stand mit halbgeschlossenen Augen wie ein Katzenjunges vor ihr.

„Morgen", murmelte sie verschlafen, hockte sich aufs Klo, wusch sich danach die Hände und trottete wieder nach draußen. Sich mit dem weichen Badehandtuch abtrocknend, hörte sie aus der Küche, wie Jule sich das Frühstück zubereitete und kurz darauf einen Song trällerte, den Nina aus dem Radio kannte. Jule hatte sich doch tatsächlich angewöhnt zu frühstücken. Und das von ganz allein, ohne Nina als pflichtschuldige Antreiberin mit genervtem Augenrollen und Wuttrompete in der Stimme. Was es doch ausmacht, einfach mal nicht da zu sein, so über einige Wochen hinweg, dachte sie zufrieden. Das sollte ruhig jeder ausprobieren.

In ihr blaues Kostüm geschlüpft, lief sie, ihre Strumpfhose unter dem Rock zurechtzupfend, in die Küche und goss sich einen Kaffee ein. Jule schaute auf und lächelte sie liebevoll an. Nina konnte gar nicht anders und zog ihre Tochter an sich. Wie gut das tat!

So ein Teenager wollte schließlich pfleglich behandelt werden, sollte er allein in die kalte Welt hinausziehen und sich seine ersten Blessuren abholen. Sie hoffte, Jule würde die noch kommenden Wunden ohne viel Blutvergießen überstehen. Und wenn sie obendrein Rolf und Nina weiterhin das nötige Vertrauen schenkte, konnten sie ihr fest zur Seite stehen. So wie das Maggie tat, vor einigen Jahren noch mit Friedrich an ihrer Seite.

„Freust du dich?", fragte Jule erwartungsvoll.

„Und wie!", entgegnete Nina und gab ihre Tochter aus ihrer liebevollen Umarmung frei. „Heute ist der erste Tag in unserem neuen Büro." Sie setzte die Kaffeetasse an ihre Lippen und strahlte über das ganze Gesicht. Nicht mal ansatzweise kam Heulina aus ihrem Versteck gekrochen. Und auch Gackina ließ sich nicht blicken. Die eine konnte ja nicht ohne die andere.

Jule grinste sie an. „Den ganzen Tag mit Papa", sagte sie mit gespielter Entrüstung.

„Was meinst du, wie schön das wird", erklärte sie ihrer Tochter und lächelte zufrieden. Zusammen mit Rolf. Der Computer war für sie eingerichtet, das Telefon angeschlossen, es konnte losgehen. Sie wollte heute allein, bevor er einen Fuß aus dem Bett gesetzt hätte, ihren neuen Arbeitsplatz einweihen. Ganz allein. Wie konnte es nur sein, dass all ihre Träume mit einem Schlag wahr wurden?

Sie strich sich eine Haarsträhne hinter das Ohr und dachte an Rolfs Worte, als er ihr hoch und heilig versprach, niemals wieder einen derartigen Alleingang zu unternehmen. Ein solches Risiko, dass es, wie gehabt, zu zerschmetternden Missverständnissen kommen konnte, wollte er nie wieder eingehen. Es hatte fast ihre Ehe gekostet.

„Ciao, Mama", verabschiedete sich Jule und drückte ihrer Mutter einen Kuss auf die Wange.

Nina konnte ihr gerade noch ein ‚Ciao' hinterherrufen, so schnell war sie Richtung Schule verschwunden.

Nina freute sich auf das zweite Frühstück nachher mit Rolf, auf dem Balkon der neuen Geschäftsräume. Dort hatte er einen kleinen Bistrotisch und zwei Stühle platziert, ohne dass sie auch nur ein Wort darüber verloren hatte.

50

Nina sah begeistert, dass der große Saal des altehrwürdigen Ahlsen-Gymnasiums mit elegant an den Wänden verteilten blauen Tüchern mannshoch geschmückt war. Unzählige Spots warfen sanftes Licht von der weit ausholenden Decke hinunter und tauchten die Aula in leuchtendes Dunkelblau. Sie fand, das war unerwartet stilvoll und erinnerte kein bisschen an die grellen Schullampen, die sonst tagtäglich die Kids aufwecken und zu hoch konzentriertem Arbeiten animieren sollten.

Fantasie unerwünscht. Heute war sie erlaubt.

Nina, selbst in einem figurumschmeichelnden samtblauen Kleid mit zu beiden Seiten der Länge nach und an den Schultern abgesetzten schwarzen Handstreichen, bestens geeignet, die schlanke Silhouette beinahe feenhaft erscheinen zu lassen, betrachtete ihre Tochter mit einem Lächeln. Das sollte an diesem für Jule lebenswichtigen Abend auch nicht wieder verschwinden. Sie beobachtete, wie ihre Tochter, ganz in Dunkelrot, hoheitsvoll durch den festlichen Ballsaal schritt. Obwohl sie die stelzenartigen Pumps und das eng anliegende Kleid alles andere als gewohnt war, wirkte es, als würde sie in diesem Outfit jeden Abend ins Bett hüpfen.

Sie wandte sich zu Margarete, die, elegant in sandfarbenem Kostüm, neben ihr stand, und flüsterte ihr zu: „Sieh dir unser Julchen an! Als würde sie mindestens einmal die Woche auf einen Ball gehen."

Maggie nickte zustimmend und meinte: „Dabei hat sie diesem Tag entgegengefiebert, als ginge es um ihr Leben."

Die beiden sahen zu, wie die zumeist Vierzehnjährigen aufgeregt plappernd durcheinander wuselten. Die Jungs schlaksig und mit schiefem Grinsen im Gesicht, die Hände in ihren ungewohnten Jacketttaschen vergraben. Die Mädchen in festlicher Robe, mit gespielt kühlem Blick und betont aufrechtem Gang. Das konnte allerdings nichts daran ändern, dass die kolossale Anspannung ständig in glucksendem Gekicher gipfelte. Wissend um die Nöte ihrer Jüngsten, grinsten die zwischendrin versammelten Eltern gerührt in sich hinein oder retteten sich in launige Small Talks.

„Die Kinder sind ja ganz schön hippelig", bemerkte Rolf, der neben Nina stand.

„Ich fürchte, wir haben in dem Alter das gleiche Bild abgegeben", entgegnete sie lächelnd. Wie er so neben ihr stand in seinem schicken manhattan-grauen Zweireiher, Maggie neben sich, Julchen freudestrahlend zwischen ihren Klassenkameraden, konnte Nina nicht glücklicher sein.

Alles sollte nun zwischen Rolf und ihr anders werden. Oder zumindest das meiste. Jedenfalls gab es jetzt eine Verantwortungsteilung, was Jule anging. Kontrollieren, wie und ob sie ihre Hausaufgaben gemacht hatte, sollte wegfallen. Es hatte sich ja herausgestellt, dass sie während Ninas Abwesenheit weder besser noch schlechter gearbeitet hatte. Da konnte sich Nina ruhig ein paar Nerven sparen und ihr mehr Eigenverantwortung in die Hände legen.

Rolf und Nina hatten einhellig beschlossen, dass danach immer noch geguckt werden konnte, ob das Selbstmanagement erfolgreich war oder einer elterlichen Überprüfung unterzogen werden musste. Sie hatten beide den Eindruck, dass Jule Letzteres mit allen Mitteln verhindern würde und sich vorher lieber auf den Hosenboden setzte, als ihre Eltern mit der Verbalknute wieder neben sich zu haben. Nichtsdestotrotz, wenn ihre Tochter nach Hilfe in dem einen oder anderen Fach rufen würde, gab es jetzt zwei Ansprechpartner für sie, nämlich Mama und Papa. Nina starrte verträumt durch die Luft. Keine grässlichen Abfragen mehr für Klassenarbeiten in Physik oder Chemie. Das war in Zukunft Rolfs Part.

Insgesamt werde er sich viel mehr in die Erziehung einklinken, hatte er freudestrahlend erklärt. Dabei wolle er Nina nicht bloß entlasten, sondern endlich auch selbst voll dabei sein. Er hatte begriffen, dass die Zeit mit Jule knapp wurde und ihnen als Eltern nur noch wenige Jahre mit ihrem Mädchen blieben, bevor sie ausziehen und ihren Weg allein gehen würde. Erst gestern hatte er diese Veränderung tatkräftig unter Beweis gestellt, indem er mit Jule inmitten von stinkendem Bratendunst kiloweise Bouletten für heute gebraten hatte. In der Zwischenzeit war Nina gemütlich die Colaflaschen besorgen. Chilling Nina.

Sie konnte sich ein Grinsen nicht verkneifen, als sie an den letzten Besuch vor zwei Tagen bei Dr. Heufeldt dachte. Der hatte sich mit ihr gefreut, dass ihr TSH-Wert dank L-Thyroxin knapp unter 1 lag, wodurch sie optimal eingestellt war. Dass nicht jeder Vulkanausbruch mit ihrer Hashimoto-Erkrankung einhergegangen war, hatte sie mittlerweile selbst kapiert, aber durch das Medikament ging es ihr auf jeden Fall besser als vorher.

Dr. Heufeldt machte seine Arbeit ganz ordentlich, fand sie. Was die Krankheit an sich anging, war sie heilfroh, dass diese Zufallsdiagnose sie frühzeitig erreicht hatte. Wäre es anders ausgegangen, hätte sie über Jahre vermutet, ihre gesamten Beschwerden wären eine hinterlistige Laune der Wechseljahre. Und was ganz wichtig war: Die tägliche Tablette hielt den Zerstörungsprozess in Schach. Womit sie sich in den nächsten Jahren noch zusätzlich würde herumschlagen müssen, konnte ohnehin niemand voraussagen. Also machte sie sich auch jetzt keine Gedanken darüber, sondern erst, wenn es dazu kommen sollte. Sie schätzte sich glücklich, dass die Medizin weit genug war und sie nicht im Regen stehen ließ.

Rolf zog Maggie und Nina, eine links im Arm, die andere rechts, an sich und strahlte über das ganze Gesicht. Zu dritt sahen sie zu, wie Jule, deren langen blonden Haare in sanften Wellen über die Schultern fielen, sich von ihren Freundinnen löste, an einer Gruppe von Jungs vorbei lief, die dastanden, als wären sie im falschen Film gefangen, und einem von ihnen ihr herrlichstes Lächeln schenkte.

Nina konnte erkennen, wie der dunkelhaarige Teenager sie schüchtern aus strahlend blauen Augen ansah. Dann schien ein Ruck durch seinen Körper zu gehen und er stakste auf Jule zu. Mit scheu zu Boden gerichteten Augen sprach er sie an. Endlich!

Ade Bruno, tschüssi Kätzchen! Da konnte kein noch so possierliches Haustier mithalten, ging es Nina durch den Kopf. Neben Jule stand eindeutig etwas anderes zum Kuscheln. Ein schnuckeliger, unglaublich hübscher Kerl, durch dessen wuscheliges Kopffell Jule garantiert lieber streichen würde als über eine piepsende Kekelmaschine. Zugegeben, da musste man sie einfach verstehen. Der hier ging sogar allein aufs Klo. Bei Jules Anblick mitsamt dem jungen Mann, der ganz offensichtlich nicht an ihrem letzten Referat über die Verschiebung der Kontinental-platten interessiert war, strafften sich Rolfs Schultern merklich.

Nina war seine plötzliche Habachtstellung nicht entgangen. Sie knuffte ihn leicht in die Seite. „Hey, Enkelkinder fallen eben nicht vom Himmel", meinte sie mit schelmischem Grinsen, was ihr einen bedauernswerten Blick ihres Mannes einbrachte. Tja, Rolf würde sich eben auch an die Teenagerausgabe seiner männlichen Zunft gewöhnen müssen. Sie fragte sich, ob es ihm wohl quer über die Leber lief, wenn er dabei an sich in demselben Alter dachte.

Rolfs Antwort kam prompt: Mit fröhlich gelöstem Lächeln zog er Nina an sich und tanzte mit ihr über das Parkett, als hätten sie die ganze Zeit über nichts anderes getan.